锡伯族文学简史

主编 贺元秀

中央民族大学出版社

图书在版编目（CIP）数据

锡伯族文学简史／贺元秀主编．—北京：中央民族大学出版社，2010.10
　ISBN 978-7-81108-931-8

　Ⅰ.①锡… Ⅱ.①贺… Ⅲ.①锡伯族—少数民族文学—文学史—中国 Ⅳ.①I207.943

中国版本图书馆 CIP 数据核字（2010）第 193467 号

锡伯族文学简史

主　　编	贺元秀
责任编辑	张林刚
封面设计	李志彬
出 版 者	中央民族大学出版社
	北京市海淀区中关村南大街27号　邮编：100081
	电话：68472815（发行部）传真：68932751（发行部）
	68932218（总编室）　　　68932447（办公室）
发 行 者	全国各地新华书店
印 刷 者	北京宏伟双华印刷有限公司
开　　本	880×1230（毫米）　1/32　印张：13.125
字　　数	320 千字
印　　数	1000 册
版　　次	2010 年 10 月第 1 版　2010 年 10 月第 1 次印刷
书　　号	ISBN 978-7-81108-931-8
定　　价	32.00 元

版权所有　翻印必究

编委会

主　编　贺元秀
副主编　曹晓丽　滕桂华
　　　　　夏　雨　崔　悦
编　委　时曙晖　王　鹏　雷　云
　　　　　朱仰东　李彩云　任　刚
　　　　　秦　平　孙诗尧　赵　洁
　　　　　佟　颖

序

　　韩致中曾说:"丝绸之路至今还是比较荒凉的,然而由于那里的棵棵荒草、粒粒黄沙几乎都可以讲述一个古老的故事,所以就有了非凡的诱惑力。"美丽而神奇的新疆伊犁处在这条丝绸之路上,于是伊犁就有了非同一般的厚重,于是生活在伊犁的每一个民族就成了一个个蕴藏丰富的金矿,于是我院就有了诸如《哈萨克文化研究》、《哈萨克文化新论》、《哈萨克文学研究》、《20世纪哈萨克文学概观》、《哈萨克文学简史》、《锡伯语语法通论》等具有鲜明地方特色和民族特色的学术专著。今天,我们又有了中国少数民族语言文学学科建设的喜人收获——《锡伯族文学简史》。这是中国的第一部锡伯族文学史,这一研究成果填补了一项空白。

　　作为中华民族大家庭中的一员,锡伯族是一个勤劳、勇敢、智慧的民族,是一个将爱国主义视作生命的民族,其祖先可以追溯到汉代前后的东胡和鲜卑。新疆的锡伯族是于1764年西迁到伊犁的3000多名锡伯族军民的后裔。246年以来,新疆的锡伯族为保卫边疆、建设边疆做出了历史性贡献。伴随着漫长的历史进程,锡伯族人民以自己的聪明智慧创造出了隶属于阿勒泰语系满—通古斯语族满语支的锡伯语,同时创造了中华民族的精神财富之一——锡伯文学。如今,锡伯族文学已成为我国多民族文学的组成部分,成为中华民族文学宝库中一颗璀璨的明珠。为了保存并传承锡伯族语言文学,丰富中华民族文学史的内涵,根据人才市场的需求,我们设置锡伯语言文学专业,并且将锡伯语言文学确定为伊犁师范学院的特色学科之一。

此次即将付梓的《锡伯族文学简史》是由伊犁师范学院人文学院院长贺元秀带领课题组全体成员和有关老师完成的新疆维吾尔自治区社会科学基金一般项目。该书以锡伯族文学历史进程为顺序，将锡伯族文学史内容分为上、中、下三个部分编写：上编为锡伯族民间文学，中编为锡伯族古代书面文学，下编为20世纪锡伯文学。作为一部具有开拓性意义的学术专著，我想，除了起到普及锡伯语言文学知识的作用，还会引起许多同行专家的关注，引出更多锡伯族文学的研究成果，不断丰富中华民族的文学宝库。

伊犁师范学院院长　杨军
2010 年 8 月 23 日

目　录

上编　民间文学

第一章　民间文学概述 …………………………………（3）
第二章　神话、传说、民间故事 ………………………（7）
　第一节　概述 …………………………………………（7）
　第二节　神话、传说 …………………………………（10）
　第三节　民间故事 ……………………………………（22）
第三章　伊尔根舞春（民歌）…………………………（31）
　第一节　概述 …………………………………………（31）
　第二节　布也宁舞春（情歌）………………………（38）
　第三节　萨满舞春（萨满歌）………………………（50）
　第四节　安塔秦舞春（习俗歌）……………………（67）
　第五节　生活歌、劳动歌、儿歌 ……………………（76）
第四章　民间叙事诗 ……………………………………（95）
　第一节　西迁叙事诗 …………………………………（95）
　第二节　戍边叙事诗 …………………………………（101）
　第三节　叙事诗 ………………………………………（112）
第五章　谚语与念说 ……………………………………（116）
　第一节　概述 …………………………………………（116）
　第二节　谚语 …………………………………………（117）
　第三节　念说 …………………………………………（121）

中编 古代书面文学

第一章 古代书面文学概观 …………………………………（129）
第二章 鲜卑文学 ……………………………………………（134）
 第一节 鲜卑文学概观 ………………………………（134）
 第二节 《敕勒歌》与《木兰诗》 …………………（138）
 第三节 魏晋至唐鲜卑诗人的创作 …………………（144）
 第四节 元结 …………………………………………（148）
 第五节 元稹 …………………………………………（150）
 第六节 元好问 ………………………………………（153）
第三章 清代锡伯文学 ………………………………………（160）
 第一节 概述 …………………………………………（160）
 第二节 何叶尔·文克津 ……………………………（162）
 第三节 顿吉纳 ………………………………………（166）
 第四节 锡笔臣 ………………………………………（170）
 第五节 《萨满神歌》 ………………………………（173）
 第六节 图公纪念文三篇 ……………………………（190）

下编 20世纪文学

第一章 20世纪文学概述 ……………………………………（197）
第二章 20世纪上半期锡伯文学 ……………………………（203）
 第一节 文学创作概观 ………………………………（203）
 第二节 萨拉春 ………………………………………（208）
 第三节 柏雪木 ………………………………………（214）
 第四节 郭基南 ………………………………………（221）
 第五节 散文创作 ……………………………………（228）

第三章　50—70年代锡伯文学 ……………………（233）
第一节　文学创作概观 ………………………………（233）
第二节　久善与赵令福 ………………………………（235）
第三节　管兴才 ………………………………………（238）
第四节　郭基南 ………………………………………（245）

第四章　新时期锡伯文学（一）……………………（250）
第一节　小说创作概观 ………………………………（250）
第二节　郭基南的小说 ………………………………（264）
第三节　傅查·新昌的小说 …………………………（267）
第四节　佟佳·庆夫的小说 …………………………（278）
第五节　吴文龄、赵春生的小说 ……………………（285）
第六节　舒慕同、扎鲁阿等作家的小说 ……………（293）
第七节　佟林清、郭美玲等作家的小说 ……………（300）
第八节　高凤阁、陈铁军等内地作家的小说 ………（306）

第五章　新时期锡伯文学（二）……………………（316）
第一节　诗歌创作概观 ………………………………（316）
第二节　郭基南的诗 …………………………………（318）
第三节　富金才、顾尔佳·忠浩和关舒德等诗人的诗
　　　　………………………………………………（321）
第四节　尔吉春、何兴谦、富伦泰等诗人的诗 ……（326）
第五节　哈焕章、佘吐肯等诗人的诗 ………………（329）
第六节　西榆、郭晓亮的诗 …………………………（335）
第七节　安鸿毅、阿苏的诗 …………………………（346）
第八节　阿吉·肖昌、高青松等诗人的诗 …………（354）
第九节　顾伟、佟志红等诗人的诗 …………………（359）

第六章　新时期锡伯文学（三）……………………（365）
第一节　散文创作概观 ………………………………（365）
第二节　郭基南的散文 ………………………………（367）

第三节　傅查·新昌的散文 …………………………………（369）
　　第四节　赵春生、郭美玲的散文 …………………………（373）
第七章　戏剧文学、翻译文学 ……………………………………（377）
　　第一节　戏剧文学 …………………………………………（377）
　　第二节　翻译文学 …………………………………………（385）
参考文献 ………………………………………………………………（394）
后记 ……………………………………………………………………（406）

上编　民间文学

第一章 民间文学概述

作为中华民族大家庭中的一员，锡伯族有着悠久而曲折的历史。其祖先可以追溯到汉代前后的东胡和鲜卑，尔后受元朝和科尔沁蒙古贵族统治，在"九国之战"后的1692年（清康熙三十一年），锡伯族受制于清朝政府，逐渐被编入镶黄、正黄、正白三旗，分别在齐齐哈尔、伯都讷和乌拉吉林等地驻防；随后清政府又将锡伯族军民调遣至沈阳、开原及京师（北京）等地驻防；为加强伊犁地区防务，1764年清政府从盛京（今沈阳）所属的15个城镇调遣锡伯族官兵1020名，连同眷属3000余名迁至新疆伊犁，这就形成了锡伯族主要分布在新疆的伊犁、塔城和东北部分地区的现状。新中国成立后，新疆察布查尔锡伯自治县成立，锡伯族人民同全国各族人民一道迈入了新时代。

伴随着漫长的历史发展进程，伴随着痛苦和欢乐交织的斗争生活，锡伯族人民以自己的聪慧创造出了隶属于阿勒泰语系满—通古斯语族满语支的锡伯语，同时创造了中华民族的精神财富——锡伯族民间文学，为后世的锡伯族作家文学、锡伯族文学直至我国多民族文学的繁荣作出了贡献。

锡伯族民间文学，是广大锡伯族民众集体创作、口头流传的一种语言艺术形式。它是由广大锡伯族民众所传播所接受的创作，以展示社会生活、塑造各种形象、抒发真挚感情为特性，具有口头性、集体性、传承性和变异性特征的一种广泛存在着的文艺现象。锡伯族民间文学体裁多种多样，包括神话、传说、民间故事、民歌、民间叙事诗、民间谚语和念说等；锡伯族民间文学取材广泛，内容丰富，仿佛一面多棱镜，反射出锡伯族民间生活的各个侧面。锡伯族民间文学形式多姿多彩，特色鲜明，叙事抒情并茂，独白歌唱俱佳。锡伯族民间文学以炽热的思想感情、唯美的民族风情、显著的艺术成就载入中华民族文学史册。

作为原始人类的百科全书，神话是人类童年时期的创造，记载着古代人类对世界起源、自然现象和社会生活的原始理解。锡伯族神话往往和传说交织在一起，蕴藏着锡伯族人民要求认识自然、征服自然的强烈愿望。其中动植物神话和社会生活神话显示出了锡伯民族的特色，与锡伯族人民当时的生活环境和生活信仰紧密相连。

民间传说具有内容相对固定、情节具体独特、表述广泛多样等特点，在锡伯族民众叙事性口头创作中占有重要地位。

民间故事是锡伯族以人与人、人与社会关系为基础的叙事散文式作品，它常常以"超人间"的神奇形式、定型的结构、跌宕的情节、鲜明的人物刻画，向人们真实再现着特定历史年代所出现的生活现象、寄寓着锡伯族民众的喜怒烦忧、爱憎褒贬。

锡伯族民歌是锡伯族民间文学的奇葩，是锡伯族民间艺术天才生成的摇篮。纵观民歌，满目诗情，美不胜收。情真意切、比兴妙用的情歌数量最多、影响深刻，是锡伯族人民追求至善至情至美的集中体现，闪耀着人性的光辉，充满了意境；场面宏大、音舞诗相结合的萨满歌最具特色、价值重大，与锡伯族人民早期信仰息息相关；朴实无华、生动有趣的习俗歌，繁芜真实、感人至深的生活歌，简洁易记、天然童真的儿歌，都以各自的风采渲染着民歌的魅力。

民间叙事诗是广大民众集体创作、口头流传的韵文故事，因此，也被称之为"故事诗"或"故事歌"。目前搜集到的锡伯族叙事诗有《西迁之歌》、《喀什噶尔之歌》、《拉西贤罕图》、《三国之歌》、《西迁颂》等。民间叙事诗以爱国主义和英雄主义为核心的西迁精神、戍边屯垦、爱情婚姻、生活苦情为主要内容，铺陈直叙，一唱三叹，引类譬喻，发乎自然，线索清晰，结构完整，以传神犀利的语言，浩繁巨大的篇幅，简洁明快的格调寄寓着锡伯族民众鲜明的褒贬态度。

谚语集中表明了锡伯族人民的生产劳动和社会生活经验高度的积累程度，体现出了他们较强的抽象思维能力和语言表达能力，是陶冶人们性情的艺术精品。

念说作为锡伯族独有的传统民间文学样式，历史悠久，历程曲折，一直以汲取先进文化繁荣传承锡伯族文化为宗旨，流传至今。妙趣横生的场面、随时随地的便捷是念说的主要特点，它以叙述为主，表演为辅，一人多角，虚实相生，曲调各异，不仅丰富充实着民众的生活内容，而且以极强的艺术性为锡伯族民间文学增光添彩。

主观情感的自由喷发和真纯无伪使锡伯族民间文学拥有了亘古不衰的艺术生命力。因有情在内，故言显于外。对祖国山川一片挚爱之情，对自由生活理想追求向往之情，惩恶扬善疾恶如仇的正义之情，为人处世和为尊贵的友善之情等等，都以自然的姿态展示出来，"清水出芙蓉，天然去雕饰"，自由抒发，不加雕琢是锡伯族民间文学的优秀品质，无愧于古人"故风出谣口，真诗只在民间"之感叹。

民间文学彰显出优美的民族风韵和浓厚的审美气息。内容上有锡伯族萨满跳神、习俗信仰的取材，同时锡伯族人民生活理念、生活态度、生活习惯在其中得以全面展示；语言上也不乏民族、地域色彩的词汇的点缀，同时妙语连珠，艺术手法并用；形式上结合音乐与动作、问答连唱、一咏三叹再添特色。有了这些民族的光环，民间文学更显琳琅满目，五彩纷呈；有了这种审美意境的天然营造，民间文学才能在万般劫难中保持自我，在千淘万漉中永久沉淀。

作为民众生活的独特伴侣，民间文学不仅是锡伯族民众交流信息、沟通思想、表达感情、寄托理想的重要方式，还起到传授知识、传递文化、道德教化的作用。锡伯族人民世代不忘历史使命，保卫祖国边疆，这种爱国主义热情与民间文学的熏陶不无关系。作为民族文化的瑰宝，民间文学不仅为后世作家提供取之不尽的创作素材和艺术美的外在形式，还以民众淳朴博大的感情熏陶着作家个人的审美个性，使其创作和民间文学达到一脉相承，从而获得永生。锡伯族作家文学的繁荣发展离不开作家对民间文学的痴迷热衷与大胆创新。同时，作为民族民间文化的承载体，民间文学为相关的人文学科比如锡伯族历史、锡伯族民俗风情、锡伯族民众伦理、锡伯族民众心理等提供学习研究探讨有价值的知识。

锡伯族民间文学的创作，是锡伯族劳动人民在不断调节本体与自然、个体与社会关系的实践中，升华出来的一种主动精神物化形态、一种艺术形式。借鉴扬弃，推陈出新，生命不息，创造不止，锡伯族民间文学代表着中华民族生生不息的首创精神和无限炽热的理性情怀。锡伯族民间文学以朴实明丽清新刚健的语言、率真轻快乐观向上的格调、真挚隽永天然纯粹的感情哺育着锡伯族作家文学，并与其共同支撑构建着锡伯族文学。

第二章 神话、传说、民间故事

第一节 概述

神话是"通过人民的幻想,用一种不自觉的艺术方式加工过的自然和社会形式本身"。因此,神话可以说是人类早期的不自觉的艺术创作。作为人类童年时期产物的神话,体现着上古时期人类先民的世界观与原始信仰。

当一个民族渐渐发展,开始对世界和自己的来源问题感到疑惑并做出各种不同的解答时,这正标志着文明开始产生。神话所具有的一定的地域性和区域性,也决定了不同的文明或者民族必将产生自己对神话的特殊理解。锡伯族神话亦是如此,锡伯族神话的内容丰富,大体可以分为自然神话和社会生活神话两大类。

自然神话又可分为:宇宙起源神话、人类起源神话和自然万物神话。

锡伯族信仰的萨满教,对锡伯族的历史文化产生了深远的影响,锡伯族神话自然也就打上了多神论的烙印。在清代尔喜萨满的《萨满神歌》等文献里,就记载着几十种自然神和动植物神,它们在锡伯族的神话里都有着不同程度的表现。因而自然万物神话又可分为自然物神话和动植物神话。

流传于新疆察布查尔锡伯自治县的神话《太阳和公鸡》,饱含着锡伯族人对太阳神的崇拜和依赖。

动植物神话是神话中出现最早的类型之一。受外界生存环境的影响，锡伯族人对动物形成了一种既依赖又恐惧的心理，对动物的崇拜也就因此而产生。在锡伯族民间习俗和民间文学中，我们经常可以看到崇拜动物的痕迹，如对乌鸦、鹰和鱼神的崇拜。这说明，在漫长的历史发展进程中，锡伯族经历过包括对动物崇拜的自然崇拜阶段。

锡伯族的社会生活神话主要有文化发明神话和祖先崇拜神话。充分反映了古代锡伯族人在由渔猎生产转向农业生产时期对自然界植物的认识水平和对锡伯族先人的崇拜。

锡伯族神话中所充斥的神奇色彩，体现着锡伯族对本民族起源的追溯和其大胆的想象力，为丰富锡伯族文化增添了宝贵的财富。

提起神话，人们自然而然会联系到传说，不可置否，二者在传播过程中有着极为密切的关系。作为最早的口头叙事文学之一的传说，是由神话演变而来但又具有一定的历史性的故事。在文字尚未发明的时代，人们要对历史做记录只能利用口耳相传的方式，此即为传说的由来。锡伯族民间传说更是源远流长，内容丰富，它们大都寄寓着锡伯族人对本民族的敬仰和热爱。锡伯族民间传说大致可分为人物传说、历史事件传说和地方风物传说。

人物传说以人物为中心，主人公一般都是历史上真实的人物，传说记述了他们的传奇事迹和遭遇，表达了人民对这些历史人物的崇拜和引以为傲的情感；历史事件传说以叙述历史事件为主，内容包括反抗外来侵略、农民起义和革命历史事件三大类，从某一方面来看，可以说是对民族历史的一次再现；地方风物传说则表现了锡伯族人民热爱乡土的感情以及他们坚定的生活理想和信念。

锡伯族的民间故事也具有浓烈的民族韵味，它源于生活。自狩猎时代开始，只要有闲暇时间，锡伯族人都会习惯地聚集在一起，听老人或有见识的人讲故事，作为人民大众的消遣和娱乐方式，久而久之，听故事就成了锡伯族人民喜闻乐见的一种民间文学形式。这样，人民大众成为民间故事创作的主体，他们极大地发挥着聪明才智，经过一代代口口相传，锡伯族民间故事也就更多的体现了人民大众的意志，民间故事的内容越来越丰富，成为锡伯族民间文学宝库中一颗璀璨的明珠。锡伯族民间故事大致可以分为四大类：动物故事、魔法故事、生活故事和民间笑话。

动物故事是指以动物为主角的民间叙事作品。锡伯族人在这些动物身上注入了人类的感情和意识，使故事折射出较深刻的社会意义。锡伯族的动物故事可以分为释源性动物故事和社会性动物故事两大类。释源性动物故事主要是讲动物的形态、习性、性格特征的来历和因由；而社会性动物故事一般讲述动物之间的纠纷、战争、智谋以及愚蠢行为。

魔法故事，又叫幻想故事、变形故事、传奇故事，是民间故事中最为引人入胜的闪耀着奇光异彩的故事。魔法故事表达了锡伯族人民惩恶扬善的愿望以及对美好生活的追求。锡伯族的魔法故事可分为三个类型：第一类是动植物变成美女报恩的故事；第二类是仙人或人被施以魔法而变成动物，后因遇到真情而破解了魔法恢复原身的故事；第三类是人类因故被变成动物后或行善或作恶的故事。除了以上三种类型，锡伯族的魔法故事还有其特有的类型，即兼有魔法和历史特色的魔法故事，其代表作就是在锡伯族民间广泛流传的蟒古斯玛玛的故事。

锡伯族的生活故事主要是民众的日常生活内容，它来源于生活本身，以民族生活作为自己赖以生存的土壤，因而具有很强的可读性。根据故事内容和人物的不同，大致可以分为后母的故事、聪明女子的故事、训诫故事、讽喻故事、系列人物故事等等。生活故事集中反映了锡伯族人民的现实生活，写实性较强。

锡伯族的民间笑话也是民间故事的重要组成部分，更为锡伯族文化增添了幽默诙谐的一笔。

如果说关于永恒，是美丽的邂逅，那么，关于锡伯族文化历史的追寻则是一次心灵的探索。从这些神话传说和民间故事中，我们体味到的别样风情凝结着锡伯民族的智慧与光芒。

第二节 神话、传说

神话是人类在远古时期口头创作的反映自然现象和社会生活的具有高度幻想性的故事。倘若将神话作为一种文化现象来进行全面考察，那么可以发现，神话不仅是融文学、音乐、舞蹈等元素于一体的一种综合性文化艺术，而且还是上古时期人类先民的世界观与原始信仰的主要表现形式。锡伯族神话亦不例外。锡伯族神话的内容丰富，可以分为两大类：自然神话和社会生活神话。相比较而言，自然神话的数量更多一些，内容更丰富一些，而且这些神话往往与民间传说交织在一起。

一、锡伯族自然神话

锡伯族的自然神话可分为：宇宙起源神话、人类起源神话和自然万物神话。其表现有两大特征：一是宇宙起源神话和人类起源神话往往交织在一起；二是自然万物神话更富有其民族特色。

（一）宇宙起源神话和人类起源神话

在《中国少数民族宗教神话辞典》中，收录了一条关于天神造大地的锡伯族自然神话，这则神话讲述了天神造大地也造人的传奇故事。天神每年向人间大地撒下雪白的面粉，供人类食用，使其生息繁衍。后来，一心想吞吃太阳和月亮而被天神贬到人间的天狗悄悄回到天宫，向天神告发：由于有天神撒下的面粉吃，人类开始变得懒惰了。天神闻听大怒，变撒下面粉为下雪，并且奖励天狗先吃饭,惩罚人类后吃饭。天狗乐得忘乎所以,在返回人间时不小心跌了一跤,把天神交代的狗先吃饭人后吃饭的天训给遗忘了,于是在向人类传达时,把天训错误地传达为狗后吃饭人先吃饭。从那以后,狗就只能吃人吃后的剩饭了。大地是怎样形成的?为什么会发生地震?锡伯族神话是这样描述的:大地下面有一头力大无比的神牛,神牛用头上的一支角来支撑着大地。为了使其平稳,当一支角撑累了,神牛就换另一支角来支撑;在用角交换着支撑大地时,由于神牛用力不均,从而引发了地震。这一则神话,比较幼稚而形象地说明了大地发生地震的原因,展示了锡伯族先民对于宇宙形成以及地震现象的天真想象和丰富联想。至于神话表现出的崇拜牛贬低狗的思想倾向性,则反映出该神话在代代口传的过程中已注入了农耕文明阶段崇拜牛的文化内涵。

在锡伯族人类起源神话中,除了有天神造人的神话外,还有洪水再造人和人兽结合的神话。上海文艺出版社1991年出版的《锡伯族民间故事选》中,就有一则关于洪水再造人的神话。在很早很早的混沌时代,洪水淹没了大地,所有的生灵都找不到一块立足之地。为了不使生灵绝种,天神就造了一艘大船,然后从所有的生灵中各选出一对公性和母性,把它们放到大船上以躲避洪水。待洪水退去后,天神又把它们放回到大地,使所有生灵又开始繁衍生息。《玉帝安排圣灵》就属于此类神话。在《锡伯族民间故事选》中,还有一则人兽结合的神话《狼女婿》。有一次,一只狼跟在牧羊人后面,跟了好几天,就是不肯离去。牧羊人问狼:"你想吃我的羊?"狼只是摇头。牧羊人又问:"你想吃我吗?"狼还是摇头。情急之下,牧羊人脱口而问:"难道你想要我的女儿?"狼听了连连点头,而且不再跟着牧羊人。牧羊人回家以后,把途中遭遇狼的事讲给三个女儿听,并且伤心地说:"如果三个女儿中没有一个嫁给狼,狼就来吃掉他。"大女儿和二女儿都不愿嫁给狼,只有小女儿说为了救父亲愿意嫁给狼。婚后,小女儿跟着狼去了山中洞穴,没过几天,狼现出原形,变成一位英俊青年,从此两个人过起了幸福生活,而两个姐姐是既嫉妒又后悔。这则神话暗示了锡伯族的产生与狼的某种联系,同时也说明了锡伯族的原始居民崇拜狼的一种文化现象。尽管在后来的社会生活变迁中,狼在锡伯族民众的心目中地位不断下降,直至成为被嘲笑的对象,如在锡伯族《山羊》等动物故事中,狼已经变成了被嘲笑的对象。类似神话还有《姑娘与黑熊》,这则神话主要讲述了被天葬的姑娘死而复生的传奇故事。在很早很早以前,有一个姑娘被小石子噎住喉咙,断了气,父母亲不忍心埋葬她,就将她安置在南山高坡上。一位神仙巡夜路经此地,发现姑娘的死期不到,便将她救活。后来,姑娘在山中找到一个深洞,并与熊为伴,一年后生下一个婴儿。一次,部落里的人进山打猎,忽然听到一曲熟悉的摇篮曲,便奔着歌声找去,结果发现了姑娘。这则神话至少表现出三个层面的意思:一是锡伯人曾有天葬的习俗;二是当时锡伯族正处于狩猎经济阶段;三是锡伯族的起源与黑熊有一定关系,说明其原初民崇拜熊的文化心理。

(二)自然万物神话

锡伯族最早信仰的是萨满教。萨满教是一种多神教,对锡伯族的历史文化产生了深远的影响,作为反映现实生活的锡伯族神话自然也打上了多神论的烙印。在清代尔喜萨满的《萨满神歌》等文献里,就记载着几十种自然神和动植物神,如阿布卡恩杜里(天神)、阿布卡赫赫(天母)、巴纳厄真(土地神)、阿林恩杜里(山神)、顺恩杜里(太阳神)、毕牙恩杜里(月神)、乌溪哈恩杜里(星神)、鄂博神(石神)等,主要动物神有塔斯胡里恩杜里(虎神)、尼胡里莽恩(狼神)、穆舒鲁莽恩(龙神)、苏鲁鲁(野马神)、爱杜罕莽恩(野猪神)、沙尔旦特门(骆驼神)、扎宾恩杜里(蟒神)、雅尔哈莽恩(豹神)、岱木林(雕神)、安初兰（鹰神）、哈什包依扎卡（狐仙）、尼木哈厄真（鱼神）等；植物神有弗多霍玛法（柳树神）、鄂尔霍达（人参神）、哲库恩杜里（谷神）等，以上这些自然神、动植物神在锡伯族的神话里都有不同程度的表现。

1. 自然物神话

《太阳和公鸡》是锡伯族关于太阳神的神话，主要流传于新疆察布查尔锡伯自治县。主要叙述古时候天上有五个太阳，当一位锡伯族英雄射落四个太阳时，第五个太阳担心自己也被射落，便躲了起来。天上没有了太阳，大地变得一片漆黑，生活无法继续。为此，所有的人和动物都去寻找太阳，但都没有找到。只有一只大公鸡鸣叫了第一遍后，东方才显出一点亮光，当大公鸡鸣叫第二遍时，东方更加明亮，于是大家都为大公鸡呐喊加油，当大公鸡鸣叫第三遍时，太阳终于露出了笑脸。从此以后，人们都说太阳是大公鸡叫出来的。从中可以看出，锡伯族人对太阳神的崇拜和依赖。

2. 动植物神话

动植物神话又叫图腾神话，是神话中出现的最早的类型之一。锡伯族曾长期生活在我国东北的大兴安岭以及嫩江、松花江流域，这里也是各种动植物繁衍生息的理想天地。16世纪以前，锡伯族属于渔猎部族，除了野生植物的果实外，猎取动物就成为他们赖以生存的最重要的物质保障。动物在为锡伯族人带来诸多益处的同时，也带来了许多威胁。为此，锡伯族人对动物形成了一种既依赖又恐惧的心理，对动物的崇拜也就此产生。在锡伯族民间习俗和民间文学中，我们经常可以看到崇拜动物的痕迹，这说明，在漫长的历史发展进程中，锡伯族经历过包括对动物崇拜的自然崇拜阶段，并形成了富有东北地域特色的山林文化。因此，要揭示锡伯族古代文化发展的深层因素，就不能不把目光投向东北的山林文化。

（1）乌鸦神话

锡伯族自古就有崇拜乌鸦的习俗，即使在锡伯族的现代习俗中，也能看出乌鸦崇拜的痕迹。譬如夏天在田野劳动的锡伯人，看到成群的乌鸦在天空盘旋翻飞，鸣叫声连续不断，他们就说：这是乌鸦在办喜事。在锡伯族民间文学中，也有不少乌鸦崇拜的例证。如锡伯族神话《寒鸦》中的乌鸦，既可以让贫穷姑娘变得无比美丽和富有，也可以惩罚贪婪富有的东家姑娘，让她被妖婆咬死。在《喜利妈妈》中，乌鸦是拓跋皇帝毛毛的救命恩人，后来拓跋帝封乌鸦为神鸟，下令族人不得伤其身，食其肉。在《老人为什么受尊敬》中，乌鸦还是一位挽救整个锡伯族部落的大恩人。

（2）鹰神话

直到今天，锡伯族人还完整地保存着崇拜鹰的习俗，如锡伯族婴儿刚出生时，就被放入摇篮里，摇篮悠悠荡起，犹如鹰在空中飞翔。倘若小孩勇敢机灵，大人常常将他比作雄鹰，或直接称其为"鹰的孩子"。又如锡伯族人常常把鹰翅骨悬挂在摇篮的挂钩上，青壮年男子常常在帽子的外檐插上一根鹰羽，祈求鹰保护自己，也祝愿自己像鹰一样雄健。

在锡伯族民间文学中，处处都可以看到崇拜鹰的故事，比如在《秃鹫》中，鹰不仅是一个有恩必报、拯救人类的英雄，而且还是一位惩处那些丧失人性尤其是因贪婪而丢失亲情的恶人们的侠士。

（3）鱼神话

对于鱼神尼木哈厄真的崇拜，也是锡伯族从遥远的渔猎经济时代沿袭至今的一种重要的信仰和习俗。据老人们回忆，1949年以前，每年春秋两季出网之前，锡伯族人都要举行祭拜鱼神和河神的仪式。举行仪式时，人们宰杀公猪，用猪血浇渔网，然后面对木刻的鱼神形象，烧香跪拜，祈求鱼神保佑渔猎丰收。直到今天，在新疆的锡伯族人中，还保留着每年过两次清明节的习俗，第一次是每年农历三月间的"鱼清明"，第二次是每年农历七月间的"瓜清明"。所谓鱼清明，就是用鱼做供品，祭祀祖先亡灵，从中我们既可以看到锡伯族人视鱼为圣洁之物的宗教信仰，也可以发现锡伯族人从动物崇拜阶段向祖先崇拜阶段演进的历史轨迹。在锡伯族民间文学中，不乏这种充满渔猎文化色彩的神话，如今在东北沈阳新城子区锡伯族中流传的《拉勒本·玉云本和鲤鱼仙女》就属于鱼神话。这则神话说的是淳朴的鲤鱼仙女历经坎坷与主人终成眷属，并帮助丈夫战胜了凶恶的敌人的故事，内容曲折，情节动人。

锡伯族动植物神话的内容比较丰富，如《狐仙》、《农妇与狐狸》、《报恩的狐狸》、《猎人和狐狸》、《得道的狐狸》、《锡伯人为什么供奉狐狸》等神话反映了锡伯族崇拜狐狸的习俗；而《狼女婿》则表现出锡伯族人对狼的崇拜；《青蛙新娘》、《青蛙骑手》反映出锡伯族人崇拜青蛙的痕迹；《黑牛》和《孤女和黑牛》反映出锡伯族人崇拜黑牛的习俗；《燕子》表现出对燕子的崇拜。与动物神话相比较，锡伯族的植物神话数量虽然不是很多，但却不乏优秀之作，如《扎穆丽姑娘》、《灵芝姑娘》和《班比勃罗》就是其中的代表。这三部神话传说不仅想象力丰富，而且具有很强的传奇性和可读性。

二、社会生活神话

锡伯族的社会生活神话主要有文化发明神话和祖先崇拜神话。

（一）文化发明神话

在黑龙江地区的锡伯族中，流传着一则关于小麦的神话：很久以前，在一条河边上，住着一对老夫妇，他们靠渔猎为生。有一天，老两口救护了一只受伤的燕子，燕子为了报答救命之恩，给老夫妇衔来一颗奇异的种子。老两口将种子埋在地里后,种子发芽长大后长出了许多麦穗。老夫妇将麦穗粒煮熟后,觉得香甜可口,极有营养。从那以后,小麦的种植就在锡伯族部落中传播开来。为了祈求天神不让小麦生黑穗病,在正月十六日那天,锡伯族人都会把自己的脸抹黑,由此便诞生了锡伯族人的传统节日——抹黑节。在这则神话中,燕子被塑造成传送种子的英雄,这充分反映出古代锡伯族人在由渔猎生产转向农业生产的时期对自然界植物的认识水平。

(二) 祖先崇拜神话

锡伯族中除了有人类起源的神话外,还有关于女祖先神的神话,这位女祖先神就是喜利妈妈。喜利妈妈,或叫子嗣神,是庇佑锡伯族人口兴旺和家庭平安的女祖先神,也是锡伯族崇拜的最主要的祖先神,她主管传宗接代,子孙繁衍,保佑子孙兴旺。对女祖先神的崇拜是锡伯族最古老的宗教信仰之一,在东北地区广泛流传着关于喜利妈妈的故事。传说在远古的时候,锡伯族部落的男人全部出动去围猎,只留下一位名叫喜利的姑娘,照看老人和儿童。围猎人一去不归,喜利姑娘凭借着勇敢和智慧,战胜各种困难,消灭了旱魔,保护了老人和孩子,并把孩子们抚养成人,给他们组成了家庭,锡伯族部落从此繁衍兴旺。玉帝为之感动,认喜利姑娘为女儿,并封她为"喜利妈妈",后来"喜利妈妈"就成了锡伯族人世代供奉的女祖宗。喜利妈妈的神位分为天地绳和象征物两部分,其中,天地绳是喜利姑娘留下的传世宝物,它的制作很有讲究,必须请子孙满堂人丁兴旺的两位老太太来做;天地绳上拴的象征物最早有三种,即弓箭、箭袋、扳子,后来增加到九种,除前三件外,还有嘎拉哈(动物骨头)、布条、摇车、小靴子、铜钱、木锹等,均用桦树皮制成,每件都有其特殊的象征意义。如果生了男孩,就往天地绳上挂弓箭、箭袋、扳子,以象征孩子长大成为游猎的勇士和作战的骁将;若生女孩,则往天地绳上挂布条,以象征她长大后成为缝制衣物与操持家务的能手。

喜利妈妈庇佑锡伯族人丁兴旺,而海尔堪玛法则被看成是锡伯族牲畜的保护神,庇佑着牲畜的繁殖旺盛。海尔堪玛法是锡伯族原始信仰神灵之一,原为象征男祖先的神灵,后演变为保佑家畜兴旺发达的神灵。据锡伯族的神话《海尔堪玛法的传说》记载:相传在古代,锡伯族人的老祖宗栖居在大兴安岭的南坡一带,靠打猎捕鱼为生,常常受到匈奴人的欺负,锡伯族势单力薄,就采取了走为上策的生存方式。然而逃出来的锡伯族人从此便失去了落脚的地方,在上天无路,入地无门的时候,一个名叫海尔堪的小伙子站了出来,他是英俊勇武的牧马能手,还是一名神射手。他带领锡伯族人民在山脚下朝阳的地方,找到了一个很大的山洞,安了新家。但是锡伯族人的行踪很快被发现,部族不断遭到匈奴的追杀。海尔堪召集全体锡伯族青年,誓死抵抗匈奴,取得了胜利。为了报复,匈奴可汗亲自率领军队,对锡伯族发起了更凶狠的进攻。一番血战之后,海尔堪落在了敌人的包围圈中,身上的刀伤箭伤不下十几处。匈奴可汗下令抓活的,就在这万分危急的时刻,只听得一声嘶鸣,白龙马扬起前蹄,直奔匈奴可汗而去,匈奴可汗躲闪不及,被白龙马踏昏在蹄下。白龙马驮着海尔堪冲出山口,向大草原奔去,然而匈奴官兵却紧追不放。正在这时,一条大河拦住了去路,河上无船。只见海尔堪手提缰绳,脚磕马肚,白龙马便嘶叫着向河中冲去。马蹄刚踏进河水,忽然狂风大作,云雾满天,狂奔的河水瞬间结成了坚冰。白龙马驮着海尔堪箭一般地从冰上向对岸奔去。海尔堪刚到河对岸,匈奴官兵也赶到了河边,可当这些人马追到河心时,只听咔嚓一声巨响,河面上的冰塌了,匈奴人马全都掉到了河里,被河水淹没了。这时风停雾散,河水又奔腾了起来,一切又都恢复成原来的样子。海尔堪呢?有人说他死了,也有人说他没死,草原上的牧马人都说看到过海尔堪：每当朝霞映红天地时，他骑着白龙马，赶着马群羊群，翻过山梁，去到那长满酥油草的地方；每当阳光火辣辣地烤脸时，他又把马群羊群赶到清凉的河边；每当满天星斗闪烁时，他再把畜群赶回到草场的栅栏中。原来，海尔堪时刻在为锡伯人看护着马牛羊。从此，海尔堪就成了锡伯族牲畜的保护神。

锡伯族民间传说源远流长，内容丰富，可分为人物传说、历史事件传说和地方风物传说。

三、人物传说

这类传说以人物为中心，主人公一般都是历史上真实的人物，传说既记述了他们的传奇事迹和遭遇，也表达了人民对这些历史人物的评价和情感。比如在《图安班的传说》中，图安班要带领锡伯营军民开挖察布查尔布哈渠，以副总管索尔岱为代表的保守派们则极力反对，他们请来一位独眼道士，这道士施展妖术，从二百里远的地方搬来二十多座石山，二十四个龙潭，给布哈工程的实施设置了重重困难。这时，图安班小时候放牧过的牛，突然变成一头神牛从天而降，领着图安班和军民们一边走，一边小便。而这神牛的尿碰到石山，石山便让路，遇着龙潭，龙潭被填平。沿着神牛的尿，图安班率领着全营军民终于胜利地完成了开挖察布查尔布哈渠的巨大工程，从此，这条大渠也就成了察布查尔锡伯族人民心中的母亲渠。

《锡伯人与大刀王君可》讲述的是锡伯、汉民族兄弟生死与共的一个传说。唐王李世民东征时，汉将王君可是先锋官，他麾下的士兵多半是程咬金从呼伦贝尔草原搬来的锡伯兵，这些锡伯兵个个能征善战，箭法高超，每次作战都冲在最前面，立下了汗马功劳，受到唐王的奖赏和王君可的赏识。六月的一天，为了追击敌人，唐王命令先锋队迅速渡江，但是江上没有桥，江面上所有的船只也都被敌人划到了对岸。无奈之下，唐王只得祈祷上苍，想让它施展魔力，冻结江水，好让部队过江。祈祷完毕，唐王便派锡伯族士兵查看江水是否冻结，结果，一连好几个士兵回来禀报，都说江水汹涌，毫无冻结之兆。唐王气急败坏，把这些士兵全杀了。看到锡伯族兄弟无辜被杀，王君可心里非常难过，便自告奋勇去查看江面情况，并立下军令状，不管江面情况如何，一定想办法让大军过江，否则将以死谢罪。王君可来到江边，祈求老天爷搭救无辜的锡伯族兄弟，愿用自己的人头来祭祀神灵，以换取江水的冻结。王君可的诚心感动了玉帝，玉帝令天气和温度骤变，眨眼之间，江面结成厚厚的坚冰。唐王率大军冲过冰冻的江面，王君可在后压阵，就在他骑马飞驰到江心的时候，江水突然解冻，他连人带马落入江中，被江水淹没。王君可死了，可是他的英名却一直铭刻在了锡伯族人的心中。为了感谢这位汉族兄弟的恩德，锡伯族人将王君可的画像供在东屋的东墙上，世代供奉，以示怀念。

四、历史事件传说

这类传说以叙述历史事件为主，有反抗外来侵略的传说，有农民起义的传说，也有关于革命历史事件的传说。历史事件传说往往与人物传说互相交织，人与事难以分开，如在人物传说中提到的《锡伯人与大刀王君可》就是典型的例子。

我们从《西迁节的传说》得知：西迁节是锡伯族的民族传统节日，在锡伯族的历史上，这个节日已延续了200多年。对于锡伯族人民来说，西迁是一段悲壮的历史。乾隆二十九年（1764）农历四月十八日，清朝政府从盛京（今沈阳）等地征调锡伯族官兵连同他们的家属共3000多人，西迁至新疆的伊犁地区，进行戍边屯垦。这一年的农历四月十八日，即将西迁新疆的锡伯族人和留居东北的锡伯族男女老少，聚集在盛京的锡伯族家庙——太平寺，祭奠祖先，聚餐话别。次日清晨，3000多名锡伯族官兵及其家属告别了父老乡亲，踏上了西迁的漫漫征程。经过一年零五个月的艰苦跋涉，到达新疆伊犁地区。现在的察布查尔锡伯自治县就是他们当年的驻地，这里的锡伯族人就是这批征调官兵的后嗣子孙。从此，每逢农历四月十八日这一天，锡伯族人都要在寺庙内供灶，杀猪，吃高粱米饭，每户都去当家人，进行聚餐，来纪念锡伯族祖先西迁的历史壮举，畅叙保卫祖国西北边疆的业绩，缅怀离别的骨肉同胞，这一天遂成为锡伯族的传统节日——西迁节（又叫杜音拜转扎昆）。这个传说把锡伯族传统节日的来历与历史上重大事件融合在一起，既属于历史事件传说，也属于地方风物传说。

五、地方风物传说

这类传说叙述的是锡伯族地方的山川古迹、花鸟虫鱼、风俗习惯、乡土特产的由来，传说往往赋予被叙述对象以丰富的意义或情趣，表现了锡伯族人民热爱乡土的感情以及他们的生活理想和信念。

锡伯族的有些民间传说与神话相交织，像《喜利妈妈的传说》、《海尔堪玛法的传说》、《火神奶奶相夫烧"万"家》等，既生动地展现了锡伯族的民俗民风，也寄托了锡伯族人民的祖先崇拜之情。除此之外，锡伯族对狐狸有着特殊的崇拜之情。对于狐狸崇拜的由来，也有不同的说法。一种说法是，有个国王为了得到长生不老的人参，逼迫白山一带的锡伯族人去挖人参，结果很多锡伯族人有去无回。这时有个年轻人挺身而出，担起了挖人参的重任。年轻人来到一座长满人参的大山上，从早到晚不停地挖，到了晚上，他正准备休息，却与蟒古斯、老虎、狼等野兽相遇，危急之中，一只狐狸帮助了他，从而摆脱了危险。从此之后，为了感谢狐狸的救命之恩，锡伯族人家家设坛供奉狐狸，并把它称之为"库房爷"。另一种说法是，一个猎人打死了一只狐狸并剥下了狐狸皮，不久，他的狗和马全死了，接着子女死了，妻子也疯了，从此他发誓不再猎捕狐狸，并将狐狸供奉起来。所以，至今锡伯族人不猎狐狸，并供奉狐狸。

风俗传说大都追溯某一风俗习惯的来历，最典型的当属《抓嘎拉哈的传说》，这个传说讲述了锡伯族人抓嘎拉哈习俗的来历。相传老罕王努尔哈赤带领八旗兵与明朝东北军作战，在萨尔浒这个地方打了大胜仗。罕王传令犒劳全体官兵。可到了开宴的时候，士兵们的情绪很低落，罕王询问身边的巴图鲁，巴图鲁解释说，年关将近，士兵们思乡心切，罕王又问巴图鲁，有什么办法可以帮助官兵消愁解闷，于是巴图鲁就带着罕王走出了大营，骑马朝锡伯族营奔去。来到锡伯族营地，走进营帐，只见官兵们聚集在一起，围成一个圆圈儿，有说有笑，煞是热闹，竟然没有发现罕王的到来。罕王挤进了锡伯官兵堆里，只见在席地而铺的毡子上，散落着几十个从被宰杀的猪羊脚上剔出来的嘎拉哈（骨头）。一个锡伯官兵跪在毡子上，喊了一声"起"，他就把攥在右手的铁球用力向空中抛起，然后回手抓起散落在毡子上的嘎拉哈，紧接着又将落下的铁球用手接住，旁边的人根据所抓起的嘎拉哈数量的多少来确定输赢。轮流抓嘎拉哈的官兵，一个个眼明手快，手舞足蹈，好像在跳"萨满"似的，动作煞是好看。罕王也被深深地吸引住了，就和锡伯族官兵高兴地玩起抓嘎拉哈来。结果所有的人都玩得很尽兴，愁闷和痛苦也都被抛到了脑后。后来，每当过年过节或作战空隙，努尔哈赤总要同八旗官兵玩抓嘎拉哈游戏，赢了的就给赏赐，输了的也给吃犒劳。而八旗官兵自从玩起抓嘎拉哈的游戏后，凡到了年节，几乎再没有思亲想家和拈花惹草违反军纪的事情发生了。如今抓嘎拉哈已经成了锡伯族人最喜爱的一种传统游戏，每逢年节，锡伯族人不分男女老少，都要玩抓嘎拉哈。后来，这种游戏甚至在汉民族中也有流传。

"抹黑节"是新疆锡伯族的传统节日。每年农历正月十六的清晨，人们把晚间准备的抹黑布（布上抹了锅底的黑灰）带上，大家你追我赶的来到街上，互相往脸上抹黑，笑声不断，十分有趣。而关于这个节日也有一段传说，古代锡伯族以渔猎为生，后来有一对老夫妇救活了一只受伤的燕子，燕子便衔来麦种作为报答。于是锡伯族人开始以种麦为生。巡天神知道后，派神犬告诉大家，以后人吃面粉，狗喂麸皮，各有所食。有一年过新年时，一位年轻媳妇不慎将面饼烙糊了，就把烙糊的饼喂了狗。巡天神知道后大怒，施展魔法让麦种长了黑色霉菌。人们播种后发现麦穗全部结的是黑籽，根本无法食用，于是全村人便向巡天神祈求恕罪，愿意往自己脸上抹黑，而让小麦不再生黑霉。巡天神应允了村民的请求，然而在离去时，却用手在麦根处由下往上一捋，捋走了麦秆上所有的麦粒，只留下尖端处的一截麦穗。以后每年的正月十六，巡天神都要出来察看一下锡伯族人有没有记取教训，于是人们互相往脸上抹黑，祈求五谷之神不要把黑穗病传到人间，以确保小麦的丰收，保佑百姓平安。

这一类的传说还有《绣花边的来历》、《槟榔荷包》、《围嘴的传说》、《摇车的传说》等，另外锡伯族还有关于寺庙来历的传说，如《太平寺的来历》、《石佛寺的传说》等，关于地名的传说，如《喇嘛坟的传说》、《黑鱼沟的来历》、《龙岗子的传说》等，也都很生动地讲述了一些习俗和地名的由来，表现了锡伯族人民丰富的想象力和对生活的热爱。

第三节 民间故事

锡伯族的民间故事源于生活，远至狩猎时代的艰苦环境，近到农耕生产的繁忙季节，不论是在茅屋庭院，还是在田间地头，只要有点闲暇时间，锡伯族人都会习惯地聚集在一起，听老人或有见识的人讲故事，作为消遣和娱乐，久而久之，听故事就成了锡伯族人民喜闻乐见的一种民间文学形式，而经过一代代口口相传并日渐丰富的民间故事，也成了锡伯族文学宝库中一颗璀璨的明珠。锡伯族民间故事的内容极为丰富，大致可以分为四大类：动物故事、魔法故事、生活故事和民间笑话。

一、动物故事

动物故事是指以动物为主角的民间叙事作品。在这类故事里，作为主角的动物们既保留了自身的天然习性，又被充分的人格化，具有了与人类相同的思想和情感，艺术形象生动亲切。锡伯族人在这些动物身上注入人类的情感和意识，借以表达对世界和人生的某种认识和感悟，宣泄不便直接宣泄的某种情绪，从而使动物故事承载了相当丰富的社会生活内容，并折射出较深刻的社会意义。

锡伯族的动物故事大致可以分为释源性动物故事和社会性动物故事两大类。

（一）释源性动物故事

主要是讲动物的形态、习性、性格特征的来历和因由。例如《狗和兔子》，主要讲述这样一个故事：很久以前，狗和兔子是一对要好的兄弟。一次，兔子为了参加亲戚家儿子的婚礼，向狗借了一双绣花鞋，可是吃席归来，兔子不但不归还鞋子，反而赖账说狗记错了。狗气得想一口咬死忘恩负义的兔子，兔子见势不妙，拔腿就跑，狗穷追不舍，从此狗和兔子结下冤仇。平时，狗只要见到兔子就追，而兔子则吓得整天藏在草丛中，只有到了夜间才敢出来，而且只要听到狗叫，就会吓得拔腿而逃。这个故事形象地解释狗为什么碰见兔子会拼命追赶，兔子为什么总是白天躲在草丛里，只有到了夜晚才出来觅食，为什么兔子一听到狗的叫声就没命的逃跑等种种缘由。这类故事很多，如解释狗和猫为什么互不友好的《狗和猫》，解释狗撒尿时为什么会抬起一条腿的《狗撒尿时为什么抬起一条后腿》等等，都分别从人的视角生动有趣的解释了动物常见的生活习性与特征的来历，从而表现出锡伯族人民在蒙昧时期对自然环境的天真而丰富的想象力。

（二）社会性动物故事

一般讲述动物之间的纠纷、战争、智谋以及愚蠢行为。这类动物故事往往采用拟人化的手法来表现动物的生活，通常的模式是借用人类的智谋使强者在弱肉强食的动物世界里最终输给弱者。这些故事表面上写的是动物，实际上比喻的是人类社会，表明了一定的生活态度，传达了一定的生活感受和思想愿望。比如《山羊》的故事情节：山里有一只性情残忍的狼，遇上一只山羊，想吃掉它，可狼从来没见过山羊，心里没底，就试探地问："你头上长的那两个东西是什么呀？"山羊说："那是宰狼的两把锋利的尖刀！"狼又问："你下巴上长的那个东西是什么呀？"山羊说："那是吃完狼肉后擦嘴的手帕！"狼听了胆战心惊，勉强定了定神，又问："山羊哥哥，你生气的时候为什么两边肋骨忽扇忽扇动个不停？"山羊趾高气扬地说："我肚子里有三只捉狼的猎狗，我一生气它们就在里面乱跳，它们准备跳出来抓狼！"狼吓得扭头逃窜，竟力竭而死。这则故事一方面表现出山羊和狼的形态和习性特征，另一方面也表现出山羊的临危不惧、聪明勇敢，让善良弱小的山羊最终战胜强暴凶残的狼。这则动物故事充分表达了当时的锡伯族人希望凭借自己的智慧在残酷的环境中生存下去的强烈愿望。这方面的典型故事还有《兔子和狮子》等。另外，《酥油、茶壶、麻雀》、《笤帚、锅刷和猫》则曲折地反映了锡伯族人民的生活智慧和态度。

二、魔法故事

魔法故事，又叫幻想故事、变形故事、传奇故事，是民间故事中最为引人入胜的闪耀着奇光异彩的一部分。魔法故事一般讲述主人公的神奇经历和圆满结局。通常主人公都能在超现实能力的帮助下，实现自己的理想或愿望。这类故事表达了锡伯族人民惩恶扬善的愿望以及对美好生活的追求。

锡伯族的魔法故事可分为三个类型：第一类是动植物变成美女报恩的故事，主要讲述勤劳善良的贫穷小伙子和由动植物变成的美丽聪慧的姑娘结亲，过上幸福美满生活的内容。以在锡伯族民间广为流传的《灵芝姑娘》的故事最为典型，这个故事是新疆锡伯族于1764年从东北老家移民到新疆时带来的，在那个特殊的流传过程中，原东北地名也变化为新疆的乌孙山、伊犁河等。故事讲述的是一个老爷爷和他的孙子住在深山里，以采药为生。有一天，爷孙俩在梦的帮助下采到了十二株大灵芝，留了一株，其余的都卖了。后来那留在家中的灵芝变成了一位美丽善良的姑娘，暗中收拾屋子，做出美味佳肴。最后，孙子和灵芝姑娘结亲，夫妻俩精心照顾爷爷并过着幸福美满的生活。再比如，在辽宁沈阳新城子区锡伯族中流传的《阿勒木·玉云木和鲤鱼仙女》，纯朴善良勤劳的男主人公救了一条鲤鱼，这条鲤鱼知恩图报，变成一个美丽的姑娘嫁给这位小伙子，并帮助丈夫战胜凶恶的财主，从而生动曲折地反映了锡伯族人民勤劳、善良、勇敢的优秀品质和对幸福生活的美好憧憬。

第二类是仙人或人被施以魔法而变成动物，后因遇到真情而破解了魔法恢复原身的故事。比如《青蛙新娘》和《青蛙儿子》，前者讲述了荷花公主因为活泼好动触犯天条而被变成青蛙，后被一个叫巴图的小伙子无意中娶回家，经过了七七四十九天的充满真情的婚后生活，青蛙终于恢复了公主人身，巴图与荷花公主过上了幸福的生活。后者讲述一仙童因违抗了天条而被发配人间，变成了一只会说话的青蛙，做了一对老夫妻的儿子，之后他凭借神奇魔法，把富家小姐娶回了家，最终破解了长达百年的魔法，变成了英俊小伙和妻子团聚。这类故事还有《狼女婿》等，它们都集中反映了锡伯族人民不畏困难、勇于追求的精神和充满真情的内心世界。

第三类是人类因故被变成动物后或行善或作恶的故事。在民间广为流传的《九个哥哥和一个妹妹》和《三兄弟》，前者主要讲述一对夫妻因生育女儿不能如意而迁怒于九个儿子，美丽善良的小妹为有了自己会给哥哥们带来杀头之祸而深感不安，于是她暗中帮助哥哥们逃跑。后来小妹思念哥哥们，费尽周折找到哥哥们并与之团聚。不料在一次采花时，小妹无意中把九个哥哥变成了乌鸦，为了使哥哥们还原人形，小妹忍受着巴音少爷的纠缠和鞭打直至奄奄一息，坚持做到百天不说、不笑、不哭、不哼的破解魔法的规则，最后使哥哥们由乌鸦还原成小伙子，让巴音少爷受到了应有的惩罚。后者讲述两个狠毒贪婪的哥哥因嫉妒弟弟的智勇和好运，就图谋杀害善良忠厚的弟弟，占有父亲留下的牛马，还把年迈的母亲和弟弟的未婚妻赶出了家门，结果使她们饱受磨难，忍无可忍的弟弟在逃出险境后，杀死了两个哥哥并将其剁成几块。可是两个哥哥还贪心不死，变成无数个牛虻、马蝇和蚊子叮人肉、吸人血作恶不断。这类故事主要寄托了锡伯族民众爱憎分明的情感和扬善惩恶的思想。

除了以上三种类型，锡伯族的魔法故事还有其特有的类型，即兼有魔法和历史特色的类型，其代表作就是在锡伯族民间广泛流传的蟒古斯玛玛的故事。这个故事可以追溯到父系氏族替代母系氏族的社会时期，在锡伯族人的原始文化观念中，蟒古斯是一个丑陋恐怖、残忍狠毒的恶魔形象：她长有一个血盆大口，一对长长的獠牙顶到鼻尖，长长的舌头垂到脚下，滴溜溜转动的眼睛像碟子一样大，两个乳房一尺来长，头顶上有个黑窟窿，可以窥见她体内的五脏六腑；她吃东西时，发出很大的咀嚼声，她还能轻而易举地咬断大树；她走路时，脚底下发出震耳的脚步声；她还非常狡猾残忍，经常假扮成爱心媳妇，去欺负可怜的老太太；有时她坐在野地里，诱骗善良的妇女，将其杀害以果腹，随后又装扮成这个妇女前去残害她的孩子并吃掉。但是，她往往被勇敢机智的小孩儿战胜，不得好死。这类故事形象地展示了母系社会向父系社会的转型给锡伯族民众的心理与观念带来的巨大变化。

三、生活故事

锡伯族的生活故事主要反映民众的日常生活内容，其主人公基本上都是现实生活的中普通人物。根据故事内容和人物的不同，大致可以分为后母的故事、聪明女子的故事、训诫故事、讽喻故事、系列人物故事，等等。生活故事集中反映了被压迫者的现实生活，具有很强的写实性。

几乎世界各民族的生活故事里都有后母的故事，而且主题也是一样的，例如《灰姑娘》。锡伯族也有属于自己的后母故事，比如《后娘的故事》讲述的是后娘母女俩百般虐待前妻留下的女儿，后来竟把继女推入水井淹死，还把井填满，没过几天从井里面长出一棵柳树，上面有一只小鸟很通人性，见到父亲就唱，见到后娘就掉眼泪。狠心的后娘又害死小鸟，将它烧成灰撒在大门外。邻居老奶奶从灰中捡出一颗绿宝石，绿宝石其实就是被害死的姑娘，她变成人和老太太一起生活，最后老太太帮她报仇雪恨，终于使父女团聚。后娘和她的女儿也罪有应得，被斩首示众。

巧姑娘聪明媳妇的故事也是世界性的生活故事类型。这类故事都以女性的聪明才智解决难题来编织动人的故事情节，比如《阿罕的媳妇》讲述了一个叫阿罕的小伙子很老实，但是心眼不灵，父亲叫他去把家里的绵羊卖了，然后买20公斤盐再用绵羊驮回来，可是阿罕怎么也想不通卖了绵羊怎么又能再牵回来。邻居云花是个非常聪明的姑娘，她说把羊毛剪下来卖了，用卖羊毛的钱买盐，再用羊把盐驮回来不就行了。这事让阿罕的父亲知道了，十分高兴，很快让两个人成亲。婚后的云花同样通过自己的聪敏才智替丈夫处处解围。这类故事还有《聪明的妻子》、《替公公出气的媳妇》，等等，都表现了女性敏捷的思维和机智的语言。

训诫故事主要表现了锡伯族人民的生活哲理、伦理观念和社会态度等，例如《活佛》讲述这样一个故事：一个母亲好不容易把儿子养大，儿子却丢下母亲寻佛学法去了。他走遍了名山大川，最后终于找到一位和尚以为是活佛，请求收留。和尚说活佛是反穿衣服倒穿鞋的人，叫他去寻找。他找不着只好垂头丧气地回家，而母亲天天在家盼儿子，这一天突然听到儿子的声音，惊慌中把衣服反穿，把鞋倒穿着出去了。儿子一见才知道，原来自己千辛万苦寻找的活佛就是母亲，一时百感交集，和母亲抱头痛哭。从此儿子孝敬母亲，被传为佳话。这个故事表现了锡伯族人对伦理孝道的重视，训诫年轻人无论何时都不能抛弃对父母尽孝的优良传统。还比如《不是用自己血汗挣来的钱不会归自己》劝诫人们君子爱财要取之有道。《一句话一百元》则告诉人们任何时候不要被钱财美色迷惑了心智，无论如何不要在冲动的时候匆忙作出决定，否则只会一失足成千古恨。

锡伯族也有年迈的父亲在离开人世前给儿子立下遗嘱的故事，如《遗嘱》等。儿子们因为缺乏对生活的正确认识，开始往往曲解了遗嘱的真实含义，直到由一位智者一语道破天机，儿子们才恍然大悟，真正理解遗嘱的深意，过上了自食其力的生活。这些训诫故事耐人寻味，有很好的劝诫与警世的作用。

讽喻故事讽刺了社会上一些不正常的现象。比如《到处都一样》讽刺了那些不顾客观现实与规律,按照自己的想法一意孤行的人。《爱模仿别人的女人》则讽刺只会一味模仿别人,而丧失了独立思考和应变能力的人,等等。这些故事大多短小精悍,但却令人回味无穷。

系列人物故事也叫机智人物故事,是生活故事中最有特色的种类。机智人物故事往往以某一个人物为中心构成系列故事。系列人物故事在故事的架构上表现出一个共同特点,即主人公通常是用机智的手段来嘲弄和战胜社会上层的强势人物。

锡伯族民间故事有不少机智人物故事,数量最大且最有名的是"秃娃的故事"。在《秃娃》、《霍托与巴音》、《独生霍托和七个霍托》、《朱锁国》、《让马也认认老爷》、《我的全身都是属于老爷的》、《熟石皮》、《坐飞车》等故事中,主人公都是霍托。霍托头上长有癞疮,据说富人、贵族、官员们都讨厌他,但穷苦老百姓都很喜欢他,因为他聪明、机灵、诙谐、乐观、能干、善良。富人们对他讥讽侮辱,反而被他回敬得哭笑不得;财主们对他施展阴谋诡计,反被他斗得狼狈不堪;仇人们暗算他,想整死他,都被他巧妙的智斗打得一败涂地;他甚至把地狱里最高统治者尼尔玛洪也置于死地——无论遇到什么艰难险阻,他都有办法攻克。他还有办法让不少美丽的姑娘心甘情愿地嫁给他。实际上,他很像是锡伯族的"阿凡提"。例如《霍托和巴音》的故事情节:霍托的父亲在巴音家辛辛苦苦干了一辈子,巴音不给一分工钱,只给了一头瘦弱的公牛让他父亲去挤奶喝。霍托知道了很气愤,暗暗盘算要好好教训这个只爱钱财不讲道理的巴音。一天,霍托爬上巴音家的马棚,抽出一捆草往下扔,巴音见了气势汹汹地问他干什么,他说他爹快生孩子了,这捆草拿去垫炕铺。巴音怒斥谁家的男人能生孩子,霍托反问他谁家的公牛能挤奶吃,巴音被问得张口结舌,从此更加仇恨霍托了。巴音出去打猎,想把霍托推下河去,却把自己的银鞍推下了河,巴音又想在树林把霍托烧死，却把自己的猎鹰猎狗活活烧死，最后巴音上了霍托的当，跳进河里被淹死了。这些故事告诉人们，巴音虽然狡诈、阴险、狠毒、有势力，但是只要劳动人民运用自己的聪明才智与其作斗争，最后就一定能取得胜利，可以说，这些故事反映了锡伯族人民反抗权贵的精神，寄托了他们向往平等的理想追求。

不同的民族虽然都有属于其民族特色的系列故事，但其创作规律却是惊人的相似。在世代的流传过程中，锡伯族的系列故事之所以得到不断的发展和丰富，一个重要的原因就是反复运用传统的主题、情节、形象，形成民族的审美认同和价值取向，从而广泛地反映了锡伯族人民的社会生活和思想情感，成为锡伯族民间故事中不可或缺的重要部分。

四、民间笑话

民间笑话是锡伯族民间故事中的讽刺小品，是锡伯族人民以口头语言创造的口头漫画。在新疆锡伯族民间流传着许多笑话，它们以辛辣讽刺和充满机趣的调侃手法，一针见血地揭示社会生活中存在的各种矛盾现象，集中表现了锡伯族民众的智慧和幽默才干。然而，我们对锡伯族民间笑话的搜集、整理、研究还很滞后，目前，公开出版发行的只有吴春儿编的《笑话选》。

综上所述，锡伯族民间故事作为锡伯族文学遗产中必不可少的一部分，广泛流传于一代代锡伯族人民之间，形成了自己的风格，传承着锡伯族的思想历程和文化内涵，展示着锡伯族先辈的非凡智慧和是非观念，寄予着锡伯族人民的美好愿望，并以其鲜明的主题，丰富的内容和特有的审美性滋养着质朴的锡伯族儿女。又像一颗永不落的明星，印证着锡伯族的过去，见证着锡伯族的今天，预示着锡伯族的未来，并在锡伯族的文化长河中蜿蜒绵长。

第三章 伊尔根舞春（民歌）

第一节 概 述

民歌是民间歌谣的简称，是广大民众集体创作的可以歌唱和吟诵的篇幅相对较短并且以口头方式传播的一种韵文形式。锡伯族民歌根据内容的不同分为情歌、萨满歌、习俗歌、生活歌、劳动歌和儿歌六大类。在锡伯族民间文学广博辽远的星空里，民歌是一颗耀眼的恒星。广袤繁多独具特色的思想内容，个性鲜明惟妙惟肖的艺术特色和教育警醒，推陈出新的文化价值，使民歌成为锡伯族民间文学里的一道独特风景。

一、多方面地反映社会生活

广泛的取材让锡伯族民歌映射出锡伯族民众生活的各个层面，从爱情婚姻到萨满跳神，从日常习俗到社会生活，从成人劳作到儿童游戏，嬉笑怒骂皆成歌，井水饮处都成调，这使得民歌在数量和质量上取得了双赢，丰收一片，硕果累累。

（一）爱恨情愁的充分表现

引人注目的情歌为锡伯族民歌的丰硕创作作出卓越贡献，它像一个天生的宠儿，最受锡伯族人喜爱。在情歌中，俚俗浅显的语言寄寓着布衣儿女风花雪月里的浪漫，款款深情的对唱表现着阿哥小妹柴米油盐中的坚贞。《树上的黄莺》、《乱飞的蝴蝶》、

《百灵鸟最受人喜爱》、《满地的花朵》、《街头歌》、《款款悠悠的蝴蝶》、《不求你富贵求性情》、《天上的星星亮晶晶》、《心声》、《思念》、《小妹的情意》、《幼葱的根儿》、《让这歌声来传情》、《阿哥不要太心酸》等作品都是锡伯青年对幸福爱情的追求和赞颂的表达。同时，面对罪恶的封建包办婚姻、买卖婚姻制度，锡伯族女青年痛不欲生与坚贞不屈的形象更让情歌大放光彩，《悲苦的泪水流不尽》、《晋布那迪晋布哲》、《狮子的吼叫声》、《旧时恋歌》让人捶胸顿足，潸然泪下。"无情未必真豪杰，怜子如何不丈夫"，锡伯族青年都为性情中人，以他们爱情婚姻为内容的情歌更是弥足珍贵，经久不衰。

（二）萨满歌——歌乐舞齐聚

作为锡伯民歌中最古老、最具民族特色的萨满歌，它如一台台规模宏大、场面喧闹、气氛紧张、人物众多的西方正剧，活灵活现地演绎了萨满、斗琪、尔琪、相同为人跳神治病的情景，深刻表达着锡伯族人民对妖魔鬼怪的憎恶，对福乐安康的祈求，对祖宗神灵的敬畏。萨满歌《霍里色》、《爱新哈准》、《扎嘿朱嘿》、《杭阿尔常阿尔》在新疆察布查尔广为流传，再现出萨满招魂、唤神同时烘托气氛的治病情形；在斗琪歌《巫亚拉伊也》、《敦布尔敦布尔》、《阿尔坦库里》、《阿尔孙多罗》、《托次别玖别》、《朱可嫩》中，凝神作法的斗琪斩妖除魔勇斗疾病的场面同样扣人心弦；尔琪歌《索里扬克》、《亚布塔尼》表现了尔琪在祈求保佑和诚送"瘟神"以求儿童健康的情景；表达相同为患病儿童唤神招魂、祈神降医的相同歌《霍伯里格霍伯里》、《亚噶伊格》、《索岳尔塔》在民众中间传唱着。萨满歌以它独树一帜的内容与形式不愧是锡伯族民歌绚烂画卷中浓墨重彩的神来之笔。

（三）反映日常习俗的民歌

锡伯民歌中的习俗歌内容庞杂，种类繁多，婚丧嫁娶、劳动游乐、礼节信仰、传统佳节等方面的习俗都囊括其中。习俗歌通过生活琐事表现锡伯族多彩的民俗，借助点点滴滴歌颂锡伯族纯朴的民风，创作成果毫不逊色。婚姻习俗是锡伯族习俗歌中着力再现的内容，从说亲、打丁巴、劝嫁、哭嫁到举行婚礼，处处习俗都有民歌作见证，代表作品有《说亲歌》、《定亲歌》、《婚礼歌》、《打丁巴之歌》（一）、《打丁巴之歌》（二）、《乌鸦的歌声》、《哭嫁歌》、《狮子的吼叫声》、《爱新托浑》、《婚宴之歌》、《婚礼歌》（一）、《婚礼歌》（二）、《婚礼歌》（三）、《婚礼歌续》等；表达丧葬习俗和劳动习俗的民歌分别以感人至深的《哭葬歌》和斗志昂扬的《上梁歌》为代表；表达礼节信仰习俗的民歌分别以《尊老歌》和《希林妈妈歌》为代表；《叨羊歌》和《抓嘎拉哈歌》是表达游乐习俗的代表作品；搜集到的《元宵歌》、《射箭歌》、《练臂歌》也是习俗歌中的佳作。习俗歌承载着锡伯族人民生活里真诚的情感，反映出锡伯族习俗中鲜明的特色，在锡伯民歌中占有重要地位。

（四）社会生活的真实写照

生活歌是锡伯族民歌的心脏，它连带着锡伯族民众血脉里的炽热而深厚的情感，彰显出一种民族精神和民族性格。

生活歌中的苦歌是锡伯族人民在社会凋残、生灵涂炭的旧中国遭受巨大苦难与寻求光明希望的真实写照，具有强烈的爱国意识与民族意识。苦歌代表作品有《"九一八"事变歌》、《黑夜茫茫》、《四季苦歌》、《穷家都有辛酸史》、《穷人皮包骨头筋》、《盼月亮》、《茫茫长夜》、《戈壁滩上的沙枣树》、《农夫为何这样苦命》、《悲苦的泪水流不尽》、《过年难》、《哪天能太平》、《扛大活的挨大饿》、《要吃地主饭，就得拿命换》、《百姓恨"刮民党"》、《这人不如小白羊》、《各回各家园》、《血战长城坡》、《长工歌》、《换穿衣》、《赋税重》、《异乡梦》、《走天涯》、《他乡苦》、《可恨的人》、《野草歌》、《鸦片毒》、《凶年》、《抓兵》、

《盼天亮》、《哭五更》、《驱痊歌》。颇具教育意义与警醒作用的劝导歌，是生活歌的重要组成部分，作品有《老人歌》、《父母心》、《老师言》、《劝阿古归正道》、《农耕好》、《勤俭为荣》、《齐心合力》、《莫急躁》、《岁月歌》、《游手好闲可耻》、《我原是抽大烟的婆娘》、《禁烟歌》、《劝学歌》、《不孝敬父母怎么行》、《摇钱树》、《劝学歌》、《别再吸食鸦片烟》、《放荡不羁的人》、《从前我是赌博汉》、《劝阿古好好劳动》等为人称颂，同时，新时代又赋予了这些作品新的阐释。以《扎下营盘保中华》、《美丽的家乡》、《察布查尔赞》、《乌孙山颂》、《察布查尔大渠颂》、《颂恩人》、《父母的恩情》、《老师的恩情》、《人人赞美德》、《三十四英雄颂》、《图伯特颂》为代表的颂歌深情唱出了锡伯族人民对挚爱的祖国、家乡、师长、英雄以及自然风光赞颂之情。格言歌更显锡伯族民众的哲理和生活经验，代表作品有《在自己的祖国里》、《没有经过寒冬的人，不知道春天的温暖》、《和学问交朋友，就会成秀才》、《手中有真理的人，会昂首挺立》、《真理总要放光彩》、《在今日的世道里，诚实勤劳的人荣升》、《为人处世要稳当》、《谦虚人的智慧藏在心底里》、《谎言只骗贪心汉》、《假话好听不是真》、《头头多了事难办》、《穿长袍的人总有一天会绊倒》、《朋友多的人出门方便》、《做人应当说真话》等。根植于社会生活、流淌着民族血液的生活歌在锡伯族民歌中的地位无疑是举足轻重的。

（五）田园劳作歌

劳动歌唱来轻松愉悦，主要表现锡伯族民众田野里、猎场中和谐欢快的劳动场面。田野歌以《四季歌》、《田野歌》（一）、《田野歌》（二）、《春光明媚又美丽》、《义格里》、《吾呼哩》、《金色的土地》、《拉煤》、《赶车》、《浇水》、《劳动和吃饭》为代表作品。渔猎歌以《猎人之歌》、《狩猎歌》（一）、《狩猎歌》（二）、《打猎歌》、《棒打獐子瓢舀鱼》、《打鱼歌》为著名。劳动歌以歌颂新中国成立后锡伯族人民的幸福生活为主，为锡伯族民歌增添了明朗欢乐的色调。

（六）儿童生活歌

儿歌主要是拥儿入睡、伴儿游戏、教儿学习时唱的歌谣。目前，搜集到的锡伯族儿歌作品有《摇篮曲》、《巴小喳》、《我不喜欢喇叭花》、《扔扔站儿》、《格合格勒合更额》、《哲木哲木哲克》、《刚刚嘎里伟里》、《赶老鹰》、《谷草垛，插尖刀》、《巴伯哩曲》、《瓦克善舞春》、《青蛙青蛙呱呱呱》、《阿字头歌》、《惜时勤学歌》、《我们爱劳动》、《九九牲口歌》、《骑牲口歌》、《九大弯弯》、《小白羊》、《小燕子》、《十二月菜名歌》、《对歌》、《唱倒歌》、《妈妈说句公道话》、《卖锁》、《小鹊雀》、《卖蒜了》。儿歌为锡伯族民歌领域增添了童真无邪的气息，显示出锡伯族人民的集体智慧。

二、民族精神的集中体现

在五千多年的发展中，中华民族形成了以爱国主义为核心，团结统一、爱好和平、勤劳勇敢、自强不息的伟大民族精神，锡伯族人民也用自己智慧的结晶——民歌践行着这种精神。

（一）强烈的爱国主义精神

爱国主义，是中华民族千百年来形成的对于自己祖国挚爱的深厚情感。它表现为对祖国和家乡的热爱和深切的眷恋，对祖国统一、民族团结的强烈期盼，对祖国繁荣昌盛的坚定信念，对祖国主权和尊严的坚决捍卫，对卖国求荣的无比鄙视，对爱国志士的无比崇敬等。生活歌就集中体现了锡伯族民歌中的爱国主义精神。曲曲颂歌展爱国爱家乡敬英雄之深情，示建设美好新家园之决心；首首苦歌诉山河破碎分崩离析之悲痛，表推翻旧社会走进新时代之热切盼望。格言歌和劝导歌体现出"国家兴亡，匹夫有责"的社会责任感。情歌中两情相悦的幸福，萨满歌中巫师驱除妖魔的坚决，习俗歌中不同习俗美妙的场面等都在表达锡伯族民众对美好生活的向往之情，同样充满了爱国主义色彩。

（二）高尚的精神风貌和优良传统

集中表现解放后锡伯族人民辛勤愉悦劳动场景的劳动歌，体现出锡伯族人民团结和睦，勤劳自强的精神面貌，再现了团结一致建设家园，自强不息戍边卫国的崇高精神。另外，锡伯族民歌中的习俗歌、生活歌（主要是格言歌和劝导歌）也表现出了中华民族尊老爱幼、勤俭节约，自力更生、艰苦奋斗的传统美德。

三、鲜明的艺术特色

锡伯族民歌集诗歌性与音乐性为一身，融抒情、叙事与描写为一体，采各种艺术手法之长处，具多种演唱形式之特色，取得了巨大艺术成就。

（一）极具浪漫色彩的现实主义手法

总体上，锡伯族民歌用现实主义手法表现锡伯族民间生活的各个层面，真实反映了锡伯族民众的喜怒哀乐、理想追求和精神风貌。同时较强的抒情性又带来了鲜活的浪漫色彩，情歌中丰富大胆的想象、婚姻习俗歌中倾情动人的对唱、田野歌中真挚深情的赞美等都大大凸显出浓厚的浪漫色调。

（二）极富生命力的语言艺术

锡伯族民歌语言形象生动，广泛运用赋、比、兴三种手法，兼用比拟、反复、象征等多种修辞方法，这些修辞方法尤其在锡伯族情歌中得到最突出的表现。

锡伯族民歌语言丰富多样，不仅显示出一些独具民族特色、地域特色的字词（例如情歌和萨满歌），而且形式古今并用（例如习俗歌、生活歌、劳动歌），三句、四句、五句和七句的重叠章法让人听来九曲萦回，唱来满口噙香。

细腻生动的语言描写是锡伯族民歌语言艺术的一大亮点，如情歌中的心理描写自然真实、感情细腻,萨满歌中的场面描写松弛有度、跌宕起伏。同时浅显易懂的语言,雅俗共赏,讲求韵律,朗朗上口,深受百姓欢迎。

(三)别具一格的演唱形式

锡伯族民歌的音乐性主要体现于多样的演唱形式和优美的旋律。情歌的深情对唱,萨满歌的众人(或二人)和唱,习俗歌的独唱或伴唱,儿歌的问答调等,都再现出锡伯族民歌的特色韵味,让人耳目一新。锡伯族民歌旋律优美动人,柔和舒缓,犹如月下轻吟《摇篮曲》;波澜起伏犹如雪中高唱《猎人之歌》;锡伯族民歌为广大音乐爱好者称颂。

四、具有重要的教育意义

用马克思主义观点看,锡伯族民歌所体现出来的生活理念和生活原则具有警戒后人的重要教育意义;锡伯族民歌为后人推陈出新、古为今用,传承发展锡伯族文学提供了天然养料,同时对于锡伯族不同时代的历史文化的研究具有重要价值。

(一)教育警示意义

生活歌、劝导歌和格言歌,浅显之语寄寓着深刻道理,是锡伯族民众经验的总结、智慧的结晶,反映着人民对至善至美的追寻,时代将赋予这些道理以新的阐述,比如关注民生,比如追求和谐等。

(二)源头活水的作用

"问渠哪得清如许,唯有源头活水来",锡伯族文学的发展繁荣离不开对锡伯族民歌精华的有效汲取。民歌语言的特色、旋律的悠扬,丰富的内容等对于后世文艺(如新民歌、舞蹈、音乐、工艺美术)的创新具有重大借鉴作用。

(三)重要的史料价值

锡伯族民歌是一座融文学、艺术、历史、语言与文化于一身的巨大资料宝库，字字饱含深情，句句浸润血泪，是锡伯族民众心灵深处的天然纯净的声音，可谓是一部关于锡伯族的韵文历史，对于锡伯族文化的研究和传承无疑具有重要价值。

第二节 布也宁舞春（情歌）

情歌，锡伯语称"布也宁舞春"，它在锡伯族民歌中占有重要位置，情歌数量多，流传范围广，以其丰富多彩的思想感情、颇具特色的韵味赢得了永久的艺术魅力，是锡伯族文学艺术花园中一朵绚丽夺目的奇葩。

锡伯族情歌按内容分为以下几类：诉情歌、相爱歌、求爱歌、苦情歌、谈情歌、相会歌、定情歌、离别歌、相思歌、忧情歌、断情歌、挑逗歌、徘徊歌、定亲歌、规劝歌、成婚歌、劝嫁歌、哭嫁歌等。

一、真挚的思想感情

情歌表现了锡伯族青年追求爱情、追求幸福生活的真挚感情和美好理想，同时表现出他们得到爱情时的愉悦之情，更多表现的是由于种种原因所引起的思念、忧伤与痛苦之情。

（一）形象生动，感情炽烈

第一，表现男女青年坠入爱河的情歌。

《树上的黄莺》中唱道："树上的那只黄莺，歌声为何这么清脆？脆弱的心上姑娘啊，为何紧锁双眉？""失去配偶的小白兔，怜悯地站在小洞边。姑娘那双手捂着脸儿，锁着眉长吁短叹。"可谓是"柳眼眉腮，已觉春心动"（李清照《蝶恋花》），情歌通过对姑娘双眉的描写，再现了她们初涉爱河时淡淡的忧郁、哀愁的心理。

《乱飞的蝴蝶》中唱道:"炎热火辣的太阳光哟,把青翠的树叶烤得焦黄。我纳着鞋底思恋情郎,头挨着墙缝不住惆怅。"这是表现姑娘对心上人的思恋之情——一针一线纳相思,这也在诉说姑娘的焦虑之苦——思如骄阳烤叶黄。

《百灵鸟最受人喜爱》中唱道:"地震那个花儿哟,太阳一出来了羞掩了面容;被爱情纠绊的小妹啊,见到阿哥就跑得无影无踪。""清清的河水哟,不知你的泉眼在什么地方;我那日夜思念的姑娘啊,你为什么又低下了头。"这里,锡伯族姑娘初遇爱情时的娇羞之态跃然纸上,与易安词"和羞走,倚门回首,却把青梅嗅"(《点绛唇》)大有同工异曲之妙。

《满地的花朵》中这样唱道:"河岸上的小船哟,靠你渡河多少回耶哪;不见阿哥的身影哟,心里发愁过多少回耶哪。"《街头情歌》中唱道:"桌子那个腿脚,惧怕灯笼的亮光耶哪;得知英俊的阿哥来哟,点着灯笼等待耶哪。""花羽毛那个公鸡,关在鸡笼里耶哪;想见心爱的阿哥哟,要乘赶鸡的机会耶哪。"这些都生动再现了姑娘苦苦思恋与等待的情景。

《款款悠悠的蝴蝶》中唱道:"栖落在杨树上的那只乌鸦,喊叫声多么悲凉;阿妹临别前这么望着我,嘴边的歌声多么叫人感伤。""明亮多情的月亮哟,转眼间钻进了云里;方才笑得欢畅的阿妹哟,伴着歌声消失在晚霞里。"由此可见,姑娘或悲伤或欢快的歌声也是他们爱情生活的重要表现。

《悠悠款款的蝴蝶》中唱道:"春天的景色多么迷人,深秋的水色多么恋人;我那日夜思念的情人,怎能叫我安心睡眠?""看着地里的麻秆儿,悄悄地在眼前茂密生长;日夜思念的姑娘哟,为什么不见你的踪影?""河边的柳条细又长,不知你何日方能割回来;离别了多日的小妹哟,不知何日才能再相会。"这里表现的是锡伯族男青年对情人的思念与等待。

《树上的黄莺》中唱道:"勤劳善动的燕子啊,带着儿女飞向这方；阿哥显然远离家乡，阿妹的话儿永记在心上。""天上的星星哟，转眼间又消失在晴空耶哪，心上姑娘的贵门哟，为何日夜无动静？"《百灵鸟最受人喜爱》中唱道："那光滑的石头上哟，花儿实难扎根耶哪；我那孤独的心灵上哟，已经扎下了爱情的花根耶哪。""长江的流水哟，日夜不停地流淌啊，远离的小妹呀，怎么不叫人思念耶哪。""马儿那个蹄子哟，磨也磨不损耶哪；每当端起饭碗哟，就想起了你耶哪。"锡伯族小伙儿的情深意切正诠释了晏殊那句"天涯海角有穷时，只有相思无尽处"（《玉楼春》），扣人心弦，感人之深。

第二，表现男女青年热恋中的情歌。

有"一种相思两处闲愁"的离别之苦：如《乱飞的蝴蝶》中所唱"常年积雪的南山哟，深深的雪水流不尽。难熬的离别折磨人呀，思念的泪水流不尽。"犹如《街头情歌》中所唱："长长那个河水，源远流长耶哪；长久地和你相别哟，思念的痛苦耶哪。""独根那个树儿，在风雨中凄苦耶哪；离别倍觉孤单哟，昼夜孤苦伶仃耶哪。"

有"衣带渐宽终不悔，为伊消得人憔悴"的相思之痛：如《街头情歌》中所唱"大麻那个里面，长出了盘盘草耶哪；为你牵肠挂肚哟，心肝俱碎了耶哪。""前面那个山上，冰雪化不尽耶哪；痴情贤德的阿妹哟，眼泪流不干耶哪。""番茄那个叶子，被阳光晒蔫了耶哪；思恋我那心爱的人儿哟，扶着栅栏斜倒了耶哪。""扇子扇起的清风，吹在脸庞上耶哪；离别的泪水哟，透在飘忽的手绢上耶哪。"

第三，表现男女青年约会情形的情歌。

《乱飞的蝴蝶》中唱道："沁香如茵的青草下，潺潺流着清悠的水；洁白明净的月光下，我和心爱的人来相会。""雨水丰富的山坡上，开不败灿烂的山花；和心爱的人一见面，说不完知心的话。"《街头歌》中唱道："涓涓那个流水，从青草下面流过耶哪；你我相约幽会哟，是在明月之下耶哪。"正是"月上柳梢头，人约黄昏后"（欧阳修《生查子》），点明约会时间。

　　锡伯族男女青年约会的地点很多，比如《乱飞的蝴蝶》中唱道："雨水丰富的山坡上，开不败灿烂的山花。和心爱的人一见面，说不完知心的话。"《阿哥不要太心酸中》唱道："五月的山上开满了鲜花，我采一朵送给心爱的姑娘；姑娘就在歌起的地方，我的小狗会把我带到那个地方。"这些表明约会地点在山上。

　　《街头歌》中唱道："高粱那个除草，是在五月季节里耶哪，与聪明的阿哥幽会哟，是在苹果园里耶哪。"这表明约会地点在苹果园里。

　　还有些青年人的约会地点在花园里，如《满地的花朵》中所唱："花园里栽桃花哟，锦上添花更美丽耶哪；十五的夜晚多寂静哟，咱俩谈情入了迷耶哪。"有的在密林里，如《不求你富贵求性情》中所唱："那密林的小百灵哟，不知往何处飞耶哪；落入情网的姑娘哟，心花开放处处美耶哪。"

　　另外，关于男女青年约会，在情歌中也有喜剧性的场面描写，比如在《街头歌》中唱道："沟谷那个底里，刮起了旋风耶哪；偷偷摸摸去找阿哥哟，你却打起呼噜耶哪。""套磨的那匹马儿，停站时也不安静耶哪；站下来和阿妹说话哟，让狗骚扰不安耶哪。"再现出姑娘满心欢喜找阿哥未遂的引人发笑的情景和约会时遭遇打扰的动人场面。在《天上的星星亮晶晶》中唱道："东边那个院里，青蛙阵阵叫个不停；竖耳细一听，原来是阿哥在学蛙叫。""学蛙叫"也许是约会的信号，这里风趣幽默地描述了约会之前的情景。在《幼葱的根儿》中唱道："趁着这春雨的晚儿，载上那娇弱的花儿；趁着这追公鸡的时儿，看一眼我心爱的人儿。"这里极具戏剧色彩地展示出男女青年"道是无情却有情"的灵动画面。

（二）男女青年的择偶标准

锡伯族女青年钟情于多情的敢于大胆表白的男青年，如有一首情歌唱道："欢唱的喜鹊哟，爱在沙枣树中飞走耶哪；多情的阿哥哟，爱在小妹屋前逗留耶哪。"

锡伯族姑娘钟情于能说会道打动姑娘芳心的男青年，正如在《欢唱的喜鹊》中唱道："品尝了多样的食物哟，要数蜂蜜最甜耶哪；听了千人的话哟，要数阿哥的最感人耶哪。"

锡伯族姑娘钟情于才华出众的男青年，如情歌《百灵鸟最受人喜爱》中唱道："九月菊呀九月天，喜在秋日里争芳吐艳。我那多情的阿哥哟，你的才华胜过金色的秋天。"在《街头歌》中唱道："有名那个山中，长满了各种树木耶哪；阿哥的名声本领哟，压倒了群芳耶哪。"在《让这歌声来传情》中唱道："由远而近的雁鸣曲哟，消失在寂寞的空中；出口成章的阿哥哟，好久也听不到你的歌声。"

锡伯族姑娘钟情于心灵手巧的男青年，比如在情歌《百灵鸟最受人喜爱》中所唱："深山那个老林哟，松树挺拔柏树多娇；我那多情的阿哥哟心灵美呀手又巧。"

锡伯族姑娘钟情于品行端正的男青年，比如在《让这歌声来传情》中唱道："地里那个青柳，长得团团丛丛耶哪；爱的不是你的美貌哟，而是你的为人耶哪"；钟情于善解人意的男青年，比如在《满地的花朵》中这样唱道："肥沃的土地上哟，盛开着千万朵花耶哪；聪明的阿哥心里哟，什么事都明白耶哪"；在《让这歌声来传情》中还唱道："清晨的那个春风啊，卷起了残叶片片，阿哥那一句真心话哟，解开了阿妹的疑团。""小小的那个火柴啊，燃起了熊熊火焰。阿哥那婉转的话语哟，把阿妹心儿温暖。对于品行端正的男青年偶尔表现出不明事理、笨拙傻气，锡伯族姑娘则不会介意。比如在《款款悠悠的蝴蝶》中唱道："叫人寒心的不时风雨啊，被明亮的阳光驱散一空，阿哥那天无知粗犷的牢骚,小妹不会永远记在心中。"在《街头歌》中唱道:"没调教的马儿,拴在槽头上耶哪;不明事理的阿哥哟,用歌声打动了你耶哪。""皮做的那个绳子,用在田园上耶哪;不谙事理的阿哥哟,用真心话来引导你耶哪。""木轮那个车子,费尽了拉牲的力气耶哪;呆笨的傻气模样哟,费尽了口舌耶哪。"在情歌《百灵鸟最受人喜爱》中唱道:"钝厚的刀儿割木头,不料割破了小手指;看着那阿哥笨拙的样子,我随手夺去了手上的针线。"而对于游手好闲不务正业、心性不定、薄情寡义的男青年,锡伯族姑娘是"敬而远之的"。在《乱飞的蝴蝶》中唱道:"花瓣上乱飞的蝴蝶,哪一朵花儿都不喜欢它;整日游手好闲的流浪汉,哪一个姑娘都不爱他。"在《不求富贵求性情》中唱道:"编笆的那个柳条哟,不要那细长要韧性;心爱的小阿妹哟,不求你富贵求性情。""悠悠款款的蝴蝶哟,娇艳的花儿却厌倦它;心儿不定的小伙子哟,姑娘见了都要躲避他。"

笑容,在爱情里也具有无穷的魅力,它让爱情焕发出理性耀眼的光芒,正如文艺复兴时期的圣母像挂着的鲜活的不同于前时代的微笑一样。锡伯族男青年对姑娘甜美的笑容更是情有独钟,比如在《欢唱的喜鹊》中唱道:"白骏马跑过来哟,好似神龙一般飞耶哪;笑盈盈的小妹走过来哟,好似仙女美丽耶哪。"在《解愁》中唱道:"窗外那轮明月哟,照亮了黑暗的房间;心上人儿的笑容哟,驱走了阿哥的烦忧。"

锡伯族男青年钟情于姑娘美丽的眼睛。西班牙作家维伽曾这样赞美人眼的美:"人的心灵中有五根琴弦,由心来主掌他们的联系。五根琴弦就是五种感觉。第一就是视觉。"目光对于爱情萌生所起的心理作用是巨大的。眼睛是无声的话语,眉目传情,达到"无声胜有声"的效果。在情歌《乱飞的蝴蝶》中唱道:"习习凉爽的轻风儿,轻轻吹开了隔墙门。姑娘美丽的眼睛,深深打动了我的心灵。"在《街头歌》中这样唱道:"黑色那个键牛，咀嚼之声不绝耶哪；黑眼睛的阿妹哟，情歌之声不绝耶哪。"在《满地的花朵》中这样唱道："旱地里的禾苗哟，因有细雨长得欢耶哪；小妹细眼送情波哟，阿哥心里无比甜耶哪。"

拉布目耶尔在《品格论》中说："世界上再没有比漂亮的面孔更好看的东西，再没有比爱人的歌声更甜蜜的音乐。"锡伯族男青年钟情于姑娘美丽娇媚的面容与美妙的歌声，在《欢唱的喜鹊》中唱道："芙蓉那个花儿，朵朵绽放耶哪；俏丽动人的格格哟，胜过那姹紫嫣红耶哪。"在《街头歌》中唱道："田野那个埂埂上，开满各样的花儿耶哪；格格娇媚的容颜哟，赛过那群芳百艳耶哪。山中那个坳坳里，照耀着皎洁的月光耶哪；阿妹那美丽的容貌哟，胜过那皎洁月光耶哪。"在《百灵鸟最受人喜爱》中唱道："在百朵花上穿梭的蜜蜂哟，最喜欢秋天的九月菊耶哪；我那娇晕的阿妹哟，最爱听阿哥的赞扬耶哪。"在《悠悠款款的蝴蝶》中唱道："清脆优美的冬布尔声哟，引来了多少待寝的黄莺；小妹那动听的歌声，开启了阿哥多愁的心扉。"在《街头歌》中这样唱道："扬琴那个声音，悦耳怡情耶哪；听到你那娇羞的声音哟，心中充满激情耶哪"。在《幼葱的根儿》中唱道："不知情的清风哟，吹开了久已盼望的门儿耶哪；姑娘那银铃般的声音哟，启开了我心上的门儿耶哪。"

锡伯族男青年钟情于姑娘袅娜多姿的倩影，在《街头歌》中这样唱道："金鼓那个声响，震到了九霄天宫耶哪；你那金玉般的身体哟，胜过那桂花的芳馨耶哪。""悄悄吹来的煦风，叩开了中间那个门耶哪；一见你的倩影耶哪，心扉顿时开启耶哪。"这里虽没有《诗经》中"手如柔荑，肤如凝脂，领如蝤蛴，齿如瓠犀。螓首蛾眉，巧笑倩兮，美目盼兮。"（《卫风·硕人》）优美的博喻，但只用"金玉般的"、"倩影"寥寥数字，却给人留下无限的遐想空间。嘴甜的姑娘、性情中的姑娘同样备受锡伯族小伙子的青睐，如在《天上的星星亮晶晶》中唱道："冰糖甜呀冰糖甜，谁的嘴里不流涎；小妹的话儿更甜蜜，谁家的心儿不受感染。"在《心声》中唱道："淅淅沥沥的细雨哟，不知何时才能止息；小妹那甜蜜的嘴里，不知何时才说'我愿意'。"在《不求你富贵求性情》中唱道："编笆的那个柳条哟，不要那细长要韧性，心爱的小阿妹哟，不求你富贵求性情。"

锡伯族小伙子尤为钟情于忠诚、聪明、贤惠、心灵手巧的姑娘，如在《满地的花朵》中这样唱道："搓皮绳的牛皮哟，不知在咸水里泡了多久耶哪；忠诚的小妹哟，我不知盼了多久耶哪。"在《不求你富贵求性情》中唱道："风和日暖的春天里，什么花儿不绽放；在聪明伶俐的姑娘面前，阿哥怎会不动情？"在《街头歌》中这样唱道："前面那个山上，冰雪化不尽耶哪；痴情贤德的阿妹哟，眼泪流不干耶哪。"在《思念》中唱道："深山那个密林哟，松柏挺拔花儿娇；我那多情的心上人哟，心眼儿好来手儿巧。"

（三）男女青年的恋爱观

恋爱中的姑娘最害怕的事情莫过于对方背弃诺言移情别恋，如在《欢唱的喜鹊》中唱道："柔嫩的幼苗哟，经不起霜打耶哪；天真的小妹哟，最怕阿哥变卦耶哪。""欢飞的燕子哟，为何不栖落房檐耶哪；往日常来的阿哥哟，为何不来我身边耶哪。""泥窝中的雏燕哟，没有想到早已飞走耶哪；当初咱俩相爱哟，没有想到今日会分手耶哪。""潺潺的泉水哟，流过了屋门前耶哪；不见阿哥的面哟，泪水模糊了双眼耶哪。"在《天上的星星亮晶晶》中唱道："夜夜相会的阿哥呀，今天为何不见你的影子？"

不少情歌反映了锡伯族姑娘对爱情的忠贞不渝。在《欢唱的喜鹊》中唱道："驰骋万里的骏马哟，只需配一个好鞍子耶哪；贤惠的小妹哟，一心跟哥一辈子耶哪。"在《乱飞的蝴蝶》中唱道："嫣然盛开的百合花，狂风暴雨里不会凋谢；用心浇灌的爱情之花,电劈雷轰也不会摧折。"在《街头歌》中唱道:"院角那个黄狗,不忘主人的养育耶哪;即使白发苍苍哟,不忘痴情的阿哥耶哪。""杨树那个根儿,永远不会朽烂耶哪;只要一口气在哟,永远不会忘记你耶哪。"正所谓"山无陵,江水为竭,冬雷震震,夏雨雪,天地合,乃敢与君绝"、"执子之手,与子偕老"如此坚贞不渝、荡气回肠的爱情诺言读来不能不叫人为之动容!

(四)对不幸爱情命运的控诉

在情歌《悲苦的泪水流不尽》中这样唱道:"纷纷细雨下个不停,渗透了远近的土地;小妹悲苦的泪水流不尽,湿透了苇编的席子。""纺线的锤儿哟,突碌碌转个不停;十六岁过门挨打骂,日日苦水洗面容。"在《晋布那迪晋布哲》唱道:"霍尔果斯那个河岸边,货轮船呀来停泊。我那糊涂的爹娘哟,为买卖婚姻而奔波,晋布那迪晋布哲,楚拜喔儿霍尼川拜哲。额尔齐斯那个河水哟,奔流滚滚波连波,可恨我的爹娘哟,步步逼婚手段多。晋布那迪晋布哲,楚拜喔儿霍尼川拜哲。大江那个流水哟,流向远方无尽头。无情无义的爹娘哟,嫁我远方无归路。晋布那迪晋布哲,楚拜喔儿霍尼川拜哲。堂古那个声声叫,秋去冬来又找窝。嫁给心狠的丈夫哟,挨打受骂无处躲。晋布那迪晋布哲,楚拜喔儿霍尼川拜哲。"在《狮子的吼叫声》唱道:"狮子的吼叫声哟,震荡了高耸的深山老林。父母的咒骂声哟,撕碎了女儿纯洁的心。""姑姑哟实在太心狠,为什么把侄女嫁给我不爱的人;舅舅哟你太不懂人情,毁掉了外甥女美丽的青春。""姨姨哟你说句话呀,为什么我这般苦命?大姐哟你快快救我,妹妹就要陷进苦难的火坑。蒙蒙细雨下个不停,打湿了干枯的沙枣的根;我流不完心酸的泪啊,天天都打湿被褥枕巾。""马儿哟一步都不愿走,妹妹死也不进他家的门。阿哥哟你在什么地方,能不能听见我悲愤的哭声?"在《旧时恋歌》唱道:"路边那个青草哟，饱尝了多少脚步的欺凌。青春的爱情哟，好似被囚禁在竹笼里的百灵。喜鹊那个窝儿，在那荆棘的树林里；我那心爱姑娘啊，在那有势力的深闺里。灶上那个青油灯啊，不觉熬干了油。我那心爱姑娘的青春哟，消磨在那深院阁楼。高飞的大雁啊，你急忙奔向何方？我那心爱的姑娘哟，你的孤影又在何方？树上的那个黄莺啊，日日哀鸣不断。我心上的阿哥哟，你为什么又断了言？矗立的那根大树啊，高不可攀。咱阿哥阿妹的事情哟，为什么这么难办？锋利的那个刀刃哟，被杂草磨钝了；倔强的阿哥呀，被那势力打昏了……"

二、艺术特色

（一）赋、比、兴手法的交融应用

按宋代朱熹《诗集传》中解释为："赋者，敷陈其事而直言之者也"，"比者，以彼物比此物也"，"兴者，先言他物以引起所咏之辞也"。

所谓"赋"就是一种铺陈直叙的方法，它不借助于更多形象化手段。锡伯族情歌中"赋"之表现手法常见于每一首情歌的个别句子中。如《树上的黄莺》中用铺陈的赋笔写尽姑娘对心上人的思念。关于男女约会的时间地点以及部分富于戏剧性的场面描写，情歌都应用了铺陈直叙的手法。

比，就是比喻和比拟。它是用形象事物来打比方作比拟，给人以真实感和形象感。兴，就是托物起兴；它是一种借自然界的事物描写先起个头，然后借以联想，引出人物内心思想感情的表现方法。锡伯族情歌往往比和兴连用，以眼前自然景物和现实生活来起兴，衬托出抒情主体的心情，收到了较强的艺术效果。如在《街头歌》中唱道："桌子那个腿脚，惧怕灯笼的亮光耶哪；得知英俊的阿哥来哟，点着灯笼等待耶哪。"这里前两句是兴句，兼用比拟修辞，后两句反用其意，衔接自然水到渠成。另外，锡伯族情歌不是所有兴句之中景物都与主体内容有直接关系的。在《满地的花朵》中这样唱道："河岸上的小船哟，靠你渡河多少回耶哪；不见阿哥的身影哟，心里发愁过多少回耶哪。"这里起兴只是起一种联想象征的作用。

情歌中起兴句并不是可有可无的，它们不仅以借景抒情、情景交融将人们引入美妙的意境中，同时将丰富多彩的生活内容一览无遗："沁香如茵的青草，潺潺流淌的河水。"（《乱飞的蝴蝶》）"旱地里的禾苗哟，因有细雨长得欢耶哪；小妹细眼送情波哟，阿哥心里无比甜耶哪。"（《满地的花朵》）等语句再现了新疆察布查尔的自然风光和田园景象。

（二）融叙述与抒情为一体

浓郁的生活气息和地域特色增强了语言的表现力。情歌赋、比、兴艺术手法的交织应用，就决定了其叙述性描写性抒情性融为一体的特色。

情歌自然朴实的语言弥漫着淳朴的生活气息，极具亲和力与表现力。情歌涉及牛录生活的山水风光：如河边的柳树，傲然翠绿的苹果树，花儿争艳的杏树，常年积雪的南山，流不尽的雪水，春意盎然的花园，肥沃的土地，旱地里的禾苗，开满山花的南山坡，习习凉爽的轻风，火辣辣的阳光，皎洁的月光等；也涉及许多动植物意象如骏马、犍牛、梅花鹿、公鸡、狮子、兔子、母羊、青蛙、百灵鸟、大雁、黄莺、凤凰、黑八哥、蝴蝶、苜蓿鸟、乌鸦、野鸡，还有勤劳的燕子，多事的鸽子，穿梭在花丛中的蜜蜂；情歌中的植物意象有红牡丹、百合花、地雷花、玫瑰花、芙蓉花、芦苇花、桃花、山花、枣花等；涉及乐器有双管的芦苇笛、冬布尔、扬琴、布伦等；涉及劳动工具和生活用具的有灯笼、金鼓、皮绳、烟袋、水桶、镰刀、金梳子、木犁、芦苇席、柳条筐、石盘等；涉及家具的有饭盆、瓷盆、铜盆、桌腿等；涉及蔬菜水果有：豆角菜、萝卜、大蒜、番茄、幼菊、杏子、红桃、苹果、银豆等。这些意象都将淳朴天然的民风，浓重的乡土气息展现得活灵活现。还有一些意象更是洋溢着别具一格的地域色彩：如水磨沟、城墙、乌孙山、伊犁河水、霍尔果斯、苜蓿地、南山坡等，它们浸染着地域风味，为情歌增添了魅力，让其生活性及表现力大放光彩。

（三）细腻的人物心理刻画

有的情歌直接再现心理体验，如在情歌《悠悠款款的蝴蝶》中唱道："春天的景色多么迷人，深秋的水色多么恋人；我那日夜思念的情人，怎能叫我安心睡眠？"这里以第一人称的口吻直接进行心理描写，其午夜难寝寂寞难耐的心情得以深刻体现，在《款款悠悠的蝴蝶》中又唱道："栖落在杨树上的那只乌鸦，喊叫声多么悲凉；阿妹临别前这么望着我，嘴边的歌声多么叫人感伤。"所谓"感时花溅泪，恨别鸟惊心。"（杜甫《春望》）这里以悲凉的乌鸦叫声，感伤的歌声衬托离情别恨，没有"黯然销魂者，唯别而已矣"的惊天地泣鬼神，没有"执手相看泪眼，竟无语凝噎"的缠绵凄切，单单一阵鸟鸣与歌声配以"悲凉"与"感伤"，就将人物的心理、情感淋漓尽致地表达出来，如泣如诉如怨如慕。

在《旧时恋歌》里，男女主人公相互哭诉衷肠，控诉了恶势力以权压亲的罪恶，表现了有情人不成眷属的痛苦，哭相思之痛，抒悲苦之情，感人至深。在《狮子的吼叫声》中，女主人公悲愤的哭声如铁锤般击痛读者的心灵，将矛头直指凶狠残酷的封建婚姻包办制度，表达了姑娘对美好自由爱情的追求、向往与不畏封建婚姻包办制度、与之奋起抵抗的决心。

（四）想象丰富，形象性强

在中西文论中都有"意象"这个术语，它是中国首创的一个审美范畴。美国意象派代表诗人庞德说："一个意象是瞬间显现出来的一个理智和情感的复合体"，即把内在的情感和外在形象的审美形态化作一种直观的形象展示在诗歌中。

新疆锡伯族民歌中的每一首情歌,甚至每一节情诗都是意象诗,如《街头歌》中"田野那个埂埂上,开满各样的花儿耶哪;格格娇媚的容颜哟,赛过那群芳百艳耶哪。"首先映入眼帘的是田埂上盛开的各种花儿,接着由眼前的花儿在作者心中形成第一个意象,即主观情感意象"格格娇媚的容颜",而且"田埂上盛开的各种花儿"这个意象和第二个意象"赛过那群芳百艳的容颜"叠加在一起,形成一个完整的意象:比百花还娇艳的格格,如何能不叫人倾慕!犹如"黑色那个犍牛,咀嚼之声不绝耶哪;黑眼睛的阿妹哟,情歌之声不绝耶哪",作者看到"黑色犍牛",马上联想到"黑眼睛的啊妹",当听到黑色犍牛的咀嚼之声,又马上联想到黑眼睛阿妹唱情歌的声音。这节情歌的奥妙之处在于作者由视听觉意象——"咀嚼之声不绝于耳的黑色犍牛"联想到第二个视听觉意象——不断唱情歌的阿妹。可以感悟到,这个黑眼睛的阿妹皮肤是黝黑的,和黑色的犍牛一样温顺勤劳;她性格活泼纯真,热爱生活,多情善良,她的歌声不绝于耳。如此,情歌生动形象的想象性和强烈浓厚的表现力可见一斑。

(五)讲究韵律,诗味浓厚

锡伯族情歌的韵律,有以下几种情况:一是头韵、中韵、尾韵一致,一韵到底。二是头韵一致。三是不押头韵,只有尾韵,通过诗的音节达到韵律和谐。但是多数情歌注重头韵与尾韵,因此,出现了有些兴句和正句内容毫无相关的现象。

第三节　萨满舞春(萨满歌)

萨满教认为万物有灵,人世福祸皆由神鬼主宰,而萨满是人类和神灵之间的使者,能通过跳神和昏迷手段与精灵交往,驱魔除害，祛病消灾，由此形成萨满巫术。锡伯族萨满教并无专门的庙宇、教堂，也没有教徒，更无集体遵守的经典或教规、教法，只有那些声称能沟通人神、上天入地的萨满分散在民间行使着自己的义务，或为本氏族、本牛录负责举行消灾祛邪的仪式，或为人跳神治病等。在长期的演进过程中，萨满的跳神表演逐渐转化成为一种民间艺术表现形式。

萨满歌是过去萨满、斗琪、尔琪、相同等巫师为人"跳神"治病时唱的原始宗教歌。这些歌不仅巫师从事宗教活动时唱，而且在社会上广为流传，久而久之，成为锡伯族民歌的一个重要组成部分。萨满歌包括萨满教徒学法、领会神意上刀梯成为正式萨满以及跳神治病、呼邀各方神灵、唱缛神歌等多项内容。通过萨满歌，我们可以清楚地认识到萨满巫术的本质，灵魂不死的观念以及巫术精神和萨满巫术在艺术中的表现形式。

萨满歌分为口头萨满歌和书面萨满歌。口头萨满歌在察布查尔锡伯自治县发现20多种，目前搜集到的有《霍里色》、《扎嘿、朱嘿》、《杭阿尔、常阿尔》、《爱新哈准》，斗琪歌有《巫亚拉伊也》、《敦布尔敦布尔》、《阿尔坦库里》、《阿尔孙多罗》、《托次别玖别》、《朱可嫩》，尔琪歌有《索里扬克》、《亚布塔尼》，相同歌有《霍伯里格霍伯里》、《亚噶伊格》、《索岳尔塔》等。

一、主要内容

锡伯族萨满歌是用音乐、舞蹈、歌词为一体的综合形式反映锡伯族萨满为人跳神治病的神歌，分为萨满歌、斗琪歌、尔琪歌、相同歌四类。

（一）萨满歌

萨满歌以萨满跳神斗魔、驱魔为主要内容。在锡伯族民间口传萨满歌《霍里色》和《爱新哈准》里，一个为失魂病人举行招魂仪式的萨满跃然纸上,他身着神裙,腰系铜镜,手持额姆琴神鼓,一时间成为众人关注的焦点。在《霍里色》歌中唱道:"霍里、霍里、霍里色,霍里、霍里、霍里色,从旁截住呀,从后阻拦哟,向天跪祷呀,向地叩请哟,霍里、霍里、霍里色,你好不容易来了哟!霍里、霍里、霍里色,霍里、霍里、霍里色,为了那个属相呀,来把皮鼓敲响,向天跪祷呀,向地叩请哟,霍里、霍里、霍里色,他的魂灵降下来了哟。霍里、霍里、霍里色,霍里、霍里、霍里色,你的安身之处呀,就在这里哟,向天跪祷呀,向地叩请哟,霍里、霍里、霍里色,请你快安下心哟。霍里、霍里、霍里色,霍里、霍里、霍里色,你亲生父母呀,就在这里哟,向天跪祷呀,向地叩请哟,霍里、霍里、霍里色,请你快快睁开眼哟,霍里、霍里、霍里色,霍里、霍里、霍里色,请你快快入屋哟,霍里、霍里、霍里色,霍里、霍里、霍里色,你的降生之地呀,就在这里呀哟,向天跪祷呀,向地叩请哟,霍里、霍里、霍里色,请你快快睁开眼哟。霍里、霍里、霍里色,霍里、霍里、霍里色,你的姑姑姑父呀,就在眼前哟,向天跪祷呀,向地叩请哟,霍里、霍里、霍里色,请你不要在吓唬我们哟,霍里、霍里、霍里色,霍里、霍里、霍里色,我的千呼万唤呀,你是否听到了哟?向天跪祷呀,向地叩请哟,霍里、霍里、霍里色,请你动一动贵体哟。霍里、霍里、霍里色,霍里、霍里、霍里色,点上请灵的金香呀,请你看看发的光哟,向天跪祷呀,向地叩请哟,霍里、霍里、霍里色,香烟熏黑了你的鼻孔哟。霍里、霍里、霍里色,霍里、霍里、霍里色,拉上了巫尔虎豪善呀,请你跟着它转身哟,向天跪祷呀,向地叩请哟,霍里、霍里、霍里色,金黄的巫尔虎为你开道哟……"

主要流行于新疆察布查尔锡伯自治县的萨满歌《爱新哈准》歌中唱道:"冬达达、冬达达、冬冬,戴上神赋的苏尔屯呀,佩上那金制的哈准(意为铜镜),冬达达、冬达达、冬冬;冬达达，东达达，冬冬，戴上那劈敌的萨叉玛哈拉（意为萨满神帽），佩上那银制的托里（意为萨满胸佩的铜镜），冬达达，冬达达，冬冬，伊木秦的声音传万里呀，把方形的法兰（法场）来踏遍，冬达达，冬达达，冬冬，为了初生的婴儿踏遍呀，向着伊散珠妈妈（锡伯族萨满女祖师）求告哟，冬达达，冬达达，冬冬。冬达达，冬达达，冬冬，为了那个属相的人求告哟，为了那个年份的人绕遍哟，冬达达，冬达达，冬冬。冬达达，冬达达，冬冬，将那可恶的病根子来寻找呀，找到了就把它送到远处哟，冬达达，冬达达，冬冬。冬达达，冬达达，冬冬，将那懊恨的邪气呀，绕遍四方去驱赶哟，冬达达，冬达达，冬冬。冬达达，冬达达，冬冬，击着伊木秦祷告呀，萨满我尽力祈求哟，冬达达，冬达达，冬冬。"

《扎嘿朱嘿》是锡伯族民间口传的萨满歌，系萨满呼角歌。歌中塑造了向屋里四角呼唤供奉的神灵，以求助其征服病魔的栩栩如生的萨满形象。歌中唱道："扎嘿、朱嘿、霍里、浑他里，扎嘿、朱嘿、伊纳库、浑他里，浑他里角落旮旯里呀，有铃铎之声哟，扎嘿、朱嘿、霍里、浑他里，快快敲响神鼓哟，扎嘿、朱嘿、霍里、浑他里，扎嘿、朱嘿、伊纳库、浑他里，浑他里沟里谷间呀，没有铃铎之声哟，扎嘿、朱嘿、霍里、浑他里，有流水的声音哟。扎嘿、朱嘿、霍里、浑他里，扎嘿、朱嘿、伊纳库、浑他里，浑他里无数巫出固呀，正在你来我往哟，扎嘿、朱嘿、霍里、浑他里，照着角落旮旯降下哟。扎嘿、朱嘿、霍里、浑他里，扎嘿、朱嘿、伊纳库、浑他里。浑他里阵阵发出呀，莫克纳的声音哟，扎嘿、朱嘿、霍里、浑他里，绕遍了角落旮旯哟。"

《杭阿尔常阿尔》是锡伯族萨满师傅举办各种仪式或为人治病时为了烘托气氛而演唱的歌曲。歌中唱道："杭阿尔常阿尔，戴着哈准的萨满呀，边跳边祝赞哟，为了哪个姓氏的病根呀？为了永图里氏的病痛哟，杭阿尔、常阿尔。杭阿尔、常阿尔，拿着伊木秦的萨满呀，边跳边祈祷哟，为了什么而祈祷呀？为了萨满的威风而跳哟，杭阿尔、常阿尔。杭阿尔、常阿尔，踏着舞步的萨满呀，边呼边追赶哟，为了什么而追赶呀？为了震慑暴烈的疾病哟，杭阿尔、常阿尔。"

（二）斗琪歌

到清代末期，锡伯族的萨满开始分化，除了萨满，还出现了斗琪、尔琪。他们原都是布吐萨满，因未取得伊勒吐萨满的名号，因而另辟蹊径，开始与伊勒吐萨满分庭抗礼。斗琪是专门驱除义巴罕（妖怪、鬼怪）从萨满分化出来的巫师之一，一般为男性。其治病范围包括疯病（精神病）、"义巴罕附身之病"，把治病叫"斗义巴罕"。举行斗义巴罕仪式时，病人要脱下衣服，斗琪按程序进行一番祈祷，然后拿起铃铛刺边喊叫边抽打裸身的病人，直到打累或将病人打昏为止。由于精神上的恐惧和肉体上的痛苦的刺激作用，病人的症状有时也会突然消失。斗琪认为：人得"义巴罕病"缘于鬼怪附身，抽打病人是要鬼怪承受痛苦，当它们忍受不了疼痛时就会自动离开病人，病人的症状也就消失了。

斗琪歌是斗琪为人跳神治病时唱的歌，表现了斗琪与病魔进行搏斗或是驱逐其离开病人身体的过程。现身做法的斗琪手持神鞭绕着车轮唱神歌的情景在《巫亚拉伊也》中得以充分显现。歌中唱道："巫亚拉伊也、霍约拉伊也，巫亚尔纳达伊也，霍约拉伊也、伊也，接受这病痛伊也，来和它搏斗伊也，送往那山背伊也，永世也不让返回伊也。巫亚拉伊也，霍约拉伊也，巫亚尔纳达伊也，霍约拉伊也、伊也，将那万能的祷词伊也，不断地来诵念伊也，请求周围的阿古们伊也，快快为我助声伊也。巫亚拉伊也，霍约拉伊也，巫亚尔纳达伊也，霍约拉伊也、伊也，将那昏聩的义巴罕伊也，狠狠地来抽斗伊也，借着阿古们的威风伊也，把这恶魔来驱赶伊也。巫亚拉伊也，霍约拉伊也，巫亚尔纳达伊也，霍约拉伊也、伊也，抽斗你何费伊也？万能的苏尔屯豪善伊也，全靠了你的威力伊也。"

斗琪歌《阿尔坦库里》、《敦布尔敦布尔》同样展示了斗琪为人驱赶妖魔、解除病痛的情形。在《阿尔坦库里》歌中唱道："阿尔坦库里特布特，阿尔塔拉哈特布特，举目那南山特布特，斜面坡上特布特，有一对百灵鸟特布特，正在放声歌唱特布特，阿尔坦库里特布特，阿尔塔拉哈特布特，阿尔坦库里特布特，阿尔塔拉哈特布特，在这场院里特布特，别无他人特布特，只有我俩特布特，尽情地跳舞特布特，阿尔坦库里特布特，阿尔塔拉哈特布特，阿尔坦库里特布特，阿尔塔拉哈特布特，墨尔根格格特布特，请您聆听特布特，愚蠢的义巴罕特布特，你和我相遇了特布特，阿尔坦库里特布特，阿尔塔拉哈特布特，阿尔坦库里特布特，阿尔塔拉哈特布特，妈的格格特布特，聆耳倾听特布特，今日相遇了特布特，可恶的义巴罕特布特，阿尔坦库里特布特，阿尔塔拉哈特布特，阿尔坦库里特布特，阿尔塔拉哈特布特，妈的格格特布特，为何这般模样了特布特，是否遗忘了特布特，当年的娇样特布特，阿尔坦库里特布特，阿尔塔拉哈特布特，阿尔坦库里特布特，阿尔塔拉哈特布特，宝贝格格特布特，聆耳请听特布特，是否遗忘了特布特，掌上惯养的情景特布特，阿尔坦库里特布特，阿尔塔拉哈特布特，阿尔坦库里特布特，阿尔塔拉哈特布特，宽敞的特布特，三间房里特布特，你用灵巧的手特布特，绣那美丽的花朵特布特，阿尔坦库里特布特，阿尔塔拉哈特布特，阿尔坦库里特布特，阿尔塔拉哈特布特，坐在三间房里特布特，为绣花朵特布特，可恨的义巴罕特布特，缠住了你呀特布特，阿尔坦库里特布特，阿尔塔拉哈特布特，阿尔坦库里特布特，阿尔塔拉哈特布特，宽大的特布特，五间房里特布特，织那华丽的特布特，锦罗绸缎特布特，阿尔坦库里特布特，阿尔塔拉哈特布特，阿尔坦库里特布特，阿尔塔拉哈特布特，为了织那特布特,美丽的绸缎特布特,可恨的病魔特布特,缠住了呀特布特,阿尔坦库里特布特,阿尔塔拉哈特布特,阿尔坦库里特布特,阿尔塔拉哈特布特,前面的那个特布特,山沟谷间特布特,心下怎么特布特,不想去踏遍特布特,阿尔坦库里特布特,阿尔塔拉哈特布特,阿尔坦库里特布特,阿尔塔拉哈特布特,快把那缠身的特布特,可悲的义巴罕特布特,送到那特布特,自己的归宿特布特,阿尔坦库里特布特,阿尔塔拉哈特布特,阿尔坦库里特布特,阿尔塔拉哈特布特,在那不知名的特布特,山里谷间特布特,争相长着特布特,数不清的野刺特布特,阿尔坦库里特布特,阿尔塔拉哈特布特,阿尔坦库里特布特,阿尔塔拉哈特布特,昏聩可恨的特布特,老不死的义巴罕特布特,趁早快快特布特,滚回归宿特布特,阿尔坦库里特布特,阿尔塔拉哈特布特,阿尔坦库里特布特,阿尔塔拉哈特布特,角落旮旯的格格特布特,请你聆听特布特,尽快摆脱那特布特,可恨的病魔特布特,阿尔坦库里特布特,阿尔塔拉哈特布特,阿尔坦库里特布特,阿尔塔拉哈特布特,把这阿里义巴罕特布特,赶快驱走特布特,赶到那这处特布特,永世不得回返特布特,阿尔坦库里特布特,阿尔塔拉哈特布特,"阿尔坦库里特布特,阿尔塔拉哈特布特、特布、特布,将这可恶的特布、特布,义巴罕送到何处特布特?阿尔坦库里特布特,阿尔塔拉哈特布特,阿尔坦库里特布特,阿尔塔拉哈特布特、特布、特布,送到那南山的特布、特布,深谷里面特布特。阿尔坦库里特布特,阿尔塔拉哈特布特,阿尔坦库里特布特,阿尔塔拉哈特布特、特布、特布,高高的树上有一对特布、特布,百灵鸟在歌唱特布特。阿尔坦库里特布特,阿尔塔拉哈特布特,阿尔坦库里特布特,阿尔塔拉哈特布特、特布、特布,在这宽敞的院子里特布、特布,只有我们两人在特布特。阿尔坦库里特布特,阿尔塔拉哈特布特,阿尔坦库里特布特,阿尔塔拉哈特布特、特布、特布,墨尔根格格你听着特布、特布,是否被义巴罕迷住了特布、特布?！阿尔坦库里特布特，阿尔塔拉哈特布特，阿尔坦库里特布特，阿尔塔拉哈特布特、特布、特布，你的双亲来看你特布、特布，你为何染上了这般魔病特布特?！阿尔坦库里特布特，阿尔塔拉哈特布特，阿尔坦库里特布特，阿尔塔拉哈特布特、特布、特布。娘的格格怎会这般模样特布、特布，怎会缠上如此可恶的义巴罕特布特?！阿尔坦库里特布特，阿尔塔拉哈特布特，阿尔坦库里特布特，阿尔塔拉哈特布特、特布、特布，幽深的那个山谷特布、特布，能不去环绕吗特布特?！阿尔坦库里特布特，阿尔塔拉哈特布特，阿尔坦库里特布特，阿尔塔拉哈特布特、特布、特布，古怪的那个义巴罕特布、特布，赶快离开我们的身边特布特?！阿尔坦库里特布特，阿尔塔拉哈特布特。"

在斗琪歌《敦布尔敦布尔》歌中唱道："敦布尔（弹拨乐器）敦布尔，敦布尔声音悠扬呀，敦布尔霍托颤抖哟，口念那万能的甘珠尔经，把盖虎里恶魔来震慑；接受邀请来法场，狠下心来识破它，跳入法场细细看，恶魔的来势并不小，敦布尔敦布尔。敦布尔敦布尔，敦布尔声音悠扬呀，敦布尔霍托颤抖哟，细看那黑灰般的怪牛呀，着实没有回返的意图，挂着四腿立一旁，黑鞭无法驱动它哟，站在身旁的阿古们呀，口念经文来帮我，敦布尔敦布尔。

敦布尔敦布尔，敦布尔声音悠扬呀，敦布尔霍托颤抖哟，细看那蓬草根旁呀，狡诈的兔子缩身一团，再看那兔子的两腮哟，着实红到了耳根旁，可恨的单身义巴罕呀，快把你发红的脸藏起来，敦布尔敦布尔，敦布尔敦布尔，敦布尔声音悠扬呀，敦布尔霍托颤抖哟，接受我抽打呀，好心的格格哟，请你用心地环绕吧，宽敞的法场够你跑累，只有踏遍每一个角落，才能得到敦实的儿子，敦布尔敦布尔，敦布尔敦布尔，敦布尔声音悠扬呀，敦布尔霍托颤抖哟，墨尔根格格请聆听呀，我的一声忠告哟，收起你的威风吧,吵闹顶撞无益处,不要回首去忆往,请尽早收你淫乱的心,敦布尔敦布尔。"

在《阿尔孙多罗》中,斗琪是通过呼唤神灵,以求协助其战胜病魔来为人治病的,歌中唱道:"阿尔孙多罗、罗、罗,祈求伴我的天地哟,阿尔孙多罗、罗、罗,赶走那阿里义巴罕呀,阿尔孙多罗、罗、罗。阿尔孙多罗、罗、罗,高粱田边的野草哟,阿尔孙多罗、罗、罗,也靠阳光来生长呀,阿尔孙多罗、罗、罗。阿尔孙多罗、罗、罗,抽你这无能的义巴罕哟,阿尔孙多罗、罗、罗,只需苏尔屯豪善的威力呀,阿尔孙多罗、罗、罗。阿尔孙多罗、罗、罗,结实的那个麻绳哟,阿尔孙多罗、罗、罗,都以小小的丝条捻成了呀,阿尔孙多罗、罗、罗。阿尔孙多罗、罗、罗,斗你这无能的义巴罕哟,阿尔孙多罗、罗、罗,只需麻绳鞭的威力呀,阿尔孙多罗、罗、罗。阿尔孙多罗、罗、罗,赶你这可恨的义巴罕哟,阿尔孙多罗、罗、罗,只需小小骆驼刺的威力呀,阿尔孙多罗、罗、罗。"

在斗琪歌《托次别玖别》、《朱可嫩》、《霍里木布》也展示出斗琪勇斗义巴罕的情形。在《托次别玖别》歌中唱道:"托次别玖别,线坨在转来转去,不义的义巴罕悠来悠去,吾亚、吾亚、玖别、班布里,玖别、玖别,接受以后细看了呀,班布里玖别,是可恨的阿里义巴罕哟,班布里玖别。托次别玖别,线坨在转来转去,不义的义巴罕悠来悠去,吾亚、吾亚、玖别、班布里,玖别、玖别,细看是一条花白牛呀,班布里玖别,正在粪堆旁环绕哟,班布里玖别。托次别玖别,铃驿声在回荡,愤怒的鼓声此起彼伏,吾亚、吾亚、玖别、班布里,玖别、玖别,我和阿里义巴罕搏斗呀,班布里玖别,绕着车轮追赶哟,班布里玖别。托次别玖别,铃驿声在回荡,愤怒的鼓声此起彼伏,吾亚、吾亚、玖别、班布里,玖别、玖别,我劝不义的阿里义巴罕呀,班布里玖别,尽快回你的归宿哟,班布里玖别。托次别玖别,巨鞭的声音在阵起,骆驼刺的吼声阵阵猛起,吾亚、吾亚、玖别、班布里,玖别、玖别,如若义巴罕你不听我的劝告呀,班布里玖别,就要请来桃木利剑哟,班布里玖别。托次别玖别,巨鞭的声音在阵起,骆驼刺的吼叫声阵阵猛起,吾亚、吾亚、玖别、班布里,玖别、玖别,古怪的阿里义巴罕你听呀,班布里玖别,追忆往事有何用哟,班布里玖别。托次别玖别,巨轮在不停地转动,可怕的天雷压顶而来,吾亚、吾亚、玖别、班布里,玖别、玖别,断魂的阿里义巴罕你听呀,班布里玖别还待在这里有何益哟,班布里玖别。托次别玖别,巨轮在不停地转动,可怕的天雷压顶而来,吾亚、吾亚、玖别、班布里,玖别、玖别,如若义巴罕你不听我的劝告呀,班布里玖别,就把你压在深潭底下哟,托次别玖别。"

《朱可嫩》歌中唱道:"特布、特布、朱可嫩,朱可嫩、朱可嫩,你在短街的尽头上哟,特布、特布、朱可嫩;特布、特布、朱可嫩,朱可嫩、朱可嫩,正在呜咽哭泣哟,特布、特布、朱可嫩;特布、特布、朱可嫩,朱可嫩、朱可嫩,你在街头的转弯处哟,特布、特布、朱可嫩;特布、特布、朱可嫩,朱可嫩、朱可嫩,正在虚张声势哟,特布、特布、朱可嫩;特布、特布、朱可嫩,朱可嫩、朱可嫩,手上拿着苏尔屯豪善哟,特布、特布、朱可嫩;特布、特布、朱可嫩,朱可嫩、朱可嫩,充作鞭子来使哟,特布、特布、朱可嫩;特布、特布、朱可嫩,朱可嫩、朱可嫩,斗你这无能的义巴汗哟,特布、特布、朱可嫩;特布、特布、朱可嫩,朱可嫩、朱可嫩,只借那麻鞭的威力哟,特布、特布、朱可嫩。"

《霍里木布》歌中唱道:"霍里、霍里、霍里索,可怜的格格霍里索,跳进了场院霍里索,助威的阿哥霍里索,把那逃奔的小径霍里索,尽快堵截哟霍里索!霍里耶、霍里耶,霍里、霍里、霍里索!霍里、霍里、霍里索,迷蒙的格格霍里索,染上了邪气霍里索,她的嘴巴里哟霍里索,尽是谎言霍里索,这不是她的过错霍里索!霍里耶、霍里耶,霍里、霍里、霍里索!霍里、霍里、霍里索,举起那油鞭霍里索,抽那个厄真霍里索,可憎的魔脸霍里索,露出了狞笑霍里索!别为它蒙住霍里索!霍里耶、霍里耶,霍里、霍里、霍里索!霍里、霍里、霍里索,穆合轮的影子霍里索,就在阿哥索的脚边霍里索,可悲的厄真霍里索,想从穆合轮的上面霍里索,寻机逃窜霍里索,霍里耶、霍里耶,霍里、霍里、霍里索!霍里、霍里、霍里索,威猛的油鞭霍里索,厄真头上挥舞霍里索,求那个助威的阿哥索霍里索,拿那个草结的鞭子霍里索,快来截住那逃路霍里索!霍里耶、霍里耶,霍里、霍里、霍里索!霍里、霍里、霍里索,可悲的厄真霍里索,倒在了阿哥索脚下霍里索,求阿哥索助威霍里索,尽快扶起它霍里索,助我打昏它霍里索!霍里耶、霍里耶,霍里、霍里、霍里索!霍里、霍里、霍里索,厄真在装死霍里索,不要为它怜悯霍里索,抽它的鬼身霍里索,打它的腿梗霍里索,扯它的魔发霍里索!霍里耶、霍里耶,霍里、霍里、霍里索!霍里、霍里、霍里索,它的鬼脸霍里索,苍白得如纸霍里索,吐出了白沫霍里索,手脚在颤抖霍里索,发生了可悲的呻吟霍里索!霍里耶、霍里耶,霍里、霍里、霍里索!霍里、霍里、霍里索,疲惫的厄真霍里索,已开始左躲右闪霍里索,它应去的归宿霍里索,早已准备妥当霍里索,让它快快回奔霍里索,霍里耶、霍里耶,霍里、霍里、霍里索!霍里、霍里、霍里索,可怜的格格霍里索,已经醒意显现霍里索,忠告那可恨的厄真霍里索,如果再来霍里索,要扯断它的脖颈霍里索!霍里耶、霍里耶,霍里、霍里、霍里索!霍里、霍里、霍里索,是那油鞭霍里索,抽倒那厄真霍里索,是那草结的鞭子霍里索,抽昏那厄真霍里索,使它逃回了归宿霍里索!霍里耶、霍里耶,霍里、霍里、霍里索!霍里、霍里、霍里索,绕着那穆和伦霍里索,尽情地跳哟霍里索,狂奔的厄真霍里索，如果要返回霍里索，再把它斗倒霍里索！霍里耶、霍里耶，霍里、霍里、霍里索！"

（三）尔琪歌

尔琪在民间自称是瘟神和人间的使者，是专管婴幼儿麻疹（汉族称天花，锡伯族称玛法）的巫师，供奉的神灵是玛法妈妈，后来借用汉族的痘疹娘娘神为其形象。尔琪有许多禁忌，如不吃死牲肉、不吃牲头、蹄肉，回避死丧处，尔琪死后进行火葬等。在过去，锡伯族各牛录每年都要由尔琪主持举行一次隆重的送瘟神仪式，锡伯族称"厄真夫得木比"，极具民族文化特色，尔琪有自己的尔琪歌。

尔琪歌基本上属于祈祷性质，主要表达尔琪与天花病魔斗争、为小孩消除麻疹的情形。《索里扬克》歌中叙述了尔琪为除幼儿麻疹祈祷，祈求列祖列宗保佑的情景，歌中唱道："索里也、索里也、索里扬克，索里也、索里也、索里扬克，叩求跪乞哟索里扬克，正红旗的列祖列宗哟索里扬克，索里扬克、索里也、索里也、索里也、索里扬克；索里也、索里也，索里扬克，索里也、索里也、索里扬克，诚心乞求哟索里扬克，请把慈爱赐给我们哟索里扬克，索里扬克、索里也、索里也、索里也、索里扬克；索里也、索里也、索里扬克，索里也、索里也、索里扬克，恩杜里额玛发妈妈索里扬克，请把恩惠赐给我们哟索里扬克，索里扬克、索里也、索里也、索里也、索里扬克；索里也、索里也、索里扬克，索里也、索里也、索里扬克，宽恕子孙的不德哟索里扬克，供伺父母兄弟认错哟索里扬克，索里扬克，索里也、索里也、索里也，索里扬克；索里也、索里也，索里扬克，索里也、索里也、索里扬克，可怜你的子孙吧索里扬克，我们向你千叩万磕哟索里扬克，索里扬克、索里也、索里也、索里扬克，索里也、索里也、索里扬克，索里也、索里也、索里扬克，乞求你哟玛发阿玛索里扬克，让我们安定度日吧索里扬克，索里扬克、索里也、索里也、索里也、索里扬克。"

在《亚布塔尼》中叙述尔琪在娘娘庙里主持仪式送"瘟神"的情景。歌中唱道:"亚布塔,亚布塔尼,娘娘庙里哟亚布塔尼,千叩万磕哟亚布塔尼,亚布塔尼、亚布塔,亚布、亚布、亚布塔尼。亚布塔、亚布塔尼,亚布、亚布、亚布塔尼,高挂的福星哟亚布塔尼,放射银光哟亚布塔尼,亚布塔尼、亚布塔,亚布、亚布、亚布塔尼。亚布塔、亚布塔尼,亚布、亚布、亚布塔尼,列那长长的仪仗大队亚布塔尼,送到远远的潭边亚布塔尼,亚布塔尼,亚布塔,亚布、亚布、亚布塔尼。亚布塔、亚布塔尼,亚布、亚布、亚布塔尼,烧那金香银烛亚布塔尼,亚布塔尼,亚布塔,亚布、亚布、亚布塔尼。"

(四)相同歌

相同也是从萨满分化出来的巫师,在锡伯族民间自成体系。相同都是女性,她们平时参加劳动,少言寡语,注意约束自己。她们主要治疗久治不愈或精神上的疾病(民间称惹狐仙之病)。相同供奉"狐家"和"仙家",在库房(锡伯语称哈什包)内西面墙壁上供奉狐狸精灵,平常放置一香炉。当上相同都认为是一种命里注定,相同多数是久病不愈而突然被相同治愈或是惹狐仙生病突然自愈的人,也有一些年轻人愿意师从老相同,潜心学习而成。她们忌讳很多,如不吃牲头、蹄肉、不进出麻疹患儿的家门等。相同看病的方式有三种:一是看病人的气色诊断病情;二是看符纸纹路诊断病情;三是采取占卜的方法诊断病情。治病时,相同要连续几天到患者家里举行各种仪式,剪"巫尔虎",制作面烛灯,并把巫尔虎用线挂上,在屋子四角对拉起来,叫做"拉巫尔虎",然后再举行唱祷仪式和"走盖色"仪式。

相同歌是相同为人拉巫尔虎治病时唱的神歌,反映出她们请神、求神等内容,配有一定曲调。《霍伯里格霍伯里》叙述相同为患病的儿童呼唤神灵以求保佑的情景。歌中唱道:"霍伯里格、霍伯里，霍伯里、亚卡，要择吉祥的日子霍伯里，今天是个好时光霍伯里，霍伯里格、霍伯里，霍伯里、亚卡。霍伯里格、霍伯里，霍伯里、亚卡，乌云散了天空亮霍伯里，香火香哟烛光明霍伯里，霍伯里格、霍伯里，霍伯里、亚卡。霍伯里格、霍伯里，霍伯里、亚卡，叩请英明的土地爷霍伯里，请你坐到大堂中霍伯里，霍伯里格、霍伯里，霍伯里、亚卡。霍伯里格霍伯里，霍伯里、亚卡，佟加哈拉的孙子哟霍伯里，躺在炕上起不来霍伯里，霍伯里格、霍伯里，霍伯里、亚卡。霍伯里格、霍伯里，霍伯里、亚卡，父母兄弟都担心霍伯里，请求解释这份心霍伯里，霍伯里格、霍伯里，霍伯里、亚卡。"

在《亚噶伊格》中，相同通过唤请诸神灵赐予高明郎中来为人治病。歌中唱道："（1）亚噶、伊格，叶古叶、亚噶、亚噶，叩求英明的土地爷伊格，赐个高明的郎中伊格，亚噶、伊格，叶古叶、亚噶。亚噶、伊格，叶古叶、亚噶、亚噶，手拿苏尔屯豪善伊格，赶走作恶的阿里义巴罕伊格，亚噶、伊格，叶古叶、亚噶。亚噶、伊格，叶古叶、亚噶、亚噶，点上金香银烛伊格，方现吉祥的兆头伊格，亚噶、伊格，叶古叶、亚噶。亚噶、伊格，叶古叶、亚噶、亚噶，只有四十一日诚磕伊格，才能求到神明的郎中伊格，亚噶、伊格，叶古叶、亚噶。亚噶、伊格，叶古叶、亚噶、亚噶，只有心地虔诚伊格，才能招来无限的福惠伊格，亚噶、伊格，叶古叶、亚噶。（2）亚噶、伊格，叶古叶、亚噶、亚噶，叩求英明的土地爷伊格，赐给吾洋郎中降人间伊格，亚噶、伊格，叶古叶、亚噶。亚噶、伊格，叶古叶、亚噶、亚噶，只有请吾洋郎中到人间伊格，人间的病魔才根除伊格，亚噶、伊格，叶古叶、亚噶。"

在《索岳尔塔》中，相同为婴幼儿招魂的情形同样惟妙惟肖。歌中唱道："索尔、索尔、索岳尔塔，索里达耶、索岳尔塔，不知得罪了索岳尔塔，何路扎卡索岳尔塔，涂木齐哈拉的孙儿索岳尔塔，如此受罪索岳尔塔，原本光洁的门户索岳尔塔，如今这等不安索岳尔塔。索尔、索尔、索岳尔塔，索里达耶、索岳尔塔，点香问明病情索岳尔塔，得知撞上了狐仙索岳尔塔，世上的道路千万条索岳尔塔，各走各的索岳尔塔，只因涂木齐孙儿年龄小索岳尔塔，无意中惹怒了它索岳尔塔。索尔、索尔、索岳尔塔，索里达耶、索岳尔塔，北方有个小星星索岳尔塔，今夜其色甚暗淡索岳尔塔，仙家有个小淘气索岳尔塔，今夜请来仙家厄真索岳尔塔，问明原委再掐算索岳尔塔。索尔、索尔、索岳尔塔，索里达耶、索岳尔塔。索尔、索尔、索岳尔塔，索里达耶、索岳尔塔。伶俐的公鸡索岳尔塔，为我探明去路索岳尔塔，领我去寻索岳尔塔，路上的艰险索岳尔塔，着实难料索岳尔塔。索尔、索尔、索岳尔塔，索里达耶、索岳尔塔，索尔、索尔、索岳尔塔，索里达耶、索岳尔塔。备上一条索岳尔塔，双角向外的白牛索岳尔塔，再备一桌索岳尔塔，白山羊宴席索岳尔塔，哈什包里奉置索岳尔塔，供仙的龛位索岳尔塔。索尔、索尔、索岳尔塔，索里达耶、索岳尔塔，索尔、索尔、索岳尔塔，索里达耶、索岳尔塔。炕上的孙儿在呻吟索岳尔塔，扶他朝西叩首索岳尔塔，递给他一条皮鞭索岳尔塔，头上挥三下索岳尔塔，从此三十年索岳尔塔，无忌无讳索岳尔塔。索尔、索尔、索岳尔塔，索里达耶、索岳尔塔。"

二、主要特点

（一）萨满歌是融歌乐舞为一体的综合艺术

正如匈牙利学者迪欧塞吉所说："萨满是一个演员，舞蹈家、歌手和一个正体的管弦乐队。"鼓点音乐是萨满歌和萨满舞的主要旋律，在整个演唱过程中，额姆琴神鼓起着非常重要的作用。萨满歌源于萨满曲调，以宫调式、羽调式和商调式较为常见，同时众人和唱以壮声势。萨满歌鲜明的主题、强烈的节奏感、多样的方式演绎着一场大规模综合艺术的魅力。锡伯族萨满歌先于文字产生，它以一种适合于集体仪式的富于节奏的诗的语言演绎原始信仰的内容，以固定的音调诠释着粗犷豪放、韵味十足的演唱风格，以浓郁的民族风味屹立于中国民歌之林。

（二）萨满歌主要反映萨满为人跳神治病的情景

这是一个色彩纷呈的大舞台，展示了萨满跳神运用的方式、手持的器具、口中的唱词。萨满跳神的方式有招魂祷告（如《霍里色》），呼唤神灵（如《扎嘿朱嘿》），驱鬼降魔（如《巫亚拉伊也》、《敦布尔敦布尔》等），祈神保佑（如《索里扬克》）。关于萨满跳神的器具，有时手持额姆琴神鼓（如《霍里色》），有时手持马鞭如（《巫亚拉伊也》），有时手持铃铛（如《朱可嫩》）；萨满跳神的唱词则是以驱鬼治病为主，兼有无实义的衬托词，如"霍里色"、"扎嘿朱嘿"、"巫亚拉伊也"、"阿尔坦库里"、"敦布尔敦布尔"、"特布特"、"冬达达"、"巫亚拉伊也"、霍约拉伊也"、"亚布塔尼"、"亚噶、伊格，叶古叶、亚噶"等。

（三）萨满歌具有独特与鲜明的地域文化色彩

首先，萨满歌分为正歌和副歌。不论哪一种萨满歌，萨满唱正歌，二神（萨满徒弟）或众人以副歌来跟他相和。

其次，萨满歌过去用满语演唱，现在则用锡伯语演唱。

（四）萨满歌的语言特点

萨满歌对于世界满－通古斯语族语言、历史文化与艺术的研究、保护与传承，具有"活化石"的作用。萨满歌通过运用反复、设问、反问等修辞手法，增强了文学色彩。同时萨满歌中保存了许多古语旧词，本身也反映出锡伯族萨满学神、领神、请神、释神、跳神治病等内容，这对研究我国北方民族古老的历史文化，见证锡伯族传统文化的起源，保存其历史记忆，对锡伯族传统文化的历史延续性，展示其文化多样性等都有独特价值。

另外，萨满歌以浓厚的生活气息表达了民众急切治好疾病的各种真挚的感情。有虔诚地向天地跪祷祈求的歌，如《霍里色》中所唱："霍里、霍里、霍里，霍里、霍里、霍里，你亲生父母呀，就在这里哟，向天跪祷呀；"有对义巴罕的鞭挞与恐吓，如《托次别玖别》中所唱："巨轮在不停地转动，可怕的天雷压顶而来，吾亚、吾亚、玖别、班布里，玖别、玖别，如若义巴罕你不听我的劝告呀，班布里玖别，就把你压在深潭底下哟；"有对义巴罕的痛恨和除掉它的决心，如《霍里木布》中所唱："求阿哥索助威霍里索，尽快扶起它霍里索，助我打昏它霍里索！霍里耶、霍里耶，霍里、霍里、霍里索！霍里、霍里、霍里索，厄真在装死霍里索，不要为它怜悯霍里索，抽它的鬼身霍里索，打它的腿梗霍里索，扯它的魔发霍里索；"有对列祖列宗的敬畏与向其祈佑的忠诚，如在尔琪歌《索里扬克》中所唱："正红旗的列祖列宗哟索里扬克，索里扬克、索里也、索里也、索里扬克；索里也、索里也、索里扬克、索里也、索里也、索里扬克，诚心乞求哟索里扬克，请把慈爱赐给我们哟索里扬克，索里扬克、索里也、索里也、索里也、索里扬克；索里也、索里也、索里扬克，索里也、索里也、索里扬克，恩杜里玛发妈妈索里扬克，请把恩惠赐给我们哟索里扬克。"

萨满歌以浅显之语道出锡伯族民众真实丰富的生活内容，对于开展民间文艺活动，丰富群众文化生活具有重要价值。另外，众所周知，民歌是孕育一个民族文学的天然河床。作为锡伯族民歌中一个重要种类，萨满歌对于后来文学艺术的发展产生了重要影响，如流传于察布查尔锡伯自治县的锡伯族新民歌《世世代代铭记毛主席的恩情》，其优美欢畅的曲调就是取材于萨满斗琪歌的旋律。现代锡伯族舞蹈、工艺美术的蓬勃发展也得益于古老的萨满歌中丰富的养料。萨满歌为锡伯族文学艺术的推陈出新、世代传承发挥了重要作用。

第四节 安塔秦舞春（习俗歌）

锡伯族安塔秦舞春，又称习俗歌，反映了锡伯族民众婚姻、丧葬、劳动、游乐、礼节、信仰、传统佳节等各方面的习俗。目前搜集到的习俗歌有《说亲歌》、《哭嫁歌》、《定亲歌》、《婚礼歌》、《哭葬歌》、《上梁歌》、《叼羊歌》、《抓嘎拉哈歌》、《尊老歌》、《希林妈妈歌》、《元宵歌》、《射箭歌》、《练臂歌》。按锡伯族的习惯，每逢习俗活动，必伴歌声，故习俗歌得以代代相传，延续不断。

一、主要内容
（一）婚姻礼俗歌
在锡伯族的婚姻过程中，始终有相应的婚姻习俗歌相伴，尤其是在婚礼上，自始至终充满歌声。锡伯族的婚姻礼俗歌分为说亲歌、丁巴歌、哭嫁歌、劝嫁歌、婚礼歌等。
1. 说亲歌
说亲歌一般描述说亲的过程。《说亲歌》主要流传于察布查尔锡伯自治县，反映了锡伯族自说亲至许亲，自举行许亲宴至结婚仪式的风俗。歌曰："转眼婚期到眼前，男家老少准备忙；选定婚日是大事，佳日应当是天晴。大家同坐共发言，讨论婚日定佳期；你翻皇历我推算，决定办在十月初。两老随媒登亲家，告闻婚日听指示；闻知办事在十月，二老心乐皆同意。婚日已经到眼前，两家繁忙人不闲；收拾新房姑娘忙，整修门院备喜品。昔日清晨备车马，装好礼品送亲家；老人赶早送喜车，祝愿喜事办得佳。女家当日派人马，四处下帖请众亲；奉告明日嫁闺女，光临寒舍增光颜。"

2. 丁巴歌

丁巴歌是锡伯族婚姻礼俗歌中最有特色的习俗歌。按锡伯族传统习俗，新郎家派出丁巴队在奥父奥母带领下前去新娘家，与新娘家的亲朋好友开始打丁巴对歌对舞，即举行迎亲晚会。在打丁巴时演唱的歌曲叫丁巴歌。丁巴歌一般诉说男女青年真挚的感情，描述热闹的婚礼和男女之间的俏皮话。歌唱形式一般是对唱，即新郎队和新娘队对唱。同时，原来不相识的男女青年可以通过打丁巴相识相亲相爱。目前搜集到的丁巴歌有《打丁巴之歌》（一）、《打丁巴之歌》（二）、《乌鸦的歌声》等。丁巴歌中最具代表性的《乌鸦的歌声》这样唱道："男：茇茇草滩的兔子哟，见不了人四处奔逃耶哪；送新娘的姑娘呀，头都长在肚脐下耶哪。

女：沙枣树上的喜鹊哟，嘻嘻沙沙叫人厌烦耶哪；今日迎亲的小伙子们哟，歌声使人灰心耶哪。

男：随风飘荡的芦苇荡里哟，野鸡的歌声多么寒心耶哪；缩头缩脑的姑娘们哟，哪一位能启歌耶哪。

女：夹子夹过的公狼哟，没有回头的力气耶哪；平日逞能的小伙哟，歌声今日走调了耶哪。

男：乌鸦的歌声哟，只有在深秋里响亮耶哪；美丽阿妹的歌声哟，只有在人背后才好听耶哪。

女：有志的那个大雁哟，不在矮树上搭窝耶哪；有志的阿哥哟，不和美丽的姑娘斗嘴耶哪。

男：不要以为阿哥无志哟，不要当是小伙无心耶哪；不是今日来迎亲哟，阿妹们别想出二门耶哪。"

3. 哭嫁歌

在各民族婚姻习俗歌中，最能打动人心的就是嫁女时声泪俱下所唱的哭嫁歌。锡伯族哭嫁歌是新娘临上喜篷车之前诉说内心的歌曲。目前搜集到的《狮子的吼叫声》是一首关于在旧社会封建包办婚姻制度下新娘哭诉自己悲惨命运的哭嫁歌，字字饱含哀怨与悲愤，句句满载不幸和悲哀。歌中唱道："狮子的吼叫声哟，震响了高耸的深山老林；父母的咒骂声哟，撕碎了女儿纯洁的心！哦嘿——撕碎了女儿纯洁的心！""姑姑哟实在太心狠，为什么把侄女嫁给我不爱的人?！舅舅哟你太不懂人情，毁掉了外甥女美丽的青春！""姨姨哟你说句话呀，为什么我这般苦命？大姐哟你快快救我，妹妹就要陷进苦难的火坑。哦嘿——妹妹就要陷进苦难的火坑。""蒙蒙细雨下个不停，打湿了干枯的沙枣的根；我流不完心酸的泪啊，天天都打湿被褥枕巾。哦嘿——天天都打湿被褥枕巾。哦嘿——天天都打湿被褥枕巾。""马儿哟一步都不愿走，妹妹死也不进他家的门。阿哥哟你在什么地方?！能不能听见我悲伤的哭声？哦嘿——能不能听见我悲伤的哭声?！哦嘿——能不能听见我悲伤的哭声！"

4. 劝嫁歌

在新娘哭哭啼啼不愿上喜篷车时，其父母或姑舅等人举起酒杯为新娘唱起劝嫁歌。在锡伯族劝嫁歌中《爱新托浑》（又名《金纽扣》）最具代表性，在民间广为流传。歌中唱道："为什么宰杀这膘肥的大羊，邀请亲朋好友来吃宴席；为你摆席举行婚礼，你别哭闹切莫生气。金子雕刻的纽扣，也要拿出来钉用，我明珠般的女儿啊长大嫁人理所应当。兽骨雕琢的纽扣，也要舍得钉在衣裳上；心爱的骨肉要出嫁，父母必须配好你的嫁妆。过去你在父母身边，长长的火炕任你玩耍；如今过门和公婆相处，炊事缝补家务复杂。过去你在父母身边，细长的烟锅够你玩耍；如今过门和公婆相处，挑水扁担不可当棍玩耍。当初我跟你爹成亲，也像你这般景况，妈妈两天不吃夜夜流泪，如今想起实在荒唐。父母从小恩养的感情切莫忘怀，你走了我们时刻都惦记你，我们已经把你嫁到公婆家，你千万要孝敬公婆安宁过日。你就要离开父母到公婆家，父母的疼爱你要记牢；如今你成立了新的家庭，与女婿和睦相处白头到老。"

5. 婚礼歌

婚礼歌，又称沙林舞春，是专门为庆贺喜事而唱的祝酒歌，一般为触景生情即兴创作。其情调热情欢快，轻松奔放，有赞颂喜筵的，有赞美和劝慰新婚夫妇的，有宾主相应的，也有夸赞亲家的。如流传于察布查尔锡伯自治县的《婚宴之歌》、《婚礼歌》（一）、《婚礼歌》（二）、《婚礼歌》（三）、《婚礼歌续》，深受群众喜爱。《婚礼歌》（一）中反映了亲家双方为喜事所表现的欢乐心情，歌颂了两位新人和亲家双方的美好礼节。

女唱：飞来了九只凤凰，栖落在梧桐树上，今日热闹的婚礼上哟，送走了美丽的新娘！

男唱：飞来了九只凤凰，栖落在梧桐树上，今日红火的婚礼上哟，迎来了美丽的新娘！

女唱：在那后院的桃树上哟，开满了鲜艳的花儿，在今日热闹的婚筵桌旁啊，坐满了高贵的客人。

男唱：金光闪闪的金杯里，斟满了喜庆的美酒，在那干净明亮的洞房里，坐着贤惠孝顺的媳妇。

女唱：播种的庄稼被田埂围栏，喜筵上摆满了各种美味，品了一样又一样，比不上杯中酒最甜美。

男唱：红艳艳的太阳升起来了，把天下的万物普照；尊贵的长者们光临寒舍，使今天的喜事亮堂热闹。

女唱：谁说太阳光不亮？谁说美酒不会醉人？只怕今日的婚筵上，新郎的美酒没重意。

男唱：枝头上结的是鲜艳的蜜桃，喜宴上敬酒的礼节不能少，若是今朝不畅饮喜酒，只怕你们上年纪时贵体受损耗。

女唱：接过首杯要畅饮，下肚不慌说一句：新郎在旁候客人，心中是否有诚意？

男唱：阿古阿姐请放心，新郎热情又诚真，如果贵客不相信,请看酒杯满不满?

女唱:接过二杯要畅饮,下肚不慌问一句:满座陪客望客人,他们是否都诚意?

男唱:尊老长辈请放心,陪客都是心意诚;如果贵客有疑心,请看是否赔笑容?

女唱:接过三杯要畅饮,下肚不慌说一句:新娘过门到婆家,新郎对她要顺意。

男唱:尊贵客人都放心,新郎新娘好一双,幸福日子甜中过,来日必定响叮当。"

(二) 丧葬习俗歌

锡伯族的丧葬习俗一般有八种仪式:洗理、设灵堂吊唁、报丧、举行吊唁仪式、入殓、出殡、安葬、守孝。哭葬歌是在丧葬习俗活动中所唱的歌谣,听来叫人心肝欲裂的《哭葬歌》便是最具代表性的一首。歌曰:"额哩,爱吉拉克!把你搬出了家门额哩;你赶快睁开眼睛额哩,再看一看你几十年进出的家门额哩!额哩,爱吉拉克!把你抬出了院门额哩,再看一看你几十年进出的家门额哩!额哩,爱吉拉克!把你抬出了院门额哩,你赶快坐起来,额哩,再摸一摸你几十年关开的院门额哩!额哩,爱吉拉克!你已经躺在了灵车上额哩,你赶快坐起来,额哩;再望一望养你的亲家乡额哩!额哩,爱吉拉克!你已经走出了村后门额哩;你赶快下来额哩,再尝一尝这几十年养育你的渠水额哩;额哩,爱吉拉克!你已经来到了村后的田地额哩;你赶快下来额哩,再吻一吻这几十年哺育你的土地额哩!额哩,爱吉拉克!你已经来到了你的家额哩;你赶快开口额哩,感谢这些给你盖房造屋的阿古们额哩!额哩,爱吉拉克!你就要进你的家门了额哩;你赶快睁开眼额哩,再看一看和你几十年相伴的亲人额哩!额哩,爱吉拉克!你的家门就要关闭了额哩;你赶快伸开双臂额哩,再搂一搂你亲生儿女额哩。额哩,爱吉拉克!我们就要和你永远分离了额哩;你的亲人们额哩,再给你漆一点,人间的黄土额哩!"

(三) 上梁歌

锡伯族这首《上梁歌》主要流传于辽沈地区。这首习俗歌由上下两节诗组成:"木匠师傅,来到华堂。尊声老东,站在中央;老亲少友,分列两旁。听我木匠,夸夸这梁:这根梁,不寻常,本在长白山中藏。鲁班师傅见到它,五尺杆子量又量;标杆溜直圆又粗,不长不短好做梁。抡起大斧砍倒树,锯掉两头进作坊。一对木马像鸳鸯;一个墨斗赛凤凰。拉紧墨斗斗中线,溜直黑线弹中央,大斧砍它三十六,小斧再砍七十二双。砍出的鱼鳞金光现,砍得光滑又漂亮。拿起短刨转圈刨,刨出金玉装满箱;再拿长刨净表面,刨来财宝满屋装。一杯酒,敬梁头,威风凛凛气昂昂;二杯酒,敬梁腰,钢筋铁骨伸臂膀;三杯酒,敬梁尾,能和天地共久长。此梁非是一般梁,东家用它庆吉祥。择吉日,选吉时,不冷不热好时光。良辰美景艳阳天,鲁班师傅在身旁。助我千钧力,开我智慧窗。万事如意。诸事具备,亲友听真,齐心协力——上梁!"第一节主要写主人举家欢迎木匠师傅的到来,木匠师傅开始赞美这根即将使用的梁木;"这根梁,不寻常,本在长白山中藏。鲁班师傅见到它,五只杆子量又量;标杆溜直圆又粗,不长不短好做梁。"然后向梁木敬酒:第一杯祝愿梁头"威风凛凛气昂昂",第二杯敬梁腰祝愿"钢筋铁骨神臂膀",第三杯敬梁尾祝愿"能和天地共久长";第二节主要唱主人挑选吉日吉时,在木匠师傅指导下,"大家齐心协力——上梁",最后上梁成功,全家沉浸在一片喜庆中。

(四) 游乐歌

锡伯族游乐歌以《叼羊歌》和《抓嘎拉哈歌》)为代表。在《叼羊歌》中,骑手们叼羊场上你争我夺、互不相让的激烈场面得到了充分展现。歌曰:"膘肥体壮的枣红马哟,望着主人长鸣;

主人的心儿,不在马上而别有心思。膘肥体壮的枣红马哟,引颈望着大街上的马群;主人抚摸着马首,心里急盼着叼羊的佳期来临。枣红马经历了种种锻炼,二十天减少了食粮;每日疾跑一程,马肚的肥膘掉了不少。主人骑着枣红马,飞也般地绕过障碍物;忽然又驮着沉重的假羊,四蹄如翅腾云驾雾。经过考验的枣红马哟,见不了主人就跃跃欲驰;主人深解马儿的心意,好不容易盼到了久等的佳期。叼羊场上人潮涌动马儿奔腾,枣红马驮着主人跃跃欲进,今日汇集千军和万马,捷足者方能夺得冠军。死山羊扔进了场中央,万马顿时长鸣抖颤,枣红马眼看着山羊,身上不觉沁出了轻汗。开始的命令已经传出,不知何人手快拾起了山羊,顿时人流滚滚马儿奔腾,都向着一个方向奔涌。枣红马急不可待蹄儿乱蹬,主人紧拉缰绳丝毫不松,眼看着人马跑向远方,只有枣红马的主人不慌不忙。奔腾的人马不知跑了多少路程,已经折回跑近了枣红马跟前,主人看准时机稍一松缰绳,急不可耐的枣红马箭一般冲入马群。人马聚集,蹄乱鞭响,山羊的四蹄你争我夺,枣红马身灵蹄轻,忽儿插入人马正中。主人随手一抓,夺得了山羊的一蹄,枣红马深解主人心意,驮着山羊冲出人马群。枣红马早已名扬四方,谁还能紧跟它后面?主人紧紧夹着山羊,奔向前方如雾似烟。"

《抓嘎拉哈》反映了锡伯族老少热衷的抓嘎拉哈游艺活动。歌中唱道:"你抓一,我抓一,立春雨水解冻皮,惊蛰河水又成溪。你抓二,我抓二,春分清明忙种麦,谷雨种谷把犁开。你抓三,我抓三,立夏小满紧相连,芒种一到苗出全。你抓四,我抓四,转眼功夫到夏至,小暑大暑如火炙。你抓五,我抓五,过了立秋就处暑,挥起刀镰收五谷。你抓六,我抓六,秋分不割丢粮豆,寒露霜降虫伤秋。你抓七,我抓七,立冬呼呼北风袭,小雪大雪冷凄凄。你抓八,我抓八,冬至呵气冻胡茬儿,过了小寒是大寒。过年的鞭炮响乒乓,红头绳、白胭粉,乐得姑娘笑哈哈。"

（五）信仰歌

"喜利妈妈"是锡伯族原始信仰神灵，是象征保佑家宅平安和人口兴旺的神灵。它用长约10米的丝绳，上面系许多小弓箭、背石骨、小吊床、铜钱、五颜六色的布条、小鞋靴、撒袋、铁锹、木叉、小扫帚等组成。"喜利妈妈"是很形象的谱书，代表着家族繁衍传承情况。如家族内添一辈人就在喜利妈妈上添一背石骨，每生一男孩就添一弓箭或添撒袋、小农具，以示长大成为一名优秀的射手或种田手；每生一女孩添一布条或小吊床、水桶、小扫帚等，以示长大生儿育女、传宗接代、勤劳持家。《喜利妈妈之歌》就深情赞颂了锡伯族人民的这种信仰习俗，表达了民众对喜利妈妈的敬重与热爱之情。歌中这样唱道："我是弓，我是箭，挂在喜利妈妈绳上！我是绸，我是缎，挂在喜利妈妈绳上！男的是弓箭女的是绸缎，喜利妈妈终生保佑咱。我是弓，我是箭，骑马射猎走深山，我是绸，我是缎，穿梭织布爱家园；哥哥你双脚踏遍千层林，妹妹我双手绣出万座山。哥哥你猎回獐狍和野鹿，妹妹我绣出锦绣五彩缎；你是弓，我是缎，五彩花绳心相连，绳儿万年延无边。哥哥你勇敢刚强又傈悍，妹妹我能歌善舞又诚贤；哥哥你一心把咱山林爱，妹妹我深情把咱家乡恋。哥哥你敬重祖先的功德，妹妹我敬家庙的威严；兄弟姐妹齐发展哟，喜利妈妈永远和我们锡伯人心相连。"

二、艺术特色

（一）强烈的写实主义精神

正是"饥者歌其食，劳者歌其事"，锡伯族习俗歌是锡伯族多姿多彩的民间生活的写照，抒发了民众对现实生活的直接感受。所以，它们真实、深刻、生动、广泛地反映了社会的各个层面，以绚丽的色彩绘制了民间生活图画。在婚礼习俗歌中，有男女双方筹备结婚的一系列紧张欢快的过程，有婚礼上男女丁巴队对歌对舞时妙趣横生的情形,有锡伯族女青年面对封建包办婚姻的悲苦无奈与坚强反抗,有父母对待嫁女儿的耐心劝慰与谆谆教导;同时,锡伯族民众生龙活虎的游乐场面、丰富多彩的信仰习俗以及举行丧葬和上梁仪式的过程在习俗歌中一目了然。这些习俗歌不仅题材广泛多样,还以惊人的艺术概括力揭示了当时的社会矛盾,表达了锡伯人民的愿望和理想。

(二)多样的演唱形式

锡伯族习俗歌有着多种的演唱形式,有的直接歌唱叙述某些习俗如《说亲歌》、《叼羊歌》,有的以当面质问的形式倾诉个人悲愤的心情如《狮子的吼叫声》,有的以对唱或伴唱的形式来烘托气氛,如《婚礼歌》和《乌鸦的歌声》等。对于大多是即兴而唱的婚礼习俗歌,演唱形式就有三种。

一是一人领唱,众人和(即唱喝彩);如一首《金凤凰》这样唱:"飞来了九只凤凰,(众和;哲!)栖落在梧桐树上,(众和;哲!)今日热闹的婚礼上,(众和;哲!)送来了美丽的新娘!(众和;哲!)"此时主人对光临喜宴的贵客是非常敬重的,在此场合主人必须举杯谢客,引吭高歌:"在那后院的桃树上,(众和;哲!)结满了鲜红的桃儿,(众和;哲!)在今日热闹的婚筵上,(众和;哲!)坐满了高贵的客人。(众和;哲!)。"

二是采取对唱,即主人唱一句,客人接一句或是客人唱一句主人接一句;例如客人:"金光闪闪的金杯里,"主人:"斟满了喜庆的美酒。"客人:"在那干净明亮的洞房里,"主人:"坐着贤惠孝顺的媳妇。"

三是主人唱一首,客人接一首或是主人唱一首,客人接一首。毋庸置疑,这些多彩的演唱形式为锡伯族习俗歌增添了艺术光芒和民族风味,其浓郁的生活气息深为百姓喜爱,对锡伯族民歌的传承大有裨益。

（三）音韵和谐、形象生动的语言艺术

首先，锡伯族习俗歌以语言朴实无华基本做到了整齐对称。《说亲歌》以七言贯穿全文，整齐划一，简洁明了，一气呵成；《乌鸦的歌声》男女对唱，形式对称优美；《上梁歌》三言、四言、七言共用，错落有致。

其次，锡伯族习俗歌以和谐的音韵，鲜明的节奏赢得了永久的艺术魅力。这突出表现在《上梁歌》中，一韵到底、气势磅礴、场面宏大，将主人全家及朋友们在木匠指导下齐心上梁的欢快情景渲染得惟妙惟肖。

再次，锡伯族习俗歌巧妙运用比兴、反复、反问、设问等修辞手法，使其语言生动形象，增强了表现力，如《爱新托浑》中所唱："金子雕刻的纽扣，也要拿出来钉用，我明珠般的女儿啊长大嫁人理所应当。兽骨雕琢的纽扣，也要舍得钉在衣裳上；心爱的骨肉要出嫁，父母定要配好你的嫁妆。"这里以父母纽扣起兴劝慰女儿，语言纯朴形象；犹如《哭葬歌》中反复吟唱的"额哩，爱吉拉克！"不仅增强了歌曲的节奏性，而且极具感染性；在《婚礼歌》中，反问、设问的语言修辞更添艺术情趣，让人过目不忘。

第五节　生活歌、劳动歌、儿歌

一、生活歌

生活歌是指反映广大民众日常劳动生活和家庭生活状况，以及他们的人生态度，人生经验的歌谣。锡伯族生活歌是用写实主义手法反映锡伯族民众生活状况、生活理念的民歌，包括苦歌、劝导歌、格言歌和颂歌。

（一）主要内容

1. 苦歌

苦歌以强烈的写实主义精神反映了锡伯族在旧中国的生活情况，倾诉了农民的重重苦难与妇女的悲惨遭遇，控诉了地主、贪官污吏的残暴行径。歌中有百姓忧虑国难的长叹，有小夫贱吏的悲吟，代表作品有《"九一八"事变歌》、《黑夜茫茫》、《四季苦歌》、《穷家都有辛酸史》、《穷人皮包骨头筋》、《盼月亮》、《茫茫长夜》、《戈壁滩上的沙枣树》、《农夫为何这样苦命》、《悲苦的泪水流不尽》、《过年难》、《哪天能太平》、《扛大活的挨大饿》、《要吃地主饭，就得拿命换》、《百姓恨"刮民党"》、《这人不如小白羊》、《各回各家园》、《血战长城坡》、《长工歌》、《换穿衣》、《赋税重》、《异乡梦》、《走天涯》、《他乡苦》、《可恨的人》、《野草歌》、《鸦片毒》、《凶年》、《抓兵》、《盼天亮》、《哭五更》、《驱瘟歌》等。

苦歌《黑夜茫茫》呈现出一幅旧社会锡伯族人民衣不遮体，食不果腹的悲苦生活画面："黑夜茫茫，乌云蒙蒙，锡伯人民，为何命苦？揭开锅盖没有气，打开面柜没有面，肚里空空没力气，谁人解囊来悯怜？狂风连昼夜，可怜单根草，灾祸连年起，农夫往哪逃？"

在《穷家都有辛酸史》、《悲苦的泪水流不尽》等苦歌中，妇女不幸的身世命运更加让人潸然泪下。在《穷家都有辛酸史》中唱道："心有急事不择路，这路越走越黑暗；大地好像无边际，锡伯越过越遭难。太空也是没边际，双翅飞鸟到处游；饱尝苦水穷农夫，抬起双脚无路走。伊犁河水日夜淌，苦水汇聚比河宽；可怜农夫身辛酸，流血流汗泪不干。长夜不明路难走，星星点点发寒光；妇女身世更惨苦，无钱无权受欺凌。天气寒冷炕更冰，雨水透过破天棚；锅漏灶破案板烂，家妇地下愁满胸。地里瘦牛难拉犁，家里老母一身病；借债一身难背动，年底不知怎还清。

田间农夫勤耕锄，檐下富人闲聊天；汗水流尽到年终，穷人还要受饥寒。幼鸡叽叽乱逃窜，后面母鸡在追撵；穷家男儿无好运，不到十三下田间。小燕丧母实可怜，过早飞出温暖窝；男儿十五正长身，可怜这时背已驼。狂风暴雨实无情，幼弱麦苗遭袭击；穷家姑娘身世苦，饧口只好当东西。姑娘喊天天不应，情人呼地地不理；含着血泪到'夫'家，当晚才知是残疾。雨打山石起绞痕，浪冲河岸岸不寂；回想过去旧时日，穷家都有辛酸史。"犹如《悲苦的泪水流不尽》这样唱："纷纷细雨下个不停，渗透了远近的土地；小妹悲苦的泪水流不尽，湿透了苇编的席子。纺线的锤儿哟，突碌碌转个不停；十六岁过门挨打骂，日日苦水洗面容。"

　　苦歌《过年难》、《哭五更》表达了对繁重的苛捐杂税的强烈厌憎，是对封建地主残酷剥削的愤然鞭挞。在《过年难》中唱道："孩子盼过年，穷汉心里烦。丫头要买红头绳，小子吵着买小鞭。瞅着孩子心难受，两眼流泪泪涟涟。一到腊月二十三，官家派来催命官，这个税、那个捐，张嘴就是钱钱钱。就因回话有点慢，身上挨了三马鞭；刚说一声缓期限，他们动手四处翻；砸碎了掉沿锅，敲破了漏水坛；踢掉了破柜门，摔坏了豁牙碗；推倒了老妈妈，打肿了媳妇脸；抢走了二升种子米，好歹给了七天限。三十晚上拿不出钱，你就别想过大年！"在《哭五更》中唱道："一更里，哭进了土房。黑暗暗，多么凄凉。油灯点上，狗豺狼，逼走夫君，痛坏妻儿郎，哎呀呀……二更里，月牙才出来。无柴少米，泪流满腮，最可恨，狠心贼，贪官污吏，良心坏，哎呀呀……三更里，月儿照正东，扛活人家泪珠直倾，苛捐杂税样样不轻。抓国兵，要劳工，吓得阿玛、额娘睡卧不宁，哎呀呀……四更里，月儿照正南。穷人劳工抓到密山。音信无有还不回还。阿玛盼儿，妻盼郎，眼睛哭坏，日夜悲伤，哎呀呀……五更里，月儿向西来。想死劳工郎，痛坏老婆孩。孩死妈嫁三分开,盼只盼,救星来,杀尽魔鬼,消除祸害,哎呀呀……"

锡伯族人民在旧社会遭受了无尽的苦难,但他们始终坚信只有伟大的共产党才能拯救中国,在苦歌《"九一八"事变歌》中唱出了对党的热爱之情:"共产党用兵有神算,带领着同志们打前线。苏联也曾把兵发,顺着黑河、松花江上了岸。这回推倒了满洲国,老百姓个个都乐颠了馅。解放了劳工国兵漏,当爹妈的是烧香又还愿。保长甲长都下野,警察官也都瘪茄子啦不敢来捣乱。翻译巡捕不敢出门口,虎洋气的都完蛋。八路军的纪律真正好,不拿百姓一针一线。他们为咱穷人打天下,建立红色新政权。"

2. 劝导歌

劝导歌,锡伯语称塔弗兰舞春,是劝人努力学习、改掉恶习或养成美好品德的生活歌,一般为长辈劝导晚辈,父母劝导子女,情人规劝情人,很有教育意义。目前搜集到的劝导歌有:《老人歌》、《父母心》、《老师言》、《劝阿古归正道》、《农耕好》、《勤俭为荣》、《齐心合力》、《莫急躁》、《岁月歌》、《游手好闲可耻》、《我原是抽大烟的婆娘》、《禁烟歌》、《劝学歌》、《不孝敬父母怎么行》、《摇钱树》、《劝学歌》、《别再吸食鸦片烟》、《放荡不羁的人》、《从前我是赌博汉》、《劝阿古好好劳动》等。

在以规劝学子珍惜青春,刻苦努力为内容的生活歌中,《劝学歌》最为人们喜闻爱唱,它种类多,篇幅有长有短,其中有一首这样唱道:"父亲在外受辛苦,母亲在家更忙碌。哥哥种田汗浇苗,姐姐缝衣备寒暑。先生教书费心血,朋友在旁直焦急。我们要是不勤学,心里怎能过得去!莫说自己低贱身,天下诸事见志气。圣人君子也是人,我们凭啥甘下梯!家犬通夜守家院,公鸡准时报黎明。蜜蜂采蜜不消闲,桑蚕勤奋吐丝忙。走兽飞禽众昆虫。各自都有肩上事。我们倘若吃现成,即使活着也无益!少年时光不再来,努力求学实紧要。只要胸里树决心,任何事情难不倒!"

生活歌中,规劝人们改戒恶习、端正做人以及劝导人们勤奋上进踏实劳动也是重要内容之一。如《从前我是赌博汉》、《别再吸食鸦片烟》、《我原是抽大烟的婆娘》、《劝阿古归正道》、《农耕好》、《劝阿古好好劳动》等。《禁烟歌》和《别再吸食鸦片烟》形象地暴露了鸦片对人自身、对家族、对整个民族的危害性。《禁烟歌》在劝人戒烟时苦口婆心、语重心长:"害人鸦片是毒品,劝君千万莫吸吞,一旦入了这邪门,身败名裂定遗恨。三寸高的大烟灯,万贯家产它烧尽,一尺长的小木棍,七尺男儿任它整。风流才子吸成瘾,面黄肌瘦无精神,终日昏沉睡不醒,功业俱废误终身。美貌女子吸成瘾,倦容不断神不定,花容月貌两相损,丑态百般出不尽。烟鬼养儿难成人,娶媳不育绝子孙,倾家荡产祸无穷,全是这个害人精。劝我父老和乡亲,切莫吸食要严禁,再劝大嫂和姐妹,定要戒绝莫留根。"

在《劝阿古好好劳动》中这样唱道:"阿古哟阿古!春天里闲手不得了;农具肥料不准备,哪有夏天的庄稼满眼?我劝阿古,不要误了天时,不要荒了大田!阿古哟阿古!夏天里游荡不得了;田间庄稼不去管,哪有秋天的五谷丰登?我劝阿古,不要误了天时,不要违了农情!阿古哟阿古!秋天里闲坐怎么得了;地里庄稼不收割,哪有冬天的腹中饱满?我劝阿古,不要误了天时,不要违了农情!阿古哟阿古!冬天里懒躺怎么得了;院里牛马不喂养,哪有春天松软的田土?我劝阿古,不要误了天时,不要错过日子!"同时,《勤俭为荣》、《不孝敬父母怎么行》、《老人歌》、《父母心》、《齐心合力》等生活歌再现了锡伯族人民勤俭节约、尊老爱幼、和为贵等传统生活理念,可谓字字玑珠,在锡伯族民间代代传承。

3. 颂歌

颂歌，锡伯语称玛克塔勒舞春，主要以真挚的感情歌颂家乡、山河、土地，赞美高尚的品德，歌颂英雄人物、长辈先贤、清廉官吏等。如《扎下营盘保中华》、《美丽的家乡》、《察布查尔赞》、《乌孙山颂》、《察布查尔大渠颂》、《颂恩人》、《父母的恩情》、《老师的恩情》、《人人赞美德》、《怀念三十四位英雄》等，还有对图伯特、额尔古伦、纳松阿、舒兴阿、喀尔莽阿、博尔果素等历史人物的颂歌，尤以《图伯特颂》为著名。

《扎下营盘保中华》是一首在东北地区流传的民歌，在歌颂锡伯民族西迁北举和戍边屯垦的历史功德的同时，表现了东北文志乡对远在新疆守卫边疆的锡伯军民的思念和衷心祝福。"先有国，后有家，锡伯人不忘"四一八"，1764年从盛京把兵发，西部边陲把根扎。乌孙山下守边卡，伊犁河畔种庄稼，屯垦戍边是天职，扎下营盘保中华。怀亲节"四一八"，宰大猪、把羊杀，遥望西方亲骨肉，祝愿东西共安康。"

巍巍乌孙山，滔滔伊犁河，美丽富饶的察布查尔养育了无数勤劳善良的锡伯族儿女，在《察布查尔赞》中，锡伯族儿女这样赞颂着美丽的家乡、伟大祖国母亲："抬头往前看哟，前有乌孙山哟。脚下碧绿一片，那是农家的麦田；锡伯自古勤劳，男女个个勇敢，挥舞铁锹苦干，粮食堆成山哟。我们的生活甜哟，一天胜过一天，只要有了本领，幸福就在眼前；我们走的道路，亮堂又宽广哟，我们的事业，越干劲越添哟。团结的力量大哟，谁能把它阻拦。创造幸福的明天，全靠大家流汗。抬头往前看哟，前程多灿烂哟。为了祖国强盛，我们努力向前。"

《怀念三十四位英雄》热情讴歌了在新疆三区革命时期鄂国等34名锡伯族骑兵连士兵同国民党军队英勇战斗的英雄事迹，歌中唱道："精河淀啊精河淀，河水清清小浪翻，河岸崎岖又不平，沿岸驻着锡伯连。精河西岸一片荒，黄沙卧石连天边，就在这块平凡地，锡伯连队建功勋。可恨残忍国民党盘踞新疆干坏事；百姓生活无法过，拿起枪杆都起义。锡伯连军杀敌人，前仆后继为百姓；三十四名铁勇士，光荣献身成英雄。青松倒下枝叶青，人死留名在人间，英雄死去功名在，人民永远要怀念。"

图伯特是锡伯民族杰出的历史功臣，他以顽强的意志、卓越的组织才能和非凡的指挥技巧带领锡伯族军民克服重重困难，完成了在伊犁地方历史上著名的人工开挖的引伊犁河水灌溉农田的大渠——察布查尔大渠。《图伯特颂》以无限深情表达了锡伯族人民对图伯特的爱戴与赞颂，歌中这样唱着："那些无知的人们固执己见，硬是对修渠毫不赞成；说什么'倘若事情不成功，谁来担当劳民伤财的罪行？'又说六十年很快熬过去，到那时就要返回家乡，沿着伊犁河流域住下来，即使吃鱼也不会饿死。图安班啊日夜为民劳神，决心率众把大渠开通。百年千年也不回返；不种不栽绝对不行。那些聪明的莫昆们，对修渠都横下了一条心，他们说，大渠如果失败了，就拿我的族人来抵偿。青年们的劲头冲天高，豪气震得山摇地动，大渠伸展任飞跃，海努克地方早已挖通。敬爱的图安班啊，你为骨肉同胞创造了幸福，是你挺身而出开凿了大渠，你好比神龙为渠水开了大路。尊敬的图安班啊，你的英明和果断，和哗哗渠水永世共存，你的形象更会铭刻在我们的心间。"

4. 格言歌

格言歌，锡伯语称考灵阿舞春，是类似于谚语的一种生活歌，主要在察布查尔锡伯自治县内流行。锡伯族格言歌内容丰富多彩，涉及为人处世、治学之道等各个方面。每首格言歌都说明一个深刻的道理，同样再现出锡伯族人民的生活观念，像《在自己的祖国里》、《没有经过寒冬的人，不知道春天的温暖》、《和学问交朋友，就会成秀才》、《手中有真理的人，会昂首挺立》、《真理总要放光彩》、《在今日的世道里，诚实勤劳的人荣升》、《为人处世要稳当》、《谦虚人的智慧藏在心底里》、《谎言只骗贪心汉》、《假话好听不是真》、《头头多了事难办》、《穿长袍的人总有一天会绊倒》、《朋友多的人出门方便》、《做人应当说真话》等格言歌在锡伯族民间广为流传。

俗话说,"金窝银窝,不如自己家草窝"。《在自己的祖国里》唱出了流落异乡人们的心声:"在自己的祖国里哟,人人都能当主人耶哪;在别国异域里哟,你要充当奴才耶哪。人的一生中哟,生命算是最可贵耶哪;在一切感情中哟,对祖国的感情最纯真耶哪。没到异乡的人哟,不知道故乡的可亲耶哪;没去异域的人哟,不感到祖国可爱耶哪;别人家的楼阁哟,不如自己的破茅屋耶哪;他乡的美酒哟,不如故乡的泉水耶哪。自家做的尕瓦哟,比他家的烤饼可口耶哪;他家的楼阁哟,不如自己的茅屋耶哪。"

寓意深刻的格言歌《没有经过寒冬的人,不知道春天的温暖》也深为人所传唱:"没有经过寒冬的人哟,不知道春天的温暖耶哪;没有经历过艰苦的人哟,不知道幸福的来源耶哪。没有登过高峰的人哟,不知道云雾的美丽耶哪;没有跑过远路的人哟,不知道短途的方便耶哪。闻你名字千百遍哟,不如和你见一次面耶哪;和你见面千百次哟,不如和你搭一次话耶哪。养在墙角的绵羊哟,不知道山里的沟壑耶哪;没有出过远门的小伙子哟,他的见识比姑娘短浅耶哪。经常转锅灶的人哟,知道饭菜的好坏耶哪;经常和秀才在一起的人哟,会写出优美的文章耶哪。刚出窝的幼鸟哟,会飞不会落地耶哪;没有奔到社会的人哟,不顾事情的后果耶哪。辣子的味道哟,不尝不知道耶哪;朋友的好坏哟,结交后才知道耶哪。水井里面的青蛙哟,说苍天就是那么大耶哪;没有见过世面的人哟,他的本事就是那么大耶哪。"

做学问、求真理也是格言歌的重要内容,如《和学问交朋友,就会成秀才》、《手中有真理的人,会昂首挺立》、《真理总要放光彩》等。在《和学问交朋友,就会成秀才》中这样唱道:

"和学问交朋友哟，就会成秀才耶哪；和玩耍交朋友哟，就会变多余的人耶哪。勤于学习的人哟，提高自己的名声耶哪；迷于玩乐的人哟，埋没自己的名声耶哪。对聪明的人哟，即使长途也会变短耶哪；对愚昧的人哟，即使短途也会变长耶哪。笨裁缝的手里哟，宽布裁不了好衣耶哪；笨木匠的手上哟，好木成不了好器具耶哪。逮住多年的老狐狸哟，没有老鹰的本事不行耶哪；捕捉狡猾的兔子哟，需要猎狗般的技艺耶哪。"

有的格言歌也在教导人们应该谦虚谨慎、戒骄戒躁，虚心好学，严于律己，宽以待人，如《谦虚人的智慧藏在心底里》唱道："谦虚人的智慧哟，藏在那心底里耶哪；骄傲者的学问哟，总是挂在嘴边上耶哪。说起他人的短处哟，七天也谈不完耶哪；批评自己的缺点哟，一句还嫌多余耶哪。多听指责的话语哟，就会少走弯路耶哪；多听奉承的话语哟，聪明人也会昏蒙耶哪。小小的麻雀放个屁哟，也对风有益耶哪；即使有天大的功夫哟，也对自己有用耶哪。脑子空虚的人哟，嘴上的学问高耶哪；心中有知识的人哟，不会妄夸自己耶哪。对好学爱问的人哟，儿子也是良师耶哪；对骄傲自满的人哟，孔夫子也不如自己耶哪。出了远门的人哟，注意言行重要耶哪；进了故乡的人哟，讲究礼行重要耶哪。别人身上的短处哟，不要揪住不放耶哪；自己身上的长处哟，不要处处宣扬耶哪……"

（二）艺术特色

1. 强烈的爱国主义感情

爱国主义是一种绵延于锡伯族民间文学中经久不息的深厚感情，是锡伯族民间文学里崇高的精神养料，它哺育着后继锡伯族文学之花茁壮、绚烂地成长，锡伯族生活歌因这爱国主义感情而厚重。在苦歌《"九一八"事变歌》中，苦难的锡伯族人民"位卑未敢忘忧国"，他们用生活化的语言记录了民国时期混乱的社会和百姓的悲惨遭遇，记录了共产党为中国带来的光明和希望，表达对推翻满洲国、建立红色政权的无限喜悦，表达对人民当家做主的热切期盼。在颂歌《扎下营盘保中华》中，东北和西北两地的锡伯军民不忘历史使命、保卫边疆、建设边疆的爱国主义精神得以全面展示，正如歌中所唱"抬头往前看哟，前程多灿烂哟。为了祖国强盛，我们努力向前。"在《怀念三十四位英雄》中，一幅锡伯族官兵"上马击狂胡，下马曹军书"的战斗画面迎面而来："锡伯连军杀敌人，前仆后继为百姓，三十四名铁勇士，光荣献身成英雄。青松倒下枝叶青，人死留名在人间，英雄死去功名在，人民永远要怀念。"格言歌《在自己的祖国里》更是表现出锡伯族人民对祖国的深深眷恋与热爱，发人深省。

2. 体现了中华民族的优良传统

"历览前贤国与家，成由节俭败由奢"、"老吾老以及人之老，幼吾幼以及人之幼"道出了中华民族勤俭节约尊老爱幼的传统美德，《勤俭为荣》、《不孝敬父母怎么行》、《老人歌》、《父母心》这些格言歌正是对中华民族传统美德的赞颂与传扬。《察布查尔赞》更再现了锡伯族军民团结一致、众志成城、自力更生、艰苦奋斗、保家卫国的精神："团结的力量大哟，谁能把它阻拦。创造幸福的明天，全靠大家流汗。"

《禁烟歌》、《别再吸食鸦片烟》、《我原是抽大烟的婆娘》不仅以沉痛的笔调诉说鸦片的莫大危害，为搜集旧民主主义革命时期禁烟情况提供了史料，而且对人们有警醒作用，对当下"关爱生命、远离毒品"的倡导大有推动作用，体现出了"民本"意识。

3. 形象生动的语言

生活歌语言雅俗皆有，丰富多彩，善于运用各种修辞手法，同时人称的变化又加深了感情色彩，收到形象生动，韵律和谐的艺术效果。如《黑夜茫茫》中"黑夜茫茫，乌云蒙蒙"象征着黑暗社会中百姓的苦难生活情形；《没有经过寒冬的人，不知道春天的温暖》运用的反复、排比等修辞手法和强烈的语言气势取得了很好的说服劝导效果。《劝阿古好好劳动》运用第一人称的写法一唱三叹，《图伯特颂》则用第二人称直抒胸臆，感情真挚，为人所叹。生活歌以和谐优美的韵律同样增强了语言的审美性。如五七杂言的《过年难》、三四五杂言的《哭五更》与《察布查尔赞》等都以和谐的韵脚、流畅的旋律为人称颂。

二、劳动歌

劳动歌锡伯语称委勒系舞春，包括田野歌和渔猎歌。在劳动歌中，锡伯族民众劳动情趣、劳动场面、劳动时间等内容得以深刻再现。

（一）主要内容

1. 田野歌

田野歌，锡伯语称塔拉伊舞春。演唱内容从天地到日月，从人类到禽兽，从水火到风雨等无所不及，且多为即兴之作，包括抒情歌、记事歌、咏物歌。如《四季歌》、《田野歌》（一）、《田野歌》（二）、《春光明媚又美丽》、《义格里》、《吾呼哩》、《金色的土地》、《拉煤》、《赶车》、《浇水》、《劳动和吃饭》等田野歌深受民众喜爱。著名的《四季歌》唱出了锡伯族民众春耕、夏种、秋收、冬闲的四季生活，唱出了他们对祥和生活的热爱，歌中这样唱道："春天到来燕子叫，农家备耕多辛劳，备好农具忙耕播，及时下种最重要。夏天到来百花娇，禾苗青青多么好，男女老少同心乐，丰收果实汗水浇。秋季到来雁南飞，霜后秋菊开得俏，谷入仓廪人欢笑，漫漫严冬不心焦。冬季到来雪花飘，四野茫茫人迹少，屋内炉火暖融融，谈笑声中读书报。"

男女对唱的《田野歌》（二）描述了新中国成立后锡伯族民间田野里生机勃勃欢快劳动的景象，歌中唱道：

女唱：在那芨芨草滩上哟，比人高的芨芨草随风飘荡耶哪；

在那望不到边的田野上哟，蠕动着繁忙的农夫耶哪。

男唱：在蔚蓝的高空上哟，欢乐的雁群成行在奔忙耶哪，在这弯曲的田路上哟，新型的拖拉机在奔驰耶哪。

女唱：在长长的水渠里哟，清清的山泉水在奔腾耶哪；在空旷的田野上空哟，动听的歌声在回荡耶哪。

男唱：在前面的视野里哟，乌孙山在颤颤悠悠耶哪；在这广阔的田野里哟，金色的麦浪在起伏耶哪。

女唱：在身后远远的地方哟，伊犁河水在闪闪发光耶哪。在对面不大的窝棚上哟，晌午的炊烟在袅袅上升耶哪。

男唱：在清清的渠水里哟，小鱼儿多么自在耶哪；在这空荡的田野里哟，我们心里多么舒坦耶哪。

女唱：在坝口的上边哟，白浪子的歌声多么动听耶哪；在新开出的田地上哟，阿哥的锄声多么动人耶哪。

男唱：在深幽的果园里哟，果树花味多么香郁耶哪；在田间的窝棚里哟，小妹做的饭香多么刺鼻耶哪。

女唱：在葱郁的树林里哟，欢乐的百鸟在争鸣耶哪；在今天的田野上哟，欢男乐女永不累耶哪。

男唱：经过寒冬的青松哟，更加苍劲挺拔耶哪；经过苦难的锡伯人民哟，更觉今天劳动的甜蜜耶哪。

2. 渔猎歌

渔猎歌是具有锡伯族特色的劳动歌，包括打猎歌和打鱼歌。《猎人之歌》、《狩猎歌》（一）、《狩猎歌》（二）、《棒打獐子瓢白鱼》、《打鱼歌》、《打猎歌》都是有名的渔猎歌。打猎歌又叫阿巴拉西舞春，尽显猎手在猎场上骁勇善战、勇猛迅捷的英姿，如《猎人之歌》唱道："寒风呼呼吹，白雪飘飘飞。猎手不等天色明，急盼去猎围。雄鸡鸣声脆，天亮夜色退。急忙牵马把水饮，猎具皆齐备。爱妻闻声起，热饭又烧水。一声呼唤猎犬惊，欢跃又摇尾。跨马奔大路，雪尘纷纷飞。骏马背上观四方，忘记苦和累。踏遍郊外雪，去把野猪追。深入稠密苇湖滩，猎手齐撒围。人喊有野猪，骏马似箭飞。猎友呼叫'艾吐浑'，声似震天雷。双腿夹马腹，扬鞭把马催。沟深壑险全不顾，放缰催马追。追近勒花马，黑犬足亦停。钢枪长矛投出手，野猪被击中。众人齐会拢，欢声笑语浓。取得野猪头肝肺，当属第一功。鲜肉分数份，日落返回营。大小猎手齐欢乐，围猎兴味浓。雪花飘零零，白了芦苇丛。锡伯青年真英勇，逐猎是先锋。逢冬众欢欣，降雪必猎行。打猎活动真迷人，不顾九隆冬。"

锡伯族西迁到新疆伊犁以后，每当冬季大雪，喜爱狩猎的青壮年以至上了年纪的狩猎爱好者，骑骏马，带猎犬，持猎枪，架猎鹰，到河谷次生林、芨芨草滩行猎。打猎歌随之而生。如其中一首《打猎歌》反映了锡伯族猎人擎鹰带狗到林间打猎满载而归的情景，歌曰："猎人挥鞭上骏马，雄鹰登载他左肩上。右手挥舞着大头棒，箭一般奔向猎场。哦呀嘿嘿，箭一般奔向猎场！人人称道他英雄，人人称赞他伶俐。试试他的本领，也要试试骏马。哦呀嘿嘿，也要试试骏马！野兔被追得精疲力尽，猎犬早已扑上了它。猎人翻身下了马，端端擒住了野兔。哦呀嘿嘿，端端擒住了野兔！日落西山回家，猎人剥去野兔皮。新鲜兔肉炒咸菜，香喷喷的味道胜过海参。哦呀嘿嘿，香喷喷的味道胜过海参！"

打鱼歌以《棒打獐子瓢舀鱼》、《打鱼歌》著称。《棒打獐子瓢舀鱼》短小精悍，言简意赅："棒打獐子瓢舀鱼，野鸡落在砂锅里；猎手不追百步远，马背难驮猎获物。"而《打鱼歌》真实再现了锡伯族渔夫打鱼生活全过程，体现出锡伯族民众悠闲和睦的生活情趣："冬去春来天放暖。万物竞发开笑颜；渔夫繁忙织渔网，心里急着坐河滩。套上小巧毛驴车，装上炊具和鱼网；得儿哟哟赶毛驴，飞快来到大河旁。河水哗哗奔流急，渔夫更忙找河滩；河水流声震耳际。河滩这边独自安。卸下行装和渔具，赶忙砍来野树枝;逆着河水筑渔坝,缓和激流把鱼迷。搭起简易打鱼棚,安下锅灶铺好床;心里急着下渔网,捞起鲜鱼熬鱼汤。头网撒去很失望,网里空空没捞上;只怨天气在作怪,风雨交加鱼难拢。天朗气晴好时光,渔夫心中乐荡漾;赶快撒去大渔网,鲜鱼网中乱跳动。鲤鱼落入小黑锅,抱来干柴烧火忙;鱼肉河水响滚滚;又辣又酸好鱼汤。鱼肉喷香叫人馋,放点蒿菜香更浓;倒出葫芦老陈酒,鱼肉下酒意更浓。河水滚滚夜不静,渔夫静坐钓鱼滩;身边插着钓鱼竿;双眼注视水波翻。鱼竿跳动好预兆,渔夫心里很平静;拔出渔杆猛一抽,一条鲤鱼随杆腾。打鱼几天筐箩满,渔夫浑身虎劲生;河上小舟竞相游,招呼客人喝鱼汤。客人来到鱼棚上,渔夫脚轻忙烧火;鱼肉陈酒摆地上,大家举杯共庆贺。陈酒几杯喝下去,大家浑身热乎乎;渔夫清嗓唱渔歌,客人听歌入了迷。客人对歌兴正浓,头上百鸟在盘旋;渔歌声声刺破天,夜幕已临歌正酣。天色忽变起风雨,河中有鱼难下网;渔夫拿起短猎枪,寻物驰骋在林中。辛苦半日没扫兴,打来野鸡拔羽毛;野鸡落入小锅里!十里以外香味跑。鱼干鲜鱼满车装,渔夫心中乐滋滋;满载鲜味转回家,打鱼河边真有趣。"

劳动歌体现出锡伯族人民人际和谐的劳动观念。有"黄发垂髫并怡然自得"的童叟和睦:如《田野歌》中所唱"男女老少同心乐";有夫妻之间的相敬如宾,如《猎人之歌》中所唱"爱妻闻声起,热饭又烧水";有"嘤其鸣矣,求其友声"(《诗经·小雅·伐木》)的志同道合与相互切磋,如《猎人之歌》中的"大小猎手齐欢乐,围猎兴味浓"与《打猎歌》中的:"人人称道他英雄,人人称赞他伶俐。试试他的本领,也要试试骏马;"有"有朋自远方来,不亦乐乎"的萍水相逢:如《打鱼歌》中所唱"河上小舟竞相游,招呼客人喝鱼汤。客人来到鱼棚下,渔夫脚轻忙烧火;鱼肉陈酒摆地下,大家举杯共庆贺";有肝胆相照荣辱与共的团结一致:如《田野歌》中所唱"经过苦难的锡伯人民哟，更觉今天劳动的甜蜜耶哪。"等等。锡伯族劳动歌中所体现出的这种人际和谐的劳动观念是中华民族的宝贵财富，将在中华民族的历史长河中不断延续传承。

（二）艺术特色

1. 融抒情性和叙述性为一体的语言特色

劳动歌语言或优美流畅或跌宕起伏，极富艺术特色，如在《田野歌》中，整齐对称的男女对唱展示出了乌孙山下伊犁河谷锡伯族人民安居乐业其乐融融的美好图景，同时比兴、排比、象征等手法的运用更显语言的清新瑰丽。《打鱼歌》带有情节色彩的语言充分描绘出了打鱼与请客的全过程，同时，渔夫的心理变化描写由"心里急着下渔网，捞起鲜鱼熬鱼汤。头网撒去很失望，网里空空没捞上；只怨天气在作怪，风雨交加鱼难拢。"到"鱼竿跳动好预兆，渔夫心里很平静"，再到"鱼干鲜鱼满车装，渔夫心中乐滋滋，"更是别有一番风味，让叙述性语言顿时灵动、饱满起来。

2. 优美舒畅的旋律和别具一格的曲调

劳动歌以独具民族特色的音乐艺术深受民众喜爱，在锡伯族音乐艺术宝库中占有重要地位。例如喜闻乐见、传唱不衰的《打鱼歌》唱出了豪迈奔放的风格，它的曲子是由五小节为一个乐句的三个乐句所组成的一段体曲式结构，铿锵有力，节奏鲜明。另外，优美的劳动歌为繁荣发展锡伯族音乐做出了不可磨灭的贡献，如根据《四季歌》的旋律，人们改编的歌曲《共产党好，共产党亲》深受各民族群众欢迎，影响很大。

三、儿歌

（一）主要内容

儿歌，锡伯语称阿吉古伦舞春，歌词简朴而富于童性，句短而富口语化。曲调音域仅四度，近似语言音调的念白。锡伯族广为流传的儿歌有《摇篮曲》、《巴卜喳巴卜》、《对歌》、《唱倒歌》、《妈妈说句公道话》、《我不喜欢喇叭花》、《扔扔站儿》、《卖锁》、《小喜鹊》、《卖蒜了》、《九九牲口歌》、《谷草垛，插尖刀》、《巴伯哩曲》、《瓦克善格尔格尔》、《刚刚嘎里伟里》、《赶老鹰》、《阿字头歌》、《惜时勤学歌》、《我们爱劳动》、《格合格合更额勒》、《哲木哲木哲克》、《九九牲口歌》、《骑牲口歌》、《九大弯弯》、《小白羊》、《小燕子》、《小鹊雀》、《十二月菜名歌》等。根据思想内容的不同，锡伯族儿歌可分为：

1. 摇篮曲

摇篮曲是祖母、外婆或母亲为婴儿唱的歌。摇篮曲用亲切的歌词、舒缓的节奏、优美柔和的曲调将婴儿带入甜美的梦乡。如锡伯族摇篮曲中的代表歌曲《摇篮曲》不仅形象地表现以轻柔的歌曲催促婴儿入睡的母性，而且反映出母亲对儿女的期望："巴伯里，巴伯！妈的好宝宝，不要哭不要闹；巴伯里格，巴伯！好宝宝快快长大。巴伯里，巴伯！驰骋疆场逞英豪。牛牛巴伯，好宝贝，好好睡吧。牛牛巴伯，妈妈在身边别哭别闹，快快睡吧哎巴伯。牛牛巴伯，静静地睡别喊叫，巴伯牛牛巴伯，爸爸回来给你做一个小玩具哎巴伯。"

《巴卜喳巴卜》也是一首古老的锡伯儿歌。歌词一般不固定，由母亲荡起摇篮，用催婴儿入睡的固定曲调随口自编，轻轻吟唱，其音调柔和而悠扬："摇摇喳，巴卜喳，宝宝快快睡觉吧。狼来了，虎来了，阿谋出征放马了。摇摇喳，巴卜喳，明天抱你去看操。秋秸马，柳条刀，弯弓射箭本领高。"

2. 游戏歌

游戏歌是儿童游戏时唱的歌，锡伯族儿童经常玩耍的游戏是《艾曼占地》、《哲木哲木哲克》、《格合格合更额勒》、《赶老鹰》、《刚刚嘎里伟里》，这些儿童语言游戏歌，叙述了儿童学习语言的内容，同时表现了对贪官污吏的不满之情。如《赶老鹰》

以高亢明朗的曲调表现儿童们驱赶老鹰到章京官吏家院的情景，歌中这样唱道："老鹰噢，偷鸡了，章京家里鸡群多；官吏院内鸭群多。"

游戏歌《扔扔站儿》则表现出男儿坚忍不拔的性格，歌中唱道："扔扔站儿扔扔站儿，跌倒不是好男儿；扔扔站儿扔扔站儿，不倒才是锡伯汉儿。"

3. 教诲歌

教诲歌主要是表现长辈对儿童在学习、做人、礼节等方面的教导，歌词浅显易懂，但寓意深刻，旋律流畅易唱易传。《阿字头歌》、《惜时勤学歌》、《我们爱劳动》、《九大弯弯》、《九九牲口歌》、《骑牲口歌》、《小白羊》、《我不喜欢喇叭花》、《小燕子》、《十二月菜名歌》等都为典型的教诲歌。

《我们爱劳动》表现儿童勤奋劳动的情景，意在教导儿童养成勤奋劳动的良好生活习惯："咱们走呀快快走，快来看看咱猪圈，母猪下了一窝仔，长得白胖真稀罕，四处奔波找食料，捋出榆钱堆如山。"而《惜时勤学歌》则告诫儿童要始终保持清醒的头脑珍惜时间勤奋学习，歌中这样唱道："浑浑噩噩哟走的人哪，即使走进森林，也见不到柴火。糊糊涂涂哟混日子的学生，即使盯着书本，也学不了学问。"《阿字头歌》是教儿童学习锡伯文字母的儿歌，音调简洁，具有念说风格。

教诲歌中还有一种特殊形式的问答歌，主要采用一问一答或连问连答形式来教导、启发儿童，同时锻炼其思维理解能力，主要有《瓦克善格尔格尔》、《对歌》、《九大弯弯》。《瓦克善格尔格尔》唱出了青蛙的形象、特征及益处："瓦克善格尔、格尔，你的家住在什么地方？'我的家不近不远，就在田边的小水坑'。瓦克善格尔、格尔，你的眼睛为什么这么明亮？'明亮的眼睛大有用处，看管那些翻滚的麦田等，瓦克善格尔、格尔，你的身上为什么有花纹？'花纹的皮儿大有用处，迷惑那些狡猾的敌人'。

瓦克善格尔、格尔，你的肚子为什么这么肥大？'肥大的肚子大有用处，装进那些无用的残渣。'瓦克善格尔、格尔，你的舌头为什么那样分叉？'分叉的舌头大有用处，夹住那些逃窜的蚂蚁。'瓦克善格尔、格尔，你的声音为什么这么洪亮？'洪亮的声音大有用处，招诱那些无用的害虫。'瓦克善格尔、格尔，你唱的是什么歌儿？'我唱的歌儿并不好听，祈求老天下一场雨儿。'瓦克善格尔、格尔，你的腿为什么这么弯曲？'弯曲的腿大有用处，勾住那些乱窜的害虫。'"《九大弯弯》也以一问一答的形式，形象的叙述了月亮、眉毛、犁杖、镰刀、扁担等共同的形状和不同的特征、用途。而在《对歌》中，儿童通过生动易懂的语言懂得了各种鸟儿的生活习性和"一"到"十"10个数字的特点与写法，歌中唱道：

问：什么鸟儿羽毛美？什么鸟儿歌声脆？什么鸟儿会传信？什么鸟儿排队飞？

答：孔雀开屏羽毛美，百灵鸟儿歌声脆，白鸽千里能传信，大雁排队天上飞。

问：什么鸟儿高高飞？什么鸟儿爱红梅？什么鸟儿催播种？什么鸟儿衔泥把窝垒？

答：雄鹰展翅高高飞，喜鹊登枝爱红梅，布谷鸟儿声声催播种，燕子衔泥把窝垒。

问：什么呆在树上睡？什么站在地上睡？什么睁着眼睛睡？什么倒挂身子睡？

答：鸟儿呆在树上睡，大象站在地上睡，金鱼睁着眼睛睡。蝙蝠倒挂身子睡。

（二）艺术特色

1. 贴近生活，题材广泛

儿歌篇篇取材于日常生活的所见所闻，从各类家禽到劳动工具，从飞禽走兽到日月星辰，从人文知识的字母到科学的数字，从民间习俗到品德修养，广泛多样，丰富多彩，让人目不暇接。

  2. 淳朴形象、通俗易懂的语言艺术

  儿歌一般比较短小，但拟人、反复、重叠、比喻、夸张等表现手法的运用，使儿歌的语言活灵活现，易念易记易传，很容易吸引儿童的注意力。

  3. 明快的旋律，鲜明的节奏

  儿歌旋律舒缓明快，充满淳朴天真的气息，例如《摇篮曲》的音乐大都恬静优美，以一个或两个基本歌腔为基础不断反复，柔婉细腻，富于抒情性。同时儿歌讲求韵律，读来朗朗上口，节奏鲜明。

第四章　民间叙事诗

第一节　西迁叙事诗

《西迁之歌》又名《故乡之歌》或《迁徙之歌》，是锡伯族著名的叙事长诗，在新疆锡伯族中广为流传，争相咏唱。

它的形成年代已无法具体考证，大概是在清乾隆二十九年至三十年之间，经过十几代人的传唱，到20世纪30年代基本上形成统一的模式。20世纪50年代，锡伯族著名诗人管兴才先生在民间流传的多种迁徙歌以及前人创作的迁徙歌的基础上整理而成，全诗共500余行。诗中记述了乾隆二十九年（1764）世居东北的4000余名锡伯族军民奉清政府的征调，肩负屯垦戍边的历史使命，辗转两万余里，一路上克服艰难险阻，迁徙新疆伊犁地区的历史。"西迁之歌"的原文是锡伯文，流传范围受到一定限制。十一届三中全会以后，伊犁师范学院的舍图肯副教授将其译成汉文，使其飞渡伊犁河，走向全国，并于1981年荣获全国少数民族文学优秀作品一等奖。

一、思想内容

（一）长诗开篇交代了锡伯族西迁的历史背景

原居住在东北的一部分锡伯族军民为何迁到遥远的新疆伊犁来呢？长诗开头四节告诉我们：伊犁地处祖国遥远的西陲，虽然很遥远甚至偏僻，但是一个非常美丽的地方，"如花似锦"，是"一颗璀璨夺目的宝石"，有悠久的历史文化，曾经是乌孙古国的所在地。可是，就是在这样一个美丽而又有深厚文化底蕴的土地上，从清朝初年，漠西蒙古的一部（即我国西北地区卫拉特蒙古四部之一的准噶尔部）勾结沙俄，一再发动叛乱，自称可汗，与清朝分庭抗争，严重威胁着祖国的统一。从1690年至1696年，康熙皇帝两次率兵亲征，先后在乌兰布通和昭莫多大败准噶尔叛军，准噶尔首领噶尔丹服毒自杀。后来，达瓦奇窃取准噶尔统治权后，再次发动叛乱。乾隆皇帝选派定北将军班第和定西将军永常率军平定了达瓦奇叛乱，达瓦奇被送京处死。阿睦尔撒纳又发动叛乱，乾隆皇帝又派兆惠和成衮扎布率两路军进攻伊犁，平定阿睦尔撒纳叛乱。后来，阿睦尔撒纳逃往俄国，在安集亚得天花死去。后来，准噶尔几次叛乱，再加上南疆大小和卓叛乱，造成西北边疆地区人口减少，兵力不足，边防空虚。正如长诗第五节所写："漫长的国界如何守卫？边疆的百姓安得生息？纵观史书啊调兵迁民，屯垦戍边是万全之计。"

（二）真实地再现了西迁之际的离别场面

当被确定为选派新疆伊犁的兵丁时，无论是奉天的老乡，还是吉林、黑龙江的老乡，他们都不愿离开自己的家乡。他们眷恋故地，亲吻着白山黑水不忍上马鞍。他们呜咽哭泣，声声抽搐哭成泥。正如诗中写的一样："远去的人们呀心肝摧裂，洒下的泪水把车印打湿。送行的人们啊拦道号啕，哭干了眼泪哭出了血。"

面对这生离死别，长诗选择了三个具有典型意义的人物形象：出嫁的闺女对月哀思，是退婚还是立即结婚？她选择了立即结婚，匆忙对拜天地；定亲的儿媳扶柳凝神，毅然选择了跟夫婿同穿军装西迁；童养媳也跟随西迁大军而去。他们十步九回不愿离开自己的故乡、亲人、骨肉，他们顿足牵衣，他们挥泪行礼，"别了，今后相见只是在梦里"，和你一别无会期。离别前，他们到祖坟地祭祀告别，一想起今后无人来扫墓就悲恸，像杜鹃一样啼血。在感情上，所有同胞都不愿离开故乡，但是皇帝已下圣旨，这就是国法，必须遵守，因此，心中就有怨气，这一点，诗中也作了真实描述。但最终，锡伯人为了祖国的最高利益，毅然选择了悲壮的西迁，踏上了一条戍边屯垦的不归之路。246年过去了，这支西迁远征队的子孙依然屹立于伊犁河畔，为祖国西北边疆的稳定和发展不懈的奋斗者。

（三）再现了西迁途中遇到的各种艰难险阻

这支西迁远征队日夜兼行，诗中写道："茫茫大漠扬起漫天尘埃，狂风挟着雨雪飞沙走石"，"戈壁之路迢迢"，高耸入云的杭爱山、阿尔泰山，峥嵘的山峦，巉岩突兀的果子沟，陡峭的悬崖绝壁，直插云霄的巍峨鸟道，汹涌咆哮湍急的河流，纵横的河水，凛冽的朔风，冰雪封冻的塔尔巴哈台，酷暑的骄阳烈日。在这样恶劣的自然环境下，牛马、骆驼纷纷倒地而死。西迁远征队的人们饥寒交迫，正如诗中写道："单薄的衣衫早已破烂不堪，只好用麻片裹着疲惫的躯体"，"夜夜风餐露宿"。西迁远征队的人们饥肠辘辘，"吃完了树皮采集难得的乌珠木耳"，"饥寒交迫使孕妇早产，裸身嗷泣的婴儿命在旦夕，割下路边的枯草当襁褓，干瘪的奶头哪能咂出乳汁！"由于饥寒交迫、日夜兼程、积劳成疾，"赶车的吆喝声有气无力，跟车的人迈着蹒跚的步履，催促的鞭子抽得皮开肉绽，一路青草涂染了斑斑血迹"，"当滑倒的牛车掉进深沟，再也听不到亲人的呼唤"，"未到卡伦身先死者长已矣，清冷的月光里唯有纸幡在飘曳"。西迁远征队伍披荆斩棘，跨过了万水千山，长途跋涉，栉风沐雨，经受了万般苦难，征服千难万险，付出了沉重代价，终于胜利到达伊犁。

（四）塑造了各种人物形象

歌颂了为民造福从而为人民拥护的清官，成功塑造了锡伯族著名历史人物图伯特的形象，长诗还塑造了班第、永常、兆惠等将军形象,以及反面人物达瓦奇、阿睦尔撒纳、阿木胡朗、索伦岱等鲜明的人物形象。

诗中 28 节写道:"辖领西迁的大臣阿木胡朗,是个贪婪残暴喝人膏血的狮子,不等拂晓像黄鼠狼吼叫着即催启程,真是蛇蝎的心肠狠毒又暴戾。"诗中 29 节写道:"路上发放的饷银微微无几,哪能分到兵丁的手里,盐银菜金谁曾见过,喂肥了狠心的贪官污吏。"诗中 58 节写道:"终日饱食的贪官们恶言喷喷,刁钻古怪的索伦岱行同狗彘;心怀叵测诽谤图伯特,妄想阻挡人民的意志。"诗中 60 节写道:"正义的呼声压倒了邪恶,捣鬼的蠢猪们不敢再放厥词,男女老少犹如众星捧月,拥护图公造福子孙的建议。"

从诗中可以看出,图公是一位具有远见卓识的总管,是一个意志坚如铁的实干家,只要是为民造福的事,他就下决心干到底。在开挖察布查尔大渠的过程中,他身先士卒肝胆相照,不辞辛劳出入帐幔含蓼问疾,"多少个返工的痛苦时刻,他细心琢磨塌方的沙石,多少个励精图治的不眠之夜,他秉烛耿耿迎接黎明的晨曦。"在歌颂图公的历史性贡献时写道:"图公壮志凌云要开引伊犁河水,他为民族的安身立命深谋远虑。""洒下七年的血汗奠定了百年大业,开垦了近八万亩肥沃的耕地,建设边陲保卫边陲有了坚固的基础,人们纵情赞颂图公辉煌的功绩!"

(五)表现了锡伯族军民建立第二家园的英雄壮举

西迁远征队伍到达伊犁以后,1765 年农历七月二十二日先在芦草沟安营扎寨,到伊犁将军府报到后,住进乌哈尔里克城(1772 年在此地建立了绥定城,即现在的霍城县县城所在地)。后来,根据伊犁将军明瑞的命令,从乌哈尔里克城迁住伊犁河南岸,在察布查尔大地上很快建立起扎昆固萨(八个牛录)。由于清政府不再提供军粮,锡伯族军民只好在以打渔打猎为生的同时引来泉水浇地,很快疏通准噶尔留下的废弃的旧渠绰合尔渠,开垦出一万多亩良田。仅仅30年的时间,锡伯营人口迅速繁衍,粮食出现短缺。为了生存下去,为了造福子孙后代,在锡伯营总管图伯特率领下,400多名勇士编成两个大队,采用边挖渠边耕种的方法,经过六年多的日夜奋战,终于于嘉庆十三年(1808)开挖成了一条深一丈、宽一丈二尺,东西长200里的察布查尔布哈,开垦出78700多亩耕地,成为锡伯营保卫边疆,建设边疆的根基。为此,长诗中写道:"啊!幸福的水呀,生命的水,碧波托着喜泪从锡伯的心中流去!啊!金银的水呀,长流的水,每一朵浪花都展现着胜利的欣喜。""从此啊,村落相望,阡陌纵横,到处五谷丰登,牛羊遍地。""一手拿着弓箭保卫国土,一手拿着铣镰开源节流。"

长诗对此后的锡伯营军民的生活采用了略写的手法,只用两节诗高度概括出锡伯营戍边屯垦的爱国主义悲壮历史:"啊!二百年来金戈铁马纵横驰骋,岂容沙俄的魔爪来凌辱和吞食,每一个嘎善都是一个英雄的城堡,用生命和鲜血保卫了每一寸土地。啊!二百年来的历史功勋谁来评说?中华民族的史册上写进光辉的一页!雄伟的乌孙山可以作证锡伯的忠诚,心脏和着祖国的脉搏跳动在一起。"

二、艺术特色

(一)语言生动,感情真挚,富有感染力

这部描写锡伯族军民为了戍边屯垦、保卫祖国而远离家乡迁移到新疆伊犁的诗篇,以其真挚的情感深深打动了读者,使其在锡伯族广为流传。长诗用生动的语言描绘了美丽的伊犁:"在祖国遥远的西陲,镶嵌着一颗璀璨夺目的宝石,那是如花似锦的伊犁哟,人道是古乌孙的旧址。"在书写锡伯族军民面对国法的无奈心情时,用整齐的四字结构写道:"森森国法,谁能逃避?区区百姓,能说不去?天地无情,恸哭何用,万般冤屈,吞在心里。悲愤怨伤,向谁倾诉?涕泪纵横,官吏怜你?皮鞭催迟,刑法欲施,无尽缅思,早应割去!"在描写锡伯族军民离开故乡时的情景时写道:"三千余名锡伯人啊离乡背井,无可奈何强忍心中的悲凄,吞悲饮泪套上古老的木轮牛车,忧悒恍惚离别丰美的故地。远去的人们呀心肝摧裂,洒下的泪水把车印打湿,送行的人们啊拦道号啕,哭干了眼泪又哭出了血……"面对这样的离别场面,怎不令人动容。长诗就是用这种富于表现力的语言和真挚的情感打动读者,成为传唱的经典。

(二)现实主义的创作手法

长诗用现实主义的手法描述了锡伯族3000多军民从奉命西迁到达伊犁后成边屯垦的全过程。长诗对锡伯军民离开故土时的悲恸,西迁途中的艰辛,定居伊犁后的开渠造田都作了真实描述。在描写西迁途中的艰辛时写道:"戈壁之路迢迢四十个驿站,沙丘起伏的征途真够累死,酷暑的骄阳焦灼了枯萎的蒺藜,烈日烙着的沙石磨破了牛蹄。"在描述察布查尔大渠开挖成功后人们的喜悦时写道:"啊!幸福的水呀,生命的水,碧波托着喜泪从锡伯的心中流去!啊!金银的水呀,长流的水,每一朵浪花都展现着胜利的欣喜!"长诗通过描写这一过程,歌颂了锡伯军民的爱国主义情怀。

(三)塑造了图伯特等鲜明的人物形象

图伯特带领锡伯族人民开挖了察布查尔大渠,在锡伯族军民居住的地方开垦了数万亩良田,解除了人民生存上的威胁,他是锡伯族当之无愧的英雄。长诗热情歌颂了他的励精图治:"多少个返工的痛苦时刻,他细心琢磨塌方的沙石,多少个励精图治的不眠之夜,他秉烛耿耿迎接黎明的晨曦。刺骨的寒风冻冰了打颤的牙齿,炎热的太阳焦灼了身上几层皮?"在塑造了英雄形象的同时,长诗还塑造了阿木胡朗这一暴戾的贪官形象:"辖领西迁的大臣阿木胡朗,是个贪婪残暴喝人膏血的狮子;不等拂晓像黄鼠狼吼叫着即催启程,真是蛇蝎的心肠狠毒又暴戾。""盐银菜金谁曾见过,喂肥了狠心的贪官污吏"。通过这种对比,表达了对不同历史人物的鲜明的爱憎态度,在歌颂为民造福的英雄人物的同时,鞭挞了欺压人民的贪官污史。

第二节 戍边叙事诗

锡伯族的戍边叙事长诗主要包括《喀什噶尔之歌》、《拉西罕图》和《三国之歌》。

一、《喀什噶尔之歌》

(一)历史背景

18世纪初,准噶尔汗国在北疆重建,并再次征服南疆俘虏了阿哈玛特,将其囚其于伊犁地牢中,他的妻子在狱中生下两个儿子,波罗尼都和霍集占,即大小和卓。阿哈玛特在狱中死后,兄弟二人仍被囚于狱中。乾隆二十年(1755),清军平定准噶尔之乱后,兄弟二人才得以释放,返回南疆,逐渐统一了南疆回部。后来,大小和卓企图自立政权,妄图分裂祖国,发动叛乱,史称大小和卓之乱。1759年,清军平定大小和卓叛乱,统一南疆后,大小和卓逃亡巴达克山(今阿富汗境内),被当地首领所杀。大和卓之子萨木萨克逃往浩罕布杭哈等地企图复辟未成功,后来死于布哈拉。萨木萨克有三个儿子:长子玉素甫,次子张格尔,三子巴布顶。从19世纪20年代开始,张格尔在浩罕统治者的支持下,开始发动叛乱。

伊犁锡伯营参加了三次戡乱战争。第一次是戡平张格尔之乱,清代嘉庆二十五年至道光八年(19世纪20年代),新疆南部的喀什噶尔、英吉沙尔、叶尔羌、和田发生了历时八年的武装叛乱，史学界习惯上称之为"张格尔之乱"或"西四城叛乱"。张格尔在南疆先后作乱四次，按其性质来讲，这是一次有外国侵略势力参与的旨在分裂祖国的事件。第二次是戡平玉素甫和卓的叛乱，1828年平定了张格尔之乱后，南疆暂趋安定。为此，伊犁将军又开始放松对南疆的军事防御，于道光十年（1830）下令撤回在喀什噶尔等地的锡伯营换防兵，浩罕统治者趁机利用张格尔之兄玉素甫再图南疆，伊犁将军玉麟派惠远、巴彦岱城两个满洲营，锡伯、索伦、察哈尔、厄鲁特四营及绿营军官30人，兵丁1000名，又调乌苏、精河土尔扈特精兵1000人前去平叛，平叛战争取得胜利，玉素甫等逃到浩罕，并死于那里。第三次是戡平七和卓和倭里罕叛乱。1830年戡平玉素甫和卓叛乱之后，南疆保持了17年的相对平静，之后，浩罕利用和卓后裔在南疆又制造了两次大的叛乱，一次是1847年7月底至11月初的"七和卓之乱"，一次是1857年6月至9月底的"倭里罕之乱"。在这些平叛战争中，锡伯营官兵屡建奇功，为维护南疆的安全和祖国的统一做出了特殊贡献。如《清室宗实录》卷436记载："布鲁特贼匪攻扑卡伦，经官兵奋力攻击，箭射黑衣贼匪首马，得获胜仗，箭射者锡伯营甲兵塔清阿，著赏给骁骑校，以示鼓励。"又据清朝军机处《满文月折档》等记载的个人"履历清单"中，许多被清政府奖赏、擢升的锡伯官兵都曾在平定"七和卓之乱"中立过战功："拟陪萨凌阿（额尔古伦之子）之锡伯部镶黄旗左领世袭云骑尉诺齐台巴图鲁博勒果苏……经军务参赞大臣奕山保奏，赐博勒果苏诺齐台巴图鲁名号。""赏赐玛克塔春以库楚特依巴图鲁名号"。

（二）思想内容

《喀什噶尔之歌》是锡伯族著名的民间叙事长诗之一，产生于19世纪30年代，全诗近千行。诗中记述了伊犁四营（锡伯、厄鲁特、察哈尔和索伦）部分旗军于19世纪20年代奉命赴南疆平定英俄殖民者唆使的张格尔之乱的历史过程。尤其是对锡伯营军在总管额尔古伦领导下的戡乱过程进行了详尽描写。诗中情节符合历史事实,在某些方面还具有补史和证史的价值。故本诗不仅具有文学价值,而且具有较高的史料价值;过去未曾译成汉文,也没有人对其进行研究,因此尚未引起史学界的重视。

《喀什噶尔之歌》并未描述张格尔之乱的全部过程,而是从1826年下半年张格尔的第三次作乱开始叙述,集中描述了1826年下半年至1828年6月两年之内的平叛战争,因为这两年是张格尔之乱的高峰期,也是其转入失败的关键两年。在选好关键的两年以后,长诗按历史事件发生的时间顺序叙述清军平定战乱的过程和最后的胜利。长诗没有回避暂时失败的历史事实,表现出高度的历史真实性。显然,除了构思巧妙外,长诗采用了现实主义的手法,对张格尔之乱作了真实描述。从结构上看,长诗可分为四部分:

第一部分主要写从张格尔第三次作乱,清政府派参赞大臣庆祥率领数千官兵进剿喀什噶尔城开始,到南疆西四城沦陷,参赞大臣庆祥自杀殉国,清军败退阿克苏城为止。从诗中可以看出,张格尔杀气腾腾,节节胜利,嚣张异常,而清军则兵败撤退,士气低落。在这一部分,对锡伯营总管额尔古伦率领800名官兵逃往阿克苏城路上的情景作了真实描述:"高山峻岭虽难攀,官兵共勉排万难;翻山涉水到拜城,犹忍饥寒往前赶。""血泪将尽苦无涯,戈壁横阻连天边;人饥马渴行无期,好似就要赴阴间。"

第二部分主要叙述从清军败退阿克苏城休整,到清政府派各省援兵会集到阿克苏城,并获得浑巴什河战役胜利为止。在这一部分揭露了阿克苏办理官员的卑鄙贪婪,为人残忍。他们对兵败撤退到阿克苏的锡伯族等官兵进行种种刁难,趁机发放发霉面粉给这些官兵,导致这些官兵腹泻不止,纷纷病倒:"饷处官吏心蝎狠,鸠面少许实难咽。大家久已腹中空,无奈闭目强吞咽;苦面咽到空腹中，辛酸泪下腹中翻。"同时，这一部分还描述了额尔古伦率领下的锡伯族等四营官兵在战斗中的英勇表现："四营官兵连战捷，力量倍增更顽强。敌人败阵马落荒，丢盔弃甲逃窜忙；清军越杀越凶猛，穷追逃窜不肯放。"

第三部分主要叙述从清军在取得浑巴什河战役胜利之后，又攻取通往喀什噶尔城的必经之地柯尔坪，到清军收复喀什噶尔城，张格尔逃出该城为止。清军任命杨遇春为先锋，率领精兵先攻取柯尔坪，打开通往喀什噶尔城的重要通道。次年3月，清军先后又攻取大河拐、洋阿尔巴特、排子巴特、沙布都尔庄等地，并追击到距离喀什噶尔只有七八十里地的洋达玛河。经过几天鏖战，张格尔叛匪退入喀什噶尔城，清军一举收复喀什噶尔城，但狡猾狠毒的张格尔趁攻城混乱之际又逃出重围漏网，于1827年3月27日夜，只带数十名亲信逃跑。

第四部分主要写从清军收复叶尔羌城开始，到张格尔被俘，平定叛乱结束为止。从1827年3月31日至1827年4月24日，清军顺利收复西四城。1828年初，张格尔又纠集500名骑兵，趁清军除夕不备之际侵入卡伦，其结果兵败只身逃亡喀尔铁盖山，只顾爬向高峰。在清军将领杨芳率领下，数千兵民将喀尔铁盖山围得水泄不通。张格尔四面楚歌，想要拔刀自刎时："锡伯马甲讷松阿，先登高峰与贼斗；其后英雄舒兴阿，一起活捉张格尔。"1828年6月，张格尔被押解到北京后被斩首。至此，张格尔之乱已被彻底平定，南疆重获安宁。

(三) 艺术特色

1. 成功塑造了锡伯营总管额尔古伦的形象

长诗一开篇额尔古伦并未出场，而是到了战争危急的时候才出场，他一出场就是率领众将士与敌拼杀的英雄形象："额臣所率众官兵，勇敢善战皆硬汉；与匪拼杀十几次，生死难料处境险。"后来战败，他体恤手下官兵，无奈做出了逃往阿克苏城的决定。他深知弃城而逃所要承担的罪责,在常龄将军面前主动承担一切责任。当张格尔数万官兵来袭时,额尔古伦率领锡索官兵直抵浑巴什河。他毫不畏惧,指挥若定,战前动员慷慨,颇动人心:"大家不可轻性命,掂度分量理应当!为国捐躯在疆场,自有后人来颂扬……只有为国立巨功,方有美名代代颂!"他带领英勇的官兵,取得浑巴什河战役的胜利。在此后的几次战役中,在他的率领下,锡索官兵也屡建奇功。

2. 长诗布局详略得当

张格尔先后发动了四次叛乱,但长诗并未对四次叛乱都作详尽的描写,而只是选择并详细描述了第三次叛乱及清军平叛的过程,对其他几次叛乱只是略写,一笔带过,这就增强了诗歌故事情节的紧凑性。

3. 故事情节有张有弛

在描写战争场面时,气氛紧张:"张逆疯狂到顶点,清军勇敢把敌歼。硝烟滚滚战火旺,鏖战持续已三天。"而在描写清军获胜后的情景时,则轻松舒缓:"驱走敌人夺胜仗,官兵个个心欢畅;缴获敌人炮枪弹,喜讯顿时四处扬。"

二、《拉西罕图》

《拉西罕图》是锡伯族叙事长诗之一,产生年代不详。全诗近千行,主要描写18世纪末期一名叫拉西罕图的青年,因为是家中的独子,不能当兵,但他对跃马出征,驻守边卡有着强烈的渴望。于是,苦口婆心说服领催、牛录章京等锡伯营官员和自己年迈的父母,参加伍克辛(披甲),奉命赴南疆卡伦台站换防,并在喀什噶尔爱上一位维吾尔族姑娘的故事。这部长诗产生于卡伦和台站的伍克辛中,生活气息和军旅文化氛围非常浓厚;语言的口语化又增强了民间色彩。

（一）故事情节

全诗可分为七部分，第一部分：从第一节至第十节，主要写主人公拉西罕图在街上听到披甲们奔赴南疆平定阿古柏叛乱的消息后，下决心参军奔赴南疆。

第二部分：从第十一节至第二十四节，主要叙述在邻居兄长音德额的建议下，主人公拉西罕图成功说服领催、章京后，挑选好战马；回家后又与姐姐、姐夫二人一起说服父母，终于同意自己奔赴南疆平叛。

第三部分：从第二十五节至第四十四节，主要叙述拉西罕图告别父老乡亲，踏上奔赴喀什噶尔的征途。经过一个月的长途跋涉，克服千难万险终于胜利到达喀什噶尔城。

第四部分：从第四十五节至第六十八节，主要叙述拉西罕图在喀什噶尔逛街游览时，巧遇维吾尔族姑娘阿孜木汗，并拜访了阿孜木汗的父母。

第五部分：从第六十八节至第八十九节，主要叙述拉西罕图在总管的同意下，每天到阿孜木汗家为他们排忧解难，与他们一家建立了深厚的感情。拉西罕图和阿孜木汗两位年轻人双双坠入爱河。

第六部分：从第九十节至第一百零三节，主要叙述换防期满，按军规拉西罕图必须返回伊犁锡伯营，两个相爱的人不得不忍痛离别。

第七部分：从第一百零四节至第一百零七节，主要叙述拉西罕图返回家乡后，得知父母亲皆已去世。他把在喀什噶尔发生的事告诉了亲人们，"亲人们夸他做了仁义事情"。在亲朋好友的理解和支持下，拉西罕图毅然告别了故乡和亲人，踏上了返回南疆的路程。

（二）思想内容

1. 强烈的爱国主义精神

一听说阿古柏匪徒在南疆作乱，锡伯营军民情绪昂扬，纷纷要求奔赴南疆平叛，甚至像拉西罕图这样的独生子也坚决要求去："早已听说南疆发生了战乱，今日才把真情弄明。阿古柏生性心狠手毒，侵扰边境使边民不得安定，我拉西罕图身强力壮，奔赴南疆卫国保民理所应当！"因为不符合条件，他主动去说服领催、牛录章京，并与姐姐、姐夫一起说服父母同意自己去前线。

2. 如实反映远征队伍遇到的千难万险

远征队伍告别家乡和亲人，踏上了奔赴南疆的行程。一路上山高水险，困难重重："戈壁和沙滩烈日炎炎，狂风惊起黄沙又包天。""天山冰达坂陡险无情，马蹄上无铁掌无法翻越，积雪皑皑冻成雪冰，一不小心会坠入阴间。"远征队艰难行走整整30天才到达喀什噶尔城。

3. 表现了喀什噶尔的风土人情

远征队伍到达喀什噶尔后，拉西罕图就把新旧城逛了一程。诗中写道："高大的礼拜寺位于市中，上市的男女熙熙攘攘，摆摊的人们你叫我喊，洪亮的阿訇声响在耳边。"拉西罕图和大汉相约一同去一个小村观光："拉西罕图从西奔到东面，迎面的村民微微现笑脸，村民相见彬彬有礼貌，拉西罕图不觉得在异乡之间。"拉西罕图由于经常去帮助阿孜木汗一家，与他们家建立了深厚的感情，阿孜木汗的父母情愿将自己的女儿嫁给拉西罕图。

4. 歌颂了冲破一切的美好爱情

拉西罕图和阿孜木汗双双坠入爱河，他们的爱情也得到了阿孜木汗父母的认可。无奈拉西罕图三年换防期已满，按军令必须返回伊犁，两个相爱的人不得不分离，诗中写道："二老流泪千叮万嘱依依不舍，拉西罕图悲哀得话语哽咽，阿孜木汗越出了姑娘的身份，一身扑到他的怀中。""拉西罕图走在队伍后面，城门上出现了她的身影，他的心地真是刀割油煎。"即使如此，军令难违,也只能忍痛分离。拉西罕图回到家乡后,发现父母都已经去世。他在亲人的理解和支持下又重返喀什噶尔,与自己心爱的人团聚。

(三) 艺术特色

1. 人物形象个性鲜明

长诗塑造了一系列个性鲜明的人物形象,如拉西罕图、阿孜木汗、阿孜木汗的父母,音德额、领催和牛录章京等。长诗着重塑造了拉西罕图这个具有强烈爱国主义精神和美好品德的锡伯族年轻军人形象,他忠厚耿直,心地善良,乐于助人,勇于追求爱情,但同时又敏感,喜形于色。长诗就是在一系列的矛盾冲突中,塑造了这一饱满的人物形象,并使长诗跌宕起伏,具有喜剧色彩。

2. 语言轻快、幽默,具有口语化色彩

这首长诗一个很突出的特点,就是口语色彩浓厚,尤其是在表现主人公拉西罕图时更加突出,如:"拉西罕图听着精神一振,急忙向众长兄道谢相辞,他的腿上似乎长了个翅膀,向着官府一溜烟飞行。"口语话的语言更有助于诠释主人公的性格特征。

3. 故事情节充满生活气息

《拉西罕图》虽然是一首戍边叙事诗,但是生活气息很浓厚,在表现军人爱国情操的同时,更注重生活细节的描述,例如描写拉西罕图在生活上帮助阿孜木汗一家,与其一家建立了深厚情意,诗意浓浓,情意浓浓。

4. 以心理描写、语言描写和行动描写突出了人物个性

拉西罕图来到喀什噶尔后,被分配伺候总管,日复一日,心中很是烦闷。他本想驰骋疆场为国效力,没想到他每天的工作职责只是围着总管一个人转,心中颇感失落。由此可以看出,拉西罕图是个有理想有志气的青年,渴望有所作为。长诗中还有大量的对白描写,在烘托人物个性中起了重要作用。长诗在行动描写

方面也很成功，如描写牛录章京时写到："章京听了他的诉说，慢慢喝下碗中的茶水，双眼半闭半开似在思想，半日才开腔把话来讲。"短短几句，就把一个老成持重的为官者形象展现在我们面前。

5. 运用比兴、夸张手法，增强了艺术表现力

长诗中第一句写道："高高的天上乱云飞渡，拉西罕图挺胸来到街上。"用一个充满诗意的比兴句引出主人公。"他的腿上似乎长了个翅膀，向着官府一溜烟飞行。"此句用夸张手法体现了主人公的急切的心情，恰到好处。

三、《三国之歌》

《三国之歌》是锡伯族叙事长诗之一，亦名《颂关公单刀赴会》，产生年代不详。全诗300余行，是根据在锡伯族民众中广泛流传的《三国志》、《三国演义》等编唱的。长诗主要描绘了关羽单刀赴会的情节。《三国之歌》在锡伯族民间流传已有100多年历史，在锡伯族民间文学中占有重要地位。它是汉族和锡伯族文化交流的历史见证之一。

（一）故事情节

这首民间叙事长诗主要写《三国演义》中的一个情节，即描绘关羽单刀赴会的故事情节。这首叙事长诗非常讲究结构艺术，取舍得当，具有高度的概括性。长诗不仅交代了东汉末年天下动乱，军阀混战，形成三国鼎立的历史背景，而且对桃园三结义中的刘备、关羽、张飞以及蜀汉刘备集团中的诸葛亮、庞统、马良、尹籍，五虎上将中的赵云、黄忠、马超以及王平、廖化、关平、周仓等，对东吴孙权集团中的鲁肃、黄文、乔太公、张昭、诸葛瑾、丁奉、黄盖、韩当、周泰、吕蒙、陆逊等文官武将也都做了描绘；而对魏国的曹操集团则几乎未涉及，因为这首长诗叙述的关羽单刀赴会的故事发生于蜀汉和东吴之间。

长诗主要通过叙述关羽单刀赴会的故事情节，表现关羽的威风凛凛、勇敢稳重。他只带周仓一个人和一把青龙大刀前去，东吴文武百官齐上前迎接，一齐行大礼，但"屏后伏兵静静等待时机"。主人公关羽直接进入首席，稳坐似泰山，谈笑叙酒，巧妙回答鲁肃要求归还荆州的请求："汉叔刘备英明主，为此小镇不失言。""国家大事关系大，谁人胆敢自做主……丰盛宴席当欢饮，国家大事暂莫谈。"同时，周仓持青龙大刀进入大堂，怒气冲冲环视四周，关羽跳身夺过青龙大刀，持青龙大刀开始说服鲁肃："汉皇之叔刘玄德，接管荆州合情理。"因为：曹操起兵犯江东时，如果没有诸葛亮出谋献策，你们早把荆州献给曹操了——诸葛亮在七星台不借来东风火烧曹贼连船，东吴还能存在吗？恐怕曹操百万大军早就将东吴消灭了吧。从这一点上讲，刘备是你们的大恩人了，刘备暂时借荆州以保持太平，东吴不但不知情义，不思报恩，反而翻脸讨取荆州，这是何道理？再不要谈论讨还荆州这件事了！关羽还知道鲁肃会掷杯为暗号杀死自己，故借酒装醉，"云长借杯卖酒疯，暗示周仓上大厅；太岁雷霆骂周仓，周仓知情不做声。"鲁肃知道关羽耍酒疯赶快说："酒后不论国家事。"关羽趁机邀请鲁肃送他到江边龙舟，他"一手挽起鲁肃手，健步出亭江边走"，鲁肃知道计策失败，无奈只好跟着走。东吴的文官武将也都无可奈何，只好任关羽稳坐龙舟之上，安然返回蜀国。

（二）思想内容

1. 长诗展现了刘孙两大集团的明争暗斗

刘备集团中诸葛亮、关羽、张飞、赵云、马超、庞统、马良、关平、尹籍、周仓等纷纷亮相，但长诗主要描写了关羽、关平、周仓、马良、尹籍五个人物形象，重点突出关羽形象，将其作为主人公加以描述。与刘备集团相对立的是孙权集团，出场的人物也不少，孙权、鲁肃、黄文、乔太公、张昭、诸葛瑾、徐盛、丁奉、黄盖、周泰、吕蒙、陆逊等，但主要描写了鲁肃、黄文等人物形象。

2. 生动表现了关羽智勇双全、神勇无敌的英雄本色

长诗成功地塑造了关羽的英雄形象，他是忠义的化身，他浑身是胆，是个顶天立地的英雄。他明知东吴孙权想借宴会之机陷害他，但他还是勇敢地单刀赴会，而且直入首席，稳坐泰山，开怀畅饮。当鲁肃开始切入正题要求讨回荆州时，关羽借酒巧妙回答，并手挽鲁肃，让他送自己回江边龙舟，从而顺利脱险。

3. 描绘了东汉末年天下大乱和三国形成的历史背景

长诗开篇写道："荞麦花儿满地开，豪杰并立争雄长；弱者纷纷皆败北，强者相持虎眈眈。三国鼎立人世间，烽烟滚滚相征战；可怜黎民多灾难，刀枪之下遭涂炭。奸雄曹操踞中原，玄德定都在西川；阴谋相争荆州与东川，孙权占取东吴地。"短短几句概括了东汉末年的纷乱局面和三国形成的历史背景以及本首长诗的故事起源。

4. 流露出拥刘抗曹的思想倾向

曹操前后出来两次，皆是狼狈相，"云长威风诚凛凛，孟德当年几丧身"，"马超威名震西夏，孟德弃袍又割发"，而在描写刘备时皆是赞语，"兄长汉叔刘玄德，群英中柔里有刚。身配宝剑寒光射，破了黄巾奇功立"。除此之外，长诗多次盛赞刘备集团中的各位英雄，而刻意丑化东吴诸将，长诗通过这一系列描写，流露出拥刘抗曹的思想倾向。

（三）艺术特色

1. 鲜明突出的人物形象

长诗塑造了众多的人物形象，每个人都个性鲜明。关羽忠义稳重，智勇双全；张飞"当阳长坂桥头上，巨雷一声曹坠马"；赵云"子龙豹胆真丈夫，人马浴血单枪飞；曹兵百万团团围，匹马纵横无人会"；"黄脸黄文任信使，前来荆州行诡计"……长

诗用精练的语言，塑造了一个个鲜明的人物形象。

2. 比兴手法的运用

比兴手法的运用，是本首长诗的一大特色，如"荞麦花儿满地开，豪杰并立争雄长"、"江河滚滚永不停，桃园三杰美名扬"、"牡丹花开满园红，枣叶纷纷寻根落；患难共处诸良将，一心匡扶刘玄德"等。这些比兴手法的运用，增强了长诗的艺术表现力，使长诗更加生动形象。

3. 虚实结合的艺术手法

本诗在运用比兴手法的同时，还运用了虚实结合的艺术手法。在比兴句中，前一句虚写，后一句实写，以前一句的虚引后一句的实，使诗句更加生动形象。"松柏青青傲霜雪，兽皮铠甲刀枪何；马超威名震西夏，曹操弃袍又割发"一句，先虚写青松的傲霜挺立，引出了下句马超的英勇，二者具有相同点，用青松来衬托马超，更显英雄的与众不同。

4. 语言精练形象，富于民族特色

长诗是以说唱形式流传下来的，因此语言生动、精练、形象，读来有歌曲的韵律，例如在描绘赵云的神勇无敌时写道："子龙豹胆真丈夫，人马浴血单枪飞；曹兵百万团团围，匹马纵横无人会。"后三句押韵，读来朗朗上口，短短几句，赵云的英勇形象就跃然纸上。由于长诗是以锡伯族念说的形式传唱的，因此具有民族特色。

第三节　叙事诗

锡伯族民间文学中曾有为数不少的叙事诗，从内容上看，有戍边诗、西迁诗、爱情诗等，从形式上讲可以分为叙事长诗和短小精悍的叙事诗。由于种种原因，以手抄文字形式保存下来的叙事诗数量不多,但不乏精品,像叙事长诗《西迁之歌》、《喀什噶尔之歌》、《三国之歌》、《拉西贤图》和叙事诗《猎歌》、《叶琪娜》、《海兰格格》等。

16世纪以前,锡伯族聚居在我国东北的大兴安岭、嫩江、松花江流域,主要以狩猎和捕鱼为生。他们在渔猎生活中创造出不少民歌,以表达他们获得猎物时的愉快心情,或赞美狩猎人的山水之乡,或反映人们的爱情生活。这些民歌往往歌词生动、口语化,十分形象,故事情节较为完整,结构较为紧凑;在叙事的同时,间或有抒情和议论。如《猎歌》就是一首优美而古老的叙事诗,其诗曰:

飘飘雪花如蝶飞,
骏马奔驰共撒围。
搜寻一山又一山,
猎队高唱凯歌回。

天气虽然寒冷,但人们狩猎的热情却丝毫不减,"飘飘雪花如蝶飞,骏马奔驰共撒围"。猎手们团结一致,精诚合作,搜寻一山又一山,终于盼到"猎队高唱凯歌回",起笔就将飘飞的雪花比喻为翩翩起舞的蝴蝶,体现了锡伯族远古先民较强的审美想象力,第二、第三句则将远古先民狩猎迅猛的动作、宏大的场面以及宏伟的气势展露无遗。最后一句表现猎手们凯旋而归的自豪而狂喜的心情。犹如《叶琪娜》相对于《猎歌》来说篇幅较长,是一首反映锡伯族渔猎生活的古老而优美的著名叙事诗,表现出较高的思想性和艺术性,歌中唱道:

叶琪娜,咱夫妻,恩爱相处苦中恋。
叶琪娜,谋生计,撒网打鱼到江边。

叶琪娜,到江边,风里雨里没房住。
叶琪娜,割野蒿,盖起窝棚安新居。

叶琪娜，安新居，木梭穿线织渔网。
叶琪娜，一叶舟，搏击江水捕鱼忙。

叶琪娜，咱夫妻，艰难日子笑中过。
叶琪娜，勤打猎，披星戴月走山林。

叶琪娜，走山林，使用弓箭和矛棒。
叶琪娜，咱夫妻，满载猎物转回家。

叶琪娜，转回家，新鲜野味作美餐。
叶琪娜，咱夫妻，欢歌喜舞生活甜。

　　民歌中歌唱一对贫困而勤劳的夫妇在江边捕鱼、打猎，靠自己的双手，勤奋劳动，齐心合力，相亲相爱，共同为建立幸福的家庭付出努力。他们靠自己的勇气、智慧和对未来生活的美好憧憬，干劲十足："割野蒿，盖起窝棚安新居"、"木梭穿线织渔网"、"搏击江水捕鱼忙"。面对艰难蛮荒的恶劣环境，他们没有丝毫的怯懦和退却，他们"披星戴月走山林"、"使用弓箭和矛棒"，最终如愿以偿"满载猎物转回家"、"新鲜野味作美餐"；他们勇敢地承担起开拓新家园的重担，他们用自己的双手开拓了自己崭新的生活。整首诗充溢着乐观、积极向上的开拓精神："艰难日子笑中过"、"欢歌喜舞生活甜"。

　　在《叶琪娜》这首民歌中，四句为一节，共六节，民歌的每一句都以"叶琪娜"开头，并以顶针的修辞格使上下节意义相连，从而达到了音节婉转、和谐，歌词优美，结构浑然一体，充分体现了锡伯族民歌特有的音乐美，这一点与南朝民歌《西洲曲》有着异曲同工之妙。《叶琪娜》每一节句式整齐划一，使用了较为严格的修辞手法，显然是后来的文人在朴素民歌的基础上加工而成。民歌中的节奏整齐，读来朗朗上口，曲调优美，在锡伯族中广为流传，深受锡伯族人民喜爱。20世纪50年代，《叶琪娜》灌制成唱片以后，成为锡伯族民歌中的代表作。

《海兰格格》是一首充满悲情的情歌，歌中描述一对情人生死相恋而又不能结婚，只好过掩人耳目的生活的情景。因生活所迫男主人公不得不离开家乡，远到俄罗斯去做生意。多年以后，当男主人公历尽千辛万苦，受尽折磨和凌辱回到家乡时，却意外听到了自己日思夜想的情人——海兰格格因酒铺失火不幸命丧黄泉的噩耗，他悲痛欲绝，情不自禁地唱出了《海兰格格》这首著名的情歌。《海兰格格》是一首对情人的追思歌，也称为悼恋歌。"格格"是旧时锡伯族对姐姐的美称，"海兰格格"意为"可惜的姐姐"。

全诗按照时间顺序叙述男主人公和海兰格格这对有情人难成眷属的爱情悲剧。他们相知相爱，最终未能结合，各自成了家，但他们的爱情之火越烧越旺，他们仍旧保持着情人关系，但封建礼教不允许他们公开往来。为了掩人耳目，便于长相厮守，他们让自己的儿女成婚，结成亲家。他们终于有了公开往来的理由。为了谋生，男主人公不得不"翻过关卡到俄国"，但"不幸被押在牢房"。在男主人公遭遇磨难的同时，"格格烧香保佑我"，使我"免遭大祸殃"。重新获得自由的男主人公"纵身跨马奔故乡"，然而"眼见街头雪花飘"，"知道格格离我去"。"我"顿时"肝胆破碎泪流淌"，知道情人已被烧死的男主人公伤心欲绝："天塌地陷炸心房"。"时时怀念格格哟，多少话语心里藏"。我们读后不禁为之扼腕叹息，荡气回肠。这首叙事诗韵律感极强，读来朗朗上口，富有音乐美。每小节都以"额哩"领起，开始叙述故事情节，于叙事中使用感情较强的抒情性词语来抒发男主人公对海兰格格真挚的爱，如第一小节中"格格有情我有意，我心系在你身上"。每节诗的结尾都以"海兰格格，阿给哈吉，阿给尼亚曼"（锡伯语，阿哥的爱，阿哥的心）作结。不仅收到一唱三叹的艺术效果，而且给人留下终生难忘的强烈印象。

第五章　谚语与念说

第一节　概　述

谚语和念说以丰富的内容、鲜明的特色、浓郁的生活气息在锡伯族民间文学中占据着不容忽视的地位，多少年来备受锡伯族人民喜爱。

一、广泛多样的题材

锡伯族民间谚语是对锡伯族人民社会生活、生产劳动经验积累的总结，内容涵盖了社会政治、为人处世、修身持家、教育子女、饮食保健、农林生产、自然气候、民风民俗等各个方面，在民间广为流传。

念说是锡伯族古老的传统民间文学样式，主要以民间叙事诗、中国古典章回小说等叙事性文学作品为念说内容；念说曾一度成为锡伯族民众接受先进文化的主要途径。

二、个性鲜明的特点

言简意深、生活气息浓厚是锡伯族民间谚语的主要特点，它往往以简明扼要、简练易懂的语言传达独到深刻、富有启发性和教育意义、耐人寻味的道理。

念说则以一人念说、众人听议的独特形式为民众喜闻乐见，这种休闲娱乐的集体式的学习鉴赏无不益于大家的共同进步。

三、惟妙惟肖的艺术特色

锡伯族民间谚语形象生动,大量修辞手法的运用突出了语言艺术的个性,显示出了其独具一格的文学色彩;而念说则以情感、音乐、作品的完美结合取得了独具民族特色的艺术效果。

四、谚语和念说在锡伯族民间的作用

谚语是锡伯族人民在劳动生活中提炼出的文明成果,体现出了锡伯族民众的社会信仰、生活态度、生活习惯、生产规律等,为后人研究锡伯民族生活历史、风土人情等提供了参考资料,同时其蕴涵的哲理至今仍对人们大有教育裨益。念说一直以丰富锡伯族人民的业余生活、繁荣锡伯族文化为己任,它以娱乐的形式传达着丰厚的思想内容,在锡伯族民间文学史上具有重要作用。如今,念说不再发挥着它独特的传媒作用,但仍以悠久的历史、生动的形式作为民众一种文明的休闲娱乐方式在锡伯族民间流传。

第二节 谚 语

"民间谚语是民众总结集体经验或表达普遍认识的相对定型的精练常言。"(《中华民间文学史》,1999 年版)锡伯族民间谚语正体现了上述概念的精神实质。具体说,锡伯族民间谚语是中国民间文化生态园中一泓聪明的泉水、一枚智慧的花朵,它的语言虽然浅显简洁,但却能折射出深刻的道理和丰富的思想。

锡伯族谚语是锡伯族人民在长期的生产劳动、日常生活和斗争实践中集体创造的思想智慧和语言财富,它是锡伯族民间文学

艺苑中的一朵奇葩，具有鲜明的地方色彩和民族特色，充满了浓郁的生活气息和人文内涵，正如英国思想家培根所说："一个民族的天才、机智和精神，都可以从这个民族的谚语中找到。"

一、锡伯族民间谚语的思想内容

锡伯族民间谚语的内容十分丰富，可以分为社会类谚语、生活类谚语、生产类谚语、自然类谚语、风俗类谚语五大类。

（一）社会类谚语

这类谚语主要反映了阶级关系和阶级矛盾，比如"宁做贫穷的主人，不做富有的奴隶"、"乱世的官不如太平年的犬"等；也有一部分谚语歌颂了祖国、人民、党和故乡，比如"父母不可遗弃，祖国不可背离"、"在千万条路中，通故乡的路最近"、"异乡的糖水，不如故乡的泉水"、"人民的力量可以推倒高山"、"离开人民的英雄，好比失群的孤雁"、"造屋靠大梁，治国靠人民"、"跟着太阳走不会冷，跟着党走不受气"等。这些谚语表达了锡伯族人民强烈的爱憎感情以及对党对祖国对人民对故乡的忠诚与眷恋。

（二）生活类谚语

这类谚语主要总结了锡伯族人民日常生活中的经验教训，传播先辈们所获取的丰富知识和思想。其思想内容非常广泛，涉及到日常生活各个方面，比如关于为人处世的谚语有"揭人家的短处，等于揭自己的隐私"、"要到远方去拜佛，不如在家敬父母"；关于修身养性的谚语有"自夸的大夫没有良药，自夸的木匠手里木头受罪"；关于结交朋友的谚语有"不要把狼崽看成猎狗，不要将盗贼认作朋友"；关于教育子女的谚语有"宠爱是毁坏子女的毒汁"；关于反对懒惰的谚语有"依赖他人，七月里冻手"；关于勤俭持家的谚语有"缝补衣之本，勤俭粮之本"；关于强身健体的谚语有"懒做懒动，疾病结亲；勤劳勤动，病魔不进";关于生活保健的谚语有"饭食不能过量,烟酒不能过度";等等。这些谚语从不同角度充分反映了锡伯族人民朴实正直的生活态度和良好文明的生活习惯。

（三）生产类谚语

这类谚语以总结各行各业生产劳动的经验为基本内容,尤其是表现农、牧、副、渔业等行业的生产劳动经验,比如"过稠的庄稼满眼窝,种稀的庄稼满仓库"说的是农业生产,"看着波峰下网,顺着激流拉网"说的是渔业生产,"驽马毛病多"说的是牧业生产,"荒山可采有用之石"说的是工业生产。另一方面,也有一些与气象有关的生产类谚语,比如"早晨下雨磨镰刀,午后下雨备枕头"、"三九天下雨,三伏天无饮牛水"、"夏天出门备衣裳,冬天出门被食粮"等,这些谚语凝聚了锡伯族人民在生产劳动过程中的丰富经验和智慧。

（四）自然类谚语

这类谚语总结出了锡伯族人民对春、夏、秋、冬等节令和风、雨、雷、电等气候现象的变化及其规律的广泛认识,比如"夕阳不如朝阳,秋雨不如春雨"、"春天的风厉害,秋天的水可爱"、"杏花谢了桃花开"等。另一方面,锡伯族人民在劳动实践中,通过对天象和地理的长期观察,还创造了许多预兆性谚语,比如"清明刮风,四十天不停"、"月环有风,日环有雨"、"毛驴打滚,必有风雨"等。这些带有一定的自然规律性的谚语,对人们的生活和生产起着较好的指导意义,具有一定的科学性。但在锡伯族谚语中,也有一些预兆性谚语是荒诞的,比如"夕阳不如朝阳,秋雨不如春雨"、"脚心发痒,要出远门"、"梦里见血,必见凶事"等,这些谚语在一定程度上反映了锡伯族民众在思想认识方面所具有的历史局限性的特点。

（五）风俗类谚语

这类谚语主要反映了锡伯族的民风民俗,比如"一旦丧失礼节,一辈子被人耻笑"、"失礼人家,亲友疏远;讲理人家,门庭生辉"、"大一月是兄辈,大一年是父辈"、"五十岁家老,六十岁乡老,七十岁国老"、"妻子的亲戚占炕头,丈夫的亲戚躺地上"、"老年人出主意,年轻人出力气"等。在这些谚语中,我们既看到了锡伯族淳朴的民风民俗,也看到了这个民族的社会关系的微妙之处。

在民族大杂居和不断迁徙的历史进程中,锡伯族的民间谚语明显受到了汉族文化的影响,有很多谚语与汉族谚语有着异曲同工之妙,比如"一条臭鱼坏了一锅汤"、"一日师傅百日敬"、"三岁的牛不怕虎"等,而汉族谚语是"一只老鼠坏了一锅汤"、"一日为师,终身为父"、"初生牛犊不怕虎"等,这类例子还有不少;甚至有一些锡伯族谚语和汉族谚语在内容和语言上都一样,比如"士可杀不可辱"、"左耳入,右耳出"、"金窝银窝不如自己的破窝"、"好话待人三九暖,恶语伤人六月寒"等,这些谚语都真实地记录了锡伯族文化与汉民族文化在发展和融合进程中所留下的历史痕迹。

二、锡伯族民间谚语的艺术特征

(一)语言简练生动

锡伯族谚语既通俗易懂又富有哲理,发人深思,耐人回味。它是锡伯族人民集体智慧的结晶,比如"路多心广"寥寥四个字,告诉我们:通往成功的路并不是只有一条;"遇事商量,心里亮堂"短短八个字,告诉我们:集体的智慧不可少,诸如此类的谚语还有很多,如"君子好书,小人好酒"、"只活一世,筹划百年"、"冰从薄处破"、"拨火棍长了不烧手"、"水火不分贫富"、"眼睛是准绳"、"脚大怕穿小鞋"、"有时好办,无时为难"、"驴蹄虽小能驮山"等。

（二）比喻对偶丰富

大量地运用比喻、对偶手法，借以表达丰富深刻的思想内容，是锡伯族谚语的一大特色。比如"一条臭鱼坏了一锅汤"、"跟着太阳走不会冷，跟着党走不受气"、"萨满喇嘛各念各的经"、"在家如春，在外似冬"、"鸡缩爪时有备，狗吐舌时不累"、"上山捉虎易，开口求人难"、"鸟美在羽毛，人美在勤劳"等谚语，透过一个个生动鲜明的意象，人们能够很自然地联想到其内在的深刻意蕴，进而获得极大的精神享受。

（三）具有鲜明的口语色彩

不少谚语深入浅出，活泼明快，亲切自然，诙谐有趣。锡伯族口语有着自身的鲜明特点，比如"羊肉好吃，女婿好使"、"丢了一岁驴，要赔三岁马"、"先吃的肝子比后吃的肉香"、"没养孩子，先修摇篮"、"懒牛屎尿多，懒汉明天多"、"贪心的人即便死了，黄土也填不满他的眼窝"、"眼说要汤，手却捞面"、"凉面要拌热菜，好汉要骑骏马"、"猎人不追二兔"等谚语，其语汇中洋溢着锡伯族人世俗生活的浓郁气息，音节间跳荡着锡伯族人幽默机智的民族个性，言浅意深，朗朗上口，令人过耳难忘。

第三节 念 说

一、念说简述

念说，锡伯语称"朱伦呼兰比"（"朱伦"是小说之意，"呼兰比"是读、念之意），是锡伯族一种群众性的民间文艺活动，它以广泛牢固的群众基础、悠久的发展历史、独具民族特色的艺术特点赢得了在锡伯族民间文学中不容忽视的地位。念说演义小说历来就是锡伯族的传统文化习惯，每到冬季农闲或节假日的夜晚，锡伯族老乡三五成群地聚在一起，由一个民间艺人或有文化的人开始念说，配以娓娓动听、触动人心的曲调；围坐在念说人周围的众人静静倾听着，农舍里三五成群、七八成伙的偶尔议论着，构成了念说活动的主要形式。念说的书籍有《三国演义》、《水浒传》、《聊斋志异》、《说岳全传》、《七侠五义》、《济公传》、《说唐》、《西游记》、《封神演义》、《东周列国》、《西厢记》、《隋唐演义》、《杨家将》、《红楼梦》、《西汉演义》、《开平演义》、《大宋演义》、《施公传》、《彭公传》、《三侠五义》以及以《三国之歌》、《西迁之歌》、《喀什噶尔之歌》为代表的锡伯族民间叙事长诗。

二、主要特点

念说活动备受锡伯族民众的青睐，它以生动活跃的场面和多姿多彩的内容为锡伯族民众增添了无穷的乐趣和兴致。念说表现出如下几个特点：

（一）一人念、众人听

念说是一个边念边听偶尔议论的过程，对于一些为人所动容的念说情节，大家往往畅所欲言，各抒己见。于悠闲的气氛中不拘一格的交谈，通过朴素的语言彼此交换思想，对人物褒贬不一，于功过众说纷纭，勤思善辩的锡伯族人民就在这样的念说形式中汲取知识，增长才能，共同进步。也许是戍边屯垦生活的需要，新疆的锡伯族特别喜爱中国古典小说《三国演义》，并且根据《三国演义》的主要情节改编并创作出叙事长诗《三国之歌》，配以念说曲调念唱，深受锡伯族民众喜爱。例如对于《三国演义》中诸葛亮没有采纳大将魏延斜谷出奇兵、一举灭魏的计谋，有人当场捶胸："唉，诸葛亮也过于谨慎了，束缚了自己的手脚以至坐失良机啊！"有人深有同感："这真是一步大错铸成千古遗恨啊！"也有人愤愤不平："魏延是个难得的将才，却未得到诸葛亮的重用，仅此一点诸葛亮还不如曹操！"在如此探讨中，关于名著中的故事情节众人不仅耳熟能详，而且有了更为深刻的理解。

（二）耳濡目染汉文化

锡伯族由来已久的念说让汉族文化逐渐渗透到锡伯族人民生活中，深深影响着他们的伦理道德和生活观念。锡伯族文化积极汲取汉族文化的营养，在历史长河蜿蜒中积淀了宝贵的爱国主义精神财富。

通过念说，名著中栩栩如生的人物形象烙印于锡伯族人民心中，如"奸诈狡猾的曹操"几乎成为年轻人相互笑骂的口头禅，而且经常把"李逵"、"牛皋"、"周仓"等作为一些愣小子的绰号；如凄美浪漫的千古绝唱中的牛郎和织女、梁山伯和祝英台、孟姜女等艺术形象无不深深影响着锡伯族青年，他们以此为精神动力，与封建包办婚姻、买卖婚姻进行不屈不挠的斗争，誓死坚守忠贞爱情。如"岳飞"的精忠报国，"关羽"的忠心仗义等形象所显示出的精神面貌，对锡伯族人民潜移默化的影响也是巨大的。锡伯族人民西迁至伊犁后，八个牛录相继修建了象征忠义的"关帝庙"，终年香火不断。这对于锡伯族人民世世代代不忘戍边屯垦的历史使命，忠于祖国，自觉维护祖国统一，戍边屯垦、保卫边疆、建设边疆不无直接关系。因此，念说不仅是在接受传播汉族文化，也是在生动地接受爱国主义教育。

三、发展历程

在锡伯族历史上，念说的起源时间无从考证。从世界各民族文学的发展历史上看，可以推断出念说可能产生于氏族部落时期。国内外产生于氏族部落时期的著名史诗如《荷马史诗》、《江格尔》、《格萨尔王传》等都有其固定的只适合于叙事性作品的诵读曲调，而锡伯族曾有的英雄史诗也必有其适合于自己的咏唱曲调，即念说的前身。

随着历史脚步的前行，锡伯族文化通过积极吸收发达民族的文化营养逐渐发展起来。汉族文学作品的大量涌入充实着文学诵读领域。这样，对原来以史诗为主的民间无文字叙事作品的咏唱就演变成对作家创作的叙事文学作品的咏唱，作家叙事文学逐渐占据锡伯族叙事文学作品的诵读领域，标志着念说的形成。

解放以后，在党和人民政府的关怀下，随着锡伯族教育事业的日益发展和锡伯文出版机构的建立，各种民间文艺像雨后春笋般蓬勃兴起。念说的文本除中国古典文学作品外，又增添了不少中国现代文学作品的手抄译本，如《林海雪原》、《敌后武工队》、《苦菜花》、《迎春花》等。尽管后来在极"左"思潮的影响下，锡伯族文化惨遭浩劫，当时在民间存留的念说也未能幸免于难，几代人用心血手抄下来的不少念说本和一些出版的念说书籍都付之一炬；但是也有酷爱念说的人冒着生命危险，将不少念说文本保存了下来。

党的十一届三中全会之后，念说枯木逢春，在锡伯族人民中间重新流行。原有的念说文本被重新整理出版，如《三国演义》、《西游记》、《水浒传》、《红楼梦》、满汉合璧的《西厢记》、《聊斋志异选译》、还有锡伯族民间叙事长诗《西迁之歌》、《三国之歌》、《喀什噶尔之歌》、《拉西罕图》、《辉番卡伦来信》等，新疆人民出版社相继出版的锡伯文《高山下的花环》、《鸡窝洼的人家》等中国当代文学作品和锡伯族作家郭基南的鸿篇巨制《流芳》，舒慕同的《汗亚依拉克之战》、《莲花的故事》等，为念说提供了广阔的发展前景。

随着信息时代的到来，现代传媒技术不仅深深影响着锡伯人民的日常生活，也影响着念说的发展，念说受到了严峻的挑战，念说正在演变为一种锡伯族民间表演形式的传统文化活动。

四、艺术特色

念说以念说者真挚强烈的感情、各具特色的吟诵技巧,和谐优美的韵律,起伏曲折的故事情节,自成风格的曲调取得了鲜明的艺术效果。

(一) 真挚的感情投入和细致入微的演绎

锡伯族的念说核心是"念",念说者想要用全部的才艺展示"念"的魅力,就离不开随故事情节的变化而不断升温的情感的涌现。同时,念说者的真挚感情不仅让故事情节更加引人入胜,而且能够带动听者的情感进入其中,大有身临其境之感。念说者的高超技艺会让听众或见鹰击长空或觉鱼翔浅底,或闻清风低吟或感中天月明;会让听众与故事里主人公同风雨共命运,悲其之悲,乐其之乐,感受着人间冷暖世态炎凉。另外,小说中的不同人物形象也为念说者精湛的技艺演绎得惟妙惟肖,活灵活现。清泉绕石,瀑冲山涧,莺飞蝉鸣,风驰电掣等所有形象的描摹尽是细致入微,绘声绘色,淋漓尽致。丰富充沛的感情和生动入微的刻画让锡伯族的念说显示出妙不可言的审美意境。

(二) 自成一体的曲调

念说中国古典章回小说或长篇叙事诗时吟唱的曲调叫念说调,它伴随书中人物命运和故事情节的发展而变化着,时而激昂热烈,时而深沉悲哀。念说调具有很自由的音乐节拍与节奏,委婉动听,引人入胜。

念说诗歌作品的曲调比较规整,基本上形成了四六句为一段体的曲式结构雏形。同时,念说的格调也是丰富多彩,欢快激越犹如粗犷有力的鼓点,轻柔缠绵犹如丝缕不断的耳语,时而低沉哀婉,时而紧张恐怖,达到了难得的艺术效果,显示出了锡伯族人民的聪慧才智。

中编　古代书面文学

第一章 古代书面文学概观

锡伯族是我国 55 个少数民族之一，其祖先可以追溯到汉代前后的东胡和鲜卑。从现有资料来看，锡伯族古代书面文学最早可以追溯到中古时期。其文学发展从整体来看，大致可以分为两个阶段：

一、魏晋南北朝至隋唐宋金元时期

锡伯族和中华民族的其他民族一样，早期过着以渔猎为主的游牧生活，《猎歌》和《叶琪娜》是现在可以见到反映上古时期生活的书面文学作品（该作品至清代才以文字形式流传），前者描写远古先民狩猎迅猛的动作、宏大的狩猎场面以及宏伟的气势展露无遗，体现了猎手们的骁勇顽强和集体主义的精神。后者则歌唱一对夫妇自力更生，勤奋劳动，共同为建立幸福的家庭付出努力。他们勇敢地承担起开拓新家园的重担，整首诗充溢着乐观、积极向上的开拓精神。

魏晋南北朝至隋唐宋金元时期取得的文学成就较为突出。值得注意的是北朝政权几乎都是鲜卑族所建。鲜卑族民族性格直接影响了整个北朝文学的特点，使其文坛呈现贞刚质朴的风格特色。《敕勒歌》与《木兰诗》都是魏晋南北朝时期的鲜卑族民歌，鲜明地体现出鲜卑人生活的草原景色和他们的游牧生活方式以及鲜卑民族的尚武精神和豪迈性格。《木兰诗》所塑造的木兰形象，给人以全新的感觉。木兰既是一位孝女也是一位忠臣；她既是能征善战的巾帼英雄，也是一位富于人情味的劳动妇女。该诗立意十分新奇。

与此同时，也出现了一批用汉语进行创作的鲜卑族皇室文人，元宏、元苌、元顺、元恭等人的创作比较有代表性。元宏以他的特殊地位，亲自倡导文学，为文学的复苏营造了很好的氛围，他的作品《吊比干文》，可以代表当时的创作水平及风格。元苌传世的作品仅存一篇《振兴温泉颂》，其文章虽然已经不完整，但仍然可以看出其文学造诣。元顺有《蝇赋》传世。元顺以苍蝇比喻政坛小人，可以看出其深受《诗经·小雅·青蝇》的影响。元勰的《应制赋铜蹄山松诗》、元子攸的《临终诗》、元恭的"朱门久可患"诗、元晖业的《感遇诗》、元熙的《绝命诗》二首均流传于世。

隋代诗人元行恭是北魏皇室后裔，他"辞情俊迈"。现存诗二首，即《秋游昆明池诗》等。

唐代也出现了很多鲜卑族的诗人。元结是盛唐后期一位杰出的鲜卑族文学家。他主张诗歌为政治教化服务，要"极帝王理乱之道，系古人规讽之流"；能济世劝俗，拾遗补阙，"上感于上，下化于下"；他的诗歌有强烈的现实性，触及天宝中期日益尖锐的社会矛盾。元结的散文，不同流俗，特别是其杂文体散文，值得重视。有人把他看作韩柳古文运动的先驱。元稹也是唐代杰出的鲜卑族诗人，他是鲜卑族拓拔部君长什翼犍的后裔，其参政意识和功名欲望很强。有《元氏长庆集》，存诗八百余首。元稹在诗歌、小说、散文、文学批评等方面均取得很大成就。其传奇《莺莺传》影响尤其深远。在此基础上产生了主题思想更有意义的"董西厢"和"王西厢"。

宋金时期影响最大的诗人是元好问。元好问原姓拓跋，鲜卑族。他的纪乱诗使金诗的成就提升到一个崭新的境界。其诗作约有5500余首，现仅存诗1400余首，作品数量之多在金代诗坛上首屈一指，其作品的艺术成就也最为突出。经元好问创作或者搜集整理的有金代诗集《中州集》、金代词集《中州乐府》、金代史料集《壬辰杂编》，其为保存金代诗词作品和史料做了很大的贡献。现存《遗山先生文集》、《遗山乐府》、《续夷坚志》、《唐诗鼓吹》等著作。20世纪90年代，山西大学古典文学研究所将元好问所有留存下来的著作及多种附录，汇编并点校出版，即为《元好问全集》。其《论诗绝句三十首》是继杜甫《戏为六绝句》之后运用绝句形式系统地论述诗歌理论的著名组诗。元好问也是金代最伟大的词人，现存词作三百余首，称为《遗山乐府》。作品数量为金词之冠，艺术成就也最为突出。

二、明清时期

从严格意义上讲，我们尚未发现明代确切的书面文学资料，这一时期锡伯族的文学成就主要集中在清代。敦吉纳、锡笔臣、文克津等都是清代锡伯文学的代表性作家。顿吉纳自惠远驻防地南渡伊犁河来到锡伯营见到曾经天各一方的同胞兄弟，思绪万千，写下了《顿吉纳》一诗。这是一首触景生情的感怀述志诗，通过顿吉纳对自己身世和锡伯族同胞共度西迁以及水磨沟秀丽风景的描写，抒发了浓郁的思乡之情。这首诗寓情于景，情景交融。语言精练，叙事融入深厚感情，真挚感人。锡笔臣是清末锡伯族著名作家之一。他博览群书，潜心修学，广泛接触社会各阶层人物，积极主张发展社会文化事业，提倡教授汉文化，注重新教育。锡笔臣生前用汉文创作过许多文学作品，留存至今的只有一部《离乡曲》。《离乡曲》是一首锡伯族的叙事长诗，大约成文于锡氏的晚年。本诗主要叙述了世居东北地区的3000多名锡伯族军民，由盛京（今沈阳）出发，迁徙到新疆伊犁地区安家立业的过程。在某种意义上《离乡曲》可以被看做一部民族史诗，这是作品最重要的价值所在。这是锡伯族第一次用诗歌形式表现自己民族悠久的历史，尤其是西迁壮举及以后戍边屯垦的生活。文克津系锡伯营镶白旗（即五牛录）人，其天资聪明，进取心强，清道光末年升侍卫，并于咸丰初年去辉番卡伦换防一任。《辉番卡伦来信》就是他在此期间写给锡伯营同事的。《辉番卡伦来信》是锡伯族著名的书信体文学作品，从19世纪50年代开始，在锡伯营广泛流传，流传一百多年。直至20世纪80年代，新疆社科院的肖夫同志译成汉文刊行。其以书信体形式，叙述了作者换防途中的所见、所闻、所感。《辉番卡伦来信》具有研究清代伊犁历史的价值。全文语言优美、生动、凝练，文笔流畅，是一篇语言优美的书信体散文，值得注意的是文中运用了汉文典故，说明作者接受了汉文化，具有较高的汉语素养，同时也说明了当时汉锡文化的交流，各种文化相互影响和渗透。

锡伯族远古先民很早就开始信奉萨满教，多借助于萨满教来解释一些他们还未理解的神秘现象，萨满在举行萨满仪式时在舞蹈的同时也伴有萨满歌。锡伯族的古代文化与萨满教有着密切的关系，在锡伯族的文学作品中或多或少都渗透着萨满教的元素，萨满教对于锡伯族文化的发展具有不可忽视的意义。成书于清代的《萨满神歌》即是体现锡伯族萨满教的书面文学作品。《萨满神歌》经过漫长的口头流传以后，由尔喜萨满于1884年附加自己姓氏的内容，记录成文字，即现存的《萨满神歌》手抄本。因为是清代尔喜萨满在原来萨满歌的基础上用文字记录而成，故将其归于明清时期的文学作品。其内容涵盖面很广，由九个部分组成，这些部分之间环环相扣，紧密结合，缺一不可。学萨满时祷告、祈请托里、祈请金刀梯、萨满端坐凳子之上哀求、萨满立在门前祈祷、萨满为治病事求告、萨满设坛呼唤山羊、请神祇时呼唤和萨满通过十八个卡伦等一系列宗教仪式举行时都需要唱萨满神歌。人们认为萨满具有超自然的神力，能够抵御和驱除妖魔鬼怪对人类的侵害，他们相信萨满能够保佑人们过幸福安康的生活。古代锡伯族的自然崇拜、图腾崇拜和祖先崇拜的情况，在

《萨满神歌》中得到了充分的体现。《萨满神歌》也是再现锡伯族古代萨满教仪式的最珍贵的资料。在了解锡伯族古代生产形式和生活方式方面，《萨满神歌》也提供了非常可靠的资料。萨满祈请的神灵大多数也和游猎的生产形式和生活方式有关。这是一部研究锡伯宗教和文化的极为珍贵的资料，它对锡伯族古代历史文化的研究也有不可忽视的参考价值。

在清代还出现了为了歌颂给锡伯人民凿渠引水垦荒的图伯特而写的许多颂词、祭文、碑文、楹联等，其代表性作品主要有：《正黄旗佐领德克精阿等献图公匾额及颂辞》、《锡伯营总管和特恒额等铭刻图公碑文》、《署锡伯营领队大臣喀尔莽阿祭图公文及颂辞》和《巴达兰献图公颂文》，其中最后一篇因成文较晚（民国时期），故暂不放在此章中论述。这三篇纪念图伯特的颂文运用写实手法，对图伯特及其率领锡伯营军民开渠屯田的历史作了真实的描绘，因而颂文也是研究图伯特其人和锡伯族人民戍边屯垦史的珍贵资料。文章语言典雅庄重，结构工整，尤其是其中使用了大量汉文典故，体现出锡伯文化的开放性和包容性。

第二章 鲜卑文学

第一节 鲜卑文学概观

居住在我国北方的古代鲜卑族是现代锡伯族的祖先。清人何秋涛《朔方备乘》云:"鲜卑音转为锡伯,亦作席北,今黑龙江南、吉林西北境有锡伯部落,即鲜卑遗民"。"考《汉书·匈奴传》云:'黄金犀毗',颜师古注曰:'犀毗,带钩也,亦曰鲜卑,语有轻重耳。'据此知,鲜卑音近锡伯。今黑龙江境有锡伯一种,亦作西北、席北,即鲜卑遗民也。"清人李文田《元朝秘史注》亦云:"失必即鲜卑之对音也……亦作席伯,亦作席北,既非索伦,亦非蒙古,即鲜卑遗民也。"

鲜卑属于上古东胡的一支。西周时期,东胡被匈奴击破,散居鲜卑山(大兴安岭)者便以鲜卑为名。西周以后,"鲜卑"一词在《国语》、《楚辞》、《战国策》、《淮南子》、《史记》、《汉书》、《魏志》等古籍中多有记载,史不绝书,有时写作西卑、犀毗、胥纰、私比、师比等。西汉时,鲜卑远居大兴安岭至辽河以北,臣属于匈奴。东汉时,匈奴势力转弱,鲜卑日益发展,并不断南迁。据《后汉书·鲜卑传》载:当汉和帝大破匈奴后,"鲜卑因此转徙居其地,匈奴余种留者尚有十余万落,皆自号鲜卑,鲜卑由此渐盛"。到两晋和北朝时期,鲜卑形成几个大的部落,并建有国家政权。慕容氏建有前燕、后燕、南燕、西燕;秃发氏建有南凉；拓跋氏建有代，后改称魏，史称北魏。北魏不仅统一了鲜卑各部，也统一了我国北方，初建代国，定都盛乐（内蒙古），又迁平城（山西大同），后又迁洛阳，入主中原达150余年。宇文氏初附拓跋氏，后代魏建北周，都于长安，统一了长江以北的广大地区。在拓跋鲜卑的主体不断南迁并入主中原之时，其中一部分仍居留原地，在大兴安岭嘎仙洞一带看守祖宗之庙，这部分遗民在北魏之后被称作"室韦"，亦作失韦、失围，隋、唐、宋时的史籍亦同样称呼。到元朝时，称失必、失必儿、失比儿，都是由于汉语音译和书写是同音异读、同音异写所致。总之，现代锡伯族是从"东胡—拓跋鲜卑—室韦—锡伯演变而来的。先弄清楚鲜卑与锡伯的族源关系，我们再来看鲜卑文学的发展概况。

一、五胡十六国至北朝时期

此时期在民间文学领域出现了大量豪迈刚健的鲜卑族民歌，但由于许多民歌都在流传过程中亡佚，现在保留下来的只是极少数，据《唐书·乐志》中记载："北狄乐，其可知者鲜卑、吐谷浑、部落稽三国，皆马上乐也。后魏乐府始有北歌，即所谓《真人代歌》是也。代都时，命披庭宫女晨夕歌之，周、隋世与西凉乐杂奏。今存者五十三章，有名可解者六章：《慕容可汗》、《吐谷浑》、《部落稽》、《钜鹿公主》、《白净皇太子》、《企喻》也。其不可解者，多可汗之辞。北虏之俗，呼主为可汗。吐谷浑又慕容别种，知此歌是燕魏之际鲜卑歌也。其辞虏音，竟不可晓。"从以上可以得知，鲜卑族民歌数量不在少数，只是流传过程中散佚，很多都已经不可考了，现今保留下来可以确定为鲜卑民歌的有以下几首：《慕容垂歌辞》三曲、《折杨柳歌辞》、《折杨柳枝歌》、《慕容家自鲁企由谷歌》。其内容有表现战争的，也有表现女儿催嫁和男女恋情的，多写得质朴刚健、直率而朴素，犹如鲜卑人豪爽朴实的性格。

在北朝民歌中最能体现鲜卑文学成就的是《敕勒歌》与《木兰诗》，《敕勒歌》反映出鲜卑族的游牧生活方式，同时出色地描绘了他们生活其间的辽阔壮美的草原景色；而《木兰诗》则成功地塑造了木兰这个不朽的鲜卑女英雄形象。木兰是一个闺中少女，又是一个女扮男装、代父从军、驰骋于疆场的巾帼英雄，在祖国需要的时候，她挺身而出，立下汗马功劳；胜利归来之后，又谢绝官职，返回家园，表现出淳朴与高洁的情操。她爱亲人，也爱祖国，把对亲人和对祖国的爱融合到了一起。木兰的形象，是理想的化身，她集中了鲜卑民族勤劳、善良、机智、勇敢、刚毅和淳朴的优秀品质，这是一个深深扎根在中国北方广袤土地上的有血有肉、有人情味的英雄形象。

在作家文学领域则体现为北魏时期出现的拓跋氏皇室文人的创作，拓跋氏皇室文人是在北魏孝文帝大幅度改革之后出现的一批直接接受汉文化教育、具有儒家文化理念的皇室贵胄子弟，他们用汉语创作，深受汉文化的影响，其代表人物有元宏、元苌、元顺、元恭等，而以孝文帝拓跋元宏为最，他们不仅使用汉语作为书面语言，而且能够从容地进行文学创作，在文赋的写作上明显受诗骚传统的影响，而诗歌作品则大多语言较平实、风格较质朴，情感较真挚，具有一定的感染力。

二、隋唐至宋元时期

鲜卑族的后裔发展到隋唐时期，随着中原诗歌这一文学样式的发展兴盛而出现了许多诗人，其中不乏成绩卓著、在中国文学史上亦占有突出地位的大家，比如唐代大诗人元结、元稹都是拓跋鲜卑的后裔，二人不仅在诗歌创作上卓有成就，而且文章的写作亦不落人后。

元结在诗歌艺术上的突出成就在于他对新乐府诗的表现形式

做了多方面的尝试和实践，他大力创作表现民生疾苦的新乐府诗，不愧为新乐府运动的先驱；他的散文作品内容与诗歌一脉相承，主要是对黑暗政治的猛烈抨击和对百姓疾苦的深刻同情，在中唐时期有着重要影响，曾有人将他与陈子昂、韩愈相提并论，指出他的文章不假修饰、不师古人，奇绝古朴，虽简约而绰有风姿。作为先行者，元结的这种文风对锐意继承古文传统的韩、柳文章自然会有影响，因而宋、明以致清代的评论家都将他看作韩柳古文运动的前驱。

元稹作为新乐府运动的积极倡导者，在唐代乐府诗人中是一位大家，与白居易、张籍、王建齐名。他的成功，除了生活积累主要得力于他的乐府诗理论。

他不仅在乐府诗的创作上颇有成就，且他的爱情诗、悼亡诗也写得别具一格。同时值得称道的还有他的传奇小说《莺莺传》，1000多年来一直深受读者的喜爱，它的影响之大，在古代小说中是罕有的。作品虽然是一出始乱终弃的爱情故事，但主体部分却写出了封建婚姻制度对青年男女自由恋爱的压制，尽管作品有为张生文过饰非、贬低莺莺的语言，影响了作品的思想，但其中描写的爱情却受到人们的喜爱，历朝历代改编者不乏其人，直至成就了元代王实甫的《西厢记》杂剧。应该说元稹对后世的影响不亚于白居易，其在中唐文坛盟主之一的地位，无可置疑。

在辽金元时期，又出现了一个鲜卑族后裔作家——元好问，他的祖先原为北魏皇室鲜卑族拓跋氏。元好问是一位才华横溢、多才多艺的文学家，他对当时所有的文学形式除金院本之类的戏曲作品未见流传至今的实证或记载传说之外，其他的几乎都有，如：诗、词、歌、曲、赋、小说，传统的论、记、表、疏、碑、铭、赞、志、碣、序、引、颂、书、说、跋、状、词，以及官府公文诏、制、诰等，均掌握熟练、运用自如。其作品最主要的特点就是内容实在,感情真挚,语言优美而不尚浮华;他不仅各体皆工,而且还是一位高明的文艺理论家,他的《论诗三首》、《论诗三十首》、《与张仲杰郎中论文》、《校笠泽丛书后记》,等等,都很精辟地评论了古代诗人诗派的得失;除了长于诗文及其理论,还深于历算、医药、书画鉴赏、书法、佛道哲理等学问,他的朋友遍及当时的三教九流,既有名公巨卿、藩王权臣,也有一般的画师、隐士、医师、僧道、士人、农民等,所以也可以看作一位社会活动家。元好问学问深邃,著述宏富,援引后进,为官清正,尤其在金元文坛上居首屈一指的地位,即使明清时期能够与其比肩者也难得一二,因此被他的学生、师友及后人尊称为"一代宗工"、"一代宗匠",确非过誉。

第二节 《敕勒歌》与《木兰诗》

《敕勒歌》与《木兰诗》都是魏晋南北朝时期的鲜卑族民歌,它们鲜明地体现出鲜卑人生活的草原景色和他们的游牧生活方式以及鲜卑民族的尚武精神和豪迈性格。

一、《敕勒歌》

敕勒川,阴山下。

天似穹庐,笼盖四野。

天苍苍,野茫茫,风吹草低见牛羊。

《乐府诗集》引《乐府广题》言:"此齐神武攻周玉璧,士卒死者十四五,神武恚愤疾发。周王下令曰:'高欢鼠子,亲犯玉璧,剑弩一发,元凶自毙。'神武闻之,勉坐以安士众,悉引诸贵,使斛律金唱《敕勒歌》,神武自和之。其歌本鲜卑语,易为齐言,故其句长短不齐。"文籍中明言其歌本鲜卑语,并且斛律金是用鲜卑语演唱的，足见此歌乃鲜卑族民歌。

"敕勒川，阴山下"，诗的开头，映入眼帘的是一望无际的大草原与耸入云端的生长着茂密森林的阴山，背景的确十分雄伟壮观。接下来"天似穹庐，笼盖四野"，鲜卑族人以自己生活中的圆顶大帐篷比喻天空，并且盖住了整个草原的四面八方，以此来形容极目远望，天野相接，无比壮阔的景象。这种景象只在大草原或大海上才能见到。最后三句"天苍苍，野茫茫，风吹草低见牛羊"是一幅壮阔无比、生机勃勃的草原全景图。"风吹草低见牛羊"，一阵风儿吹弯了牧草，显露出成群的牛羊，非常形象生动地写出了这里水草丰盛、牛羊肥壮的景象。这首诗具有北朝民歌所特有的粗犷雄放、刚劲有力的风格，境界开阔，音调雄壮，语言明白如话，艺术概括力极强。全诗虽说只有寥寥27个字，却展现出我国古代鲜卑牧民的豪迈气概和质朴的生活方式。诗的前四句写"川"，写"山"，写"天"，写"野"，上下四方，恢弘阔大。好像用广角长镜头拍摄下来的景色。但是，诗人没有停留于静态的勾画。第五、第六句，用充满色彩的叠字"苍苍"、"茫茫"和末句的"羊"字押韵，音韵铿锵有力，使人精神为之振奋。"苍苍"，深青色，只有到过草原的人方可见到这种天色。末句"风吹草低见牛羊"一句，图画忽然动了起来，敕勒川的绿草过于茂盛了，它把黄色的牛群、白色的羊群统统隐没在一碧万顷的绿色之中。幸好，清风徐来，绿色随之起伏，黄色的牛群和白色的羊群在绿色中悄然游动，它们还不时昂起头来发出悠然的鸣叫。全诗无一处写人，却处处感到有人存在。如果说"敕勒歌"是一首牧歌，那么它绝对是牧歌中的极品。如果说它是一首军歌，那它也绝对不比其他军歌逊色。虽然我们现在早已无法追寻它当初歌唱时的旋律，但从它对士气的鼓舞上我们似乎还能感受到它慷慨激昂的旋律。

宋代诗人黄庭坚说这首民歌的作者"仓卒之间，语奇如此，盖率意道事实耳"(《山谷题跋》卷七)。元好问在他的《论诗三十首》之七中也给出了很高的评价:"慷慨歌谣绝不传,穹庐一曲本天然,中州万古英雄气,也到阴山敕勒川。"沈德潜《古诗源》中更是评价不凡:"莽莽而来,自然高古,汉人遗响也。"这完全得力于作者对草原牧民生活的熟悉,所以能一下抓住特点,不必用力雕饰,艺术效果非同凡响。

二、《木兰诗》

唧唧复唧唧,木兰当户织,不闻机杼声,惟闻女叹息。
问女何所思,问女何所忆,女亦无所思,女亦无所忆。
昨夜见军帖,可汗大点兵。军书十二卷,卷卷有爷名。
阿爷无大儿,木兰无长兄,愿为市鞍马,从此替爷征。
东市买骏马,西市买鞍鞯,南市买辔头,北市买长鞭。
旦辞爷娘去,暮宿黄河边。不闻爷娘唤女声,但闻黄河流水鸣溅溅。
旦辞黄河去,暮至黑山头。不闻爷娘唤女声,但闻燕山胡骑鸣啾啾。
万里赴戎机,关山度若飞。朔气传金柝,寒光照铁衣。
将军百战死,壮士十年归。归来见天子,天子坐明堂。
策勋十二转,赏赐百千强。可汗问所欲,木兰不用尚书郎。愿驰千里足,送儿还故乡。
爷娘闻女来,出郭相扶将。阿姊闻妹来,当户理红妆。
小弟闻姊来,磨刀霍霍向猪羊。开我东阁门,坐我西阁床。
脱我战时袍,着我旧时裳。当窗理云鬓,对镜贴花黄。
出门看伙伴,伙伴皆惊忙。同行十二年,不知木兰是女郎。
雄兔脚扑朔,雌兔眼迷离。双兔傍地走,安能辨我是雄雌?

(一)思想内容。此诗是一首"梁鼓角横吹曲"中的长篇叙事诗,是北朝民歌中最为杰出的作品。关于此诗的作者及产生的时代问题，自北宋以来即众说纷纭。目前学术界一般认为，陈释智匠《古今乐录》已著录此诗，故其产生时代不会晚于陈代。而据《旧唐书·音乐志》所载，可知梁代和北朝乐府歌曲中都存有"燕、魏之际鲜卑歌"，且多"可汗之词"，而此诗两次提到"可汗"，和"燕、魏之际鲜卑歌"有些类似。多数研究者认为此诗产生于北魏，但诗中有一些词语和某些诗句的风格，又和唐人作品相近。可能它原是一首鲜卑语的民歌，后来经南方人翻译和加工，变成了现在的样子，而且在长期的流传过程中，很可能经过隋唐文人的润色加工。

诗歌开头两段，写木兰决定代父从军。诗以"唧唧复唧唧"的织机声开篇，展现"木兰当户织"的情景。然后写木兰停机叹息，无心织布，不禁令人奇怪，引出一问一答，道出木兰的心事。木兰之所以"叹息"，是因为天子征兵，父亲在被征之列，父亲既已年老，家中又无长男，于是决定代父从军。接下来写木兰准备出征和奔赴战场。"东市买骏马，西市买鞍鞯，南市买辔头，北市买长鞭。"四句排比，写木兰紧张地购买战马和乘马用具；"旦辞爷娘去"至"但闻燕山胡骑鸣啾啾"八句以重复的句式，写木兰踏上征途，马不停蹄，日行夜宿，离家越远思亲越切。这里写木兰从家中出发经黄河到达战地，只用了两天就走完了，夸张地表现了木兰行进的神速、军情的紧迫、心情的急切，使人感到紧张的战争氛围。其中写"黄河流水鸣溅溅"、"燕山胡骑鸣啾啾"之声，还衬托了木兰的思亲之情。第四段，概写木兰十来年的征战生活。"万里赴戎机，关山度若飞"，概括上文八句的内容，夸张地描写了木兰身跨战马，万里迢迢，奔赴战场，飞越一道道关口，一座座高山。"朔气传金柝，寒光照铁衣"，描写木兰在边塞军营的艰苦战斗生活的一个画面：在夜晚，凛冽的朔风传送着打更声，寒光映照着身上冰冷的铠甲。"将军百战死，壮士十年归"，概述战争旷日持久，战斗激烈悲壮，将士们十年征战，历经一次次残酷的战斗，有的战死，有的归来。而英勇善战的木兰，则是有幸生存、胜利归来的将士中的一个。第五段，写木兰还朝辞官。先写木兰朝见天子，然后写木兰功劳之大，天子赏赐之多，再说到木兰辞官不就，愿意回到自己的故乡。"木兰不用尚书郎"而愿"还故乡"，固然是她对家园生活的眷念，但也自有秘密在，即她是女儿身，天子不知底里，木兰不便明言，颇有戏剧意味。第六段，写木兰还乡与亲人团聚。先以父母姊弟各自符合身份、性别、年龄的举动，描写家中的欢乐气氛，再以木兰一连串的行动，写她对故居的亲切感受和对女儿妆的喜爱，一副天然的女儿情态，表现她归来后情不自禁的喜悦，最后作为故事结局和全诗高潮的是恢复女儿装束的木兰与伙伴相见的喜剧场面。诗篇以比喻作结尾，以双兔在一起奔跑，难辨雌雄的隐喻，对木兰女扮男装、代父从军12年未被发现的奥秘加以巧妙的解答，妙趣横生而又令人回味。

（二）艺术特色：首先，此诗立意新颖。宫怨、闺情、弃妇之悲以及思妇之愁，几乎成了妇女题材的诗歌传统命题。而《木兰诗》则一洗凡调，所塑造的木兰形象，给人以全新的感觉。她女扮男装、替父从军、征战十年、拒受封赏，在伙伴不知"木兰是女郎"的惊呼声中解甲归阁，人物极富传奇性。而传奇性又与民间性紧紧联系在一起，木兰形象的产生，以北朝连年的征战生活、强悍尚武的社会风气以及中华传统忠孝为基础。木兰既是一位孝女又是一位忠臣；既是一位能征善战的巾帼英雄，也是一位富于人情味的劳动妇女。诗歌立意之新，正在于借木兰替父从军，十年未被识破的传奇，功成不受爵的壮举，集中反映古代女子的智慧胆识、深明大义、不慕荣利的传统美德，而且在重男轻女的时代，木兰的壮举也是对"女子不如男"观念的冲击，体现了古代妇女要和男子一样建功立业的生活理想。所以此诗以其传奇的情节、新颖的立意为人们所乐道。

2. 繁简得当。刘勰说："裁则芜秽不生，熔则纲领昭畅"（《文心雕龙·熔裁》）。诗歌以时间先后为线，繁简得当，以问答开头，"东市买骏马"一如"鱼戏莲叶东"一样是"乐府家数"（谢榛《四溟诗话》）。刘大白《旧诗新话》中评论"东市"句说："整整四排句，看去很板，其时其间层次分明。因为有骏马而无鞍鞯，不可以骑坐，所以还得买鞍鞯；有鞍鞯而无辔头，不可以控御，所以还得买辔头；有辔头而无长鞭，不可以驱策，所以还得买长鞭。"

3. 修辞巧妙。作为一首民歌，《木兰诗》熔多种修辞手法为一炉，举凡赋、比、兴、设问、重叠、顶针、夸张、对比等民歌中常见的手法，在诗中都被巧妙地运用。所以沈德潜说此诗"事奇诗奇"（《古诗源》卷一三按语），并非溢美。

4. 选韵精确。前人说："乐府之妙，全在繁音促节，其来于于，其去徐徐，往往于回翔曲折处感人。"（沈德潜《说诗晬语》）《木兰辞》的音韵不仅和美圆转，而且朗朗上口，同时又与情节发展相始终。诗的开头用"职韵"，短促、低微；中间"旦辞黄河去"八句，诗韵也随之纤徐转换；最后凯旋，用"阳韵"，韵脚响亮，节奏明快，自有一种欢快的声情摇曳于字里行间。对此，《柳亭诗话》评价说："七言长篇断推《木兰歌》为第一。相其音调，非齐梁以后人能办，即鲍明远亦当俯首。"对《木兰诗》选韵之妙、音调之美，作了极高的评价。

北朝民歌不仅是中国文学史上的一朵奇葩，而且我们也可以从中闻到当时北方民间多民族的吐纳呼吸，尤其是鲜卑民族的气息，而《敕勒歌》与《木兰诗》可以说是鲜卑族的骄傲。

第三节　魏晋时期至唐代鲜卑诗人的创作

公元493年，北魏孝文帝拓跋元宏自平城迁都洛阳后，实行了一系列积极的汉化措施，例如，要求鲜卑族改汉姓、穿汉服、学习汉民族的先进文化，等等。随着鲜卑族的汉化，北魏国力迅速增强，文化建设比较完善，文学也随之发展起来，因而使得鲜卑文学取得了一定的成就，尤其是拓跋氏皇室文人及其后裔的创作。

由于鲜卑族的汉化，相当数量拓跋鲜卑子弟的汉文水平迅速提高，出现了一批用汉语进行创作的皇室文人，并具有创作团体的某些特征。北魏拓跋氏进行的汉化改革是由上而下推进的，其书面文学作品，也是由一批直接接受汉文化教育、具有儒家文化理念的皇室贵胄子弟用汉语创作出来的。元宏、元苌、元顺、元恭等人的文学创作比较有代表性。

元宏，即北魏孝文帝，《魏书·高祖本纪》称其"五经之义，览之便讲。学术师受，探其精奥，史传百家，无不该涉。雅好读书，手不释卷，善谈老庄，尤精释义。才藻富瞻，好为文章，诗赋铭颂，任性而为。大有文笔，马上口授，及其成也，不改一字。自太和十年以后诏册，皆帝之文也。自余文章，百有余篇"。元宏以他的特殊地位，亲自倡导文学，为文学的复苏营造了很好的氛围，他的作品可以代表当时的文学创作水平及风格。其文现存有《吊比干文》："世昏昏而溷浊兮，日霭霭其无光；时坎壈而险隘兮，气寥戾以飞霜；子奚不愿逝兮，侘傺而阨故乡；可乘桴以浮沧兮，求蓬莱而为怅；衔芝条以升虚兮，与赤松而翱翔；被芰荷之轻衣兮，曳芙蓉之葩裳……步悬圃以浏亮兮，咀玉英以折兰；历崦嵫而一顾兮，府沭发于洧盘；仰徒倚于阊阖兮,请帝阍而启观;天沉廖而廓落兮,地寂寥而辽阒……崰阳曜而灵修兮,岂传说之足奇;但至溉之不浚兮,溘宁死而不移。"

全文洋洋洒洒六百余言,虽以"文"为名,但从行文的格式、文句的排列以及铺陈、使事手法的运用,都应该归入"赋"的范畴,可以从中明显地看到其模仿楚骚汉赋的痕迹。此文作于北魏太和十八年(495),孝文帝南巡洛阳,途径殷代名臣比干之墓,有感于比干政治操守的高洁以及生平境遇的不顺而创作此文。从此文的写作我们可以看出此时的鲜卑拓跋氏不仅能使用汉文作为他们的书面语言,而且还能够从容地进行文学创作,这与他们主动学习、认真吸纳、积极融入中原文化传统之中的态度有直接的关系。虽然和一般的汉代赋作比起来,这篇文章的文字还较为平实,但已经显示出鲜卑族运用汉文进行创作取得了较高成就。

孝文帝不仅有文,而且还有诗作流传于世,但仅存他与侍臣联句诗中的四句。史载中书侍郎郑道昭从征河北,元宏设宴于悬瓠方丈内堂为其饯行,其间饮酒作诗,纷纷效仿汉武帝和群臣联句而成"柏梁诗"之雅。元宏首起:"白日光天兮无不耀,江左一隅独未照!"联句诗歌的末尾,元宏又吟道:"遵彼汝坟兮昔化贞,未若今日道风明。"士人运用楚辞格调,热烈夸赞了他的皇统天下是"白日光天",嗟叹江南偏于一隅,未能得到皇恩的惠泽。这虽然是一种政治宣传,但表现出了希望统一中国的宏伟气概和殷切心愿。而自太和二十一年(497)以来,元宏对南齐连年攻伐正是这种政治理想和心愿的具体体现。联句诗的最后两句也体现出对北魏皇朝统治的充满信心,其意为:过去的战乱早已荡平,但不如我元魏皇朝的王道风化这么圣明。明代的胡应麟在遍观群臣联句后得出结论:"群臣和无及者,非推避故,自见当时咸出其下。"(《诗薮》杂编卷二)

北魏皇室文人中,以文传名于后世的是元苌,传世作品也仅存一篇《振兴温泉颂》，从标题就可以看出，此乃应制之作，文前有序，语言骈散相间，交代了写作此文的经过：

  盖温泉者，乃自然之经方，天地之元医，出于河、渭之前，泻于骊山之下，渊华玉澈，□清数仞，灵感超异，峻世不测；无樵薪之爨，而扬沸汤于楚镬；无公蔬之探，而寒暑调于夏鼎。高唐之云，朝舞于水湄；巫山之雨，夕收于源际。青林碧草，含露而迎岸；香风蕙色，列□尔环渚。……

  作者描写温泉得自然造化之灵气，由眼前的骊山脚下的清泉，联想到高唐之云、巫山之雨，写得很有层次，充满着灵动之气。文句简洁，对仗工整。正文部分虽然已经不完整，但仍然可以看出作者的文字水平所达到的高度。

  北魏皇室文人中，元顺的创作成就最高。元顺，任城王元澄之子，先后在孝文帝、孝明帝朝中担任过散职。我们可以从《魏书·任城王元澄附元顺传》中保留下来的《蝇赋》了解到他创作的有关信息。

  遐哉大道，廓矣洪氛，肇立秋夏，爰启冬春。既含育万姓，又刍狗儿不仁；随因缘以授体，奇美恶而无分。生兹秽类，靡益于人，名备群品，声损众伦。歇胫纤翼，紫首苍身；飞不能回，声若远闻。点缁成素，变白为黑；寡爱芳兰，偏贪秽食。集桓公之尸，居平叔之侧；乱鸡鸣之响，毁皇宫之饰。习习户庭，营营榛棘；反复往还，譬彼馋贼。肤受既通，潜润周极；缉缉幡幡，交乱四国。于是妖姬进，邪士来，圣贤拥，忠孝摧；周昌居于羑里，天乙囚于夏台，伯奇为之痛结，申生为之蒙灾。鹡鸰悲其室，朱葛惧其怀；小弁陨其涕，灵均表其哀。自古名哲犹如此，何况中庸与凡才。若夫天生地养，各有所亲，兽必依地，鸟亦凭云。或来仪以呈祉，或自扰而见文；或负图而归德，或衔书以告真；或天胎而奉味，或残躯以献真；或主皮而兴礼，或牢牵以供神。虽生死之异质，俱有益于国人。非如苍蝇之无用，为构乱于蒸民。

　　元顺以苍蝇比喻政坛小人，使用的仍然是诗骚的讽喻手法，从命题到文中的意象，都可以看出深受《诗经·小雅·青蝇》的影响。此文以体物描写准确、批判讽刺尖锐而见长。作者将政坛之上的颠倒黑白、混淆是非的小人比作嘤嘤嗡嗡、逐臭趋秽的苍蝇，极言其厌恶痛恨之情。文章的篇幅不长，也没有汉代大赋的渲染铺陈，但措辞严厉，情感的宣泄淋漓尽致，有一定的感染力。

　　在《魏书》的帝王传中，零散地保留着皇室文人的少量诗作，如彭城王元勰的《应制赋铜蹄山松诗》、孝庄帝元子攸的《临终诗》、节闵帝元恭的"朱门久可患"诗、济阳王元晖业的《感遇诗》、中山王元熙的《绝命诗》二首，等等。这些作品的语言大多比较质朴，诗中传达的情感真挚，没有矫揉造作之感，体现出北魏时期鲜卑人在文学创作上取得的成就。

　　隋代诗人元行恭在诗歌创作上也颇具特色，他是北魏皇室后裔，隋开皇中任尚书郎，后坐事徙瓜州（今敦煌西）而卒。其父文遥亦属高才，曾令其与卢思道交游，受益匪浅，卢思道赞扬他"辞情俊迈"。现存诗二首，如其《秋游昆明池诗》曰：

旅客伤羁远，樽酒慰登临。池鲸隐旧石，岸菊聚新金。
阵低云色近，行高雁影深。欹荷泻圆露，卧柳横清阴。
衣共秋风冷，心学古灰沉。还似无人处，幽兰入雅琴。

　　昆明池本在今陕西西安市西南，汉武帝时凿成，曾是景色秀丽的圣地。作者极目远望昆明池秋景，但见：池鲸岸菊，低云高雁；歪撑着的荷叶上滚动着圆圆的露珠；斜卧着的柳枝带来一片清阴。景色虽然美不胜收，但终究已是秋风萧瑟、微寒轻袭之时，不免令人心灰意冷，使诗人顿生入于无人之处的凄凉之感，唯一值得欣赏的只有高洁的幽兰和悠扬的琴声。作品虽多景语，但意在抒情，先扬后抑。顿挫跌宕，笔姿纵横，颇富神采。

在唐代也出现了不少鲜卑族作家,大唐开国皇帝李渊的母亲独孤氏和隋文帝杨坚的皇后是亲姐妹,同为鲜卑族,李渊的皇后窦氏、李世民的皇后长孙氏都出自拓跋鲜卑,所以李唐家族的血脉里流动着鲜卑族的血液,而唐皇室家族中就有擅长文学创作之人,如唐高祖的太穆皇后从父兄窦威、唐太宗的文德皇后之兄长孙无忌都有诗作传世。唐代还出现了颇富成就的鲜卑族大诗人元结、元稹,将在后面的章节中专节讲述。总之,从魏晋至唐代,鲜卑文学取得了很大成就,使其在少数民族文学之林占有一席之地。

第四节 元 结

元结(719—772)是盛唐后期一位杰出的鲜卑族文学家。字次山,号漫叟、聱叟。河南鲁山人。他是我国鲜卑族的后代,祖先原来姓拓跋,到北魏孝文帝时才改姓元,元结是北魏王族常山王元遵的第十二世孙。天宝十二载进士及第。安禄山反,曾率族人避难猗玗洞(今湖北大冶境内),因号猗玗子。乾元二年(759),任山南东道节度使史翙幕参谋,招募义兵,抗击史思明叛军,保全了十五城。代宗时,任道州刺史,调容州,加封容州都督充本管经略守捉使,政绩颇丰。大历七年(771)入朝,同年卒于长安,享年54岁。

元结主张诗歌为政治教化服务,要"极帝王理乱之道,系古人规讽之流";能济世劝俗,拾遗补阙,"上感于上,下化于下";反对当时诗坛"拘限声病,喜尚形似"(《箧中集序》)的不良风气,开新乐府运动之先声。他的诗歌有强烈的现实性,触及天宝中期日益尖锐的社会矛盾。如《舂陵行》是元结初到道州时的作品,描写乱离后饥民的贫弱,诗中写道:"……供给岂不忧？征敛又可悲。州小经乱亡，遗人实困疲。大乡无十家，大族命单羸。朝餐是草根，暮食仍木皮。出言气欲绝，意速行步迟。追呼尚不忍，况乃鞭扑之！邮亭传急符，来往迹相追。更无宽大恩，但有迫促期。欲令鬻儿女，言发恐乱随。悉使索其家，而又无生资……所愿见王官，抚养以惠慈。奈何重驱逐，不使存活为……何人采国风，吾欲献此辞。"

在此诗中，元结不仅典型地反映出战乱以后人民的悲惨命运，而且将诗人自己的感情变化描写得委婉、细腻：诗人由设法催促征敛，转而决定笃行守分爱民的正直之道，甚至不顾抗诏获罪，毅然违令做出缓租的决定。希望自己的意见能上达君王，请求最高统治者体察下情，改变现状。这首诗以情胜，诗人用朴素古淡的笔墨，倾诉内心深处的真情实感，有一种感人肺腑的力量。诗中心理描写曲折详尽，真实而细致地展现作为封建官吏的诗人，从忧供给到悲征敛，从催逼赋税到顾恤百姓，最后献词上书，决心"守官""待罪"（见序），"微婉顿挫"（杜甫《同元使君舂陵行序》）。这首诗不尚辞藻，不事雕琢，用白描的手法陈列事实，直抒胸臆，正如元好问所说："浪翁水乐无宫徵，自是云山韶濩音"（《论诗绝句》），具有一种自然美、本色美。这首《舂陵行》是元结的代表作之一，曾深得杜甫的欣赏。杜甫在《同元使君舂陵行》诗中说："观乎《舂陵》作，欻见俊哲情……道州忧黎庶，词气浩纵横。两章（指《舂陵行》及《贼退示官吏》）对秋月，一字偕华星。"

《贼退示官吏》写于同一年，揭露了皇家的征敛无度，甚于贼寇。诗中写道："城小贼不屠，人贫伤可怜。是以陷邻境，此州独见全。使臣将王命，岂不如贼焉？今彼征敛者，迫之如火煎。谁能绝人命，以作时世贤！思欲委符节，引竿自刺船。将家就鱼麦，归老江湖边。"诗人对那些比贼寇凶残的"时世贤"的揭露，可以说是深入骨髓的。而诗人的满腔沉痛和义愤之情也酣畅淋漓地宣泄出来。元结创作于早期的《系乐府十二首》也从各个方面表现出他对国事的忧虑和对人民疾苦的同情。另如《贫妇词》、《农臣怨》、《去乡悲》、《陇上碳》等也是或规讽时政，或揭露时弊。元结几乎不写近体。除少数四言、骚体与七古、七绝外，主要是五言古风。他早期喜欢陈言典故、冷僻字词，有晦涩之病；后期作品语言变得质朴淳厚，笔力遒劲，颇具特色。但因过分否定声律词采，诗作有时不免过于质直，也导致他创作上的局限性。

　　元结的散文，不同流俗，特别是其杂文体散文，值得重视。如《瘗论》、《丐论》、《处规》、《出规》、《恶圆》、《恶曲》、《时化》、《世化》、《自述》、《订古》、《七不如》等篇，或直抒胸臆，或托物刺讥，都出于愤世嫉俗，忧道悯人，具有揭露人间伪诈，鞭挞黑暗现实的功能。其文章大抵短小精悍，笔锋犀利，绘形图像，逼真生动，发人深省。其他散文如书、论、序、表、状之类，均刻意求古，意气超拔，和当时文风不同。《大唐中兴颂》文体上采用三句一韵的手法，类似秦石刻的体制，风格雄伟刚峻。后人对元结评价很高，唐代裴敬把他与陈子昂、苏源明、萧颖士、韩愈并提。又有人把他看作韩柳古文运动的先驱。其散文作品有《元次山集》留世。

第五节　元　稹

　　元稹（779—831年），字微之，别字威明。祖籍洛阳，六世祖元岩迁居长安。元稹是鲜卑族拓跋部君长什翼犍的后裔，北魏时为皇族，周、隋两代多显宦，入唐后，家族经安史之乱而衰微。元稹德宗贞元九年（793）明经及第。十年后与白居易同以书判拔萃科登第，元和元年（806）又与白居易一起以制科入等，授左拾遗，后转监察御史。元稹生性激烈，少柔多刚，参政意识和功名欲望甚强。屡屡上书论事，指摘时弊，或实地纠劾，惩治猾吏，也因此而多次遭贬，先后为江陵士曹参军、唐州从事、通州司马、虢州长史，元和末年回朝，历任膳部员外郎、祠部郎中、知制诰等，并于长庆二年升任宰相，因与裴度发生冲突，为相仅四个月即被罢为同州刺史。此后又任过浙东观察使、武昌军节度使等职，53岁得暴疾卒于武昌任所。留有诗文集《元氏长庆集》，存诗八百余首。

元稹在诗歌、小说、散文创作及文学批评等方面均取得很大成就，且以诗歌成就最大，历来受到文学史家的重视。他曾与白居易一起倡导新乐府运动，创作了大量新乐府诗，在当时颇有影响，世称"元白"。元稹的乐府诗现存有50余首，涉及的对象很多，上自帝王、后妃、达官、权阉、藩镇、边将、富商，下至耕夫、织妇、征夫、宫女、艺人、采珠人，都被摄入诗篇。作者通过形形色色的生活，反映了广阔的社会现实。其中写百姓疾苦的诗历来被世人看重。如《织妇词》写蚕尚未结茧，官府已开始征税，并限令织户缴纳新花样的丝织品，害得织户苦不堪言："东家头白双女儿，为解挑纹嫁不得。"她望着檐前的蜘蛛发呆，心想如果能像它们一样什么都不需要，想怎么织就怎么织就好了。如此结束是奇特语，也是沉痛语。《田家词》则是写农民苦于重赋力役：

牛吒吒，田确确。旱块敲牛蹄趵趵，种得官仓珠颗谷。六十年来兵簇簇，月月食粮车辘辘。一日官军收海服，驱牛驾车食牛肉。归来攸得牛两角，重铸锄犁作斤劚。姑舂妇担去输官，输官不足归卖屋，愿官早胜仇早覆。农死有儿牛有犊，誓不遣官军粮不足。

诗以老牛象征老农，揭露官府的残酷掠夺。他的长篇叙事诗《连昌宫词》采用对话体，开篇从"连昌宫中满宫竹，岁久无人森似束"的荒凉景象写起，引出了一位"宫中老翁"对连昌宫今昔盛衰的追述，意图通过连昌宫的兴废变迁，探索安史之乱前后唐代朝政治乱的因由。此诗深受白居易《长恨歌》的启发，虽人物形象不及《长恨歌》鲜明，艺术感染力也稍逊一筹，但讽喻鉴戒之旨却更为显豁。

真正能代表元稹创作特色的不是新乐府，而是悼亡诗和艳情诗。元稹作有悼亡妻韦氏诗歌三十余首，代表作为《遣悲怀三首》、《江陵三梦》。诗人从家事着笔，追忆两人相濡以沫的生活，表现亡妻安贫苦素、治家有方的贤惠，如《遣悲怀》其一：

谢公最小偏怜女，自嫁黔娄百事乖。顾我无衣搜荩箧，泥他沽酒拔金钗。野蔬充膳甘长藿，落叶添薪仰古槐。今日俸钱过十万，与君营奠复营斋。

诗追忆生前。先写爱妻甘于贫寒，再写如今富贵却不能共享，逼出"悲怀"二字，可谓至性至情，感人至深，是古代悼亡诗的名篇。

元稹的艳情诗也很有特色，如《舞腰》："裙裾旋旋手迢迢，不趁音声自趁娇。未必诸郎知曲误，一时偷眼为回腰。"《行宫》："寥落古行宫，宫花寂寞红。白头宫女在，闲坐说玄宗。"由于性敏才高、文采风流，他尤其擅长写男女之间的爱情，如《会真诗三十韵》中的："戏调初微拒，柔情已暗通。低鬟蝉影动，回步玉尘蒙。"再如《离思五首》其四："曾经沧海难为水，除却巫山不是云。取次花丛懒回顾，半缘修道半缘君。"真是哀艳缠绵的绝唱。元稹的诗在写情方面胜过了讽喻，在平易中呈现出华美，如《江花落》："日暮嘉陵江水东，梨花万片逐江风。江花何处最断肠，半落江流半在空。"李肇在《国史补》中说：元和年间人们"学浅切于白居易，学淫靡于元稹"。所谓"淫靡"，当指元稹的艳情诗而言。

元稹既是一个大诗人，同时又是一名传奇作家，他的《莺莺传》1000多年来一直是读者喜爱的小说，影响之大在古代短篇小说里是罕有的。小说主要叙述张生和崔莺莺两个贵族青年一度相爱终于分离的故事，虽然故事的结局是张生对莺莺"始乱之，终弃之"，并将莺莺视为"不妖其身，必妖于人"的"尤物"，自诩为"善补过者"，有很多替张生文过饰非的语言，但作品的形象描写和读者的感受、同情都在莺莺身上，同时故事情节曲折，人物心理描写细腻，文采华美情韵俱佳，再加上作品本身宣扬的"才子佳人式"的爱情模式易为文人所欣赏，因此后代文人多次改编，产生了主题思想更有意义的"董西厢"和"王西厢"。

元稹生活在盛世巅峰过后的中唐。他以自己的文学实践，为寻求突围的中唐文学作出了不可忽视的贡献。无论是新乐府运动的倡导与参加，诗歌内容的变革，还是对唐传奇的发展繁荣，成绩显而易见，其在中唐文坛主盟者之一地位，无可置疑。

第六节　元好问

元好问是金代最伟大的诗人，也是杰出的诗论家。若将律诗和杂言包含在内，其诗作约有5500余首，现仅存诗1400余首，作品数量之多在金代诗坛上首屈一指，其作品的艺术成就也最为突出。

一、生平和文学理论

元好问（1190—1257年），字裕之，太原秀容（今山西忻县）人。曾在遗山（今山西定襄县城东北）读过书，因此自号遗山山人。元好问原姓拓跋，鲜卑族。大约在五代后其先祖迁居山西平定，北宋宣和年间，其高祖谊在忻州为官，曾祖春移居忻州落籍。其父德明好杜甫诗歌，推崇苏轼、黄庭坚，有诗才，但屡试不第，不得已只得寄情山水，饮酒赋诗以自娱。元好问出生七个月时过继叔父，5岁时跟随叔父至山东掖县。元好问自幼聪颖过人，8岁即能作诗，14岁时其叔父调任山西陵川，元好问得以跟随著名学者郝天挺研究古代典籍六年，其专攻经传，可谓精通百家，具备了很高的文学修养。又得到了当时文坛领袖赵秉文的大力称赞，被时人冠为"元才子"。元好问21岁时，其叔父病逝于陇城（今甘肃秦安县东北）任上，元好问扶灵柩回乡。后为了躲避战乱，南下至河南。金宣宗兴定五年（1221）考中进士，虽未就选，但诗名远播。哀宗三年（1226）任职，其先后任河南镇平、内乡、南阳等县令；金代后期至汴京任尚书省左司员外郎等职。任职期间，元好问与赵秉文等文人来往密切，写下了不少优秀的文学作品。金朝灭亡后，元好问移居山东聊城、冠县等地，不再出仕；六年后，携家小返回故乡秀容。回乡后，他主要致力于诗词文的创作和搜集金代史料，从而大量优秀的诗歌、词、小说和文学批评文章流传于世，经元好问创作或者搜集整理的有金代诗集《中州集》、金代词集《中州乐府》、金代史料集《壬辰杂编》，其为保存金代诗词作品和史料做出了很大贡献。67岁时，元好问因病去世，现存《遗山先生文集》、《遗山乐府》、《续夷坚志》、《唐诗鼓吹》等著作。

　　元好问也是伟大的文学理论批评家。其《论诗绝句三十首》是继杜甫《戏为六绝句》之后运用绝句形式系统论述诗歌理论的著名组诗。在《论诗绝句三十首》中，他系统地评论了从汉魏时期到两宋的许多著名作家和流派，将其诗歌主张"重视自然天成的意境和雄放壮伟的风格"浑然贯穿其中，从而表明了他的文学观点，对后世产生了重大的影响。他的论诗重内容、重感情、重真美、重风骨，他推崇建安风骨，鄙弃齐梁、西昆纤弱的诗风；他认为作诗应该发扬自然清新的风格，反对诗中文字堆砌雕琢；提倡诗歌内容刚健雄豪。他认为"唐诗所以绝出《三百篇》之后者，知本焉尔。何谓本；诚是也"（《杨叔能小亨集引》）。他又认为"由心而诚，由诚而言，由言而诗也，三者相为一"（同上），由此可以看出，元好问作诗主张以诚为本，他认为作诗内容必须反映客观的社会现实，在诗中表现真实的感情，他非常推崇陶渊明的诗歌："一语天然万古新，豪华落尽见真淳"①他认为陶诗的语言不是不锤炼，只是锤炼得不露痕迹，表现得平淡自然，正如袁行霈先生所言："平淡中见警策，朴素中见绮丽。"他也极为赞赏陈子昂："论功若准平吴例，合著黄金著子昂"（《论诗绝句三十首》），这也是元好问论诗重真的集中体现。元好问也反对孟郊、陈师道式的苦吟，讥讽其为"高天厚地一诗囚"，他极为不屑于江西诗派因循守旧的诗风，自言"论诗宁下涪翁拜，未作江西社里人"。

二、诗歌创作

无论是从思想内容还是从艺术成就来说，元好问的诗歌都以那些写于金亡前后的"纪乱诗"为最佳。国破家亡和身为敌囚的重大变故，使得诗人凭借他那"挟幽并之气，高视一世"（郝经《遗山先生墓铭》）的艺术禀赋，写出了大量雄浑悲壮的纪乱诗。《金史·文艺传》中说这些作品"奇崛而绝雕刻，巧绮而谢绮丽；五言高古沉郁，七言乐府不用古题，特出新意；歌谣慷慨，挟幽并之气"。清人赵翼《瓯北诗话》其卷八也言："盖生长云、朔，其天禀本多豪健英杰之气；又值金源亡国，以宗社邱墟之感，发为慷慨悲歌，有不求而自工者：此固地为之也，时为之也。"赵翼又在《题遗山诗》中说："国家不幸诗人幸，赋到沧桑句便工。"于苍莽雄阔的意境之中表现悲壮慷慨的感情是元

---

① 《论诗绝句三十首》。

好问"纪乱诗"的特点之一,如《岐阳三首》之二:"百二关河草不横,十年戎马暗秦京。岐阳西望无来信,陇水东流闻哭声;野蔓有情萦战骨,残阳何意照空城!从谁细向苍苍问,争遣蚩尤作五兵?"这首诗描写了凤翔城被蒙古军攻陷时人民流离失所和金兵横尸遍野的惨状,表现了诗人对侵略战争的谴责。这类作品在元好问诗中数量较多,如"北风猎猎悲笳发,渭水潇潇战骨寒"(《岐阳三首》之三)、"秋风一掬孤臣泪,叫断苍梧日暮云"(《即事》)等,这些诗句都是以雄劲的笔力抒写国破家亡的深哀剧痛。诗歌情感悲凉而骨力苍劲,是元好问的独特诗风。具有深刻的历史洞察力是元好问"纪乱诗"的又一特点。如《癸巳四月二十九日出京》:

> 塞外初捐宴赐金,当时南牧已骎骎。
> 只知灞上真儿戏,谁谓神州遂陆沉。
> 华表鹤来应有语,铜盘人去亦何心。
> 兴亡谁识天公意,留着青城阅古今。

这首诗是天兴二年(1233)诗人被蒙古人押解出京时所作。当年金人灭宋,俘获宋徽、钦二帝,在青城受宋人之降,场面何其壮观;如今蒙古军灭金,也是在青城受金人之降,历史的悲剧在同一个地方重演,这就更加具有讽刺意义,使诗人对于国破家亡的伤痛更深了一层。诗人化悲愤为力量,不止于感伤,而是对国家武备松弛而招致败亡的历史教训作了深刻的省察。其他如《卫州感事二首》、《岐阳三首》等,也都表达了诗人对金朝败亡原因的理性思考。他能够把对现实的悲怆情怀与对历史的批判意识巧妙地融合在一起,从而增加了诗作的思想深度。元好问擅长各种诗体,七律的成就尤其突出。他的七律,受杜甫影响极深,其诗作感情深厚,意境沉郁。如《壬辰十二月车驾东狩后即事五首》之二:

> 渗淡龙蛇日斗争,干戈直欲尽生灵。

高原水出山河改,战地风来草木腥。
精卫有冤填瀚海,包胥无泪哭秦庭。
并州豪杰知谁在,莫拟分军下井陉。

这首诗写于蒙古军围攻汴京城时,诗人对战争带来的巨大灾难和国家的危急形势有着极为清醒的认识,诗人感情悲怆沉痛,诗歌的字里行间仍然充溢着一股慷慨壮烈之气。

元好问的七言古体诗也毫不逊色,诗中融合了近体诗的句式工整和押韵,音律和谐优美的特点,诗中意象奇丽壮伟,又克服了当时文人粗戾豪肆、一览无余的弊病。如《泛舟大明湖》:

长白山前绣江水,展放荷花三十里。看山水底山更佳,一堆苍烟收不起。山从阳丘西来青一湾,天公娜下半玉环。大明湖上一杯酒,昨日绣江眉睫间。晚凉一棹东城渡,水暗荷深若无路。江妃不惜水芝香,狼籍秋风与秋露。兰裸郁郁散芳泽,罗袜盈盈见微步。晚晴一赋画不成,枉著风标垮白鹭。我时移宾追散仙,但见金支翠获相后先。眼花耳热不称意,高唱吴歌叩两舷。唤取樊川摇醉笔,风流铆与付他年。

面对长白山秀美的景色,诗人泛舟于大明湖,青山、秀水、荷香、秋露使诗人陶醉了,他情不自禁地"高唱吴歌叩两舷",诗人于美景中自然地想起了江妃"罗袜盈盈见微步",诗人任凭想象的翅膀遨游大明湖,可见诗人对长白山大明湖的喜爱,诗中也透露出诗人的另一面,即对待生活乐观、积极向上的人生态度。《涌金亭示同游诸君》、《游黄山》等诗也是其代表作。他的五言诗也情景交融,浑融含蓄,于意象中寄寓深厚的感情,往往韵味隽永,体现出元诗清新疏朗、平淡自然的艺术风格。如《八月并州雁》中"一声惊晚笛,数点入青云"。

三、词和文的创作

元好问也是金代最伟大的词人,现存词作三百余首,称为

《遗山乐府》。作品数量为金词之冠，艺术成就也最为突出。以金朝灭亡为界，元好问前期词清雄豪放，《水调歌头·赋三门津》即为前期词，意象雄劲苍莽，境界壮大雄奇。

黄河九天上，人鬼瞰重关。长风怒卷高浪，飞洒日光寒。峻似吕梁千仞，壮似钱塘八月，直下洗尘寰。万象入横溃，依旧一峰闲。

仰危巢，双鹄过，杳难攀。人间此险何用，万古秘神奸。不用燃犀下照，未必饮飞强射，有力障狂澜。唤取骑鲸客，挝鼓过银山。

词的上阕写黄河的壮大气势，"黄河九天上"与李白"黄河之水天上来"意境相同。黄河水势之高，水流之急，甚至可与钱塘媲美。"一峰闲"衬托出三门津的伟姿，也暗示出作者不惧艰险、乐观豁达的精神。下阕则用古典旧事表达出词人昂扬奋发积极向上的斗志。

元好问后期词则苍凉深郁。如《鹧鸪天》："只近浮名不近情，且看不饮更何成？三杯渐觉纷华远，一斗都浇□磊平。醒复醉，醉还醒，灵均憔悴可怜生。《离骚》读杀浑无味，好个诗家阮步兵！"词作中寄托了词人对屈原的同情和对阮籍的推崇，借历史人物的不幸遭遇来抒发自己的报国无门之情。后期作品中较有代表性还有《摸鱼儿·雁丘词》。

其他如《水调歌头·汜水故城登眺》、《木兰花慢·游三台》等都是其代表作。宋末张炎说元好问词"深于用事，精于练句，有风流蕴藉处，不减周、秦"（《词源》卷下）。郝经《祭遗山文》论其词作曰"乐府则清雄顿挫，闲婉浏亮，体制最备，又能用俗为雅，变故作新，得前辈不传之妙，东坡、稼轩而下不论也。"刘熙载《艺概》卷四中则言"疏快之中，自饶深婉，亦可谓集两宋之大成者也"。

元好问的散文继承了欧阳修、曾巩等人的风格，文章纡徐委备、一唱三叹，内容言之有物，如《市隐斋记》中所言："夫隐，自闭之义也。古之人隐于农、于工、于商、于医卜、于屠钓，至于博徒、卖浆、抱关吏、酒家保，无乎不在，非特深山之中，蓬蒿之下，然后为隐。前人所以有大小隐之辨者，谓初机之士，信道未笃，不见可欲，使心不乱，故以山林为小隐；能定能应，不为物诱，出处一致，喧寂两忘，故以朝市为大隐耳。"通过对隐居的表述表达了元好问自己的价值选择。此外，所处时代的特殊性也决定了元好问的散文必然将感时伤世的国破家亡之痛融入散文中，如《雷希颜墓铭》一文通过对雷希颜遭遇的叙述寄托了作者忧国忧民的深沉感慨，这一点又是欧阳修、曾巩等人的文章中所不具备的。

金亡之后，元好问为了保存金代的文献，编成《中州集》十卷，并附《中州乐府》一卷。全书收录了金代251位诗人的2026首诗作，并且每人名下都有小传，或叙其生平事迹，或评其所作诗文，旨在以诗存史。《中州集》不仅在中国文学史上具有重要的文献价值，而且是金代历史的宝贵史料，是元好问一生文学业绩的重要组成部分。

第三章 清代锡伯文学

第一节 概 述

　　清代的锡伯族即活跃于魏晋南北朝时期的鲜卑族的后裔。据史籍载，入主中原的鲜卑族与汉族融合后，从元朝开始隶属于蒙古。1593年，锡伯族出兵随科尔沁、叶赫、哈达等组成九部联军（3万人马），与努尔哈赤交战兵败，从此，锡伯族开始部分地归属满洲。1636—1648年间，锡伯族军民同科尔沁蒙古一起被清政府编入旗兵，成为蒙古八旗的一部分。1692年科尔沁蒙古统治者将所属锡伯族军民进献给清政府，从此锡伯族摆脱了科尔沁蒙古的统治，开始被满族统治阶级控制，并被编入满洲八旗，移防黑龙江、吉林等地。1764年，清政府为了加强伊犁地区的驻防力量，抽调3000多名锡伯族军民迁徙到伊犁。从此，锡伯族形成了东西分居、小聚居大分散的局面。锡伯族部分军民西迁到伊犁后，一直担负着戍边屯垦的繁重任务。从1765年组成锡伯营到伊犁辛亥革命，锡伯族一直是战时从征，平时生产，过着准军事化的生活。200多年来，为保卫边疆、平定内乱、抵御外侮、建设边陲做出了重大贡献。由于历史原因，东北锡伯族的语言文字、风俗习惯和当地的汉族基本相同；新疆察布查尔锡伯族则仍保持着自己的传统文化与习俗，同时又兼通汉语、维吾尔语、哈萨克语，曾用锡伯文编译出版许多文学作品，如《三国演义》、《水浒传》、《西游记》和《红楼梦》等，而且在文学创作方面显示出自己的风格特色。

清代的锡伯文学出现了一些著名作家作品，其中既有锡伯化的达斡尔族作家顿吉纳，也有锡伯族作家锡笔臣、文克津等，他们都留下了一些优秀作品供后世品读和传诵。

顿吉纳，黑龙江齐齐哈尔人，他虽然不是锡伯族作家，但却于1882年（光绪八年）三月随军进驻伊犁。伊犁安定后，从东北调来的军队都撤回原籍，顿吉纳因病而未能回去，从此留在了伊犁，长期与锡伯族生活在一起，不仅锡伯人民就连他自己也将自己视作锡伯人。他创作于20世纪的即兴之作《顿吉纳》，至今仍在锡伯人民中流传。这是一部触景生情的感怀述志诗，通过对自己身世、与锡伯族同胞共度西迁以及水磨沟秀丽风景的描写，抒发了作者浓郁的思乡之情以及面对现实所产生的复杂心情。顿吉纳在清末至民国期间创作的散文集《顿吉纳见闻录》（共五部）对于了解清代锡伯族的社会生活习俗、研究清代锡伯族的历史文化情况以及清代历史都有重要的参考价值。

锡笔臣，被人尊称为"锡老大人"，新疆察布查尔锡伯营堆齐牛录人（正红旗），是清末锡伯族著名作家之一。他关心社会公益事业，能够摒弃旧的思想意识，勇于接受新鲜事物，反对因循守旧，积极主张发展社会文化事业，提倡教授汉文化，注重新教育。他保留下来的叙事长诗《离乡曲》可以说是一部史诗性的作品，作者根据历史资料，力求全面翔实地描写锡伯族戍边迁徙的历史，并将之纲目分明地写在120行诗文之中，字里行间充满了历史气息。

文克津，被人们尊称为文公，锡伯营镶白旗（即五牛录）人，曾于咸丰初年，去辉番卡伦换防一任。在此期间写了著名的《辉番卡伦来信》。《辉番卡伦来信》是锡伯族著名的书信体文学作品。其中描绘了作者前去辉番卡伦途中所见大自然景色、人们的活动以及辉番卡伦的设置情况、形势、作用、官兵心绪、卡伦的历史等。语言凝练、优美、生动，韵律有致，如诗中有画，不仅具有较高的文学欣赏价值，还具有一定的史料价值，即通过它可以了解当时清政府所管辖的西部边界范围及卡伦换防制度等情况。从19世纪50年代开始，这篇散文就开始在锡伯营广泛流传，被锡伯族人民视为文学珍品。

清代还出现了一部书面文学作品《萨满神歌》，是经过漫长时间的口头流传以后，于1884年，由锡伯营正白旗的尔喜萨满附加上自己姓氏，记录成文字的。《萨满神歌》由九个部分组成："学萨满时的祷告神歌"、"祈请托里神歌"、"祈请金刀梯神歌"、"萨满端坐凳子之上哀求神歌"、"萨满立在门前祈祷神歌"、"萨满为治病事求告神歌"、"萨满设坛呼唤山羊之神歌"、"请神祇时呼唤神歌和萨满通过十八个卡伦神歌"。这不仅是一部古代锡伯文学的优秀作品，而且是一部研究锡伯宗教和历史文化的极为珍贵的资料。

另外，清代还出现了歌颂带领锡伯人民开凿大渠、引水垦荒的图伯特的三篇颂文，即：《正黄旗佐领德克精阿等献图公匾额及颂辞》、《锡伯营总管和特恒额等铭刻图公碑文》、《署锡伯营领队大臣喀尔莽阿祭图公文及颂辞》。这三篇散文不仅具有较高的文学价值，而且对研究图伯特其人和锡伯族人民戍边屯垦的历史具有重要的参考价值。

第二节　何叶尔·文克津

一、生平与创作

文克津（约1825—?），姓何叶尔氏，人们又尊称文公，是锡伯营镶白旗（即五牛录）人，出生在一个农民家庭，从小聪明好学。18岁时，照例经牛录档房和总管档房的骑射考选，他成为一名"伍克辛"（披甲）。从此，他开始了到牛录或总管档房当差的生涯。在这期间，他一方面利用工作之便，深入社会各阶层，注意观察人民的生产和生活，增长社会阅历；另一方面他又发愤读书，不断增进知识，学习文学创作。据民间传说，在他当"伍克辛"的青年时代就"文名冠乡里"，写了不少文学作品，但遗留下来的却不多。由于天资聪明，进取心强，到了清道光末年，他就升为侍卫，并于咸丰初年（作者25岁左右）到辉番卡伦换防一任。《辉番卡伦来信》就是他在此期间写给锡伯营同事的书信体散文。

《辉番卡伦来信》是著名的书信体文学作品，作者虽然只是叙述途中所见大自然的美景、人们的日常活动和辉番卡伦的设置、历史等一般情况，但是，由于作者使用的语言极为简练、优美、生动，使作品具有较高的艺术性，从19世纪50年代开始在锡伯营广泛流传。过去没有译成汉文，新中国成立后，锡伯族老诗人管兴才曾试译过一次，但未见发表。直到20世纪80年代由新疆社科院肖夫同志译成汉文刊行。

二、思想内容

（一）按照时间顺序，作者生动形象地叙述了自己换防途中的所见所闻所感，即对辉番卡伦所处的地理位置、军事位置，卡伦的内部结构，周围的人文景观（瞭望台鄂博、寺庙，军民栽下的树木等）和自然风光进行了生动形象的描述，表现出锡伯军民以驻守卡伦、保卫边疆、兴修水利、开荒造田为天职的爱国主义精神，刻画了一位忠诚踏实、忠于职守、廉洁自律、勤于学习的卡伦侍卫的自我形象，抒发了作者浓郁的思乡之情和对同胞亲友的深厚感情。

（二）对卡伦和寺庙的详细描写，使我们对清代的卡伦和锡伯族等军民信仰佛教的情况有了深入了解，同时也可以看出戍守卡伦官兵生活条件的艰苦。作者刚抵达辉番卡伦时，先对卡伦和寺庙的位置作了简单的介绍，接下来就对它们进行了详细地描述，文中写道："环顾院中，正中有平房三间，谓之噶賫达住室……两旁有索伦官兵住房二间，东西两翼盖有马厩。大门内侧，各有一间平房，此乃厄鲁特营士兵之住所也……入门而视，房屋隔作三间，西北盘炕，愈显得狭小，好似鹊鸠之窠；里间门侧壁上，线穿数十木牌，悉书月日之数，心知计日之用。北墙上方还钉有木板一块，充作存放文书档册之架；地下盘有泥土火盆，烟熏屋顶如漆，气味袭人。"正是在这样简陋的条件下，官兵们仍然尽心尽职，守卫卡伦。另外从寺庙的描写中，我们也不难看出卡伦官兵信仰佛教的情况，文中写道："庙堂之内供奉'三世降魔大帝'与'威灵镇远天神'；两侧尚祭有山神、土地神、路神、龙王、火神、马神和班第祖师等诸神灵。"

（三）反映出锡伯文化、汉文化和维吾尔文化交流的情况，显示出锡伯文化的开放性和包容性。伊犁是一个多民族杂居的地区，各个民族之间文化交流的情况在文中也有体现。首先是锡伯文化和汉文化的交流，体现在文中所引用的汉文诗句以及运用汉文典故中，如诗句"慢马春愁压绣鞍"，对联"一心成良谋，千里建奇功"等，文中还运用了汉董宪勇士和战国勇士孟賁的典故。另外，锡伯文化和维吾尔文化的交流，文中所用"博斯塘"一词即是维吾尔语，意为"绿洲"。

（四）具有研究清代伊犁历史的价值。作者在路上行至拱宸城时写道："因是偏僻屯镇，投靠无所；区区郊市，饭馆亦难相寻。"由此可知，作为清代伊犁九城之一的拱宸城在当时是比较偏僻落后的。作者在文中所提到的策齐、齐齐罕、萨玛尔、图尔根等牛录，曾由索伦营各牛录军民居住，是祖国的锦绣河山。

1881年，沙皇俄国吞并中国巴尔喀什湖以东以南伊犁河之中下游大片领土，本文就是这一历史的见证。

三、艺术特色

（一）语言优美，文笔流畅。本文是一篇语言优美的书信体散文，作者用生动细腻的语言描述了赴辉番卡伦换防途中的见闻和感受，让读者有置身其中之感。写到途中美景时，用四字句型铺陈开来："山川秀丽，漫吐芳艳，林木青青，点缀春色，兔玩于野，雉鸣林间，和风拂面，舒展愁肠，莺声悦耳，俾解离骚"，除了令人联想起《诗经》的语言外，还给人以整齐清晰的美感。

（二）充满诗情画意。景物描写是本文的一大亮点，第二段中的"人行谷底，宛如坐井观天；或登高岗，犹如人在画中"两句，充满诗情画意，作者并没有单纯写景，而是寓情于景。在描写树木丛中的难行之时，作者联想到"从树木丛中穿过，虽汉之强项令亦要低首，拨开树木寻道而行；既周之孟贲亦得左顾右盼也"。

（三）全文层次分明、详略得当。作者告别亲友之后，开始向辉番卡伦方向出发，一路上经过很多地方，因其不太重要，作者都是一笔带过，"躜行不止，经过察罕乌苏、一间房、紫泥河、广德桥，始抵拱宸城"，"在城垣东北角，有阿里木图、柯两个牛录；西南方向，又有富色克、霍尔果斯等旗在焉"。但是当写道卡伦和寺庙时，作者对其进行了非常详细的描写，大到庭院布局，小到室内设置都一一描述。且层次清晰，让人一目了然，显示了作者深厚的写作功底。

第三节 顿吉纳

顿吉纳，（1845—1919年）原名德海，姓刚，达斡尔族，黑龙江齐齐哈尔人。1863年（同治二年）跟随吉林金顺将军入关到内地作战，于1882年（光绪八年）三月进驻伊犁。伊犁安定后，从东北调来的军队都撤回原籍，顿吉纳因病而未能回去，从此留在了伊犁。

从《顿吉纳见闻录》中可知，他七八岁时入学，学习满文，到13岁已熟练掌握满文后开始学习汉文。后来，他开始阅读汉文版和满文版的中国古典名著，表现出较高的翻译能力。他17岁时任披甲，转战陕甘宁等地。因病留在伊犁后，孤苦伶仃。为了生存，他只好隐瞒自己的旗人身份，在绥定、固尔扎等地打工挣钱作为自己的衣食费用。顿吉纳在锡伯族中生活了大半辈子，与锡伯族人民关系密切，他也将自己视为一个锡伯族人。到了晚年，他完全变成一个锡伯化的达斡尔人了。

一、顿吉纳的诗

20世纪初，顿吉纳自惠远驻防地南渡伊犁河来到锡伯营镶黄旗（一牛录）和正白旗（三牛录）。时值西迁节，两牛录军民在一三牛录风景区水磨沟聚会，共庆佳节。顿吉纳的到来更添喜庆气氛，大家共叙离情别意，畅谈两地同胞的情况。在酒兴意浓之际，年已古稀的顿吉纳见到天各一方的同胞兄弟，思绪万千，伤感和喜悦同时涌上心头，诗兴大发，在同胞面前即兴写下了他的代表作《顿吉纳》。

《顿吉纳》是一部触景生情的感怀述志诗，通过对自己身世、与锡伯族同胞共度西迁节以及水磨沟秀丽风景的描写，，抒发了浓郁的思乡之情、对人生无常的无奈，对已逝去的峥嵘岁月的眷恋之情，其思想内容主要表现在以下几点：

（一）开篇用精练的语言交代了作者的身世和来伊犁的原因。顿吉纳本是远在东北的黑龙江齐齐哈尔人，为何来到了祖国西北的新疆伊犁呢？诗歌在一开篇对此进行了说明："生在齐齐哈尔的顿吉纳，是长在清朝时分的人哟！情愿从军东奔西跑，来到这天涯海角。"仅四句诗让我们明白了作者是为了从军而背井离乡，这就奠定了全诗的感情基调。

（二）描绘了水磨沟的自然美景和作者融入这美景之中的思想感情。作者在描写水磨沟的自然美景时，注入了自己深厚的感情。自己已年迈，不可能再回到日思夜想的东北故乡了，在伊犁生活了大半辈子，也将是自己的终老之地了，这是第二故乡啊！作者满怀深情地描绘此处的美景："霍吉格尔布拉克这地方哟，清澈的泉水处处欢腾。洪海山谷的雪哟，渗透在肥沃的田野上。""此处树木成荫、幽雅静致，青草绿水，风景多么诱人"。此时此刻，面对如此美景，和同胞们一起开怀畅饮，还有什么可值得忧愁呢？

（三）在异乡遇同胞，倍加思念故乡，却因年迈而不能回，表现了作者对命运如此安排的无奈之情。"每逢佳节倍思亲"，作者于西迁佳节之际来到这里与锡伯族同胞共度，怎能不思念远在东北的故乡和亲人？当提到家乡时作者写道："啊，美丽的故乡，你留在遥远的天外，思念你只有把身心损害。"思念家乡以致将身心损害，如此感情，怎不令人动容？作者因此对命运发出了追问："目睹了同胞们落得的情形，难道这就是奈何不得的命运？是上天赐给了这般处境，难道这就是改变不得的缘分？"虽然如此，却也无法改变这样的现实，只好听从命运的安排了。

（四）表达了作者乐于接受现状的豁达心胸。作者没想到自己参军转战到伊犁，当年因病没能随军撤回东北故乡，在这里一住就至日薄西山。美丽的故乡留在了遥远的天外,到了这般模样也不能回去探望,纵使质问命运的安排也无法抗拒这变化无常的人生。既然是这样,"未来的事情也由它去吧,又何必要把心血耗费""别再想得那么深远,因为无法忍受剧烈的心酸。也用不着思索什么,何必自取心烦意乱?"今日有幸和同胞一起欢聚,至死也无挂念了。

(五)对以往金戈铁马峥嵘岁月的追忆。作者是一名军人,从18岁起就开始了戎马生涯,转战南北。那段金戈铁马的峥嵘岁月变成了心中永远的回忆。今日已不再年轻,"前边经历过的风风雨雨啊,愿它化为动人的歌声"。那些年少时驰骋疆场的豪情壮志,在岁月的流逝中升华为动人的歌声,回首时,一切都已非往昔,只有这歌声时时在心中响起。

二、顿吉纳的散文

20世纪80年代,我国学者在新疆伊犁察布查尔县发现了顿吉纳遗留下来的见闻录手抄本。书中记载了许多有史料价值的清代伊犁地方见闻,经过专家认真筛选后,整理成《顿吉纳见闻录》(下简称《见闻录》)于1989年由新疆人民出版社出版。《顿吉纳见闻录》系满文手抄本,现已搜集到六册,各册内容并无有机联系,也无时间顺序,为引录方便,我们临时给它们编个册序,并按实有页数编码,以供查对。六册分别为:第一册:黑龙江省齐齐哈尔城顿吉纳记写的书;第二册:无封面,无标题,有题记。题记写道:昔,清朝光绪八年三月十三日,吉林省金(顺)将军率领大军进驻伊犁时,黑龙江省齐齐哈尔城达斡尔人顿吉纳来到伊犁,未能返回原籍。在烦恼忧虑之际,为了安慰自己,我记下了自己的所见所闻。顿吉纳我18岁离开家,在内地各省与贼作战百次,其后来到伊犁,不觉已将近20年。第三册:顿吉纳抄写的记录自己所见所闻之书;第四册:顿吉纳抄写的所闻所见之书；第五册：封面和开头几页都缺，无标题；第六册：清朝同治初年至金将军进驻伊犁前后情况概述（本书前后都缺页）。

根据《顿吉纳见闻录》我们得知，顿吉纳本名叫德海，只因他从小就特别喜欢听老人说旧闻讲故事，便以顿吉纳自名（顿吉纳 Donjina 为满语，本义是喜欢听故事的人，引申为见闻广博者），并到处搜寻奇闻逸事，一一记录下来，这是他写《见闻录》的第一个原因；第二个原因是他早年曾立志干一番大事业后衣锦还乡，无奈生不逢时，壮志未酬反而流落到万里边疆。对此他始终无法接受，加之晚年思乡心切，对已故朋友的怀念不去于心，所以他要顽强地表现自己，让后人知晓他们的见闻经历。于是几历寒暑，日积月累，形成了我们今天看到的《顿吉纳见闻录》六册（也许不止这六册）。其思想内容和艺术特色主要表现在以下两点：

（一）记载了自己的身世经历，在东北故乡、军旅生活中的奇闻轶事，以及驻留伊犁期间许多有史料价值的历史事件。顿吉纳在《见闻录》中叙述自己身世经历的地方最多，几乎每部开头都要首先讲讲自己的身世和来伊犁的原因。其次，记载了诸如旗人轶闻、关内故事、人鬼同斗、东北民间流传的"北斗七星"等故事在内的一些异闻奇事。这对研究清末民初锡伯族的社会习俗有一定参考价值。再次，详细记载了从同治初年伊犁战乱至清朝末年期间，一些较大的历史事件的经过和主要人物的事迹。其中许多内容为汉文历史文献和满文档案所阙载，显得尤为珍贵，这是《见闻录》中的重要部分，也是其价值所在。

（二）在记叙中穿插作者对时局的分析以及对一些历史事件的感怀议论。

作为一个有才华、有见地的"锡伯族"诗人，顿吉纳在《见闻录》中融入了自己大量的议论。这些议论主要表达了作者忧国忧民而又无能为力、老当益壮而又力不从心的复杂的思想感情。他虽然年老，但又不甘于老而无为，总想有所作为以不负此生；改朝换代后，他又念念不忘清朝的盛世皇恩，流露出他对满洲贵族、八旗子弟腐败无能的怨恨情绪；面对新的朝代和变化的形势，勉励后代要自强不息、学习先进以求得生存发展等。当然，受时代的限制，他的思想中也有深深的旧时代的烙印，这决定了他不可能同情农民起义、拥护革命，对此，我们要用马克思主义的历史唯物观来具体分析。

第四节　锡笔臣

锡笔臣（1842—1909）原名锡济尔珲，字笔臣，卦尔佳氏，被人尊称为"锡老大人"。新疆察布查尔锡伯营堆齐牛录人（正红旗），是清末锡伯族著名作家之一。1906年曾任伊犁索伦营领队大臣，被授予"副都统"衔。他从小入义学，勤奋好学，掌握了满文；18岁当差后通过各种渠道学习汉文，到晚年，更是埋头书斋，博览群书，潜心修学，广泛接触社会各阶层人物，关心社会事业，能够接受新鲜事物，摒弃旧的思想意识，反对因循守旧，积极主张发展社会文化事业，提倡教授汉文化，注重新教育。

1883年从锡伯营移补伊犁新满营后，他加强了对汉语的学习。由于他的汉文水平较高，他被历任执政的伊犁将军所赏识。他曾长期担任伊犁将军衙门文案处文案总办。在职期间，他秉公办事，一心为民，没有参与清末的明争暗斗，从将军到领队大臣，对他都非常敬重。他利用自己在将军府的有利条件，与锡伯营的色布希贤一起专心发展锡伯族教育。他自筹资金招募许多锡伯族有志青少年在身边，亲自为他们传授文化知识和他的教育思想。他培养的学生，曾经在伊犁将军衙门、新满营里担任过许多重要官职，而且大部分廉洁奉公，关心民事，受到老百姓的拥护；有些学生为发展锡伯族文化教育事业，传播反封建思想起到了重要作用。在他的晚年，他内无积蓄，外无产业。病故之后，没有一件值钱遗物，只是在他枕头底下寻出遗留的九两票银，可见他是一个清官，连后事也是靠当时的伊犁将军广富出钱办理的。于1917年创立的四牛录学校为了纪念他，将这所学校命名为锡公学校，将其肖像悬挂于教室墙壁之上。锡笔臣生前用汉文创作过许多文学作品，但保存下来的不多，幸存的遗作只有一部《离乡曲》。

《离乡曲》是一首锡伯族的叙事长诗，成文年代无从考察，但根据作者所写的"百有余年到此时"一句和诗的风格来分析，约成文于锡氏的晚年，也就是左宗棠收复伊犁，人民生活趋于安定之时。本诗主要叙述了18世纪60年代初，世居东北地区的3000多名锡伯族军民，义不容辞地应清政府的征调，肩负屯戍祖国西北边陲的神圣义务，由清政府的第一首府——盛京（今沈阳）出发，跋涉万里，饱经千辛万苦，迁徙到新疆伊犁地区安家立业的历史。这次西迁，在锡伯族历史上，谱写了一部可歌可泣的壮丽的历史篇章。

《离乡曲》是一部记叙有实、有据的不朽史诗，这是作品最重要的价值所在。作者根据历史资料，力求记史全面、翔实，将一部锡伯族戍边屯垦迁徙史，纲目分明地写在120行诗文之中。从族源到第一次、第二次迁徙，再根据锡伯族从祖国的东北迁徙到西北边疆的历史发展顺序，比较贴切地记述了其全过程，使《离乡曲》的字里行间充满了历史气息。其思想内容和艺术特色主要表现如下几点：

（一）按时间顺序，叙述了一部分锡伯军民西迁到新疆伊犁的整个历史过程，歌颂了锡伯军民西迁的爱国主义壮举和以爱国主义为核心的西迁精神。长诗从锡伯族的族源开始叙述，开篇就告诉我们："人生不可忘根源，苦尽甜来自有天；说起我们锡伯来，本是满洲出白山。"为我们交代了锡伯族的发源地、族源。在交代第一次和第二次南迁时写道，"太祖高皇都盛京，吉林安插锡伯营；世祖章皇多有道，沈阳分驻十三城"。到后来，乾隆二十九年，又奉命西迁至伊犁，"平定新疆安兵勇，命我锡伯边庭守"，从此告别了家乡。然而面对这样的生离死别，无论是被选调西迁的还是留在故乡的人们无不心碎。这样的离别，恐怕是别后生死两重天了吧，但是"圣旨煌煌不敢留"，于是"父子兄弟难分离，姐妹妯娌不忍离。娘哭子来子哭娘，家家悲凄实堪伤"、"收拾行装要出关，哭哭啼啼泪如泉；同说死别还好受，这回生离实在难"。为了保卫祖国边疆，英雄的锡伯军民只好"报国不能报高堂"了。"历过千山与万水"、"牛也疲乏车也残，人都饥饿病难安"、"山路崎岖车乱颠，赶车人儿好熬煎"、"登山涉水更心忧，老牛车偏遇石头；儿女翻在车厢里，损腰折腿血交流"，最后终于到达新疆伊犁，开始了戍边屯垦的生活。长诗通过对西迁途中经历的艰险以及戍边屯垦的描写，热情歌颂了锡伯军民为了祖国而背井离乡至伊犁的爱国主义精神。

（二）讴歌了锡伯族军民西迁以后戍边屯垦的业绩。锡伯族军民西迁到伊犁后，清政府不再供应粮食，为了生存，为了为戍边打下坚实的基础，锡伯人民"当差应役学弓马，开田种地结茅庐"。在最初的那些日子里，没有粮食，"幸有一道伊犁河，天生鱼虾开网罗，捕鱼为食人欢乐，圣仁宽大育物多"，就是在这样的条件下，锡伯军民开始了他们戍边屯垦的历程，为祖国边疆的稳定做出了巨大贡献。

（三）第一次用诗歌形式表现锡伯族悠久的历史，尤其是西迁壮举及以后戍边屯垦的生活。西迁的历史在锡伯族人民中人皆知，但之前没有人用诗歌形式将其记录下来。对于这个伟大的历史事件，为了"辛勤传与后人知"，使它永远留存在历史的画卷里，锡笔臣先生用热情豪放的笔调热情讴歌了这一壮举，包括西迁的全过程及来到新疆伊犁后的戍边屯垦生活。因此，这是富有开创性的一首长诗。

（四）运用现实主义手法，对西迁历史作了真实描绘。长诗用现实主义的手法，对西迁的过程和后来的戍边屯垦作了真实描绘，真实再现了西迁途中所遭受的苦难以及最初定居伊犁几年后的苦难生活。在表现西迁途中所遭受的痛苦时，长诗写道："山路崎岖车乱颠，赶车的人儿好熬煎；妇女嚎啕牛不走，铁石人闻也见怜"、"嗳哟苍天快显灵，保我儿女到边庭；纵然受了伤与病，哪有医药来调停"。在伊犁定居几年后，长诗写道："男理外兮女理家，锡伯渐渐有生涯；丰年好过凶年苦，鹑衣鸠面实堪嗟"，就是在这样艰苦的条件下，锡伯军民克服千难万苦，揭开了戍边屯垦的新篇章。

第五节 《萨满神歌》

《萨满神歌》用锡伯文抄录，分两册函装，书函及书的装订虽手工制作，但十分讲究；字体又工整清晰。用纸是俄国造的白细纸，纸上多处有俄文钢印。书的规格为18厘米×9厘米，124页，每页14行字。现保存在察布查尔锡伯自治县依拉奇牛录南金保手里，是他的曾祖父尔喜萨满于清光绪十年十一月（1884年）手抄的。尔喜萨满生于1866年，卒年不详。他18岁开始学萨满，培养过乌珠牛录帕萨满（1956年去世），而帕萨满又培养了乌珠牛录著名的女萨满——"赫赫萨满"（1976年去世）。

《萨满神歌》久为人知，但是除保存者外，长时期谁都没见缮写本。因为尔喜萨满的后代一直恪守其前辈"不可轻易传人"

之重嘱，南金保的父亲去世后才渐渐被人所知。

《萨满神歌》还有一个副本，但内容上较略，现保存在察布查尔锡伯自治县乌珠牛录富清"萨满"手里。富清在乌珠牛录赫赫萨满学了几个月"法术"，这部副本是她传给他的，赫赫萨满的师傅是帕萨满，副本又是帕萨满传给她的。而帕萨满正是《萨满神歌》的抄录者尔喜萨满的徒弟，副本是尔喜萨满授给帕萨满的。因此，现在的《萨满神歌》和副本《萨满歌》出自一人之手。据有关人员查对，字迹确属一人。

《萨满神歌》并非一时成书的作品。根据其内容来分析，它的基本框架早在锡伯族西迁之前就已形成，只是各姓氏萨满在唱祷时填补了各自姓氏的成分，使之似乎成为某一特定姓氏（扎斯胡尔氏）萨满的神歌。但纵观整个《萨满神歌》的内容，如祈告、祝赞、祷告和治病时之祈祷等内容，基本框架确是一致的。由于随着时间的转移、地域的变迁，也由于祈祷者姓氏不同，其内容都得到不断的充实修改。因此，对《萨满神歌》的产生，推定确切的年代，是一件困难的事情。也许我们可以这样定论：现存的《萨满神歌》手抄本经过漫长时间的口头流传以后，于1884年，尔喜萨满才附加自己姓氏的内容，记录成文字的。

一、主要内容：

《萨满神歌》手抄本有两册组成，第一册名曰《祈告、祝赞、祷告神歌》；第二册曰《治病时送巫尔虎之神歌》。在锡伯族民间，将其两册"神歌"俗称为《萨满舞春》（《萨满歌》）。为了方便起见，这里采取了民间俗称。

《祈告、祝赞、祷告神歌》是《萨满神歌》之最重要的部分，由九个部分组成：《学萨满时的祷告神歌》、《祈请托里神歌》、《祈请金刀梯神歌》、《萨满端坐凳子之上哀求神歌》、《萨满立在门前祈祷神歌》、《萨满为治病事求告神歌》、《萨满设坛呼唤山羊之神歌》、《请神祇时二神呼唤神歌》和《萨满通过十八个卡伦神歌》。在第九部分之后附有七条有关萨满祈祷用名词解释、一段有关本书的嘱言、那拉等氏族萨满简况、萨满上刀梯图示、萨满送巫尔虎之方式和十一条萨满护身咒语。

《祈告、祝赞、祷告神歌》之第一部《学萨满时的祷告神歌》，是萨满歌的开场白，目的是祷告"上苍"、"众神灵"，陈述本姓成员，某人将要学萨满神术，求之保佑成为一个好萨满的要求，例如，歌中唱道：

将此那拉一族的，

属龙的后裔，

因为他血缘纯洁，

骨本又很白净，

若蒙上苍爱怜，

可以提拔，

祈望众神灵，

赐授他神术，

在下告本源，

留下姓和名。

第二部，《祈请托里神歌》。托里是锡伯族萨满的护心镜，用黄铜铸作，佩带在萨满胸前。从锡伯族现存的护心镜来看，最大的直径有 27 厘米，最小的有 8 厘米。镜面光滑照人，背部有铜纽，纽上有孔，共穿绳用。护心镜在萨满教活动中有两种作用：一是起照射妖魔鬼怪使之恐惧的作用；二是萨满同众鬼怪"搏斗"中，起护心作用。护心镜是师傅授予徒弟的。没有取得护心镜的萨满被认为是不高强的萨满，被称为"布土萨满"（意为暧昧的萨满）。其授予方式是：当徒弟上刀梯成功以后，师傅当着众人面，将事先准备好的托里取出来，在山羊血里浸一下授给徒弟。从此，该徒弟可以独立地进行萨满活动了，人们也视他为"依勒土萨满"（意为公开的萨满）了。歌中唱道：

去求告伊散珠妈妈，
给那拉氏族，
属龙的后裔赏赐（托里）吧！
祈告三位萨满呀，
让其得成正果，
赐予属龙的男儿吧！
使得众人信服。
挂在他脖子上，让他佩在胸前吧。

第三部，《祈请金刀梯神歌》。大体上是萨满师傅求告神灵，让自己的徒弟安全上刀梯，取得正名，传誉人间。刀梯，锡伯族称"查库尔"，是用马刀、侧刀等扎成的梯子，少者18级，多者49级，一般为25级，梯高平均达十几米。

上刀梯是锡伯族萨满独具的仪式。在锡伯族萨满教里只有上刀梯获得成功的人，方被公认为高强的萨满，而没有上刀梯或上刀梯没有成功的人，公众则不认为是"名正言顺"的萨满，他们在萨满教活动中只能给公认的萨满当二神（扎里），他们没有单独跳神治病的权力。

萨满师傅在培养徒弟时，把上刀梯始终作为最重要的内容来对待，在举行上刀梯仪式之前，极力祈求众神灵，保佑自己的徒弟安全过此难关。例如，在本部歌中唱道：

请在鲜血中验明啊，
请在白汤中淬砺，
请骑在沙尔旦驼之背呀，
请稳坐在雪白的白牛之背。
将去天涯海角呀，
把那金刀梯寻觅。
将在那日月之间呀，
树立起攀登连梯。

将那拉氏族的,
属龙的后裔,
扶上金梯吧,
抬上银梯吧。
让其安稳地跳下呀,
让其在阳间传誉。

第四部,《萨满端坐凳子之上哀求神歌》。这是萨满师傅给徒弟初次穿神服时的祈告歌。在锡伯族萨满教里,给徒弟初次赐授神衣也要举行一次隆重的仪式,目的是求得公众知晓。在举行仪式时,师傅要和二神一起唱神歌祈告众神灵:

向众佛祝祷呀,
复向诸崇神祝祷。
我们那拉氏族的,
属龙的男子有缘分,
今被选为萨满,
来学这神术。
将那神裙来系上,
将那铃裙再围上,
披挂上金腰铃呀,
又将神帽戴上。
佩上银托里呀,
将手中神鼓敲响。
将那方正的场子走遍呀,
又将四个角落环绕。

没有取得依勒吐萨满称号的人,在萨满教活动中,不能坐凳子,也不能骑马,而必须站着陪师傅,或直接坐于地上吟歌相和。故他们也被称为"雅法杭阿萨满"(意为步行萨满)。

第五部,《萨满立在门前祈祷神歌》。这是萨满徒弟经过上刀梯仪式之后，萨满师傅领之挨门挨户跳神之歌。举行这一仪式之意是让"尚未告知"的人们认识这位萨满，告诉大家他已遵循众神灵的意志，称为一个名副其实的萨满。其仪式是这样的：萨满师徒二人都着神衣神帽，手持神鼓，在每一家大门口都跳一会神舞。主人们听到鼓声都要出来观光。按惯例，每家为了表示对神祇的虔诚心意，给他们一些麦子、玉米、钱等。锡伯族称此为"收布佐"。师傅在主任面前边跳神边祈告：

已在鲜血中验明了呀，
早在白汤里淬砺了，
已骑在沙尔旦驼之背了呀，
早乘在白牛背上了呀，
已领承萨哈连乌拉之祭呀，
又负起了索罗火之神祇。
到众人的门前呀，
挨门逐户去乞求。
为了何故去乞求呀？
是为一小小的孙儿呀。
能为众人做好事呀，
能在阳间传誉。
身附众神祇呀，
治愈众病疾，
没有些许差池。

第六部，《萨满为治病事求告神歌》。这是萨满开始跳神治病时所唱的祈告神歌。意在禀告有关神灵，自己要跳神治病，祈求帮助和保佑他治好患者的疾病。在歌中前后呼唤了很多神灵的名字，例如："八百里之外的萨尔图们"、"久坐宝座上的哈尔图们"、"六位巴克西"、"松花江的巴朱鲁"、"伊石哈河的查朱鲁"、"鬼婆"、"夜叉"、"罕之精灵"、"佛多霍玛法"、"苏鲁妈妈"、"班达妈妈"、"希林妈妈"、"海尔堪玛法"、"盹依妈妈"、"阿里巴卢"和"八座神庙"。这些神灵都是锡伯族萨满们供奉的神灵。

第七部,《萨满设坛呼唤山羊之神歌》。这是萨满徒弟上刀梯取得伊勒吐萨满称号之后,举行的"山羊宴"(锡伯族称为"举山羊之宴")。在仪式上师傅着神服,手持神鼓,在二神和徒弟的配合下,边唱神歌边跳神,并乞求众神灵光临"喜筵"。

在萨满场院里的萨尔图们呀,
在十八座高台上的巴尔图们,
神祇章京萨尔图们呀,
喜筵之中的哈尔图们,
承受交付的后裔呀,
备办了这个盛筵;
在羊圈中喂养的呀,
肥嫩山羊之筵,
在家中喂养的呀,
新鲜山羊之筵,
在这供奉的筵上,
请诸位光临吧;
在这进献的小筵上,
从云雾中下来吧;
在这喜筵上,
欢欢喜喜光临吧!

接着,唤请了20余位神灵。它们是:"依兰恩杜里格格"、"布尔堪巴克西"、"沙拉巴克西"、"德巴克西"、"乌拉巴克西"、"伊散珠巴克西"、"扎成萨满"、"德成萨满"、"叶成萨满"、"比嫩塔斯胡里祟神"、"扎宾祟神"、"穆舒鲁祟神"、"阿琪祟神"、"善琦祟神"、"雄虎祟神"、"额依嫩德德祟神"、"雅尔哈祟神"、"岱木林祟神"、"萨哈连祟神"、"库鲁鲁祟神"、"阿玉鲁祟神"、"安初兰祟神"、"溫黑祟神"、"色类章京"、"树鲁鲁祟神"、"爱杜罕祟神"、"尼胡里祟神"。有的是自然祟神，有的是动物祟神，多数是祖先祟神。

第八部，《请神祇时二神呼唤神歌》。这是第七部《萨满设坛呼唤山羊之神歌》的继续。萨满师傅请进巫出固（入神）之后，他就躺在地上昏昏欲睡，这时，二神边击神鼓边跳着唤请众神灵附师傅之身，以求尽快解除患者的痛苦，例如，歌中唱道：（衬托词略）

　　从伊吉力河岸边，
　　从伊散珠妈妈的场院里，
　　在这丰盛的筵席上，
　　下来光临吧；
　　在色胡里岭上，
　　下来光临吧。
　　从色混塔拉，
　　环绕着下来呀；
　　黄虎的原身呀，
　　向我族挑选的人儿，
　　冲着下来呀。
　　在这寒舍之中呀，
　　从今以后呀，
　　求平请安呀，
　　全靠神祇相佑。

第九部，《萨满通过十八个卡伦神歌》。这是萨满徒弟上刀梯取得伊勒土萨满称号之后举行的又一仪式。也是徒弟经过的最后一关。

通过十八个卡伦仪式，晚间在徒弟家举行。仪式开始，师徒在漆黑的房间里，面对面坐于北炕，师傅便把徒弟的情况祈告给众神灵，其大意如下：某某氏族某属相的后裔，以承受先祖的宠爱，被物色为萨满，现在从这陋室走出，迷迷糊糊向前走，祈告众神祇，给他指明前进路途。接着，徒弟就吟事先背得滚瓜烂熟的"萨满通过十八的卡伦神歌"，通过师徒一问一答形式，有师傅"领"之——"通过"各有祟神"挡道"的"十八个卡伦"。

关于这一仪式的内容，徒弟只能用心去体会，否则，无法用实际行动去实践，因为，锡伯族萨满教虚幻的东西都集中到这一仪式的内容里，师傅说的十几个甚至几十个祟神，徒有其名而不见其形。每个卡伦上来"挡道"的神灵，只要师傅的一句话就乖乖地"让道"放行了。诸如此类，无不都是虚幻的。因此，这一仪式只不过是师徒间信赖神往的"吟歌"仪式罢了。接着用很大篇幅唱"通过"各有一至数个神灵挡道的十八个卡伦的经历。在萨满师傅的"导引"下，他们都未能阻挡住徒弟的去路：第一个卡伦，走到"尼混塔拉"，有6只恶狼，即尼胡里祟神挡道。第二个卡伦，走到"萨哈连布占"，有5头野猪，即艾吐罕祟神挡道。第三个卡伦，走到一条"大河旁"，有4匹野马，即苏鲁鲁祟神挡道。第四个卡伦，走到"一座大山前"，有一位骑白马披挂弓箭撒袋的人，即色类撒音章京祟神挡道。第五个卡伦，走到"富拉混塔拉"，有一位骑白马披挂弓箭撒袋的人，即温黑撒音祟神挡道。第六个卡伦，走到"乌里毛布占"，有一只神鹰，即安初兰祟神挡道。第七个卡伦，走到嫩江，有一浑身黄毛的怪物，即阿玉鲁祟神挡道。第八个卡伦，走到"重阔阿林"前面，有一个满头黄发的人，即库鲁鲁祟神挡道。第九个卡伦，走到"索混塔拉"，有一个满头乌发的人，即萨哈连祟神挡道。第十个卡伦，走到"舒尔合毛布占"，有一只神鹰，即岱木林祟神挡道。第十一个卡伦，走到"色目里比拉"（色目尔河），有一只金钱豹即雅尔哈祟神挡道。第十二个卡伦，走到"叶胡里哈达"。有一位持矛的人，即额依嫩德祟神挡道。第十三个卡伦，走到"沙混塔拉"，有一头凶猛的老虎，即塔斯胡里祟神挡道。第十四个卡伦，走到"尼马兰毛布占"，有一位矮小的人，即善琦祟神挡道。第十五个卡伦，走到"色胡里哈达"，有一位手持大刀的人，即阿琪祟神挡道。第十六个卡伦，走到"顺扎舍里"，有一条长90丈的大蟒，即扎宾祟神挡道。第十八个卡伦，走到"伊吉里比拉"，有一头凶猛的老虎即比嫩塔斯胡里祟神挡道。

顺利通过十八个卡伦即十八道关后，师傅领徒弟进入有人把门的萨满场院。在萨满场院里又受到了两道大门、两个老虎祟神的阻拦，但在师傅的带领下，又顺利通过。徒弟跟随诸位神祇们进入里面观看，只见里面树起金刀梯，三位萨满在跳神。最后他去叩见伊散珠妈妈，她听取师傅的一番介绍之后，向三位萨满下达了旨谕："将此人的姓和名登记入册，归入档案。"并以右手摸徒弟的头顶（锡伯族称此仪式为给"阿底色"），又下了一道旨谕"可让他返回人间"。于是他被遣返到人间。至此通过十八个卡伦仪式就结束了。

在第九部之后，还有六个附录：一、七条有关萨满祈祷用名词解释。二、关于《萨满歌》的嘱言。三、那拉等氏萨满简况。四、萨满上刀梯图示。五、萨满送巫尔虎之方式。六、萨满护身咒语。关于《萨满歌》的嘱言说：

将此书世世保存，

切勿轻易传人。

虽授徒学法，

只传最诚实的一位，

勿传别人。

若非贤者，

万勿传授！

《萨满上刀梯图示》是锡伯族萨满教较珍贵的直观资料。它根据锡伯族民间的"萨满图"（亦称"萨满神像"。制作《图示》中间画有平视刀梯，梯级 25 级。刀梯左右两侧和从上到下分别写有日、月、吉朗阿妈妈（仁慈的女祖）、三位神格格、布尔堪巴克西玛法、顾兴阿玛法（仁慈的男祖）、伊散珠妈妈、安初兰、雅尔哈、阿琪、扎宾、萨哈连、穆舒鲁、岱木林、阿玉鲁、达玛法（始祖）、阿里玛法、萨满玛法、苏鲁鲁、库鲁鲁、尼胡里、色类撒音章京、温黑撒音莽恩、牛等各种神灵和祖先之名。

　　《萨满歌》的第二册是萨满为患者跳神《治病时送巫尔虎之神歌》。本册还有一个副标题，曰《萨满为治病事送三个白色巫尔虎之神歌》，本部没有分章，但它仍按萨满为人治病的前后顺序来唱的。开首唱道（衬托词略）：

在屋里炕上呀，
有亢奋的声音，
是萨满方士们的
堵截的声音呀。
在这斜顶屋里呀，
有吼叫的声音呀，
是高强的萨满们的
斗强赛胜的声音呀，
是刚强的萨满们的
征伐的声音呀！

　　这是萨满刚开始激烈跳神的情景。在萨满信念中，起初不给疾魔以下马威，往后就震慑不住魔鬼。故萨满开始时的神舞，来势非常凶猛。

　　接着，治病唱歌的是萨满哀求众神灵附身的情景：（衬托词略）

在这寒舍里呀，

诚心相邀呀，
在这方正的屋里呀，
谨慎相邀呀，
在这神奇的场院里呀，
腾跃翱翔吧。
就照背肩处，
悄悄附上吧。
将给这孙儿，
一起来出主意吧。
从十八个卡伦里，
走过来吧……

萨满把巫出固请来，便进入恍惚状态，过几分钟苏醒过来后，开始解释患者的病因疾情。治病歌用冗长的歌词叙述了患者的病因疾情。因篇幅关系，在此不赘述。

找到病因，萨满就做出和众病魔厮杀的架势：手拿神鼓，跳剧烈的神舞，大声喊杀，假装驱赶病魔。治病歌最后再现了这种情景。请看下面一段：（衬托词略）

把那逃出门的割下头来，
就在杜李树上挂起来吧！
从那杜李树上取下来呀，
送往那个归宿之处；
把那窗户上逃出来的割取肝儿，
在那岔路口上吊起来吧！
从那岔路口上分散开来，
送往那个法海之门；
把那大门上出逃的将肠子拉出来呀，
送往瓜园好好放下，
从那瓜园里收拾起来，

送往那个东海之界；
把那越墙而过的戳穿肚皮，
深深埋在甜瓜园里。
从那甜瓜园里收拾起来，
送往那个西海之界！
抛入扎昆舍里吧，
并搬动那八十斤磨石，
层层压在关节之上。

二、思想与艺术价值

《萨满歌》是一部极为珍贵的资料。在研究萨满教的起源、发展以及在研究锡伯族萨满教仪式内容和萨满教文化等方面都具有很高的参考价值。它对锡伯族古代历史的研究，也有不可忽视的参考价值。

萨满教是各民族处于原始时期中都可能产生的原始宗教，尤其是处在山林地区的狩猎民族当中更易于产生、发展。但较完整地保存其遗迹，以至于今仍可追求者不多。这正是其可贵之处。萨满教的中心思想是万物有灵论，认为世界上的任何东西都有自己的主宰（神灵），而萨满就是充当沟通众神灵和人类之间关系的使者。

萨满教的发展，从自然崇拜史，发展到祖先崇拜，这样，形成一个多神宗教。

自然崇拜的范围很广，包括日月、山川、江河、火、星辰、风雨、雷电、森林、天空等。认为它们各自都有其主宰神灵，人们一旦触犯它们，就要受到其惩罚。为此，一旦遭到天灾人祸人们就用祈告、祝赞、祷告、哀求的消极防御方式去对付它们。在它们无数次给人们的"惩罚"或"恩赐"的"事实"面前，渐渐产生了对它们的崇拜心理。可以肯定，萨满教的起源和自然界

（例如：山川和河流等）有直接的渊源。这在《萨满歌》中得到了淋漓尽致的反映。在《祈告、祝赞、祷告神歌》中提到了20余个山林湖河之名，例如，山名有唐努山、罕山、阿尔泰山、音登古林山、重阔山、崩阔山、叶胡里岭、色胡里岭。林名有乌里毛岭、尼马兰毛岭、杜李木林、萨满连林。河湖之名有嫩江、伊吉力河、伊石哈河、色木里河、松花江、阿尔但诺尔。还有三处泉：五泉、八泉、酒泉。

考察锡伯族历史，上述山林河湖，许多和古代的锡伯族有关。对处于混沌时代的原始狩猎民族来说，给他们提供果实、猎物的，无论是山林，还是河湖，都是他们崇拜的对象。尤其是阿尔泰山、罕山、唐怒山、嫩江、松花江等富庶的山河，更是他们顶礼膜拜的对象。

太阳给人类以光亮和温暖，月亮也给人以光明。日月经天，东出西落，日复一日，年复一年，始终如一，这对原始人类来说，确属不可理解。而不可理解者，也往往成为他们顶礼膜拜的对象。在《祈告、祝赞、祷告神歌》中的《萨满上道题图示》最上面就写有日、月，这表明锡伯族萨满教崇拜日月的礼俗。

图腾崇拜是在自然崇拜的基础上产生和发展的原始宗教形式。对北方民族，尤其是北方狩猎和游牧民族来说，他们的图腾崇拜主要表现为对动物的崇拜。如果再扩大其范围，可以包括植物和其他生物的崇拜。

锡伯族自古生活在东北山林山区，他们的大部分历史都表现为狩猎和游牧的经济生活方式，因此，动物一直伴随着他们的生活。到明末清初，他们的生产方式才起了变化，即由猎牧的生产方式转变为以农为主的生活方式。虽然改变生产方式已有几百年的历史，但是在他们的萨满教里仍保存了猎牧民族动物崇拜（图腾崇拜）的痕迹。在《萨满歌》中，前后出现了十余种动物崇神，例如：老虎崇神（塔斯胡里、这里又分为比嫩塔斯胡里和穆罕塔斯胡里）、狼祟神（尼胡里）、金钱豹祟神（雅尔哈）、野猪祟神（艾吐罕）、骆驼（沙尔旦驼）、蟒祟神（扎宾）、龙祟神（穆舒鲁）、雕祟神（岱林木）、鹰祟神（安初兰），等等。这些祟神出现时，基本上都带着人格化的形象。它们在各个"卡伦""挡道"时，萨满师傅哀求它们，让其徒弟"通过"。其中老虎在这些祟神中占着很重要的位置。例如，在《祈告、祝赞、祷告神歌》中，萨满"呼唤山羊"时，有两次都唤醒了虎神。对古代狩猎民族来说，对其生命安全的威胁莫过于来自凶猛动物的威胁。古代人类不仅防御能力弱，而且居住又分散，虎狼一类的凶猛动物经常侵袭部落居民。因此，他们往往把自己恐惧的动物加以神话并进行崇拜。后来，使这些和自己有关联的动物都成了萨满教的祟神。

祖先崇拜是人类对自身认识的开始，它使萨满教更丰富了自己的内容。祖先崇拜是原始人类的崇拜对象，由自然界回到了人间，为萨满教的定型打下了最后的基础。

在本《萨满歌》中，处处都可以寻见祖先崇拜的痕迹，例如，其中提到了数十个祖先神灵，他们是：伊散珠妈妈、布尔堪巴克西玛法、伊兰恩杜里格格（三位神姐）吉朗阿妈妈、顾兴阿玛法、玛法墨尔根、三位萨满、妈妈墨尔根、着勒玛法、达玛法、阿里玛法、玛法墨尔根、萨满玛法、阿玛墨尔根、爷爷墨尔根、色类撒音崇神、阿琪崇神、善琦崇神、库鲁鲁崇神、额依嫩德德崇神、苏鲁妈妈、希林妈妈、海尔堪玛法、豚依妈妈、玛法妈妈，等等。

伊散珠妈妈是想象中的锡伯族萨满教的祖师，在本"神歌"里，当萨满徒弟"艰难"通过"十八的卡伦"之后，最后还去她那里"报到"，有她亲自下旨谕，将他"登记入册，归入档案"，并"遣返人间"。纵观《萨满歌》，在众多神灵之中，没有比她更高强的。她实际上是萨满界的太上皇，掌握着至高的权力。希林妈妈是保佑人丁兴旺的神灵。海尔堪玛法即锡伯族男祖先的神灵。后来演变为保佑家畜兴旺发达的神灵。每家各户都立有它的龛位。平常在屋外西南墙角上订两个木桩放龛板，墙壁掏洞，上置一个木匣子（里有符书、泥塑或布做的人、布制马首等）。龛板上一般都放香炉。主人还举行隆重的仪式，把自己最心爱的马"献给"它，供其"骑用"，此仪式锡伯族称"栓马"。盹依妈妈即灶神，是专管炊事的神灵。

除此之外在本歌中出现的，像妈妈墨尔根、三位萨满、达玛法、阿里玛法、萨满玛法、阿琪、善琦、库鲁鲁、额依嫩德德、色类撒音章京、温黑撒音等都是某一特定姓氏的先祖或萨满师辈。他们在萨满教里，都成了萨满崇拜和供奉的神灵。萨满无论在呼唤崇神，还是在为跳神治病而祈请神灵时，都不会忘记唤请他们，而且，有时还把他们放到最重要的地位。

总之，古代锡伯族的自然崇拜、图腾崇拜和祖先崇拜的情况，在《萨满歌》中，得到充分的反映。

关于萨满教举行的各种仪式问题上，北方各信仰萨满教的民族都有所相同。但是，详尽反映其中任何一个民族仪式内容的资料和书籍，至今没有发现。锡伯族的《萨满歌》填补了这一空白。

《萨满歌》虽然以诗歌的形式记录了锡伯族萨满教的仪式内容，然而其详尽程度令人惊讶。它从学萨满时的祷告、报明姓氏身份始，经过祈请托里、上刀梯、呼唤众神灵俯身、通过十八个卡伦等，到领承众神灵意志，为人跳神治病止，仪式的发展络脉与锡伯族萨满的仪式经过一步不差。

锡伯族萨满教仪式，到了20世纪前后省去许多烦琐的部分而日趋简单化了。在《萨满歌》中记录的部分仪式内容，如"祈请托里仪式"、"祈请金刀梯仪式"、"萨满通过十八个卡伦仪式"等早已被遗弃。因此说，《萨满歌》是再现锡伯族古代萨满教仪式的最珍贵的资料。

萨满教在数千年的发展过程中,在北方各少数民族间,形成了各具特色的萨满教文化。这是值得我们深入发掘的民族文化遗产之一。锡伯族作为萨满教的数千年信仰者之一,在民间其文化痕迹尤为明显。综观其表现方式,有以下几种形式:诗歌形式、传说和故事形式、舞蹈形式和绘画形式,由于篇幅关系,这里只谈论与《萨满歌》有关的诗歌形式。

诗歌形式又分为口头形式和文字形式。口头形式部分都蕴藏在广大群众中间,并以民歌的形式表现出来,但他们并非过去萨满祝赞歌和祈祷歌的照搬,而是在此基础上有所创新,即添加了新的内容。演唱的曲调亦非仅有一种曲调,而是各有其独特的格式和韵律,其中有的曲调成了现代作曲家的创作基调,在此基础上创作出了人人爱唱的曲谱。近几年来锡伯族民间文艺工作者,在察布查尔锡伯自治县前后搜集了20余种萨满教口头诗歌和曲调。这些歌曲的演唱方式也多种多样,不仅在田间地头演唱,而且在喜庆之日也少不了吟唱几首。锡伯族口头萨满歌又分正歌和副歌,正歌由一人唱,副歌由众人和。正歌有实际内容,副歌无实义,是正歌的衬托词。

《萨满神歌》是锡伯族萨满教文化中诗歌形式之最珍贵的文字作品之一。它给锡伯族萨满教文化的研究提供了绝好的文字见证。它和满族的萨满教传说故事《尼山萨满》、蒙古族的《科尔沁萨满教诗歌》一样,应得到重视和研究。

《萨满神歌》在了解锡伯族古代生产形式和生活方式方面,也提供了非常可靠的资料。综观《萨满神歌》所显现的一切画面,给读者眼前映现的都是山脉、峻岭、森林、原野、河流、湖泊、雄虎、恶狼、野猪、牛马、骆驼、凶豹、鹰雕、弓箭、长矛等。其战斗情景表现出的也都是跳跃、呐喊、追赶、射放、刺杀等狩猎时的动作,萨满祈请的神灵大多数也和游猎的生产形式和生活方式有关。上述情况反映了古代的锡伯族是地地道道的游猎民族，他们主要生活在山林地区和傍水依河之地。

《萨满歌》对锡伯族古代历史的研究，提供了线索。歌中提到的罕山、绰霍尔嘎善、嫩江、松花江等都是古代锡伯族游猎、栖息过的地方。萨满呼唤的"索罗火之神"是古代高丽族崇拜的神祇。据史料记载，历史上高丽族的势力曾有过强盛的时期，在吉林、辽宁等地区占据了很大的地盘，该地区的许多少数民族都处在它的统治之下。高丽族不仅不满足既得领域，并且还不断向外扩张，以至使中原统治阶级受到威胁。在唐代，为了抑制高丽的扩张，唐政府派薛仁贵携兵去东北阻止高丽的进一步渗入。在对高丽的战争中，因兵力不足，薛仁贵派人到锡伯族（当时称室韦）居住区（绰尔河、嫩江流域）大肆征兵（参见《新唐书》卷二二〇）。结果由伊亲王（杨姓）、双亲王（关姓）、国亲王（苏姓）、多巡亲王（富姓）和一个白老将军（佟姓）率领上述五大姓之士兵，前来扶余、前郭一带助战。现在其五大姓锡伯仍居住在吉林省扶余县达户屯地区（据1959年肖夫同志调查）。这说明唐朝以后，锡伯族和高丽族有了频繁的往来，并接受了高丽神祇。（所引《萨满歌》由奇车山同志译）

第六节　图伯特纪念文三篇

图伯特（1755-1823年），姓觉罗氏，出生在盛京，在他10岁时（1765年）随锡伯族西迁大军同家人一起移居伊犁，被编入伊犁锡伯营正蓝旗（纳达齐牛录）。长大后历任领催、骁骑校、佐领、副总管，在副总管任上不到半年，即于嘉庆四年（1799年）破例补放锡伯营总管。当时，锡伯营军民经过30多年的生息，人口繁衍，原有土地已不敷耕种，土地碱化严重，粮食年年减产，同时锡伯营戍边驻防任务又重，无暇顾及生产，所以面临着衣食都将难以保障的严峻困难，加之很多人相信乾隆皇帝许过的60年期满后就可以返回东北故乡的诺言，听天由命、消极等待的情绪很严重。面对日益严峻的困难，图伯特以政治家的敏锐眼光高瞻远瞩，以戍边屯垦的大业为重，力排众议，于嘉庆七年（1802年）提出从伊犁河凿新渠，引水垦荒的宏伟计划，这个计划得到大多数锡伯营军民支持，并得到伊犁将军的批准，图伯特亲率军民，每年春秋两季轮流施工，经过7年的艰苦努力，终于修成长100多公里的察布查尔大渠，新垦地7.7万亩，连同旧垦耕地，得田近10万亩。锡伯营从此兴旺昌盛，成为当时伊犁各驻防营中最富庶、最有战斗力的营。

图伯特因凿渠屯田有功，奉旨赴京引见，受到清朝皇帝的嘉奖。而他创议并完成的这一具有历史意义的壮举，奠定了新疆锡伯族人民屯垦戍边的大业，为他们子孙后代的繁衍生息，为祖国西北边疆屯田事业的巩固发展，打下了坚实的基础。这条察布查尔大渠，直到今天仍然哺育着锡伯族的子孙后代，锡伯族人民亲切地称它为"母亲"，世世代代歌唱它、赞美它。饮水思源，他们更加怀念凿渠功臣图伯特，一代接一代祭祀，颂扬他的功德，激励子孙后代。在历次的祭祀和纪念活动中，锡伯族人民写下许多颂辞、祭文、碑文、楹联等。由于种种原因，只有四篇遗文被保存下来。它们分别是：①德克精阿等清道光元年（1821年）所作的颂文《正黄旗佐领德克精阿等献图公匾额及颂辞》（下简称《献图公颂》）；②锡伯营总管和特恒额等清道光十年（1830年）所作的颂文《锡伯营总管和特恒额等铭刻图公碑文》（下简称《祭图公文》）；③喀尔莽阿同治十二年（1873年）所作的颂文《署锡伯营领队大臣喀尔莽阿祭图公文及颂辞》（下简称《喀尔莽阿献图公颂文》）；④正蓝旗牛录章京巴达兰民国二十二年（1933年）所作的颂文《巴达兰献图公颂文》（此文因写于民国时期，故在后文进行分析）。

（一）思想内容。

1.《献图公颂》是现存唯一的一篇图伯特在世时敬献的颂文，由正黄旗佐领德克精阿率本旗官兵及全体老少在图伯特67岁时以正黄旗名义敬献。颂文开篇介绍写此文的原因是"正黄旗佐领德克精阿、骁骑校苏勒通阿、委官吴尔西布……领催兵丁、老少，共感激于仁慈安班（大臣）之恩泽，为使安班之徽音永著于世，因镌刻对联于额，敬献于公"。第二段写锡伯营军民西迁伊犁后，"虽通力耕种而收获不丰，衣食渐蹙……历经数载，田地复碱薄，谷粮又歉收焉"。第三段歌颂图伯特升任总管后，"愈发尽心职守，日夜为民操劳。深谋远虑，勘察地理，与僚属熟议筹划，循循善诱，不惮劬劳，勘察凿渠地形"，历7年渠成之后，"垦得良田千顷，匀分于八旗众民"，从此"家家富裕，人人丰足"。他们借此颂文表达了对图公的无限崇敬和衷心感激之情。

2.《祭图公文》写于清道光十年（图伯特去世7年后），当时的锡伯营总管和特恒额、副总管德克精阿及八旗牛录八个佐领，以全营的名义为图公勒石立碑，写下此碑文。文中指出："凡事初创，必有艰难。"面对困难，"智者勤勉，愚者疑焉"。而图伯特以政治家的锐利眼光，为民族的生死存亡和子孙后代着想，毅然率领八旗军民，"竭诚克勤，兴功七年，日夜操劳，调度筹划……遂大功告成……垦得耕地七万余亩，并原有地亩按名均分于八旗官兵及鳏寡孤独者"，从而使"兆民含哺鼓腹，永承晴天和日"。碑文高度赞扬了图伯特的创业功勋，赞扬他为子孙后代创立了万世功业。

3.《喀尔莽阿献图公颂文》写于同治十二年，当时清朝国势衰微，沙俄侵略者乘机占领了伊犁，锡伯族及伊犁各族人民处于侵略者的铁蹄奴役之下，财产被劫掠一空，生产遭到严重破坏。为振奋民族精神，争取早日回归祖国，当时署锡伯营领队大臣兼总管的喀尔莽阿（沙俄侵占伊犁期间，伊犁其他驻防营均不复存在，唯锡伯营仍保留旗制独存，作为一营总管的喀尔莽阿率全营军民，同侵略者进行了英勇不屈的斗争，是清朝声誉很高的爱国大臣，也是锡伯族历史上著名的民族英雄），率领锡伯营全体军民举行了隆重的祭祀图伯特仪式和图伯特诞辰纪念活动。祭文在回顾了图伯特当年的艰辛创业后说："吾侪八旗子孙二万余口，怙其功德，共享恩泽七十有年矣。虽遭战乱，未致困穷。"这更加证明了图伯特的伟大功绩，他的恩泽"深如东海，绵绵无穷……犹如南山松柏，四季常青"。他的创业精神永远鼓舞着子孙后代，为抗击侵略者，维护祖国统一，进行艰苦卓绝的斗争，直到最后胜利。由于这篇祭文是在这样一个特别时期写的，因而具有特殊意义。

（二）艺术特色。

三篇纪念文共有的艺术特色体现在：

1. 运用现实主义手法，对图伯特及其率领锡伯营军民开渠屯田的历史作了真实描绘。

现存三篇清朝时期的纪念文，有以牛录名义写的，也有以全营名义写的，有在图伯特在世时献的颂文，也有他逝世后敬献的祭文。但它们都比较真实地记载了图伯特的生平事迹和开凿察布查尔大渠的经过，反映了他忧国忧民的爱国主义思想和奋发向上的创业精神，从文章中也体现了锡伯族人民世世代代继承和发扬图伯特的创业精神，立足边疆，以农为本，励精图治，自强不息的斗争精神。这三篇散文是研究图伯特其人和锡伯族人民戍边屯垦史的珍贵资料。

2. 语言典雅庄重、生动凝练、流畅自然，结构工整。

作为颂文、祭文，语言的典雅庄重应该是它们最突出的特点。如《献图公颂》中的"功德上闻下扬，四方莫不赞扬；忠勤昭彰丕显,仁政永为垂范"。《祭图公文》中的"兆民含哺鼓腹,永承晴天和日"等,使文章读来意蕴悠长、一唱三叹,给人以整齐清晰的美感。

3. 大量使用汉文典故,使文章文采卓然。

伊犁是一个多民族杂居的地区,各民族之间文化互相交流,尤其是锡伯文化和汉文化交流的情况在文中也有体现,最突出的便是大量运用汉文典故。如《献图公颂》中引用的"《尚书》洪范篇之八政"、《汉武帝求茂材异等诏》中的名言"欲成非常之功,必待非常之人";《祭图公文》开篇第一句引用的《诗经》中的"岂弟君子,民之父母"等,使得全文语言典雅,具有较高的文采,也体现出了锡伯文化的开放性和包容性。

下编 20世纪文学

下巻 その他の文学

第一章 20世纪文学概述

锡伯族是一个有悠久历史的民族，也是一个有自己文学传统的民族。进入20世纪，锡伯族文学在立足民族特色的基础之上散发出更加引人瞩目的光芒，在诗歌、小说、散文、戏剧、翻译文学等领域涌现出一批优秀作家，创作出内容丰富、价值独特的文学作品。

锡伯族文学创作进入20世纪大致可以分为三个时期：20世纪上半时期；50—70年代；新时期。

20世纪上半时期，锡伯族诗歌文学有色布西贤的《劝学歌》，萨拉春的《别再吸食鸦片烟》、《明媚的春色》、《老年人和青年人》、《清晨》等，郭基南的《野火》、《车夫怨》、《祖母泪》、《新生》、《春望》、《我歌颂你》、《同情》等，柏雪木的《汗腾格里颂》（长诗）、《素花之曲》（长诗）、《送瘟神》、《共享园中菜》、《羊拐骨的胜利》、《悼念金子仁兄》、《心里话》、《想念春天》、《老妇泪》等，管兴才的《吸烟的婆娘》（又名《抽大烟的懒婆娘》）、《打猎歌》、《定亲歌》、《接新娘》等，久善的《锡伯狩猎》、《察布查尔母亲对我们叹息》、《二月初二——初春之夜》、《真心希望》、《直言》等，女诗人庞格尔的《迁徙之歌》、《玩髀石骨》等，这些诗作真实反映了那个历史时期新疆锡伯人的社会生活和民族心理，同时表达了对家乡的热爱。

20世纪50—70年代，锡伯族的主要诗人有久善、郭基南、赵令福、哈拜、耳吉春、佘吐肯、何叶尔·兴谦等。这批诗人大多都能用母语和汉语进行双语写作。他们作品的主题主要是歌颂党、歌颂祖国、歌颂爱情，同时表现锡伯人民的社会生活和家园所发生的日新月异的变化，其中久善的诗集《除夕》，赵令福的叙事长诗《华连孙与美根芝》和《一颗沙枣树》，郭基南的诗《飘扬吧，五星红旗》、《早安，金色的伊犁河谷》、《旗手颂》、《用血肉写成的诗篇》、《伊犁春色》、《四进乌鲁木齐》、《祖国的好儿子》等，哈拜的抒情长诗《唱吧，阿肯》，短诗《小毡房，你好》、《中夜听到火车鸣叫声有感》等，佘吐肯的歌词《世世代代铭记毛主席的恩情》，何叶尔·兴谦的叙事长诗《怀咏素花》等都是优秀作品。新时期，锡伯族中老年诗人的创作特别活跃，如郭基南、尔吉春、富金才、富伦泰、顾忠浩、关舒德、何兴谦、高青松、阿吉·肖昌等诗人；同时一些年轻的诗人也成长起来，有安鸿毅、郭晓亮、阿苏、西榆、顾伟、苏农、佟志红、安德海等诗人。"他们以新的审美方式观察生活、观察世界，以新的创作手法抒写锡伯族的过去与现在、欢乐与痛苦、文明与落后，表现锡伯族特有的生活方式和文化心理。"这些年轻诗人的诗作散发着强烈的时代气息，他们的作品丰富了自己民族的诗歌艺术，传承和发扬了自己的民族文化。其中郭晓亮的《家园》组诗，安鸿毅的《卡提布拉克的秋天》，阿苏的《作为锡伯人》、《坡上》，西榆的诗集《美是我》、安德海的《唱给伊犁河》等都是优秀作品。

　　锡伯族的小说创作进入20世纪才开始发展起来。民国时期小说创作的代表作家及作品有葛慕春的中篇小说《阿林与毕拉》，德米善的中篇小说《生活札记》，萨拉春的长篇小说《真正的金子》，郭基南的短篇小说《委员——选举谁?》、《羊的故事》、《黄老木匠》、《李掌柜买公债》等。50—70年代是锡伯族小说创作的过渡期。

　　进入新时期，锡伯族小说创作显示出辉煌的景象。首先是老作家们焕发新的创作活力。郭基南在这一时期创作了许多短篇小说及多部长篇小说，其中短篇《祖国万岁》、《幼苗赋》、《猎人》、《江中》、《心声》、《母爱》等，长篇《流芳》三部曲、《英雄壮行》等都是优秀的文学作品。《流芳》三部曲是一部描写锡伯族西迁壮举和戍边屯垦历史的作品，是锡伯族文学史上取材于西迁和戍边屯垦题材的第一部长篇小说。舒幕同在这一时期的代表作品是长篇小说《杭鲜保的故事》，以及中篇小说《汗亚依拉克之战》、《张格尔的护指》和《莲花的故事》等。

其次是中青年作家在这时期迅速崛起，十几位锡伯族小说家活跃在祖国新时期小说创作界，汇集成一支蔚为壮观的锡伯族作家群。20世纪80年代，在中国文坛上涌现出的锡伯族中青年小说家有傅查·新昌、佟佳·庆夫、吴文龄、赵春生、高青松、佟林清、郭美玲等。他们的作品常见于《伊犁河》、《新疆民族文学》、《中国西部文学》、《延河》、《鸭绿江》、《民族文学》等刊物。有些作家的作品一经发表就引起文艺评论界的关注和好评，有些作品获得了伊犁州新时期十佳作品奖、新疆新时期文学奖、新疆青年文学奖、全国少数民族文学创作奖、路遥文学奖、全国少数民族文学创作"骏马奖"等，还有个别作家的优秀作品被国外图书馆收藏。据不完全统计，目前，他们已出版长篇小说10余部，中短篇小说集20余部。公开发表的各类体裁作品字数累计已超过千万。他们长期致力于表现边疆少数民族的风土人情的创作，在作品的题材、表现形式等方面以新时期的社会生活和思想变更为切入点，使新时期锡伯族文学创作呈现一派盎然景致。

散文创作是20世纪锡伯文学中一个不容忽视的组成部分。民国时期一直到70年代的散文作品数量虽然少但大都比较优秀，艺术价值也较高。例如，德克精阿等人的散文合集《图公颂文集》，敦吉纳的《敦吉纳见闻录抄本》，佚名的《图公颂辞》、

《一家三代英雄》、《朱萨满传记》、《锡伯族见闻录》等。这些散文同时具有较高的史料价值。作家郭基南早在20世纪40年代就开始了散文创作，发表过一些歌颂抗日爱国志士、揭露日本侵略者暴行的杂文。60年代初发表的长篇散文《准噶尔新图》引起文学界的重视。

进入新时期，散文创作走向繁荣。老作家郭基南就是一位重要的散文作家。他的散文创作也和诗歌、小说一样，在锡伯族当代文学中具有重要地位。尤其是20世纪80年代以来，郭基南创作各类散文作品多篇（其中《洒泪念师情》一文，以无尽的哀思沉痛悼念恩师茅盾先生，曾在自治区获奖），这其中包括杂文与报告文学。郭基南还先后出版散文集多部：1984年，出版了第一本锡伯文散文集《准噶尔新图》；1986年，出版了第一本汉文系列散文集《箭乡的子孙》（系"祖国大家庭丛书"之一，详尽、生动地介绍了锡伯族的历史发展和风土人情。锡伯文版于1989年出版）；1990年，出版了他的第二本锡伯文散文集《摘星人》。《摘星人》收入他的散文作品共27篇，作家以满腔热情讴歌了雄伟壮丽的祖国山河和改革开放的辉煌成就，赞颂了社会主义现代化建设中无私奉献的众多英雄人物，从头至尾贯穿着爱国主义与民族团结的红线，为此，该书于1992年获得全国少数民族文学优秀散文、报告文学奖。

锡伯族著名作家傅查·新昌的散文集《我就这么活着》，郭美玲的《情书的魅力》、《假如我是我爱人》、赵春生的《遥望图尔根》、《生命的摇篮》等都是优秀的散文作品。另外，富秀兰、郭元尔、佟林清、何坚韧、佟佩仪等人也都有散文佳作问世。

戏剧文学同样是20世纪锡伯文学中不可缺少的组成部分。锡伯族戏剧文学按其表现形式可分为话剧、秧歌剧（汗都春）、歌剧、舞剧。锡伯族的话剧真正成为"舞台综合艺术"是在20世纪30年代末至40年代初，它最初是从汉族戏剧中移植过来的。经过一段时期的过渡之后,锡伯族话剧逐渐形成本民族的特色。在王为一等戏剧家的指导下,青年作家郭基南改编了两个汉文话剧剧本:《在原野上》(又名《满天星》)和《太行山下》。《在原野上》和《太行山下》两个剧本是锡伯族话剧史上第一次发表并公演的作品。后来,郭基南在教学之余,先后执导并参演了《在原野上》、《太行山下》、《插翅虎》、《老三参军》、《战斗》等话剧。这些话剧的上演,使察布查尔地区首次出现了有剧本、演员、舞台装置、布景、道具、灯光相配合的"综合艺术"——现代话剧。在三区革命时期,郭基南还创作了反映锡伯族屯垦戍边的历史题材及批判旧的家庭伦理观念的多幕话剧《察布查尔》和《继母》。与郭基南一起在文干班学习的另一位锡伯族青年作家久善也创作了以反封建、求民主为主题的多幕话剧《为民主》。

  锡伯族的另一种戏剧艺术形式是秧歌剧,又称汗都春或曲子戏,它是从汉族的戏曲中移植过来的。1764年,锡伯族官兵西迁至新疆伊犁时,将东北的曲子剧"二人转"带至伊犁并在与汉民族的文化融合中演变成为锡伯族的"秧歌剧"。

  翻译文学在锡伯族文学中占有重要地位。锡伯族西迁到新疆伊犁之后,在满族翻译文学的影响下,翻译了不少中国古典文学作品,并且出现了用满文创作的作家。进入20世纪,锡伯族的翻译文学成为锡伯族文学中一道亮丽的风景。他们首先把汉民族很多优秀的古典文学作品翻译成锡伯文,如章回小说《三国志通俗演义》、《水浒传》、《封神演义》、《西游记》、《红楼梦》等。同时还将俄罗斯文学作品、维吾尔族文学作品、哈萨克族文学作品翻译成汉文或者锡伯文。锡伯族是大家公认的优秀翻译民族,这与锡伯族长期同汉、蒙古、满、维吾尔、哈萨克、达斡尔、俄罗斯等民族长期杂居共处有着直接的关系。杂居促使各民族的文化融合在一起。大多数锡伯族人都同时掌握锡伯、汉、维吾尔、哈萨克、俄罗斯等多种语言。很多锡伯族作家或者学者都是很好的翻译家，如萨拉春、图奇春、舒慕同、穆精阿、郭基南、哈拜、管兴才等。管兴才翻译的戏剧《小放牛》、《卖油郎》、《卓文君》、《梁山伯与祝英台》等，由村秧歌剧组排练演出后，受到锡伯族观众的好评。管兴才还翻译了中国现当代文学中的长篇小说《吕梁英雄传》、《李有才板话》、《高玉宝》、《清史演义》等。哈拜翻译了哈萨克族著名诗人兼启蒙思想家阿拜的很多作品。2004年，由哈拜翻译的汉文版的《阿拜之路》正式出版发行。

20世纪对于锡伯族而言，是一个文学创作繁荣的时期。锡伯族作家在诗歌、小说、散文、戏剧、翻译文学等领域都取得了显著成绩。锡伯族作家无论是为繁荣本民族的文学事业，还是为促进整个中华民族的文学繁荣都做出了不可忽视的贡献。

第二章 20世纪上半期锡伯文学

第一节 文学创作概观

20世纪上半期的锡伯文学在小说、诗歌、散文、戏剧、翻译文学等方面都有不同程度的收获，但由于当时的锡伯文作品大多没有出版条件，不少作品是靠手抄的方式加以普及和传阅的，因此，20世纪上半期尤其是20世纪初创作的文学作品，大都在历代旧统治的摧残下荡然无存。

这一时期写小说的锡伯族作家不多，较有成就的有葛慕春、德米善、萨拉春、郭基南等人。葛慕春（1909—1939年）锡伯营古齐牛录人，1934年，任前苏联安集延领事馆随习领事、副领事，1938年被盛世才逮捕入狱1939年狱中被害；德米善（1880—1931年）锡伯营依拉齐牛录人，曾在伊犁镇守使公署供职精通汉语、维吾尔语、哈萨克语、对锡伯语和锡伯历史文化颇有研究。1914年，新疆锡伯族进步文化团体"尚学会"成立后，葛慕春曾创作中篇小说《阿林与毕拉》，德米善创作中篇小说《生活札记》。1935年，萨拉春创作中篇小说《真正的金子》（又名《真正的宝贝》，但这些作品都遗失了。据读过《真正的金子》的读者舒慕同老人等回忆：《真正的金子》是1935年作者在原苏联安吉延当领使时创作的中篇小说。"文化大革命"期间被抄家时，这篇中篇小说与其他资料一起被焚毁。这部中篇小说的主题非常鲜明：金子固然贵重，但如果没有土地，也就失去了金子的价值。土地比黄金还珍贵，是人类生存的根本，人类应当加倍地珍惜和爱护。20世纪40年代，青年作家郭基南连续发表了《黄老木匠》、《李掌柜买公债》、《委员—选举谁？》和《羊的故事》等短篇小说。

　　20世纪上半叶涌现的锡伯族诗人还是比较多的，比较有影响的诗人有：色布西贤、柏雪木、萨拉春、久善、庞格尔、管兴才、郭基南等。曾经任清代锡伯营总管和领队大臣的色布西贤由于高度重视教育，奠定了新疆锡伯族学校教育的基础，被公认为是近代锡伯族教育家。在他一生中写了不少《劝学歌》（1919年），其中一首这样写道："父亲在外受辛苦，/母亲在家更忙碌。/哥哥种田汗浇苗，/姐姐缝衣备寒暑。/先生教书费心血，朋友在旁直焦虑。/我们要是不勤学，心里怎能过得去！"

　　柏雪木是一位博学多才的锡伯族著名诗人。他17岁时即初露锋芒，用锡、汉双语写下不少优秀诗作，保存到今天的只有：《送瘟神》、《共享园中菜》、《羊拐骨的胜利》、《想念春天》、《心里话》、《老妇泪》、《汗腾格里颂》、《素花之歌》、《铜刀行》等。萨拉春早年曾写过《别再吸食鸦片烟》等诗，对当地民族生活中的吸毒现象进行抨击，感人肺腑地劝导人们振作起来，学习新文化、走向新生活。20世纪40年代后期，诗人又创作短诗《明媚的春色》、《老年人和青年人》、《清晨》、《新锡伯索伦》、《锡伯县》等。

　　久善于1940年到乌鲁木齐文干班学习，受到革命文学教育和进步文艺活动的熏陶开始了文学创作。三区革命以后，他更是活跃在锡伯文坛上，以萨哈林玖等笔名发表了不少好诗，但保存下来的诗歌只有《锡伯狩猎》、《察布查尔母亲，对我们叹息》、《二月初二——初春之夜》、《真心希望》、《直言》等。女作家庞格尔在这一时期写有长诗《玩髀石骨》（1937年）和《迁徙之歌》(1940年)、《松》等。

管兴才是一位受锡伯族人民热爱的民间诗人。20世纪40年代后半期,他根据流传于锡伯族民间的《离乡曲》和《迁徙之歌》,整理、改编《西迁之歌》。后来,他在农村俱乐部工作和被邀请到查布察尔文化促进会工作时,为全县每年举办一次的文艺会演创作了很多演唱节目,如:《猎歌》(又名《打猎歌》)、《接新娘》、《十二月歌》、《婚礼歌》等。管兴才创作的《吸烟的婆娘》(又名《抽大烟的懒婆娘》)、《说亲——父母的苦衷》、《宝贝——母亲的苦乐》等讽刺社会恶习的讽刺诗、民歌、习俗歌等曾在民间广为流行。郭基南作为一名初出茅庐的青年诗人,20世纪40年代创作了反映在国民党残酷压榨下,锡伯族劳动人民处在水深火热之中的《野火》、《祖母泪》、《车夫怨》等诗。不久又写下《我歌颂你》、《春望》、《同情》、《纪念》、《我要弹奏》等抒情诗。他于1946年发表的《新生》,是一部描写作者本人在革命风浪中成长,树立正确人生观的自传体的叙事长诗。

20世纪上半期,除了以上诗人创作的诗歌作品外,锡伯族诗歌作品比较有名的还有佚名的长篇叙事诗《喀什噶尔之歌》、《拉西罕图》、《喀尔莽阿颂》、《三国吟》、《荞麦花》、《赵云救阿斗之歌》等。在20世纪20年代,还有流行民间的《亲爱的阿哥们,别在街头闲游了》以及久善在40年代创作的《柯吉阿拜》等,这些诗现在都很难找到了。

就整体创作来看,这一时期的锡伯族作家在散文创作方面显得相对薄弱,但也不是没有发展。其中较有代表性的散文作品有巴达兰的《献图公颂文》,佚名的《图公颂辞》、《朱萨满传记》、《锡伯族见闻录》、《一家三代英雄》等。

就思想内容而言,这些散文主要是记述锡伯族西迁新疆伊犁屯垦戍边的历史,以及分居于西北、东北的锡伯族人的风情习俗、宗教信仰与历史人物的传说,也从不同的角度真实地反映了清朝后期至民国政权灭亡这一历史时期的社会局势以及锡伯族百姓的坎坷经历与理想追求，对于研究锡伯族宗教信仰及历史人物，研究新疆锡伯族戍边屯垦历史，研究清末至民国时期锡伯族的社会生活状况都有着极重要的参考价值。就艺术形式而言，这些散文主要是记事类，有颂词、见闻录、故事传说、纪传体、书信体等，其突出特点是语言生动简朴，富有鲜明的民族特色和浓郁的生活气息，形象地再现了锡伯族人民豪放坚忍的民族性格和热爱生活、追求真善美的博大情怀。这一时期的散文作品还有郭基南于1941年发表的《月下闲谈》，痛斥了德、意、日法西斯的野蛮侵略行径。三区革命时期，郭基南还写了抨击反动派罪恶行径的小品文《夜鼠》等。

概而言之，这一时期的锡伯族散文创作，以整体而言，的确不尽如人意，没有形成强大的创作团队，涌现出大批优秀散文佳作，似与其他体裁的作品不相衬，但如果结合民族与社会环境而言，其进步也是有目共睹的，同样是锡伯文学中不可缺失的部分。

20世纪上半期，锡伯族戏剧文学有了长足进展，原有的秧歌剧得以改造和发展，尤其是越调秧歌剧深受锡伯观众的欢迎；更值得一提的是此时锡伯族的戏剧舞台上出现了现代话剧。20世纪30代末至40年代初，在赵丹、徐韬、王为一等戏剧家的指导下，青年作家郭基南改编创作了话剧《在原野上》（又名《满天星》、《太行山下》），这是锡伯族话剧史上第一次发表及公演的作品，前者被译成维吾尔、锡伯两种文字，后者被译成锡伯文。这两部话剧公演以后起到了宣传抗日救国的作用。

作家郭基南在学习结业后，被迫返回家乡当小学教员。他一边教学，一边和学校的师生们一起排演抗日话剧，先后执导并参演了《在原野上》、《插翅虎》、《老三参军》、《战斗》等话剧。这些话剧的上演，使察布查尔地区首次出现了有剧本、演员、舞台装置、布景、道具、灯光相配合的"综合艺术"——现代话剧。在三区革命时期,郭基南还创作了反映锡伯族屯垦戍边的历史题材及批判旧的家庭伦理观念的多幕话剧《察布查尔》和《继母》。与郭基南一起在文干班学习的另一位锡伯族青年作家久善也创作了以反封建、求民主为主题的多幕话剧《为民主》。在后来组织的文艺比赛中,《察布查尔》和《为民主》被评为优秀节目,在伊宁市和察布查尔公演以后受到了各族观众的好评。

20世纪上半期,锡伯族的翻译文学有了新的发展。从20世纪初开始,先后几批锡伯族青年到沙俄和苏联留学,系统接触了俄罗斯文化。回国以后,他们翻译了一批俄文经典作品如列夫·托尔斯泰的长篇小说《复活》、19世纪俄国批判现实主义的奠基人之一果戈理的长篇小说《死魂灵》和著名的讽刺喜剧《钦差大臣》、普希金的诗体小说《叶甫盖尼·奥涅金》、《杜布洛夫斯基》、《普希金诗选》,叙事长诗《高加索俘虏》,童话诗《渔夫与金鱼的故事》等。同时,他们还通过俄文转译了其他语言的文学名著,如英国现实主义小说的奠基人丹尼尔·笛福的代表作《鲁宾逊漂流记》,19世纪德国格林兄弟的《灰姑娘》、《白雪公主》等。俄苏的民歌和创作歌曲对锡伯族文艺也产生了深远影响,如《再见吧妈妈》、《纺织姑娘》、《山楂树》、《高加索囚犯》、《三套马车》、《青年近卫军进行曲》、《贝加尔湖》、《红梅花开》等数十首歌曲不仅在锡伯民间代代传唱,而且锡伯族的文艺工作者将其加工、移植,再创作成为群众喜闻乐唱的曲调,成为锡伯族音乐的重要组成部分。这些译著和翻译的歌曲,使锡伯人开拓了文化视野,提高了本民族的文化素质。到了20世纪三四十年代,由于抗战文学的影响,一批汉语戏剧作品被译介过来,经过移植、改造、融合变为了锡伯族的文艺形式,成为锡伯族文化的重要组成部分。同时,这些优秀戏剧作品对宣传抗战和鼓舞人民的抗战热情起到了积极作用。

第二节　萨拉春

19世纪80年代，在锡伯营正白旗（今察布查尔锡伯自治县依拉齐牛录）吴扎拉氏一个清贫的披甲家里降生了一个男孩，起名叫乌扎拉·萨拉春（1885—1960年）。萨拉春出生后，新疆战乱不断，伊犁所谓的苏丹汗国和沙俄侵略者残酷剥削各族人民，财产被抢劫一空，锡伯营军民食不果腹，衣不蔽体，过着饥寒交迫的生活，在那苦难的年代里，萨拉春从小练就了吃苦耐劳、奋发向上的意志和坚忍不拔、百折不挠的性格。萨拉春少年时代就立下了："要努力学好科学文化知识，长大后一定要改变家乡贫穷落后的面貌"的雄心壮志。父母在正道上循循善诱他，以望子成龙的急切心情，送他上牛录小学、惠远（伊犁将军府所在地）高等学堂，勉励他学好知识、学好本领，将来报效祖国。

萨拉春熟练掌握锡伯文后，又到惠远城学了3年汉语。正在这时，锡伯族杰出的学者和教育家色布西贤被调去惠远城当索伦营领队大臣。他上书伊犁将军，陈述伊犁地处边陲，与俄国接壤，若不赶紧培养懂俄语俄文的翻译人才，恐怕对边境防务很不利的道理，得到伊犁将军的赞同。于是，他们从惠远城学汉语的锡伯、索伦学生中挑选出萨拉春、关清廉、穆特善、巴图沁等最优秀的20余人，公派去俄国阿拉木图留学。刚满18岁的萨拉春就是其中品学兼优的学生之一。他肩负着国家和民族的重托，在异国他乡刻苦努力，学好了俄文，哈萨克文，维吾尔文和乌孜别克文后，已成为伊犁九城精通锡伯、汉、维吾尔、哈萨克、满、俄罗斯、乌孜别克7种语言文字的博学多才的专家。他的爱好也是多方面的，除爱好文学、艺术，搞小说、诗歌创作之外，还会弹一手好吉他。

萨拉春在俄罗斯留学6年（1903—1909年），毕业回国后，任伊犁惠远城高等学堂教员。辛亥革命爆发后，下海经商了几年。1920年，萨拉春任伊犁锡伯营正黄旗（今察布查尔锡伯自治县寨牛录）副佐领（中华民国虽成立，但军政合一的八旗制在伊犁锡伯营延续至1937年）；1922年，他被调去新疆省城迪化（今乌鲁木齐）任新疆省外事署官员，1924年元月，持省都督颁发的委任状到伊犁锡伯营任领队官，1926年3月，被免去领队官职务后不久又调去新疆省督军公署当高级顾问官，同年秋，中央政府派他担任中国驻前苏联阿拉木图领事馆领事，1936年，担任我国驻苏联安集延领事馆领事，。1937年，被新疆反动军阀盛世才逮捕并关押至1944年。出狱后，他积极从事锡伯族文化教育工作，积极倡导并力行文字改革，编写了新式锡伯文教科书，创办了伊犁报社锡伯文编辑部并兼总编辑。1949—1959年，任新疆维吾尔自治区政协常委。

萨拉春在俄国留学期间，受资产阶级教育和办实业强国思想的影响以及归国后受康有为、梁启超维新变法的影响。回国后，他为了提高锡伯民族的整体素质，积极倡导在新疆伊犁锡伯族地区建立进步青年文化团体"尚学会"。"尚学会"总会设在伊宁市，由博孝昌任会长，萨拉春任副会长。"尚学会"又在锡伯营一、三牛录设立分会，兴办新式学校，传授"新学"，废除"旧学"，不再教四书五经、孔孟之道，倡导吸收先进民族的先进文化和科学技术；特别是在他担任副佐领和领队官期间，他积极活动，筹措资金，为创办棉纺织厂东奔西跑，日夜操劳。在确定纺织厂厂址以前，就有计划、有目的地选派明胜台等两人到前苏联吉尔吉斯斯坦首都伏龙芝棉纺织厂学习纺织和管理技术，相继又派舒景阿、希普禅等九人赴东疆吐鲁番棉纺织厂学习纺织操作技术。在他们紧张的学习期间，萨拉春在家乡已经准备好纺织厂厂房（今察布查尔锡伯自治县人民医院位置）。他从前苏联聘请了伊万等4名技术员，制作了20台纺织机，从8个牛录招收了50名锡伯族工人。在锡伯族西迁戍边屯垦160年的家园里，他终于组建了一个半手工、半自动化的棉纺织厂。这一新生事物的产生，震撼了伊犁九城，它是伊犁河谷前所未有的第一家纺织厂。纺织厂投产时，因本地原料供不应求，兼任总经理的萨拉春从南疆、吐鲁番等地购进大批棉花织布，还提供南疆的优良棉籽种让乡亲们种植棉花，提高家庭收入。纺织厂经过几道手续，第一批就生产出了价廉物美的达连布、白洋布、亚麻布、黄麻布和绮绸等各种品牌的布匹，还给8个牛录纺制了8顶帆布大帐篷，为春秋两个季节清淤维修察布查尔大渠时备用。纺织厂新产品的问世，解决了锡伯营八旗军民和察布查尔山区各民族群众穿衣难的问题。

萨拉春一心想办好锡伯营的各项事业，以造福人民，造福子孙后代。为了把锡伯营建设成丰衣足食，工、农、牧协调发展的富庶地区，他计划把棉纺织厂再扩大，将工人增至1000名，拟从莫斯科引进全自动化先进设备。为此，他召集锡伯营的富豪人家、总管档房、各牛录佐领等三级官吏开大会，动员大家捐款，他自己首先带头捐资，共筹集资金800多两银子、288两黄金。与此同时，为了打通中亚贸易市场，搞活国际商贸，发展本地经济，还打算组织锡伯营民兵修好一、三牛录至边境线的国际公路，与直达前苏联中亚大城市阿拉木图的公路接通。萨拉春虽为清末之人，但在俄国受资产阶级教育多年，也或多或少受了十月社会主义革命和辛亥革命的影响，因此，对封建制度和社会丑恶现象十分不满。故在他任领队官时，进行了一系列革新。首先，萨拉春对锡伯营臃肿的官僚机构进行了大刀阔斧的裁减，领队、总管、牛录档房三级部门的人员精减了一半，从而减轻了人民群众的负担；其次，重新丈量了土地，收回了各级官员多占的土地，取消了高利贷；再次，免除无田者的渠工负担并取消了各级官员清淤察布查尔大渠时不出工的特权,还取消了清朝遗留下来的繁文缛节和苦刑。当时,领队官衙门还不定期地出版刊物,揭露批评一些官员的官僚腐败作风和打骂百姓的恶劣行为。萨拉春为拯救日趋衰落的锡伯民族,自己亲自写《拒毒歌》、《戒烟歌》等歌词,谱成曲子后教学生传唱,向群众广泛宣传吸食鸦片和过量酗酒的害处,严禁种植鸦片、吸食鸦片,又砸了烧酒坊,果断治理了危害民族身心健康的丑陋恶习。从此,锡伯营驻地又出现了人丁兴旺、生产发展、欣欣向荣的喜人局面。

萨拉春的进步思想和革新举措,虽然得到了锡伯人民的拥护,也得到了较好的社会效益,但也得罪了一些封建官吏,特别是被精简的那些官吏和一小撮别有用心的富人合伙诬告萨拉春。告状达4个月之久,弄得伊犁镇守使都不得安宁。为控制告状事态不再闹大,伊犁镇守经再三考虑,并与省都督杨增新商议后,用各打五十大板的办法,于1926年3月初同时罢免了原告干将和被告萨拉春的职务。随着被免领队官职务,他苦心创办的纺织厂也随之倒闭,萨拉春办实业求兴邦的梦想也随之破灭。这对伊犁地区来说,75年前错过了一次发展民族工业的大好机遇,这是历史的遗憾!

萨拉春为了振兴民族,抓教育、办工厂、呕心沥血,勇于改革、开拓进取,不怕丢自己的高官厚禄,敢于同清朝200多年承袭下来的封建制度作斗争,同社会丑恶现象作斗争的大无畏精神是难能可贵的,是值得歌颂的。萨拉春可称为锡伯族办实业的先驱者,改革派进步人士,在历史上留下了芳名。

作为进步知识青年,萨拉春从事文学创作和文学翻译活动多年,即使1941年被军阀盛世才逮捕入狱期间,他也未停止文学创作和翻译活动。20世纪20年代,他曾写过《别再吸食鸦片烟》一诗(又叫《禁烟歌》),诗人对当地民族生活中的吸毒现象进行抨击,感人肺腑地劝导人们振作起来学习新文化、走向新

生活:
  三寸高的鬼灯,
  毁掉了万元家产。
  一尺长的魔棍,
  打翻了七尺高硬汉。

  红光满面的阿哥哟,
  断魂落魄不省人事。
  清秀美丽的妹妹哟,
  面黄肌瘦化为废物。

  家破人亡已够悲惨,
  亡亲灭族也在眼前。
  兄弟们呀姐妹们,
  别再吸食鸦片烟!

20世纪40年代下半期,诗人又创作了诗歌《明媚的春色》、《老年人和青年人》、《清晨》、《新锡伯索伦》、《锡伯县》等。其中《明媚的春色》写于1947年,反映了三区革命赶走国民党反动派的黑暗统治后的察布查尔美丽春光和锡伯农民的新生活,诗中写道:
  春光明媚又美丽,
  万物生长在此季。
  田野如画绿油油,
  花草丰美香如蜜。

  眺望远处高山秀,
  背后欢腾一江水。
  云雀空中歌不止,

抚摩脸面清风吹。

众鸟纷纷忙打窝,
走兽栖息换新衣。
农夫心头乐滋滋,
田埂渠边互道喜。

丽日当午歇凉快,
爱妻准时送饭来。
身心舒坦汁水干,
倦意消退九霄外。

在《老年人和青年人》这首诗中,诗人写道:
老年人好忧愁,
因为他们见多识广。
凡事总爱瞻前顾后,
为了爱惜,更是费心苦想。

青年人心热血涌,
俊俏憨直又好强。
面对义理,他们逞能争先,
为了成功,他们胸怀志向。

老年人的用处在于守护,
青年人的作为在于建树。
不动手,不开创怎能发展?
然而,不爱护也会引来悲苦!

老年人谨小慎微——莫要苛责,

青年人锐意好进——别去阻拦。

你拉我绷，只能断折，

倾心协助，万事不难！

萨拉春在这首诗之中用对比手法，温和地写出了老年人和青年人的长处和不足，呼吁锡伯族老人和年轻人要摆正各自的心态，巧妙发挥各自的特长和优势，共同创造美好的生活。

萨拉春早在1935年写出一部中篇小说《真正的金子》，据读过《真正的金子》的读者萨拉春的儿子舒慕同老人回忆：《真正的金子》是1935年作者在原苏联安吉延当领使时创作的中篇小说。"文化大革命"期间被抄家时，这部中篇小说与其他资料一起被焚毁。其故事情节是：在一个漆黑的夜晚，嘎善的一个男青年到村外的田野，突然看见北面有一团亮光。他就朝着那团亮光走去，走近一看，那团亮光像一间房子那么大，而且中间有门。他走进去，感到亮堂堂的，里面还有些外星的人。这时门突然被关上，像一团亮光的房子起飞，飞到另外一个世界里，这是一个金子的世界，一切都是金子，连房屋、大地都是金子，然而，就是没有土。所以，土在这里无比珍贵，比金子还贵重。人们千方百计地弄到一些土来种植作物，以勉强保存生命。后来，男青年回到嘎善以后，懂得土地的珍贵。这部中篇小说的主题非常鲜明：金子固然贵重，但如果没有土地，金子也就失去了价值。可见，土地比黄金还珍贵，它是人类生存的根本。人类应当加倍地珍惜和爱护。

第三节　柏雪木

柏雪木（1898—1951年），锡伯族著名诗人，姓何耶尔，名柏林，字雪木，笔名辽鹤、愚如，光绪二十四年出生于惠远城新满营家境清贫的书香之家。孩童时代，他即聪颖睿智过人。乡亲们惊异其记忆力，传有"拦路逼诵"的故事。1911年辛亥革命前后，他以优异成绩毕业于惠远高等学堂。1915年因其才学出众被聘为锡伯族公立中学校长。当时他才20岁左右。乡亲们戏称他为"娃娃校长"。当时社会等级观念和习惯势力严重，任用一位执掌锡伯族教育事业的校长，年龄和资历是选拔的主要标准，往往起决定作用。按惯例应该是才学兼备、德高望重的人才合适，因为当了校长就得和锡伯营安班、总管等老前辈平膝对坐。在当时锡伯族人民中，年轻人在长者面前只该恭立聆听唯诺，不然的话有失礼貌不合规矩，但对才华出众的年轻人还得破格任用。1919年他被调任惠远高等学堂任教，1933年任伊犁地方政府外事科科长，1934年，先后任中国驻苏联阿拉木图领事馆秘书、副领事、领事，后任特克斯设治局局长、县长，1945年离职回家。

他的字雪木，锡伯语是"水磨"的意思。"他是供应我们精神食粮和文化食粮的水磨呀！"由于同学和相亲们尊敬和喜爱他，故称呼他为"雪木老师"，沿袭下来，"雪木"这个称呼就成了他的名字。

柏雪木出生在一个家世清贫的书香门第，曾祖父何叶尔·文克金是一位精通汉、锡文字，造诣很深的作家，他著的《辉番卡伦书信》是用骈体文写的，是一篇内容生动、节奏明快的书信体散文，堪称锡伯族清代文学的优秀作品。

柏雪木是一位神通博学，才华横溢的作家，17岁时即初露锋芒，他的作品有诗、散文和介绍世界名诗的译文。他以渊博的古今中外的文化知识和丰富的生活经验为基础，创造出大量诗味隽永、生动优美的诗文。除了能用本民族的语言文字创作一手好诗外，他还精通汉文和俄文，并能直接用汉文写作，他的文学创作活动延续到20世纪40年代末。

他的诗文遗作在"文化大革命"期间损失很多,保存到今天的作品有:20世纪40年代创作的长诗《汗腾格里颂》、长诗《素花之歌》、长诗《送瘟神》、《共享园中菜》、《羊拐骨的胜利》、《悼念金子仁兄》、《心里话》、《想念春天》等,其他大量早期和晚期的作品《老妇泪》、《铜刀行》以及翻译的外国文学诗篇如拜伦的《哀希腊》和普希金的《叶甫根尼·奥涅金》等作品遗失无存。他曾两度出国工作过,对俄罗斯古典文学和苏联文学有所研究,对普希金的诗文赞赏备至。他晚年重译的《塔吉亚娜给奥涅金的信》一文语言优美,再现了原作之神韵。

长诗《素花之歌》的素材是锡伯族西迁百年后发生的一桩历史掌故。他通过提炼、概括、比喻等手法,反映了锡伯族人民在祖国西北戎马生涯中的艰苦历程和所遭的厄运,使之与捍卫边陲、完成历史使命的自豪感交融在一起,勾勒出新颖瑰丽的图景,但字里行间不免流露出怀念故土、淹留他乡的情思。《素花之歌》一开头就写道:

长白山上月圆圆,长白山下水潺潺。
月落西山有出时,江水东逝不复还。

他写《素花之歌》的年代,正是盛世才反动统治残酷压榨和惨杀新疆各民族进步人士,尤其是残害知识分子的时候。诗人疾恶如仇地抒发了他内心的愤慨之情。他自号为"辽鹤","辽"指的是东北故土,他盼望在中国共产党的领导下,东北早日迎来解放的曙光,他以无限向往的心情写道:

杜鹃残月应啼血,"辽鹤"归来城郭新,
东望依稀故乡地,再寻旧途只梦中。

他回忆百年前伊犁变乱和沙皇侵占国土,人民遭受苦难的悲惨际遇时写道:

寻衅沙兵压境来,大军魁首卡巴克,
边陲江山突变色,可悲苍生陷水火。

《素花之歌》是锡伯族人民可歌可泣的壮丽诗篇。诗人以生动优美的语言,以中国历史上的巾帼人物,从春秋时代的息夫人到汉家公主以及香妃的形象来衬托女主人公,讲述了一个锡伯普通女子素花被迫改嫁"苏丹汗"阿里哈木从而拯救民族的悲壮传奇故事,塑造出雍容穆静坚强智慧既识大体又爱子女的锡伯女性形象,讴歌了她压倒须眉,为了拯救民族而毅然嫁给异族远走他乡的牺牲精神,诗人写道:

息姬不语香妃怨,吴宫儿女怀志坚,
我乡有女名素花,燃眉之际敢拯民。

　　继而叙述素花西行,离别亲人故土的凄凉情景和锡族人民在患难中的怅望,他写道:

去时犹沿故乡路,别泪潸潸分道去,
一身攸关一族运,我乡巾帼不乏人。
明妃琵琶塞外亡,素花西去未还乡,
一代侠骨逐浪花,我欲招魂寻巫阳。
天山顶雪千年莹,伊水迄今犹沉吟,
王师不见惆怅多,金瓯缺伤补亡恨。

　　从这里也可以窥见,他的诗文韵律新颖,古今相间,一经深邃。读完原文后,不由人产生"千古琵琶作胡语,分明幽怨曲中论"的悠然感想。

　　柏雪木的《汗腾格里颂》是与《素花之歌》相媲美的姊妹篇,是他在特克斯任职期间写成的。他饱蘸浓墨,大胆驰骋于艺术想象的天地:上下千年,纵横万里,由巍巍的天山高峰到滚滚江河,由瀚海到平原,由人间到天上,由历史真实到寓言传说,由现实到理想,谱写出千姿百态、可歌可赞的祖国美好江山的颂歌。这首长诗在锡伯族文苑中呈现出独特的风格。以诗的艺术成就和才华来说,给他"我乡自有艺人出,独领风骚二百年"的评价似不过分。

特克斯河是伊犁河的源头之一，发源于汗腾格里峰。特克斯河一泻千里，蜿蜒流经无数险阻，水流澎湃，日夜有声；缓流之际，一片草原，群山环绕，远眺松柏似剪，近视绿草如茵；涧水淙淙，天空蔚蓝，使人心旷神怡。诗人身处这样绮丽的画景中，以生动笔触触景生情构成优秀诗篇。这篇长诗介绍汗腾格里峰以及周围山川胜景时写道："今称汗腾格里，古名阿屯格里……"他把此峰有关的历史地理叙述一番后，通过拟人化的手法，与之结识交谈，饶有风趣地请问汗腾格里峰：

景仰崇高峰，问君何年生，
江山本不老，何以鬓发霜，
汗峰闻吾语，回答久唏嘘，
史前不足道，三千转一瞬，
沧桑阅历多，焉能不早老？

诗人借汗腾格里峰的口吻，畅谈沧桑变迁。叙述中，引用历史传说、史实、寓言之多，使人注目。从亚历山大、马其顿的东征到罗马王遣使中国，乌孙月氏交锋，月氏被征服，玉门被封，汉家公主西嫁，匈奴陈兵，蔡文姬远嫁匈奴，唐玄奘西天取经，薛仁贵放射三箭，铁勒突厥角逐，鲜卑部落独得天时，武则天，成吉思汗，长春真人，巴伦噶尔结盟，阿克苏公主等56起历史事件融会于自己的诗篇之中。许多地名人名，因原文是译音，尚待考证疏解。

《送瘟神》是作者于20世纪40年代创作的一首反封建迷信的长诗，在锡伯族民众中颇有影响。诗人借助锡伯人求神的信仰旧俗，寓意深长地撕开为锡伯人所迷信、所崇敬的恩杜里神的本来面貌，将"求神"转化为"送神"，督促这个神——愚昧和落后的代表快踏上归途，让人们摆脱封建迷信的羁绊。诗中写道：

恩杜里神，我们对你似信非信，
没有谁去请你，为何悄悄来临！

既然你的仁慈恩惠已经施尽,
又何故待在这里迟迟不肯回行?

恩杜里神,请你洗耳恭听,
试问你的良心和德行。
我们之间到底有什么缘分,
叫你如此这般的贪婪不舍?

世界上你的存在有谁知道,
你的信使却到处造谣喧闹;
世界上的诸神已挤满了我们的庭院,
如今又得张罗你的驾到!

秦人在店堂里哀哀祈求了七天,
厄真的福分从此才得以保全。
今天我们虔诚地为你送行,
让我们断绝昔日的因缘!

请你离开我们贫困冷落的村子,
因为在你心目中从来没有人的安宁。
请你快快带上敬献的礼物和贡品,
寻找温暖舒适的处所供你安身。

左右两侧为你端着盘盘名膳,
前面又摆满了丰盛的筵宴。
各种美食供奉在正堂中间,
佳菜、肴馔、糕点、糖果样样齐全。

热闹的戏目供你开怀,
婉转的歌喉敬献你品赏。
家家户户送来了祷祝的朱拉灯,
人人恭顺地诵吟求你起程的奏章。

神圣的恩杜里神,瞧你多么洁身自高,
我们为你摊派的缠金数以万两。
送行的缕缕香烟在空中缭绕,
沿途还要为你宰杀肥羊。

五颜六色的仪仗队琳琅耀眼,
旷野里布满了此起彼伏的哀叹。
啊,多么大的权势,多么大的威望,
你真算得上宇宙万神之首魁!
……

全诗共 52 行,语言生动,主题深邃,把"送神"的场面写得活灵活现。

《老妇泪》是诗人执教锡伯族中学时的早期作品,长诗韵律谨严,反映现实生活委婉动人。写作这首诗的历史背景是:当时军阀混战,内忧外患,民不聊生,全国人民陷于水深火热之中。在新疆,封建军阀、官僚割据一方,称王称霸,对新疆各族人民进行残酷的压榨,而锡伯族人民苦于征兵抓丁,妻离子散,田园荒芜,人口急剧下降,濒临覆灭的关头。诗人在真实反映当时社会黑暗的同时,借助被抓去送往战场的儿子阵亡后,锡伯族老母亲为亡子"招魂"时的血泪控诉,揭露了帝国主义和封建军阀的狰狞面目,表达了自己忧国忧民的爱国主义情怀。诗人以夸张的手法借老母亲的口吻写道:"儿呀……汝名锡伯,慕容后裔,卫戍祖国土地,出过汗马之劳的东方斯巴达……"这首诗结尾以

老母亲给亡子招魂的独白结束:
>儿呀,你为何抛弃家乡?
>走向何方,去遭受不祥。
>你回来呀,不要去东方!
>那里魍魉满场,吃人肉,吸骨髓。
>你回来呀,不要去南方,
>那里是鬼域,人们刻画着额头,
>见人磨牙,见鬼谄媚。
>你回来呀,不要去西方!
>那里是一片荒漠,草木不生,冰天雪地,茫茫无垠。
>飘飘荡荡,无依无靠。
>儿呀,你回来呀!
>回到祖国的中央,
>中央是乐土,是家乡。

在锡伯族文苑中,柏雪木的诗文在艺术上达到了很高的水平,尤其是他文学想象的驰骋能力构成其独特风格。他成功的创作实践形象地诠释了黑格尔的一句名言:"最杰出的艺术本领是想象"。

第四节 郭基南

郭基南(1923—),姓郭尔佳氏,锡伯语名字为富克津阿(开拓者、创造者之意)。他是锡伯族现、当代文学史上一个承前启后的重要诗人与作家。他的创作不但丰富了锡伯族文学艺术宝库,还为中华民族文学画廊增添了许多新的艺术形象和绚丽色彩。在老一辈少数民族诗人与作家中,郭基南是为数不多能用双语(锡伯文和汉文)进行创作的作家之一,这就使他的作品更具有特殊价值和深层次的意义。

郭基南于 1923 年 1 月 1 日出生在新疆伊犁察布查县爱新舍里镇依拉齐牛录村（正白旗）南水磨沟的一个农民家庭。风景如画的水磨沟，潺潺流蜜的金泉水，让孩提时代的富克津阿走进了诗的意境，陶冶了他的情操。

幼年时期，受祖母的影响，年纪幼小的郭基南就已经初步接触满文版的《三国演义》、《西游记》等中国古典文学名著和满文版的《隋唐演义》、《说岳全传》等通俗小说，以及丰富多彩的锡伯族民间文学作品。幼年时期所受到的良好的文学熏陶，无疑对他后来走上文学创作道路起到了潜移默化的作用。

1939 年，郭基南 16 岁。由于家境贫寒，他已经辍学务农两年了。这时候正好以安子英为首的一批锡伯族进步知识分子来到伊宁市和察布查尔县进行抗日宣传。在他们的启发教育下，郭基南深深感到继续求学的重要性，便去投考高等学堂（实为高小）。由于他聪颖好学，不仅考上了这所学堂，后来又顺利考上伊宁市五族中学；由于他学习勤奋，成了品学兼优的好学生。1939 年 10 月，安子英发现他勤奋好学，很有才华，便以反帝会的名义推荐他到迪化（乌鲁木齐）进入当时由著名作家茅盾领导的文化干部训练班（简称"文干班"）学习。该"文干班"是我们党所领导的由茅盾等同志主办的培养新疆各兄弟民族文艺人才的中心。在这里，他聆听了茅盾、张仲实、赵丹等人的讲学，阅读了鲁迅、茅盾、艾芜等作家的小说，艾青、臧克家等诗人的诗歌，朱自清等作家的散文以及抗战文艺刊物《文艺阵地》上的进步文学作品，他开始接受革命文学思想的启蒙，明白了"文艺为人生"的道理。渐渐地，一股强烈的创作欲望在他的心中涌动，他要用自己的笔描绘自己的所见所闻，倾吐自己的所思所感。这一年的 12 月，他在《新疆日报》上发表了用汉文创作的处女作《一天的生活》，笔名"伯基"。文章表达了一个热血青年的抗日热情。1940年，17岁的郭基南连续发表两篇短篇小说《黄老木匠》和《李掌柜买公债》。从此以后，他怀着旺盛的创作激情，连续写出了大量小说、散文、诗歌，同时还改编话剧、创作歌词，翻译文学作品，当文学编辑，自觉走上了文学创作的漫漫长途。

1941年，18岁的郭基南在导师王为一的指导下，以青年人的爱国激情改编创作了两个汉文抗日话剧《在原野上》（又名《满天星》），发表在"文干班"毕业专刊上和《在太行山下》（发表在汉文会主办的《文艺月刊》上），并曾在乌鲁木齐、伊犁、喀什等地公演过，得到好评。《满天星》还在赵丹组织的抗战话剧比赛中荣获一等奖。这两个剧本愤怒地揭露了日本侵略者惨无人道的兽行，歌颂了抗日英雄浴血奋战保卫国土的英雄事迹，使身居抗日后方的新疆各族人民从中了解到抗日前线的斗争情况，从而鼓舞和激励了新疆各族人民的抗日热情。接着，他又把两个剧本译成锡伯文，在察布查尔演出过。他用锡伯文翻译的抗战话剧《插翅虎》，也在察布查尔公演过。同年，他还发表了一篇散文《月下闲谈》，痛斥德、意、日法西斯的野蛮侵略。

1942年，伪装进步的新疆军阀盛世才开始暴露反革命真面目，投靠蒋介石国民党，迫害新疆的共产党人和各民族进步人士、革命青年，残酷镇压进步文化运动，把新疆各族人民推进了灾难的深渊。锡伯族一大批知识青年和进步人士同样也遭受逮捕和杀害。就在这黑暗的年代，郭基南在"文干班"学习结业后，校方原拟将他留校任职，但因他的名字已被列入盛世才的黑名单，盛世才下过"半年内不得任用"的手谕，所以他被迫返回家乡，当小学代课教员，其间写了抨击反动派罪恶行径的小品文《夜鼠》等。

郭基南20岁那一年创作了诗歌处女作《野火》。这首诗鲜明地表达了作者对人民反抗斗争的赞美和对革命必定胜利的坚定信念。作者热烈期待"野火"用它奔腾的气势,炽热的烈焰,去烧透那冰冷的山谷、封冻的大地和漫漫长夜,迎接祖国绚丽的黎明。这首诗当时未能发表,直到3年以后,才在三区革命《民主报》和《新生活报》上用汉文和锡伯文同时发表。这年冬天他还创作了反映锡伯人民苦难生活的诗歌《车夫怨》,此诗当时是用锡伯文写的,也未能发表,但是曾经套用俄罗斯民歌《茫茫大草原》的曲调广为传唱,后来收入诗集时才译为汉文。《车夫怨》,短短十二行,真切地描述了旧社会下等人——车夫的悲惨遭遇及其怨恨,进而抒写了整个民族的灾难,这是一曲催人泪下的悲歌:

黑夜夺走了我年轻的生命,
快去寻找那灿烂的黎明!

这是车夫临死前的遗言,是何等哀怨沉痛!此诗提名《车夫怨》,通篇无一"怨"字,却扣紧"怨"字做文章。诗的第一节具体描绘了车夫的怨境,第二节描写了车夫的怨言,第三节即最末一节,诗人因车夫的悲惨经历激起深深的同情,对黑暗的现实作了揭露和批判:

无情的风雪在狂啸,
想把悲凄的旷野淹没,
冷酷的岁月在张口,
想把苦难的人们吞噬。

"风雪"、"岁月"以拟人化的手法告诉我们,它们是压迫者、剥削者的象征。《车夫怨》既写实,又抒情,富有形象性,含蓄隽永,可谓蕴藉之作。

1944年夏天,他创作了诗歌《祖母泪》。诗人后来回忆说,他是流着泪写这首诗的,因为他自己的家庭就有类似的遭遇。这首诗中的人物形象、情节结构明显带有诗人身世的影子。童年的一段经历,对他来说是刻骨铭心的、永世难忘。诗人从他自身的遭遇,联想到普天下穷人的苦难,怀着悲愤的心情完成这篇力作。这首诗当时也是用锡伯文写的,未能发表,直到1946年才能在三区革命的锡伯文《新生活报》上公开发表,后来收入诗集时才译成汉文。这是诗人早期又一篇具有特色的诗作,是撼人心魄的一份控诉书。此诗不拘泥于事实,而具有较高的典型性,慈爱善良而又坚强不屈的"祖母"形象给我们留下深刻印象。这里的"祖母",无疑有诗人祖母的影子,然而她又是旧社会难以数计的善良不幸的祖母形象的艺术概括。诗中的"我",既有诗人自己真情实感的抒发,也不妨看成与"吃人的旧世界"势不两立的人们的写照。

《祖母泪》在章法布局、艺术构思上也是十分讲究的,没有过多渲染夸张的笔墨,如实地写来是其特色。"祖母"不是斗士和猛将,只是坐在家里,眼睁睁地目睹四个儿子被狗官一一传走,一个个被摧残折磨,一个个被逼入坟穴,像是讲故事,叙述家史,掀起波浪,层层深入,当我们读到:

有一天,父亲气喘吁吁,
背着快咽气的四叔奔至家里;
说性烈的四叔因触犯狗官,
竟挨棍棒落此地步。

祖母搂着我揪心痛哭,
我也依偎着祖母断肠啜泣;
父亲又唤我去打门灵幡,
泣血把四叔的灵柩葬入墓地。

血和泪的现实,血和泪的诗句,给人们以血和泪的教育。可见,有些诗歌虽然以铺陈叙事为主,然而由于饱含着作者强烈的思想感情,质朴如实地写来,同样会收到感人至深的艺术效果。《车夫怨》和《祖母泪》的诗歌语言直白,诗性浓烈,格调深沉，但不低沉，表现了诗人为民请命的战斗姿态。

这年10月，在伊犁、塔城、阿勒泰地区爆发了著名的"三区革命"。郭基南积极参加了这场推翻国民党反动派黑暗统治的斗争，他用自己的笔自觉为这场斗争服务。此后几年，他用"伯基"、"玛其图"、"牛伦"（彩虹）、"富尔给库"（号角）等笔名，创作了一系列小说、诗歌、散文、报告文学和剧本。小说《委员——选举谁?》描写联合政府成立后，国民党党部委员到伊犁抓权的情况，揭露反动派的险恶用心，反映人民要求掌握领导权的愿望；小说《羊的故事》是一篇讽刺性作品，暗示三区革命领导机构与国民党签订和平条款，正如羊与狗的关系，意在提醒革命领导人不要上当受骗。诗歌中有代表性的是自转体叙事长诗《新生》，以作者参加三区革命组织"保卫新疆和平民主同盟"前后的思想状况和革命活动为线索，袒露自己的内心世界，表现了对真理的渴求和对革命的向往。抒情诗《春望》一面指出人民的痛苦尚未解除，一面表达自己的信念：

　　黑夜正在怒涛中消失，
　　曙光已出现在东方。
　　……
　　想到来日春满人间，
　　心泉涌起希望的波浪。

《同情》一诗表现了诗人反对封建礼教、主张妇女解放的思想，结尾处写道：

　　该死的"三从四德"
　　套在你们身上的封建锁链。
　　为了人类母亲的尊严，
　　也使祥林嫂的悲剧不在人间重演，
　　我们一起把这冷酷的锁链砸断！

《纪念》（又名《五一之歌》）一诗歌颂无产阶级的斗争，赞美了伟大的十月革命,表达了急切盼望社会主义制度诞生的愿望。

这几年,他在锡伯族中学班任过教,在三区革命政府锡伯文报纸《新生活报》担任过编辑。期间,他曾编选两册锡伯文的诗集,收入20多位锡伯族诗人的40多首诗歌。他用锡伯文撰写了两篇文艺理论文章,系统阐述了他学习马克思主义思想后形成的进步文艺主张,对当时的锡伯族文学创作产生了一定影响。郭基南创作的多幕历史话剧《察布查尔》,在察布查尔县和伊宁市上演后得到了观众的好评,引起强烈反响。这部多幕历史话剧主要表现1764年从东北迁徙到伊犁河畔的锡伯族军民,经过30多年的休养生息,人口猛增,加之朝廷停发锡伯营的口粮军饷,驻守在伊犁河南岸的锡伯族军民面临生死存亡的严重关头。在这危难之际,新上任的锡伯营总管图伯特,力排众议,上书伊犁将军,以九族担保,亲率400名锡伯军民,自1802年至1808年经过7年的艰苦奋斗,终于挖成著名的察布查尔大渠,在亘古荒原上开垦出8万亩良田。从此察布查尔这个阶梯式平原阡陌相连,村落相望,为锡伯军民保卫边疆、建设边疆打下坚实的基础。剧本通过这一典型历史事件,讴歌了锡伯人民忠于祖国、戍边屯垦、艰苦创业、勤劳勇敢的光荣传统和历史功勋。此外,他还编写了两册锡伯文小学高年级语文课本,约10万字,由伊犁教育部门出版后在锡伯族学校使用,为锡伯族基础教育的发展做出了历史性贡献。

1949年春天,在解放战争节节胜利的大好形势鼓舞下,郭基南创作了《我要弹奏》一诗,表达了诗人热切盼望祖国解放的心情。在新中国诞生的日子里,身处伊宁边城的郭基南获悉中华人民共和国成立的喜讯,满怀激情地创作了诗歌《飘扬吧,五星红旗!》,诗人情不自禁地吟唱道:

这一天,

劳动人民终于盼来了。
解放的炮声隆隆，
扫荡了旧时代的腌臜，
迎来了新中国的春光。
无数面鲜艳的五星红旗
像美丽的吉祥鸟，
飞上祖国的蓝天。

这是诗人献给新中国的一支响亮的颂歌。诗歌一气呵成、情绪高昂，明朗欢快。今天读来，仍然引起共鸣，令人振奋鼓舞。这首诗后来被译成汉文、意大利文在国内外发表后产生一定影响。

诗人的创作自此进入了新的领域，一改以往深沉的格调，换上了明快的色彩。热情歌颂中国共产党的英明领导，歌颂伟大的社会主义祖国，歌颂亲人解放军，歌颂新生活的光辉，成了诗人倾注情感、反复吟唱的主题。

第五节　散文创作

在这一时期，锡伯族作家在散文创作方面尽管显得相对薄弱，但也不是没有发展。其中较有代表性的散文作品有巴达兰《献图公颂文》，以及佚名的《图公颂辞》、《朱萨满传记》、《锡伯族见闻录》、《一家三代英雄》等。

巴达兰，生平不详，根据文末署名约略可知，他曾经担任过锡伯营正蓝旗七牛录章京和锡伯营副总管等职务。《献图公颂文》是其目前看到的唯一存世的作品，该文作于民国二十二年（1933年），当时盛世才统治新疆，伊犁将军在行政编制上改为伊犁屯垦使，张培元主持政务。出于军事需要，此时锡伯族虽仍被置于八旗制度之下，服兵役而不纳税，但由于兵役制度的残酷，锡伯族仍不免被压榨与奴役。这篇文章就是作者在目睹了时事艰危、民族苦难之后，不忍心看着"淳厚之德渐微，淡漠之风日兴"而"默然处之"，所以借修建图公祠，隆重纪念图伯特之际写了这篇祭文，希望继承和发扬图公等先辈的创业精神，激励子孙，奋发图强，振兴民族大业。文章分为前后两个部分，第一部分是对图伯特一生行状的概述，文章开篇叙述了图伯特美好的品德，"自幼品行非凡，聪颖博学，沉毅端正，无浮言妄行；"且"孝敬父母，言语谦恭；友于兄弟，和顺亲睦；睦于乡里，端庄恭敬，堪为众人楷模"。因此名声彰显四方，"既长，胸怀壮志"，意在说明文章开篇所言："世出奇人而后方兴奇事；英雄造世事，世事造英雄；乃事出有因焉。"这为后文论述图伯特不平凡的业绩张目，语言简洁明快，要言不烦，将图伯特一生当中美好的品德呈现在读者面前。

关于图伯特的事迹，据《伊犁略志》、《伊江汇览》等相关文献记载，图伯特又名图克善（满语：牛犊之意），姓伊拉里氏，1755年五月初八出生在盛京（今辽宁沈阳市）北郊的锡伯族屯里。在平息准噶尔叛乱和南疆大小和卓叛乱之后，作为清政府应征的1020名锡伯族官兵中的一员，于1764年（清乾隆二十九年）农历四月初从盛京出发，经过一年多的长途跋涉之后到达新疆伊犁，并于1766年（乾隆三十一年）农历正月到伊犁河南岸（即今察布查尔锡伯自治县）驻守。到乾隆三十二年组成锡伯营八个牛录（满语箭之意，是清朝八旗制度下军政合一的基层组织）。图伯特一家被编入正蓝旗（今察布查尔锡伯自治县纳达齐牛录）。图伯特18岁应试而成为披甲（满语叫伍克辛，是满洲兵的总名称）。因在牛录当差勤奋，平时又努力学习，注意研究历史、地理，闲暇之时还从事农耕，图伯特由领催—防御—佐领—副总管步步升为锡伯营总管。乘着政务之便，结合自己所掌握的知识，在分析研究了伊犁河以南的地形、土壤等自然条件之后，他决定兴修水利——开挖察布查尔大渠，垦荒种田，以造福于后代。在实施过程中，他克服了种种阻力，排除万难，并以九族担保，征得当时伊犁将军松筠的同意。1802年（嘉庆七年）农历十月察布查尔大渠正式兴工开挖。在挖渠过程中，图伯特亲自来到工地上，白天指挥劳动，夜晚则率领部分办事人，用香火测量地形，钉桩，标明翌日开挖渠道的路线，不分昼夜、不知疲劳地和大家共同战斗。在图伯特的率领下，锡伯族军民齐心协力，经过辛勤劳动，终于在1808年（嘉庆十三年），挖成了深一丈、渠底宽一丈二寸、渠面宽三丈、东西长达二百余里的察布查尔"大渠"。此后又相继开垦出78704亩土地，使一片荒无人烟的原野上出现了村落相望、阡陌相连的欣欣向荣的景象。由于积劳成疾，于1823年（道光三年）图伯特在锡伯营正黄旗（今察布查尔锡伯自治县寨牛录）的家里逝世，享年69岁。

《献图公颂文》在概括了图伯特美德之后，接下来全面论述了其上述功业，"锡伯营驻防伊犁后，生计未安，军务倥偬，戍边严厉"。交代当时西迁之时锡伯族面临的现实问题，"公急民之所急，锐身自任，倡率义举，兴修水利"，开始了领导民众创业的艰辛过程。文中写到图伯特对当地的实地考察，"上观天文，下察地理，研地脉究土性"，风餐露宿，日夜不寐，足迹遍布伊犁河南岸，非常辛苦；在劳动中，他身先士卒，苦心经营，呕心沥血，终于"历经寒暑十三载，遂大功告成"，开垦出察布查尔一带沃野良田，"沃野桑田，阡陌相属，渠水蜿蜒，二百里长"。可与上述史事相印证，值得一提的是，作者还写到图伯特兴礼教，重文化，开民智等业绩，"礼教周流，文化兴于边陲；贤愚齐化，民德趋向憨厚"，将其功业与教民于稼穑的后稷，寄予民众厚望的师尹，屯田西域的赵营平，教化边民的王术子等相提并论，称其功业可以泽被后世，惠及子孙，"丰功茂才流芳八旗，福利普被乌孙，根基绵远长久"，充分表达了锡伯营八旗民众缅怀先辈功业，饮水思源的情怀，反映了作者于乱世时事艰难之际继承"先烈之业，负弘扬之任"的决心与愿望。

文后附颂词，运用对仗句式，对图伯特一生的功德做了综合评价，此为祭颂文固定格式，并无新意，但如果从艺术的角度看，行文流畅，常"当行于所当行，止于所当止"，语言雅俗得宜，气势磅礴，与前文对图伯特行状业绩的论述相表里，确非常人能及，可见作者功力之深。

从总体上来看，此文典雅庄重，结构工稳，语言要而不烦，将图伯特一生丰功伟绩、嘉德懿行行之于短短数百字中，即使放在中国文学史中也毫不逊色，应当说充分体现了锡伯族文人在散文创作方面的实力。

此外佚名《图公颂辞》、《朱萨满传记》、《锡伯族见闻录》也各具特色，不容忽视。《图公颂辞》作于民国二十二年（1933年），与《献图公颂文》作于同时，且同是为纪念图伯特所作，不同的是本文专为纪念图伯特开挖察布查尔大渠130周年而修建图公祠的颂词（此文可能与《献图公颂文》出于同一作者之手，或非出一手而同时同地为同一事所作也不无可能，是否确然，有待考证，编者按），文中对图伯特的丰功伟绩和泽及子孙后代的创业精神给予了高度评价，并号召人们继承图公勤政为民的优良品德，对于研究新疆锡伯族屯垦戍边的历史有参考价值。《朱萨满传记》系记事体散文，作于民国三十七年（1948年），该文根据清代嘉庆10年发生的真实故事改编而成，主要叙述了朱萨满传奇的一生，表现了他的成长史。朱萨满从小没有上过学，天生有着矫健的身体，大萨满发现后开始培养他，几年后使他成了有名的萨满。他在举行跳神仪式的同时，用中医药治病救人。此文对于研究锡伯族宗教信仰及历史人物有重要的参考价值。《锡伯族见闻录》，民国年间所作，具体创作时间无考，与前述单篇行世不同，《锡伯族见闻录》系反映锡伯族人物信仰习俗的散文集。记录了锡伯族历史人物拉希贤图、好汉罗锅、侠士开寿、海兰格格的民间传说，以及所居住地方周边地理环境、锡伯族信仰习俗方面的传说等，不仅对于研究清代锡伯族社会历史和风俗习惯有参考价值，同时作为一部散文之结集，对于了解锡伯族散文创作的一般情况也具有同等的重要意义。《一家三代英雄》是纪实体散文，主要叙述父亲额尔古伦、儿子萨灵阿，孙子色布希贤一家三代人从普通一兵步步晋升为领队大臣的经历。这些散文对于研究清代锡伯族社会风俗、历史人物和锡伯文学都有参考价值。

概而言之，这一时期的散文创作，以整体而言，的确不尽如人意，没有形成强大的创作团队，涌现出大批优秀散文佳作，似与其他体裁的作品不相衬，但如果结合民族与社会环境而言，其进步也是有目共睹的，寥若星辰与繁星点点同样点缀着夜空，20世纪上半时期的散文创作同样是锡伯族文学当中不可缺失的部分。

第三章　20世纪50—70年代的锡伯文学

第一节　文学创作概观

20世纪50—70年代，锡伯族文学中的诗歌创作和戏剧创作取得较好成绩，翻译文学又有新的发展。在"文化大革命"中，锡伯文学处于半瘫痪状态，偶尔有一些假大空作品。

小说创作方面，除了著名作家郭基南仅写有一些短篇小说，锡伯族作家赵治国和铁木尔也写了些小说；老作家乌扎拉·舒幕通利用文化大革命靠边站的机会，经过几年的努力创作了一部长篇小说和三部中篇小说。他的长篇小说反映了三区革命时期，锡伯族人民组织自己的骑兵连，开赴战场，与国民党反动派浴血奋战，屡建战功的斗争生活。他的三部中篇小说分别是取材于现实生活的小说《汗亚依拉克之战》、历史小说《张格尔的护指》和传记式小说《莲花的故事》。

此时期投入诗歌创作的锡伯族诗人有久善、赵令福、郭基南、哈拜等。1958年，久善的第一部诗集《除夕》由新疆人民出版社出版，诗集共收有五首长诗，分别是：《粮食问题出现以后》、《吴乐朋友的喜庆日子》、《俊美格格的机遇》、《三十年的心病》和《除夕》。1959年，诗人赵令福的锡伯文诗集《华连孙与美根芝》由新疆人民出版社出版，里面收录了诗人的一首同名叙事长诗。他的另一首叙事长诗《枣树下》（又译《一棵沙枣树》）的创作时间比前一首还要早一些。这一时期，诗人郭基南在诗歌创作方面取得了较大成就，其中比较有名的作品有50年代创作的叙事长诗《卓娅》，60年代初创作的抒情诗歌《早安，金色的伊犁河谷》，随后，又创作出长诗《用血肉写成的诗篇》、《旗手颂》、组诗《伊犁春色》和抒情诗《四进乌鲁木齐》。哈拜，是新中国成立后党培养教育出来的一位锡伯族诗人，从50年代开始就拿起笔来创作诗歌。他在农牧区工作多年，对劳动人民的生活变迁感触颇深，因多年来与哈萨克人民杂居在一起，哈拜对哈萨克的语言文学、生活习惯和历史文化比较熟悉。所以，在他的作品中，歌颂社会主义建设新成就和反映哈萨克人民新生活的作品比较多。他的诗歌作品常常在报刊上发表。在六七十年代创作比较活跃的诗人还有佘吐肯、何耶尔·兴谦等。佘吐肯创作的《世世代代铭记毛主席的恩情》一诗，经谱为歌曲在全国传唱："谁给咱砸断锁链？／谁把咱救出火坑？／通往幸福的阳关道谁给咱指明？／天上的太阳，／心中的明灯，／毛主席呀共产党，／锡伯人民的救星。"

　　这一时期，由于特殊的社会背景和政治原因，锡伯族的散文创作处在一个相对徘徊不前的阶段，散文作品收获甚微，唯有郭基南等极少数作家的散文创作还在断断续续，在新中国刚成立不久，郭基南用汉文创作了散文《伟大啊，我们的祖国》（1950年），60年代初，郭基南又创作长篇报告文学《准噶尔新图》和四篇散文。《准噶尔新图》曾引起文学界的重视。

　　新中国成立后，锡伯族的戏剧文学有了新的发展。为了进一步丰富锡伯族的话剧艺术，锡伯族的文艺工作者在进行话剧创作的同时，开始着手翻译汉族戏剧作品。译演的作品有《白毛女》、《大榆林》、《刘胡兰》、《血泪仇》、《穷人恨》、《赤叶河》、《兄妹开荒》等大型革命歌剧。各农村俱乐部和锡伯中学的业余文工队翻译并排演了《不拿枪的敌人》、《在战斗里成长》、《大榆林》、《刘胡兰》等话剧,文艺工作者还翻译演出了俄文话剧《钦差大臣》。锡伯族的另一种戏剧艺术形式是秧歌剧,又称汗都舞春或曲子戏,它是从汉族的戏曲中移植过来的。艺术家们翻译并自编自演了《兄妹开荒》、《皆大欢喜》、《由鬼变成人》、《买卖婚姻》、《碾米》、《小姑贤》、《农民之家》、《夫妻识字》、《赵小兰》、《锦绣匾》等新秧歌剧。这些秧歌剧丰富了锡伯人民的文化生活,提高了锡伯人民的思想觉悟,对顺利进行民主改革和建设社会主义起到了重要作用。

新中国成立以后,锡伯族的翻译文学在原有基础上又放出新的光彩。过去的翻译成果,得到了全面而系统的挖掘和整理,由汉文翻译成锡伯文的作品数量增加。20世纪50—60年代出版的文学作品有:《新儿女英雄传》、《暴风骤雨》、《高玉宝》、《阿Q正传》、《阿诗玛诗集》、《王贵与李香香》、《鲁迅小说选》、《李有才板话》、《小二黑结婚》、《孟姜女》、《鲁迅先生的故事》、《不平凡的日子》等。翻译的戏剧作品有古代剧《梁祝》、《小放牛》、《卓文君》和现代剧《白毛女》、《穷人恨》、《血泪仇》、《兄妹开荒》等数十部。

第二节　久善与赵令福

久善(1918—2005年),永托尔氏,新疆察布查尔自治县乌珠齐牛录人,曾经是乌珠齐牛录小学教师,是一位20世纪40年代活跃于文坛的锡伯族著名作家。他和郭基南一样,于1940年从察布查尔家乡来到乌鲁木齐"文干班"学习,因受到革命文学思想教育和进步文艺活动的熏陶,不久便开始了他的文学创作生涯。20世纪40年代,他以萨哈林玖等笔名发表了不少好诗,如《锡伯狩猎》、《察布查尔母亲对我们叹息》、《二月初二——

初春之夜》、《真心希望》、《直言》、《柯吉阿拜》等。除此之外，他还创作了话剧《伊奔芝和花莲芝》、《察布查尔，锡伯母亲》、《为民主》和流行歌曲《砸烧酒坊》等。1958年，他的叙事长诗《除夕》由新疆人民出版社出版。

20世纪40年代刚刚摆脱鸦片烟之害的锡伯族老百姓，又被酒鬼缠住。在八个牛录都开办烧酒坊，不仅浪费大量粮食，而且喝酒的人越来越多，甚至到"饭可以不吃，酒不能不喝"的地步，酒给锡伯人民带来种种家庭问题和社会问题，成为酒害。在乌珠牛录当小学教师的久善等人发动了禁酒运动，他亲自编写《禁酒歌》："二月初二，初春的夜间，头顶着刚刚升起的月牙儿；脚踏皑皑白雪，二百余锡伯青年，热血沸腾，精神抖擞，洋溢着青春的气息，皎月似的洁净。我们意向一致，为了民主，武装起头脑。祖辈们为后代流的血汗，我们不能辜负过去的历史。拿起斧头铁锹，捣毁那酒害之根的烧房，铲除那臭恶的地主。青年们，人心快哉，禁酒胜利。"在久善等老师的带领下，200多名青少年高唱《禁酒歌》，高呼"根除酒鬼，捣毁烧房"的口号，捣毁了烧酒房。禁酒运动迅速波及孙扎齐、纳达齐、扎库齐等牛录，并且取得了胜利。

久善的《除夕》共分五个部分，分别是"粮食问题出现以后"，"吴乐朋友的喜庆日子"，"俊美格格的机遇"，"三十年的心病"和"除夕"。全诗感情浓烈而真挚，语言质朴，不时有俚语和方言穿插其中。全诗歌颂了在社会主义建设初期，锡伯人民的乐观向上、英勇豪迈的气概和艰苦创业的精神。

"粮食问题出现以后"，写的是一位叫伊车拜的农民在合作化运动中要不要走合作化道路的思想斗争。就在他左右为难的时候，伊奔芝姑娘引导他走上了光明的农业合作化道路。

长诗第二部分围绕就着吴乐的新生活展开，身为农业合作社社长的吴乐想推荐在农业合作化运动中表现优秀的伊奔芝加入中国共产党。

第三部分"俊美格格的机遇"以伊奔芝的成长经历为主要内容。伊奔芝的父亲在旧社会受尽了压迫,她的母亲也因为染了瘟疫而去世,小小的伊奔芝不得不挑起养家的担子。她被逼嫁给地主的独眼二少爷,幸亏有解放军救了她,被解放了的伊奔智终于在党的光辉照耀下变成了俊美格格。为了报答党的和毛主席的恩情,她成为积极拥护合作化的中坚力量。

第四部分"三十年的心病"分为九节,以阿林为主人公,通过回忆的方式血泪控诉在国民党反动派统治时期的新疆察布查尔锡伯族百姓所受的非人待遇,歌颂了三区革命时期渴望光明的各族人民积极参加解放战争的爱国热情,讴歌了新中国成立后察布查尔人民的美好新生活。

在中国共产党民族政策的光辉照耀下,实现自治的察布查尔县迎来了第一个美好的春天。就在这个春天,县干部乌尔贡带着他的妻子衣锦还乡了。长诗的第五部分就围绕着乌尔贡"除夕"还乡展开。乌尔贡家几代人在旧社会都过着牛马不如的生活,谁也没有料到,新中国成立以后的乌尔贡居然能够成为县里的一位重要干部。可是,吃水不能忘记打井人,乌尔贡的父亲就在除夕之夜教导他,要对得起百姓的信任和支持,懂得珍惜今天的幸福生活,爱惜国家财产,不要挥霍浪费。

赵令福(1930—1960),姓觉罗氏,察布查尔锡伯自治县扎库齐牛录人,中国共产党党员。1949年前曾在伊犁锡伯中学班学习,1949年自查布察尔中学毕业后赴西安西北人民大学深造,1953年转咸阳机械学校机械制造专业学习,毕业后分配到查布察尔第一中学任教,并任学校党支部书记。由于带领教职工治校有方,使第一中学于1959年列入新疆重点中学。他本人也被评为自治区一级模范,出席全国文教群英会并获奖。他从小酷爱文学,曾经在中学读书期间写过长诗《枣树下》(又译作《一颗沙枣树》），这是一首根据民间传说创作的叙事长诗，描写了一位农村姑娘在黑暗的封建社会得不到人身自由和婚姻自由，走投无路，被逼跑到沙枣林去自尽的悲剧。这首长诗使年轻的赵令福初露锋芒，显示出他的诗歌创作才华。参加工作后，他曾经翻译出版了叙事长诗《阿诗玛》。1959 年，赵令福的锡伯文诗集《华连孙与美根芝》由新疆人民出版社出版。这首叙事长诗描写了华连孙与美根芝这一对青年恋人彼此相亲相爱，同心协力，战胜阻碍他们相爱的种种邪恶势力，最后结为恩爱夫妻的爱情故事。

正当他的事业和诗歌创作如日中天的时候，1960 年，他突然选择了自杀。可惜啊，才华出众的诗人。

第三节　管兴才

管兴才（1896—1963），本姓卦尔佳氏，讳兴才，字祯器，新疆察布查尔锡伯自治县堆齐牛录人，是锡伯族著名民间诗人。他幼时聪明过人，博闻强记，有神童之称。家境贫寒，经过刻苦自学精通了汉、满、蒙、藏文，并自修了历史和文学，尤其对锡伯民族的文学很有研究。1949 年前，他曾先后任锡伯营总管档案秘书、博尔塔拉察哈尔营笔帖式（秘书）、昭苏厄鲁特营笔帖式和蒙古学校教师、伊犁镇守使参谋处秘书、昭苏县政府秘书等职务。1945 年后回到家乡堆齐牛录落户，生活在锡伯民间并开始了文学创作生涯。

管兴才知识渊博，性格开朗而风趣，善讲故事，在他周围总是吸引聚集一些人。在文学方面，他擅长诗歌创作和文学翻译。由于长期生活在人民群众中间，他对锡伯族的民间文学很熟悉，并常常在此基础上进行文学创作，因此，他很快成为一位深受锡伯族人民喜爱的民间诗人。20 世纪 40 年代后半期，即在三区革命时期,他在农村俱乐部工作和被邀请到查布察尔文化促进会工作时,曾为全县每年举办一次的文艺汇演创作了很多演唱节目,如《猎歌》(又名《打猎歌》)、《接新娘》、《十二月歌》、《婚礼歌》等。在反映锡伯人传统狩猎生活的《猎歌》中诗人这样唱道:

> 猎人挥鞭上骏马,
> 雄鹰蹬在左肩上。
> 右手挥舞着大头棒,
> 箭一般奔向猎场!
> 哦呀嘿嘿,
> 箭一般奔向猎场!
>
> 人人称道他英雄,
> 人人赞扬他伶俐。
> 试试他的本领,
> 也要试试骏马。
> 哦呀嘿嘿,
> 也要试试骏马!
>
> 野兔被追得筋疲力尽,
> 猎犬早已扑上了它。
> 猎人翻身下了马。
> 端端擒住了野兔,
> 哦呀嘿嘿,
> 端端擒住了野兔!
>
> 日落西山才回家,
> 猎人剥去野兔皮。

新鲜兔肉炒咸菜,
香喷喷的味道胜过海参。
哦呀嘿嘿,
香喷喷的味道胜过海参!

《打猎歌》在民间广泛流行,很受欢迎,这是因为这首歌真实反映了锡伯人民传统的狩猎生活。锡伯族早期在东北是靠渔猎为生的,后来虽然被农牧业取代,但至今还保存着渔猎生活的一些生活习惯。每逢冬季农闲时,他们便成群结队的出猎,所获猎物平均分配,这种生活民俗在管兴才的诗歌中得到形象生动的反映。

在民国时期,管兴才还创作了《吸烟的婆娘》(又名《抽大烟的懒婆娘》)、《戒赌歌》、《打猎歌》、《定亲歌》、《接新娘》、《婚礼歌》、《十二月歌》《宝贝——母亲的苦乐》等讽刺社会恶习的讽刺诗、民歌、习俗歌等。

新中国成立以后,他在农村同一部分文化积极分子创办了油印刊物《文化的动力》。他带领一些业余文学爱好者,配合当时的社会改革运动,创作了很多演唱节目和诗歌;同时在搜集和整理锡伯族民众中广泛流传的《迁徙歌》的基础上,于1959年创作了一部反映锡伯族人民自1764年离别东北老家万里迢迢迁至伊犁,直到新疆解放的将近200年间所经历的重大事件的叙事长诗《西迁之歌》。叙事长诗形象生动,韵律和谐,通篇充满了爱国主义精神。1981年,经佘吐肯整理翻译的《西迁之歌》在新疆维吾尔自治区和全国少数民族文学作品评奖中被评为一等奖。

《西迁之歌》共548行,整个作品,虽重点叙述锡伯人民西迁的辛酸经历和苦难历程以及后来的各种遭遇,但诗作表现的不是屈服于命运的悲观绝望的呜咽,而是歌颂了锡伯人民的爱国主义精神、以大无畏的英雄主义战胜一切艰难险阻的西迁精神。锡伯人民每当听到《西迁之歌》就压抑不住内心的激动而潸然泪

下。这部长诗一开头就唱出东北故乡和民族大迁徙的历史背景:

　　大清皇帝发出了谕旨,
　　下达到奉天将军那里。
　　责令抽调锡伯千户人,
　　远戍边防到伊犁。

　　奉天省的锡伯人啊,
　　怎舍得离开自己的故土!
　　忧愁的双眼泪花闪闪,
　　忍受着心头无限的悲伤。

　　吉林省的庶良民啊!
　　亲人们从此要分离,
　　伤心的面孔上泪痕斑斑,
　　钢铸的汉子也把头低。

　　黑龙江省的民众啊,
　　永别了自己的亲骨肉。
　　悲痛的泪珠滴不止,
　　铁打的硬汉也哭成泥。

离别了,美丽的家乡,从此一去不能返了!亲爱的骨肉同胞啊,离别了,同根同族从此难得一见了!四邻五舍哭声连天,亲朋好友恋恋不舍,故乡的土地,从此会变得没有气息。由谁人来用歌声把它唤!前辈们安息的地方啊,将变成荒滩异地,由谁来填土扫墓!啊,年迈的双亲怎么办,他们在艰难的征途中怎能吃得消?已许下的闺女怎么办?难道可以把婚约推翻?还有孕妇和婴儿……大难临头,如何是好。离别的场面描写得既概括又深刻,读起来真实感人。

但是，人们在灾难面前并不仅仅是束手无策地悲泣痛苦。不，在哭声中，他们齐心协力，同甘共苦，冷静地分析黑沉沉地压在头顶上的雾在大难中寻求未来的生存和发展：

必须的用品全带上，
要为今后的生计着想。
带上故乡的南瓜籽呦，
让它结果在西疆的土地上。

带上神圣的希里妈妈，
保佑我们的子孙繁衍生长。
带上神圣的海尔堪码发，
保佑我们的牲畜繁殖茁壮。

读了这部史诗，读者不由自主地被带进它所描绘的两个世纪以前的历史境界里。1764年农历4月18日，锡伯乡亲们聚集在盛京家庙里共餐一顿离别的饭。即将踏上西迁征途的军民和留在故乡的亲人个个心情那么沉重，姑父姑妈抱起侄儿难舍难弃，舅舅、舅母望着外甥泪眼汪汪，哈喇、莫昆骨肉兄弟被拆散了，人人心碎肠断。丰盛的饭食，吃哟，这是家乡的饭啊，今后可再也不能共桌同餐；可是，咽不下一口。满腹的别言，说呀，往后可再也不能听到彼此的声音了；但是，说不出一句……3000多名锡伯人被编成10个扎兰，由满族统领哈木古朗等督促监管，于农历四月十九日从盛京起程。他们走向远方，沿途是枯竭凄凉的草原，茫茫无边，炎热干渴的戈壁沙漠，一望无界，光秃秃的山峦和喧嚣不驯的河流。背井离乡的锡伯人啊，同命运共患难，跟在老年人和小孩们乘坐的笨重简陋的牛车后面，迈着沉重的步伐，翻过一山又一山，穿过沙漠戈壁滩，万里迢迢，去接受守卫和开拓祖国西北边疆的重担，他们原定的行期是三年，但是，那可恨的贵族官吏们，为了把众人的饷银装进自己的腰包，不顾人民的死活,穷催猛迫,这就造成了更大的灾难,饥寒交迫的人们,日夜行进,三年的路程,一年零五个月赶到了。沿途埋葬了许多饿死、渴死、冻死和病死的同胞的尸体。

西迁到遥远的伊犁边塞后,锡伯军民很快就看出自己面临着更大更多的困难。这边远的西陲,人生地疏,前途渺茫,怎能生存下来!很清楚,这是与整个民族的生死命运相关的大事,就因为事关重大,在本族内部很自然地引起了争论和斗争。有些鼠目寸光消极对待民族命运的人,盲目相信据说清朝政府对西迁的锡伯族人民立下的"驻防六十年,期满后返回原籍"的传言,竭力反对开渠造田,扎根于祖国西北边疆;而另一些人则不同,他们站得高,看得远,他们所想的是民族的前途、国家的利益,他们在拿起枪守卫边疆的同时坚决主张兴修水利,开荒造田,扎根于祖国的西北边疆,与这里各族人民一起生息繁衍。图伯特就是他们的代表人物。在锡伯人民的支持下,他不顾极少数人的百般诬陷和阻挠,勇敢地率领锡伯民众兴修察布查尔大渠,诗中唱道:

无知的人们固执己见,
硬是对修渠的事不赞成;
说什么"倘若事情不成功,
谁来承担劳民伤财的大罪行?"

又说:"六十年很快熬过去,
西疆的驻防有期限。
沿着伊犁河流住下来,
即使吃鱼也饿不死。"

图安班啊,日夜为民劳神,
决心率众把大渠开通。

百年千年也不回程,
不种不栽绝对不行。

莫伦达老人是聪明人,
对修渠他横下了一条心,
他言道:"若是大渠失败了,
敢拿我的族人来抵偿。"

青年们的劲头冲天高,
豪气震得山河动,
大渠伸展任飞跃,
海努克地方早挖通。

敬爱的图安班啊,
你为骨肉同胞创造了幸福,
是你挺身而出凿了大渠,
好比神龙为渠水开路。

在新疆,水就是生命,水标志着进步和发展。察布查尔大渠,是在一片反对的喧嚣声中,终于于1808年完工。察布查尔大渠全长200里,引来伊犁河水,开垦出10万亩生荒地。从此,在这一片荒无人烟的土地上,出现了村落相望,阡陌相连的居民区。要知道,当时在伊犁的锡伯人口一共才4000多人,他们是在担负着繁重的守卫边界任务的情况下,用自己的智慧、意志和血汗开凿出这条大渠的。1871年沙皇俄国出兵占领伊犁,使锡伯人民重遭大难,长诗中写道:

在那公元一八七一年,
沙皇出兵把伊犁侵占。
劫后余灰的锡伯人啊,

陷入了水深火热之间。

土地荒芜不得种，
没吃没穿实可怜；
辛辛苦苦养了几头猪，
还不够给侵略者税捐。

廓尔帕柯夫斯基坏蛋，
有沙皇在后面撑腰杆；
他借口把人民生活改善，
强迫老百姓种鸦片。

《西迁之歌》这部长诗，按照历史事件的顺序从西迁起程日一直写到新中国成立初期，写到锡伯族在共产党的领导下过起新的生活。可以说它是一本用诗的语言、韵律和形式写出来的历史手册，给读者以历史知识，并在读者心中激起因前辈们的西迁壮举而感到自己任重道远的强烈冲动。

作为民间诗人，管兴才的创作不论从其题材、内容、形式和语言方面来看，都紧紧地和锡伯人民的生活连在一起，所以锡伯人民都喜欢他的诗。

在文学翻译方面，管兴才也颇有建树。他曾翻译汉族戏剧《小放牛》、《卖油郎》、《卓文君》、《梁山伯与祝英台》等，他翻译的长篇小说《吕梁英雄传》、《李有才板话》、《高玉宝》、《清史演义》等在锡伯民间广泛流传。

第四节　郭基南

1950年，作家郭基南去西安出席了西北文代会。在会上，他结识了柯仲平、杨朔、郑伯奇、刘肖无、铁衣甫江等著名诗人、作家，聆听了彭德怀的讲话。回新疆以后，他用汉文创作了散文《伟大啊，我们的祖国》，文中充分抒发了他热爱祖国、热爱党的淳朴感情。他创作的叙事长诗《卓娅》，曾译成锡伯文，作为察布查尔县中学的学生课外补充读物。

20世纪50年代，郭基南的主要精力放在中学教务和县政府政务工作方面。1950年，他担任锡伯中学的教务主任，第二年担任校长之职，连续干了6年。1954年加入中国共产党，1957年2月被选为察布查尔锡伯自治县县长，直到1961年。所以这一阶段，他的文学创作基本中断了。只是在工作余暇，他用锡伯文翻译了多幕剧《在战斗里成长》和《古城的怒吼》。这两部话剧在察布查尔县上演过。他还翻译了革命回忆录《新疆狱中斗争记》，翻译了10多首革命歌曲，如《国歌》、《东方红》、《草原上升起不落的太阳》等。他也创作了多首歌词，如《觉罗家有个好姑娘》、《我们美丽的察布查尔》、《感谢毛主席的恩情》等，前两首由锡伯族音乐家文秀谱曲后，在锡伯族人民中广为流传。后一首也由文秀记谱加工，和他搜集整理的著名的锡伯族民歌《亚琪那》一起，首次灌制成唱片，使锡伯族人民从广播中第一次听到自己的歌声，感受到党的温暖，受到极大的鼓舞。1958年中央派来专家医疗组，通过艰苦细致的调查，终于查清了危害锡伯族群众的由米顺糊糊病菌引起的地方病的原因，送走了"瘟神"。他代表全县人民起草了给中央、毛主席的致敬电。电文情真意切，语言优美，是一篇出色的散文，一直被人们津津乐道。

1961年县长任期届满后，他担任了伊犁日报社总编办公室副主任，兼任哈文编辑部负责人。从此以后，他有了较多的文学创作时间，开始专用汉文创作，其中诗作《早安，金色的伊犁河谷》等诗广受好评，曾多次入选区内外的诗歌选集，并被译成日文介绍到国外。在《早安！金色的伊犁河谷》中，诗人这样写道：
　　我迈着愉快的步伐向郊外踱去，
　　美丽的伊犁河谷展现在我的眼前：
　　鲜红的朝霞映红了可爱的山河，
　　绚烂的晨曦渲染着幸福的农村。

　　晨风在旷野里像骏马疾驰，
　　带着丰收的气息到处激励着收获，收获……
　　云雀在晴空中像灵巧的歌手，
　　翩翩飞翔啼奏着优美的迎晨曲．

　　清清的泉水情意缠绵地流向远方，
　　它把爱情的种子渗在肥沃的土地上。
　　透明的露珠好比无数顽童的小眼，
　　晶莹而兴奋地迎接着又一个早晨的来临。

　　过夜的畜群披着瑰丽的霞光翻过山梁，
　　宛如飘浮在绿色湖面上的花朵。
　　牧人的歌声多么喜悦、奔放、嘹亮……
　　悠悠地回荡在黎明的峡谷。

　　远处的村头升起一缕缕炊烟，
　　公社社员踏着阳光来到了田间。
　　金色的麦浪覆盖大地迎风欢舞，
　　劳动的快乐拨响丰收的琴弦。

　　黄灿灿的麦粒已堆成了金子的山，
　　满车黄金，满车欢笑，车轮在不住地飞转．

"停一停,姑娘,你赶车为啥这样快呀!"
拖拉机手的招呼早已落在车轮的后边。

粗壮的苞米捧着丰收的玉棒准备献礼,
袅娜的稻子正为她的珠冠镀金;
稚气的谷糜也吐出肥大的穗子,
欢欣地期待着秋收大军来这里会师。

一路上瓜果的浓郁芳香扑入鼻腔,
那蜜汁甜味远诱着过往的客人。
"请歇下来尝一尝吧!今年公社的瓜果又大又甜",
老大爷的情意那样隆重而殷勤。

秋天的伊犁河谷如此美丽,如此可爱,
它插上灿烂的翅膀在骄傲地飞驰!
这里的一切阳光抚育下欣欣向荣,
早安!美丽、金色的伊犁河谷!

1962年,他被调到新疆文联成为专业作家,文学才干得到进一步发挥。他的创作开始进入旺盛的收获期。短短5年间,诗人共创作两首长诗,三个组诗,13首抒情诗,1篇小说,1篇长篇报告文学,4篇散文。他的诗作感情充沛激扬,意境优美,热情歌颂边疆各族人民的社会主义新生活. 诗人在长诗《用血肉写成的诗篇》中,论古述今,热情歌颂自古以来祖国大家庭中各民族团结友爱的佳话。长诗《旗手颂》是为纪念抗日战争胜利二十周年而作的颂歌。诗组《伊犁春色》具有鲜明的地方特色,浓郁的生活气息,强烈的艺术魅力,历来为评论家所称道,并作为范文被选入学校的教科书。抒情诗《四进乌鲁木齐》,通过"二十年前我曾在这里上学","二十年前我路过这里","四年前我来过这里"和"今天我又落户到这里"的经历,概括性地表现了乌鲁木齐从黑暗走向光明,从灾难走向繁荣的历史过程,可以说是新疆历史的缩影,诗意非常凝练。《祖国的好儿子》是献给惨遭国民党反动派杀害的维吾尔族青年革命诗人黎·木塔里甫的赞歌。长篇报告文学《准噶尔新图》分为上下篇,讴歌了兵团战士战天斗地艰苦创业的精神。文章曾被收入自治区三十年优秀文学作品集。原文是用汉文写作的,后来作家又把它译成锡伯文。

正当郭基南才华横溢、创作丰收的时候,"文化大革命"浩劫降临,他受到惨无人道的迫害,文学创作的权利被剥夺,他整整沉默了17年。直到1974年8月才被"解放",被调到自治区幻灯厂担任编辑。

第四章　新时期的锡伯文学（一）

第一节　小说创作概观

党的十一届三中全会后，中国进入政治、经济、社会、文化发展的新时期。"一种强大的号召通常会做出必要的呼应。这时，文学不仅作为某种文化成分参与历史语境的构建，另一方面，文学又将进入这种历史语境指定的位置。"[1] 随着我国社会主义建设新时期的到来，文学告别了僵化的格局，各种文学思潮交相更迭。随着世界各国思想文化的交流、融合，为新时期的中国文学界注入了新的丰富的营养，使我国新时期文学迅速向多元化发展。这种开放性的思想文化状态，开拓了文艺工作者的思维空间和创造力，同时公众的文化视野也随着社会的发展而日益开阔。在这样的文化背景下，新时期少数民族文学创作被赋予了新的活力。锡伯族文学作为中国少数民族文学的重要组成部分，在我国经历政治、经济和文化的深刻转变之际，也焕发出勃勃生机。新时期锡伯族小说家的创作成果成为丰富中华民族大家庭新时期文学家园的重要组成部分，为促进各民族文学相互交流和共同发展起到了特殊作用。

---

[1] 齐格蒙·鲍曼：《立法者与阐释者——论现代性、后现代性与知识分子》第三页，洪涛翻译，上海人民出版社 2000 年 11 月第一版。

一、丰硕的创作成果

新时期的到来,锡伯族小说创作进入蓬勃发展期。老作家们焕发新的活力,中青年作家迅速崛起,几十位锡伯族小说家活跃在祖国新时期小说创作界,汇集成一支蔚为壮观的锡伯族作家群。较早的锡伯族代表作家有郭基南、舒幕同、高凤阁等。20世纪80年代,在中国文坛上涌现出锡伯族中青年小说家傅查·新昌、佟佳·庆夫、吴文龄、赵春生、高青松、佟林清、郭美玲等。他们的作品常见于《伊犁河》、《新疆民族文学》、《中国西部文学》、《延河》、《鸭绿江》、《民族文学》等刊物。有些作家的作品一经发表就引起了文艺评论界的关注和好评,有些作品获得了伊犁州新时期十佳作品奖、新疆新时期文学奖、新疆青年文学奖、全国少数民族文学创作奖、路遥文学奖等,还有个别作家的优秀作品被国外图书馆收藏。据不完全统计,目前他们已出版长篇小说10余部,中短篇小说集20余部,公开发表的各类体裁作品字数累计已超过千万,小说、诗歌、散文、民间文学等的创作都具有较高水准。他们长期致力于边疆少数民族的风土人情的研究、创作,在作品的选材方面以新时期社会生活和思想变更为切入点,勇于借鉴中外优秀小说创作手法"为我所用",这使新时期锡伯族文坛呈现出一派盎然景致。

1. 老作家焕发新活力。纵观异彩纷呈的锡伯族文坛,在文学交替与崛起的新时期,能够代表锡伯族文学创作成就且堪称旗手的作家便是郭基南。早在20世纪40年代,郭基南就创作了许多短篇小说、散文、诗歌、话剧等作品,蜚誉新疆文坛。20世纪50—70年代,他在文学园地辛勤耕耘,结出累累硕果,创作了大量反映锡伯族生活的作品,讴歌了我们社会主义新中国出现的翻天覆地的变化,受到读者喜爱。新时期到来,郭基南依然笔耕不辍,写出了大量文学作品,有多篇小说被收入锡伯文短篇小说集中，并于1993年2月出版锡伯文长篇小说《流芳》，1995年5月出版长篇系列小说《流芳》（汉文版），2005年出版了长篇历史小说《英雄壮行》。

　　提及锡伯族文坛的老作家，舒慕同也是较有影响的一位。20世纪80年代之前他主要从事政治事业，"文化大革命"期间，利用"靠边站"的时机走进文学创作殿堂的。文学在他人生处于低谷阶段时，给了他巨大的动力。之后经过几年的不懈努力，他创作了1部长篇小说和3部中篇小说。

　　除了以上两位作家外，高凤阁也是一位很有影响的锡伯族老作家。20世纪50年代，他创作了大量具有浓郁东北农村生活气息的诗歌，写出了受到茅盾先生称赞的短篇小说《垫道》。"文化大革命"期间，他的创作受到极大影响，"文化大革命"结束后，他激情奋发，创作了不少优秀文艺作品，如锡伯族舞蹈《嫁女》和自传体长篇小说《烛光》等。

　　2. 中青年作家迅速崛起。20世纪80年代，在中国文坛上涌现出一批中青年锡伯族小说家，他们知识丰富、思想活跃、富有朝气，创作日趋成熟并显出很大潜力。其中，擅长用母语创作的有富金才、扎鲁阿和顾尔佳·忠浩等作家。他们热爱母语，致力于面向本民族同胞的文学创作事业，为推动本民族文学的繁荣做出了不小的贡献。

　　富金才是较早进入新疆作家协会的锡伯族小说家。新时期以来，他有9篇小说被选入锡伯文小说集《生活的沉思》、《夜明珠》和《河湾》等，另有7篇中短篇小说发表于《察布查尔报》。扎鲁阿也是新疆作家协会当中为数不多的锡伯族会员之一，曾在《察布查尔报》、《察布查尔文艺》、《伊犁河》、《锡伯文化》、《新疆文艺》等刊物上用锡伯文发表小说、散文、诗歌、报告文学、民间故事、论文等150多篇，其中以小说成就最高。与前两位相比，顾尔佳·忠浩更擅长诗歌创作，但在小说创作领域也有所涉猎，用锡伯文发表了不少短篇小说。

随着新时期文学的迅速多元化嬗变，锡伯族小说家们超越了本民族语言，创作了大量优秀的汉语小说。这些小说家有傅查·新昌、佟佳·庆夫、吴文龄、赵春生、佟林清、郭美玲、高青松等。傅查·新昌是锡伯族中青年作家中用汉语进行文学创作的杰出代表，代表作有短篇小说集《父亲之死》、中篇小说集《人的故事》、长篇小说《明静的地方》、《毛病》、《时髦圈子》、《秦尼巴克》等。佟佳·庆夫是一位很有才华的锡伯族作家，能够用锡伯语和汉语进行双语小说创作，代表作有《钟魂》、《鸡尾巴上的渔火》、《情牵重阳》、《在那遥远的国土上》、《都市里的雾太阳》等，这些作品均已收录在他的作品集——《西域锡伯人》中。已故作家赵春生，1985年开始用锡、汉两种文字在《察布查尔报》、《伊犁日报》、《民族作家》、《中国西部文学》、《延河》、《伊犁河》等区内外报刊杂志上发表近30篇小说，其中《我的小镇》、《老房子》、《舅舅的故事》、《城墙》等小说受到好评。吴文龄从1980年走上文学创作道路，能够用汉文和锡伯文进行文学创作，至今已出版汉文长篇小说两部——《喋血金佛》和《血胆名猎》，发表锡伯文中、短篇小说10篇，创作完成汉语长篇小说《锡伯三部曲》的第一部《西迁血师》和第二部《屯垦先驱》，第三部《戍边精英》即将脱稿。佟林清是从1990年开始致力于汉语小说创作的，目前已有10多篇佳作见于《中国西部文学》、《伊犁河》等刊物，并出版了一部以锡伯族农村风俗为主题的小说集《岁月没有栅栏》。郭美玲则是新疆少有的锡伯族女作家，1985年走上文学创作道路后，坚持用汉文进行小说创作，现已发表作品50多篇，其中《卖葡萄的老人》、《傍晚的歌》、《买鱼》等具有较强的生活气息和时代特色。高青松也是一位双语创作的小说家，至今已发表《龙脊地》、《生活的旋律》、《那边有新世界》、《夜明珠》等多篇中、短篇小说。

在新时期锡伯族小说家中，新疆作家所占比重较大，但我们不能因此忽略内地锡伯族小说家取得的成绩。陈铁军、雷志芬、何久成、佟佩仪等内地锡伯族小说家的出现，无疑为发展锡伯族小说创作事业，丰富锡伯族小说创作园地起到了不可忽视的作用。

陈铁军从20世纪80年代开始创作并发表小说，迄今已在全国各级文学刊物上发表小说200百万字。出版有长篇小说《黑吃黑》、中篇小说集《老杂拌儿》、《有种打死我》等。雷志芬是内蒙古的锡伯族女作家，1996年开始文学创作，陆续在《骏马》、《鄂伦春》、《草原》、《中国作家》、《民族文学》等文学杂志、报刊上发表报告文学、散文、中短篇小说等文学作品，出版了一部小说集《这里只有一片树叶》，收录了她迄今为止发表的14篇优秀小说。何久成是一位军人，1988年起在《鹤城晚报》、《齐齐哈尔日报》、《青年文学家》等报刊上发表散文、小说等作品60余篇。佟佩仪从1981年开始文学创作，曾在《小城文学》、《廊坊文学》、《中国石油报》、《廊坊日报》、《信息报》等报刊杂志上发表两部中篇小说和《弥望的眼下是土地》、《雷雨天》等短篇小说。

在新时期文坛上闪耀的锡伯族小说家除了上述几位外，还有郭元儿、贺元福、杨振远、格吐肯、霜栖、桦杉、关英杰、关荣等作家，他们的作品有贺元福的短篇小说《在回家的路上》、《小卧车》和《下毛毛雨的晚上》，杨振远的短篇小说《野克塔阿克》、《过年》和《婚礼后》，郭元儿的中篇小说《清明雨》，霜栖的中篇小说《樊柳荷花店》，华杉的中篇小说《群英西去》，格吐肯的长篇小说《眼泪与露水》，关英杰的长篇小说《锡伯英雄话一家》，关荣的中篇小说《别了，噬人之梦》，郭元儿与父亲郭基南合著的长篇小说《瀚海明珠》（30余万字）等。

二、丰富的创作主题

与创作队伍的壮大相应,新时期锡伯族的小说创作在题材的丰富、主题的开拓等方面取得了较大发展,含义丰富的社会主义现实题材获得大幅度开掘,历史题材也获得多角度的表现。

1. 情系"西迁"。"锡伯族西迁在我国清代史上无疑是一个重大事件,它所产生的影响一直延及今日。无论是在锡伯族的故乡东北,还是在新疆的察布查尔,西迁精神一代又一代传下来,鼓舞着锡伯族儿女满怀豪情创造未来;并作为中华民族精神的一个组成部分,至今闪耀着巡礼的光芒。"[①] 新疆锡伯族的先辈们从故乡东北来到新疆伊犁,肩负着保卫祖国边陲的神圣使命。在清代将近一个半世纪的漫长岁月里,他们备尝艰辛、自力更生地建设自己的新家园。无论是在环境、条件恶劣的西迁之路上,还是在遭受外敌入侵和反动势力迫害的苦难时期,他们都表现出对祖国忠心耿耿、英勇不屈、艰苦卓绝、百折不挠的崇高精神品格。因此,用适当的文学形式反映锡伯族悲壮历史的一幕幕场景,颂扬锡伯族可歌可泣的一页页篇章,不仅成为新时期锡伯族小说家的一种责任,也是他们在文学创作中摄取的富有意义的重要题材。

老作家郭基南在1996年推出了长篇历史系列小说《流芳》的第一部《情漫关山》和第二部《虹展乌孙》。这两部小说的问世,无疑填补了在长篇小说领域反映锡伯族西迁和戍边屯垦历史的空白,仅就这一点而言,小说所具有的价值和意义就不可低估。小说第一部以锡伯族西迁为主要内容,将西迁路上萨哈春与两个女儿婚事之间的矛盾纠葛与西迁路上的苍茫辽阔背景融为一体,将西迁路上的人与人、人与自然的矛盾艺术化地结合,展现

---

① 郭从远:《锡伯族历史的画卷——读长篇小说〈流芳〉》。

了西迁的悲壮与雄浑。小说第二部以锡伯族在察布查尔的戍边屯垦和开挖察布查尔大渠为主要内容，通过图伯特与索尔岱在开渠问题上的矛盾和斗争，展示了人性的善良与丑恶、崇高与卑下、勇敢与怯懦。

无独有偶，20世纪80年代中期才走上文学创作道路的佟加·庆夫和傅查·新昌也同样在早期小说创作中选择了与西迁相关的历史题材，并以此来讴歌他们伟大的民族、伟大的祖先。佟加·庆夫早期的短篇小说代表作《锡伯井》、《大山辙路》、《马背上的琴声》都是以锡伯族西迁历史为背景，通过不同画面，艺术再现了西迁路上锡伯族人民所经历的苦难——戈壁、荒漠、风暴、疾病、缺水、少粮威胁着每一位西迁人的生命，塑造了忠诚、勇敢、乐观、锲而不舍的锡伯族人民形象。傅查·新昌自1988—1995年创作了"锡伯族西迁系列小说"15篇，其中《大迁徙》、《跟着夕阳去》、《荒原上的欲望》、《呼图壁》等，形象地再现了锡伯族西迁的历史画面，反映了锡伯族人民在大西迁中所遭受的苦难，表现了他们英勇顽强、誓死不渝的爱国主义精神，表达了他对民族祖先的理解和对民族灵魂不断探寻的热情。

2. 展现民族文化。锡伯族作为中华民族大家庭中的一员，有着悠久的文化传统，在长期的历史发展中形成了丰富多彩的文化。新时期锡伯族小说家们有一种强烈的使命感，他们的写作不仅肩负着来自远古的责任，更承担着传承锡伯族文化的使命。他们秉承锡伯族文化传统，在作品中融会边地与民族风情的人文风景，与时代、地域相连，寄寓了较为深厚的民族文化内涵，使作品具有较强的感召力和穿透力。

由于历史原因，锡伯族是我国少数民族中一个分居遥远的民族。虽然新疆的锡伯族人口只占全国锡伯族人口数的1/5，却保留了较为完整的语言文字和传统文化习俗，并在与新疆其他少数民族的交往中学习和吸纳了一些优秀文化成分，形成了本民族独具特色的民族文化。因此,与东北的锡伯族小说家相比,新疆的新时期锡伯族小说家在创作上更多体现了民族文化特色。新疆伊犁的伊犁河、乌孙山、锡伯营、牛录以及少数民族淳朴的民风、民俗是滋养新疆锡伯族小说家的沃土,因此,在他们的作品中,读者随处可见充满西部地域特色和民族气息的文字。如郭基南的《猎人》,吴文龄《雅尔哈》、《猎渔悲歌》和《一代骑王》,傅查·新昌的《老树林子》、《最后的萨满》,赵春生的《城墙》,佟加·庆夫的《"朱伦"念说家》、《情牵重阳》、《阿吉玛玛》、《一百只山羊》,佟林清的《锡伯族风俗小说系列》(共17篇)都是这一类创作题材的优秀作品。

《猎人》通过锡伯族好猎手德克金向哈萨克族猎手佳帕尔拜师学打猎的经过,将极具西域特色的自然风景、猎手服饰、牧民生活场景、狩猎场景等展现在读者面前,使读者不得不拍案叫绝。《雅尔哈》将狩猎民族后裔锡伯人对猎犬的深厚感情和精彩的狩猎场面描写得有声有色,富有锡伯族传统生活、情感特点。读者可以透过吴文龄的小说感受锡伯族人民旷达不羁的传统生活方式、粗犷豪放的性格和纯真善良的感情。《老树林子》和《最后的萨满》以反思萨满文化为主题,贯穿了萨满歌、萨满舞、萨满器具和萨满法术等与传统萨满教相关的知识,能够引起读者对萨满文化的极大兴趣。而佟加·庆夫的很多小说都通过有着浓郁锡伯韵味的语言来传达锡伯族文化特有的气息。佟林清的《锡伯族风俗小说系列》之《花花菜里拣出的一根红辣椒》、《夹在石缝里的一颗麦粒》、《裹在发面饼里的一块生面团》、《系在房梁椽子上的两根麻绳》等小说都是围绕着锡伯族的风俗展开的,比如盐制的花花菜、打麦、做锡伯族大饼、婴儿的摇篮等。这一系列小说生动地再现了锡伯族人民的传统生活和文化心理。

3. 关注现实人生。在新时期锡伯族小说家的作品中,不仅有显示锡伯族独特精神特质和民族文化特质的作品,还有紧跟时代步伐，表现新时期锡伯族人民生活世界和精神世界的写实类作品。

受新时期"伤痕文学"思潮的影响，佟佳·庆夫和高青松合作发表了中篇小说《脊背地》（1984年），关荣创作了中篇小说《别了，噬人的梦》（1985年）。前者反映了十年"文化大革命"给生息于伊犁河畔的锡伯族人民带来的创伤；后者反映了"文化大革命"以及20世纪80年代初的西北边陲普通农村的生活状态和伊犁地区某一小县内的各族人民噩梦般的不幸遭遇。

20世纪80年代，我国改革开放如火如荼，即便是远在祖国西北边陲伊犁河畔的锡伯族人民的故乡也在悄悄发生着变化。这里的锡伯族人民，既体会到了改革开放的重要性，也在面对纷繁复杂的新生活时表现出了抉择的困惑。对此，锡伯族小说家们拿起他们的笔，深入到了现实生活的各个角落，用锡伯文和汉文写出了不少优秀篇章。其中，由新疆人民出版社结集出版的短篇小说集《小说选》（1988年）、《生活的沉思》（1989年）、《猎人》（1990年）、《夜明珠》（1992年）和《河湾》（1992年）中，分别收录了郭基南、佟佳·庆夫、富金才、扎鲁阿、高青松、贺元福、郭美玲、杨振远、赵春生、吴文龄、郭元儿等作家用锡伯文创作的作品61篇。这61篇小说从多个角度和多个侧面细腻描绘了20世纪80年代锡伯族人民的生活和思想发生的变化，歌颂了他们对美好生活的执著追求、与其他少数民族兄弟的团结友爱和面对生活困境时的乐观坚韧。由锡伯族小说家用汉文创作的这类作品有赵春生的短篇小说《我的小镇》、《老房子》、《城墙》，傅查·新昌的中篇小说《黑土地》、《倾斜的风景》以及短篇小说《市场街的老夫妻》、《寂静的雪野》等。这些作品揭示了锡伯族传统文化保守的一面，生动地再现了在面对历史与现实、传统文化与现代文化、老一代与新一代的尖锐矛盾冲突时，锡伯族人民表现出的困惑、愤怒和无奈。

三、执著的艺术追求

新时期锡伯族小说家们不仅在文学创作内容上力求表现出边疆特色、民族特色和时代生活气息，力图为读者提供优质的精神食粮，让更多的人了解这个民族的过去和现在；他们也在思想领域和艺术天地执著地追求着。

1. 锡伯族人口所占全国人口的比例很小，因此，锡伯族作家的身份不仅仅是一种称谓，更是一种身份的界定。这种身份意味着文学创作者肩负着来自这个民族的责任，他们是在代表本民族进行创作，是一定意义上的民族文化代言人。这就注定了这些锡伯族小说家在创作时要承担起比一般作家要多、要沉重的使命与责任。他们既要把具有锡伯族特色的生活状态表现出来，还要表现锡伯民族的风物、风情和风俗，让外界了解与认识锡伯人久远的和当下的生活。另外，因为这些作家在锡伯族人当中具有极高的声望，被视为锡伯族的精英分子，是锡伯族文化的代言人。他们在文学创作中自觉或不自觉地反映锡伯民族的文化、思想和情感。

佟加·庆夫的《"朱伦"念说家》、《情牵重阳》、《鸡尾巴上的渔火》等，没有华丽、讨巧的技巧，语言也极简朴，常有锡伯族口语出现在小说中，但是读者可以通过这些作品感受到浓浓的锡伯族生活情趣。他的小说《名不见经传》、《阿吉玛玛》、《锡伯人性格》、《一百只山羊》等，通过对锡伯人与其他民族同胞之间友谊的赞颂，展现了锡伯人的淳朴、友善、宽容、热爱生活等性格特征。佟加·庆夫的小说无论是题材选择，还是人物形象塑造和环境描写，无不流露着他对本民族的热爱之情。

与佟加·庆夫小说的清幽美好相比，傅查·新昌的小说世界就显得阴郁沉重了许多。尽管他发自内心地崇拜自己祖先的西迁壮举，赞叹本民族的灿烂文化，但当他离开家乡，走到外面的世界时，却产生了一种失重感。这使他不能再沉醉于祖先所开创的伟业，而开始思考本民族在新的历史条件下的生存和奋斗，并勇于将锡伯族人民所面对的种种矛盾揭示出来。他的小说《迷迷蒙蒙的田园梦》、《寂静的雪野》等，以细腻的人物心理探微，表达了对新生活的思索和对整个锡伯族命运发展的担忧，表现出一种悲观伤感的情绪。在《面临他杀的绝望》、《最后的萨满》、《老树林子》中，傅查·新昌以一种近似隐喻的方式，将自己对传统民族文化对人性的束缚和压抑展现出来。

可见，新时期锡伯族小说家的部分作品，或犹如田园牧歌般的清幽，或透出原始的、魅惑般的阴郁，或让人感到异常深沉而残酷的尖锐，但都流露着一种挖掘和表现锡伯族的民族性格、民族文化心理以及民族精神气质的愿望。

2．"理论是从实践中总结出来的，又反过来指导实践。有一点很明显，我们可以说'十九世纪批判现实主义作家怎么写'，'本世纪的拉美作家怎么写'，却很难说'今天的中国少数民族作家怎么写'。"[1] 锡伯族的小说创作起步始于20世纪20年代，但发展比较缓慢，直到新时期才进入繁荣发展阶段，创作队伍逐步壮大，小说作品日渐丰富。因此，我们可以客观现实地说"今天的锡伯族小说家还没有完全形成独特的创作思想"。但是我们不能就此否认他们的小说作品的价值，否认他们在小说创作道路上执著的艺术追求和取得的每一点进步。新时期的锡伯族小说家要么富有才华，要么勤勉刻苦，他们孜孜不倦地在文学天地里学习着、探索着、创作着。他们勇于吸收国内外小说领域的新技巧，并勇于在文学创作中大胆尝试，力求形成属于自己的独特创作风格。

---

[1] 蔡晓龄：《21世纪中国少数民族作家的角色定位及其深化》，载《民族文学研究》2002年第1期。

傅查·新昌是新时期锡伯族小说家中明确追求自我创作风格的一位著名作家。他曾在回答一位记者的采访时说：对小说创作，我始终要求自己，力求每一部都不一样，尽量在结构、语言、技法、风格上有所创新，拒绝重复。他是这样说的，也是这样努力的。可以说，正是他的这种追求，使他的作品显示出不同的艺术风格。其中在反映锡伯族西迁的系列小说中，他根据题材的需要，主要采用了现实主义的表现方法。他的中篇小说集《人的故事》中的大部分作品都表现出对现代主义小说技巧的大胆尝试。其中《黑土地》、《倾斜的风景》、《河边的尴尬》、《老树林子》等，采用了现实主义与现代主义相融合的表现手法。

在新时期锡伯族小说家中除傅查·新昌外，还有另外一位在创作道路上积极探索，勇于吸收借鉴现代主义小说创作技巧的作家，他就是赵春生。赵春生的小说《老房子》打破了传统现实主义手法的时空顺序，以历史和现实相交错的结构来表现小说主题；《远行的绿卡车》、《这样活着》、《城墙》等作品蕴涵了荒诞的因子；《系在五彩绳端的爱》体现了意识流小说的重要特色；《我的小镇》则运用了独特的复调式的小说结构。

3. "文化大革命"以后，中国的知识分子痛切认识到国家的落后和"文化大革命"对于人的权利、尊严、价值以及社会主义应有的人与人关系的摧残和践踏，普通民众也在新时期普遍觉醒。因此，在这一时期，"实现社会主义现代化的紧迫感和建立合乎社会主义人道主义的人际关系的渴望，迅即成为'人同此心，心同此志'的时代精神"。新时期锡伯族小说家紧跟时代旋律，作品表现出强烈的现代化意识和社会主义人道主义精神。

20世纪80年代末和90年代初，锡伯族小说家创作了大量反映改革开放后社会主义农村发生变化的小说。这些作品无不流露出作家对社会主义现代化建设寄予的真切期望和强烈的自信。他们或颂扬祖国在新时期发生的翻天覆地的变化，如郭基南的《在江中旅行》；或反映新时期农民打破传统观念，积极奔向新生活，如郭基南的《小苗的颂歌》，杨振远的《也克塔阿克》，佟加·庆夫的《亲家》和《长街的姑娘》，富金才的《从伊宁市飞来的回音》、《哈吉拜请客》、《嘎善》、《赖达春的今日》，郭美玲的《打扮》等。这些小说篇幅短小，仅以生活中的某一片段或侧面为题材，结构清晰、完整、严谨，使读者感受到时代的变迁在锡伯族人民生活中的折光。

社会主义人道主义主张充分肯定人的价值，尊重人的平等，维护人的尊严和权利。在新时期文坛重提"文学是人学"这一主张时，锡伯族小说家们举起了人道主义的旗帜，把人道主义作为文学创作应采取的态度，并将这种态度与现实主义相结合，在他们的作品中批判人性的假、恶、丑，颂扬真、善、美，创造了真实、生动的人物形象。收录在锡伯文小说集《小说选》、《生活的沉思》、《猎人》、《夜明珠》和《河湾》中的短篇小说，大多文笔清新、自然，叙事手法单纯，以一件小事，一个人物为中心，用充满人情味的语言，记述了锡伯族人民对新生活的执著追求，对美好爱情的向往，对改革开放出现的新人新事的思索。

纵观新时期文坛，锡伯族小说家们所做的努力和所取得的成绩是大家有目共睹的。他们之所以能在20世纪迅速发展的少数民族文学天地引起注意，概括说来有以下原因：一是他们都深深热爱着自己的民族和家乡，尽管他们有些人已经离开了生养自己的家乡多年，但那种树叶对根的情意是不能割舍的，而且历久弥新。二是他们能够主动将小说创作与时代契合，与本土文化契合。因为他们深深懂得，作品只有符合当下时代的生活、彰显地方特色才能光耀文坛。三是借鉴并巧妙运用中外优秀小说的艺术技巧。

当然，我们在肯定新时期锡伯族小说家们所取得成就的同时也要看到他们的不足。新时期以来，锡伯族小说家的创作成果颇丰，个别作家、作品甚至在全国文坛引起轰动。但总体来说在全国范围影响不大，且至今没有形成群体优势。这个问题的成因大致有以下两个：

首先，由于新时期锡伯族小说家大多除了文学创作之外还有社会职务，因此在创作精力上投入有限。"业余写作"和"职业写作"有很大不同，业余作家的时间和精力主要放在"职业"上了，只能抽出闲暇时间和精力搞创作。这种"业余写作"的状态无疑会影响他们文学才华的施展。

其次，新时期锡伯族小说家进行创作的独立意识和创新意识不强。茅盾在20世纪30年代，曾对个别少数民族作家的长篇小说这样点评："平顺有余，波俏不足。"[1] 这个批评对新时期部分锡伯族小说家的作品评价也是适用的。尽管20世纪80年代以后，个别锡伯族小说家能够在结构方式上大胆借鉴国内外优秀创作成果，结合本民族小说的创作需要，力图使小说的结构方式逐步摆脱机械呆滞的状态，但总体来说成绩不够显著。

尽管新时期锡伯族小说家的创作存在着如上问题，但作为中国少数民族文学发展的中坚力量，他们的发展前景还是十分广阔的。他们有着得天独厚的成长环境和可吸收借鉴的优秀的民族文化传统，只要他们立足本民族生活，广泛学习借鉴中西方新的小说创作技巧，充分展示本民族传统与现代、人与自然的碰撞和融合，就一定能取得更加优秀的成绩。

---

[1] 吴重阳、陶立王番：《中国少数民族现代作家传略》，青海人民出版社，1980年版，第132页。

第二节 郭基南的小说

1976年10月春雷震响,已经53岁的郭基南也和全国人民一起重获新生。1979年11月,他作为特邀代表参加了全国第四次文代会。当时他激动地写道:"在林彪'四人帮'倒行逆施,祸国殃民,造成十年浩劫的岁月里,我也是深受迫害的文艺工作者之一。粉碎'四人帮'之后,我才获得了第二次解放。今天,我又荣幸地参加了第四次全国文代会,和来自全国各地的著名作家、艺术家在一起,欢聚一堂,聆听邓小平副主席的重要讲话,畅叙繁荣社会主义新时期文艺创作的心愿,我感到无比幸福,无比温暖。"开会回来后,他被调回新疆维吾尔自治区文联,任《文学译丛》主编。1980年他被选为新疆作家协会副主席,后来又担任《新疆民族文学》主编。

进入20世纪80年代,他的创作热情如汩汩山泉,不断喷涌。进入90年代,郭基南更是老当益壮,笔耕不辍。这一时期他的创作成就主要集中在小说方面。截至1995年年底,他已发表短篇小说10篇,其中《祖国万岁》、《幼苗赋》被收入1990年由新疆人民出版社出版的锡伯文多人小说集《生活的沉思》中;短篇小说《猎人》、《江中》、《心声》、《母爱》被收入1991年出版的锡伯文多人小说集《猎人》中;《河湾》等3篇短篇小说被收入1992年出版的锡伯文多人小说集《河湾》中。

小说创作方面,特别值得珍视的是他推出的系列长篇小说《流芳》三部曲。这是一部描写锡伯族西迁壮举和戍边屯垦历史的作品,是锡伯族文学史上取材于西迁和屯戍题材的第一个大型作品。可以说,爱国主义一直是贯穿郭基南作品中的红线,这部杰作就是以维护祖国统一,歌颂民族团结为主旋律,从跨3个世纪、200多年的时空中，截取了锡伯族历史的几个横断面，通过一幅幅浓墨重彩、栩栩如生的画卷，展现了保卫和建设祖国边疆为神圣使命的锡伯族人民的光辉历史，热情讴歌锡伯儿女在捍卫边疆、建设边疆方面的历史功绩。

《情漫关山》是其第一部，写的是1764年、1765年锡伯族官兵和眷属4000余人从东北老家西迁伊犁的故事，表现了汉、蒙、维、哈等兄弟民族同胞的热情关怀和帮助，字里行间洋溢着崇高的爱国主义激情。小说中的主角们都是名不见经传的普通人，但是他们克服重重困难，承受种种磨难与牺牲，在万里跋涉的途中，他们之间的亲情、爱情、友情引发出一个个感人的故事，一个个性格各异的人物聚成了一组普通英雄的群像，他们的命运始终与全民族的命运紧密结合在一起。第二部《虹展乌孙》在广阔的历史背景下，以饱满的热情，遒劲的笔力，生动地反映了西迁的锡伯军民到达伊犁37年之后，在民族英雄图伯特带领下，战胜重重困难，排出层层阻挠，经过7年奋斗，凿石开渠，修筑二百里察布查尔大渠的英雄业绩。作品通过对修渠的促成派与反对派，进步开拓精神与狭隘保守思想之间的激烈斗争经过的描写，热情讴歌了图伯特等爱国者的崇高精神境界，鞭挞了以索尔岱、吴华善为代表的保守势力的倒行逆施。大渠的建成，不只有利于发展农业生产，维持锡伯军民的生计，而且大大促进了西北边防的巩固，具有深远的政治意义和经济意义。爱与恨的交织，进步与保守的冲突，正与邪、善与恶的撞击，糅合着书中人物的悲欢离合，构成了一幅幅生动的画面，其中有气壮山河的大场面，也有情深意浓的风俗画，许多催人泪下的故事，许多插曲又妙趣横生。书中除图伯特以及伊犁将军、领队大臣等少数人物是历史上曾有过的真人，大多数人物都是史诗中未记载但生活中却可能存在的有血有肉的人，小说细节真实，人物语言个性化，有着各异的风貌。可以说，小说的第二部，是作家对当年创作和导演的话剧《察布查尔》的深层挖掘，使该话剧的主题在新起点上，在更广阔更深厚的历史画面中，得到生动、形象、全面的展现。第三部《春到河谷》，描写的是饱经沧桑的锡伯族人民携手并肩，共建美好家园的战斗历程。这部作品在讲述故事、塑造人物、描写风物的同时，兼蓄锡伯历史文化的深层积淀，不仅给人以审美享受，还能从中得到丰富的人文知识。《流芳》这部作品的锡伯文前两部于1993年2月出版，第三部于1995年问世；汉文版的前两部于1996年5月由新疆人民出版社出版。

《英雄壮行》是作家2004年创作的一部规模宏大的历史长篇小说，于2005年12月由新疆人民出版社出版发行。小说描绘的是爱国忠臣、民族英雄林则徐的一段光辉业绩。作为小说，书中的一些人物和故事情节是虚构的，但绝大部分都是根据历史实事进行创作的。

郭基南的小说，文字流畅优美，朴实无华，如同他的为人，完全以一个"真"字赢得人心。郭基南的长篇小说《流芳》等作品以及部分手稿墨迹等，已被中国当代作家代表作陈列馆和国家博雅院陈列馆分别收藏。他的个人传略和文学创作成果，先后被《中国大百科全书》、《中国文艺家传集》、《中国作家大辞典》、《中国当代艺术界名人录》、、《中国诗书画印大观》、《中国当代诗家诗话词典》、《近现代中国少数民族英名录》、《中国文学辞典》等10余部大型辞书收录。以上事实说明，郭基南是我国当代少数民族作家中一位知名度很高的老前辈。

在我国少数民族作家中，郭基南是少有的既能用汉文创作，又能用本民族语言创作的双语作家。他不仅能把汉文诗文准确地译成锡伯文，而且又能把锡伯文译成精美的汉文。在锡伯族作家中不乏这样的奇才，但他的成就最高，称得上是著名翻译家。不仅如此，因为郭基南的锡伯文和汉文的功底深厚，造诣很深，所以在创作之余，他还为锡伯文图书出版担任编辑，审查书稿，特别是为出版古典名著《三国演义》、《西游记》、《红楼梦》的锡伯文版本出了大力。值得一提的是，在出版《红楼梦》锡伯文版时，一般读者难以看懂的那些诗词，几乎全是郭基南逐字逐句对照修改的，真是与原文有异曲同工之妙。

第三节　傅查·新昌的小说

　　傅查·新昌，锡伯族，1961年出生于新疆伊犁察布查尔锡伯自治县的一个愁肠百结的农民之家。父亲沉默寡言，但人格力量强大，这给他的文学创作和生活提供了强大的力量。母亲朴实厚道，爱发火，爱唠叨，也很会讲故事。小时候的傅查·新昌经常逃学，逃学的理由很简单——他羞于光脚上学。后来，他的母亲宁可不吃不穿也省下钱来让他读书。可以说，父母的厚爱和支持是他写作的不竭动力。傅查·新昌做过教师、警察、记者、报纸副刊编辑和专业作家，如很多有语言天赋的锡伯族人一样，他会说维吾尔语、哈萨克语、锡伯语、俄罗斯语等多种语言。

　　1982年傅查·新昌走上文学创作道路，1988年加入新疆作家协会，是新疆作家协会理事，1999年加入中国作家协会。至今为止，他出版的作品有报告文学集《甜蜜的家园》，短篇小说集《父亲之死》，中篇小说集《人的故事》，散文集《我就这么活着》、《地皮酒》，长篇小说《鸟事》、《明净的地方》、《毛病》、《时髦圈子》和《秦尼巴克》，文学批评集《失衡的游戏》等。其中，他的系列散文《玉米使者》获全国第二届路遥青年文学奖，短篇小说《寂静的雪野》获新疆1979—1989年新时期文学奖，短篇小说集《父亲之死》获全国第六届少数民族文学"骏马"奖，中篇小说《老树林子》被日本九州大学图书馆收藏。2006年12月，傅查·新昌获得新疆作家协会颁发的"新疆青年文学奖"。

傅查·新昌的创作是从写诗开始的,用他的话说,他的诗歌是他哲学沉思的产物,"是心灵与激情的碰撞"。然而随着时间的流逝,他发现"可视世界的多元性和复杂性","很难用诗歌形式来表达了,只能用小说表达复杂的人性因素了"(阅读、思索与创作——在新疆大学的演讲稿)。于是,有了我们所见的他的短篇小说集《父亲之死》,中篇小说集《人的故事》,长篇小说《明净的地方》、《毛病》、《时髦圈子》和《秦尼巴克》。傅查·新昌不断用自己的新感受和新发现充实自己的创作世界,他在理想与现实的冲突中勇往直前。他的小说创作,在中国新时期文学史上为锡伯族文学争得了一席之位。

傅查·新昌的小说,有他特有的反映社会现实生活的视角。他前期的作品,主要反映在新疆这块土地上生活的锡伯族人民世世代代甜酸苦辣的生活经历,"讲述一个古老民族的辉煌与挫败,奋起与跌落"(《父亲之死》自序),从而从深层挖掘和表现民族性格和民族心理,表现了锡伯族的精神气质。

对于自己的民族,傅查·新昌有着真诚的期待。他曾在一份手稿中说:"你不要伤害我,请允许我存在。尽管我的灵魂与风暴贴得很近,请你允许我走向阳光地带;尽管你已把深深的伤害涂遍我的躯体内外,请你允许我的灵魂在风雨中闪光。这个季节越来越明亮起来,我从黑夜的梦中返回动荡的现实,从寒冷和赤贫走进幸福的边缘,倾听一座城市的独白……"这种要求"走向阳光地带"、要求"灵魂在风雨中闪光"的愿望,是傅查·新昌作品中主人公的愿望,也是锡伯族的愿望,当然也是中华民族的愿望。这一个愿望体现在傅查·新昌的作品中,也贯穿在这个民族历史变迁的始终。

200多年前,锡伯族的3000多位优秀儿女在乾隆皇帝的一纸手令下万里长征到伊犁屯垦戍边。在这块新的土地上,他们不仅得以存在和发展,而且充分显示了他们圣洁而高尚的灵魂。尽管200年的历史坎坷多舛,但他们以自己灵魂的阳光照耀了这个苦难的边地。尽管他们做出了很多牺牲,甚至付出了生命,但正是这种牺牲,才使这个民族世世代代的儿女在"风雨中闪光"。傅查·新昌的短篇小说集《父亲之死》和中篇小说集《人的故事》中所收录的小说,就表达了他对阳光地带的向往,对高尚灵魂的崇敬,对整个锡伯民族的期望。当然,他在这两部小说集里所收录的作品并不是单纯地从正面表现他的向往、崇敬和期望,有些小说所表现的现实近乎残酷,但我们也正是通过正反两个方面看到了他的坦诚和真挚。

傅查·新昌的短篇小说集《父亲之死》分为上下两篇,上篇题为"我们的祖先",下篇题为"危险的游戏"。上篇从《大迁徙》、《跟着夕阳去》,到《野外风景》、《荒原上的欲望》和《呼图壁》,再到《父亲之死》和《愤怒的南瓜》。上篇从一定意义上可以说是围绕着锡伯族伟大的民族精神传统这个主题展开的不同部分。

《大迁徙》以简单的叙述技巧,再现了200多年前锡伯族西迁队伍在离开家园时的那种恋恋不舍之情。骨肉亲人的声声叮咛,亲密恋人的串串眼泪,送队官兵的阵阵怒吼,构成了一幅生动的离别图。是啊,谁舍得离开自己的家乡、自己的亲人、自己的爱人?谁愿意背井离乡到万里之遥的荒野之地戍边屯田?可是为了国家的安定,为了不辜负皇帝的信任,几千名锡伯族官兵和他们的家人毅然踏上了西迁之路。他们相信,他们"不会输","不可能被打败",因为这是他们"祖先的精神"。正如小说主人公图其顺心里所想的"只要我们锡伯官兵要求和平的愿望强烈而彻底,甘愿为保卫边陲牺牲一切,哪怕我们在那里剩下的人是多少,我们也会感到满足,和平本身最终会战胜任何这样一种反动的力量"。在这里,傅查·新昌通过主人公的思想表达了自己对民族祖先的理解。中篇小说集《人的故事》的上篇中收入的其他小说也正是对这种民族精神和民族灵魂的多方面的生动诠释。

《父亲之死》下篇题为"危险的游戏"。傅查·新昌在他这部小说集的自序中说："……有一种危险的游戏无时无刻不在考验着我的耐心：我是否把我的思想转让给他人。"在此我们可以通过他的这段话来总结下篇中小说的一个主题——锡伯族古老的民族精神还在吗？在新的困境面前，锡伯族人民应该怎么办呢？如果说小说集《父亲之死》的上篇是傅查·新昌与祖先的一次对话，下篇则是他对现代文明影响下的古老民族所发生的细微变化进行的尝试性探索。在这探索中，他依然把小说主人公的个性特点归结到锡伯族的整体性格气质上。

短篇小说《寂静的雪野》的主人公青年猎手苏尔法阿骑着马在辽阔无边的西部荒原上孤寂地前行，他不顾恶劣的天气，满心流溢着即将成为父亲的喜悦和对妻子的爱恋，带着心爱的猎狗满荒原地为妻子寻找梦中的斑兔。在猎捕斑兔的焦急渴望和对往事回忆的恍惚中，苏尔法阿错把自己心爱的猎狗当做猎物射杀了，又在无意中穿越边境线，踏上了异国的土地。小说故事情节简单，但对主人公的精神世界揭示却是别致的。苏尔法阿对妻子的痴情，对祖先传下来的狩猎生活方式的理解，以及对祖先世代生存的世界之外的惶恐和对现代文明的朦胧追求，通过虚实相生的情景充实了作品的题旨。小说还用了隐喻的手法暗示在现代文明飞速发展的时代，古老的锡伯族所面临的尴尬境地。越来越荒凉的原野，走兽几乎绝迹，青年猎手苏尔法阿虽然理解祖先传下来的狩猎生活方式，却日益产生了厌倦情绪，并开始向往茫茫原野外的大千世界。面对自然和人文的双重困境，锡伯族青年该何去何从呢？这个问题不仅需要傅查·新昌探索，更需要整个锡伯族人民来思考。

傅查·新昌在中篇小说集《人的故事》（自序）中说："我

的中篇小说，几乎都是以巴库镇为历史或文化背景的，巴库镇不仅仅是我心灵激情的象征，而且是一种人类社会秩序的再现，也是我意象中的人类文化大背景的高度浓缩。"小说中的巴库镇或者巴库村并不是一个狭义的小村镇，而是一种文化的浓缩地，是一个有着典型意义的地域。在这个小村镇活动的人物，也不是一些孤立的、纯自然性的个体，而是不同程度地包含了那个历史时期新疆锡伯人的生存文化内容的生命现象。正是在这个重要意义上，小说中的一些主要人物形象就成为点缀新时期锡伯族小说舞台的重要角色，成为人类文明在这个典型环境中的体现，成为锡伯族历史发展沧海一粟的折射和凝固。

傅查·新昌热爱自己的家园，也深深热爱这块家园上生活的人们。但是，爱不等于容忍，他的那种爱是深入骨髓又极其深沉的。他的中篇小说集《人的故事》以表现锡伯族人的个性特征为中心，以近乎无情和冷酷的笔触，揭露存在于本民族人身上的弱点。小说中，他对人性的揭露是赤裸而真诚的。

阿古古是在傅查·新昌的小说中不断出现的人物形象，尽管他出现时处在不同的历史时期和不同的社会氛围、文化氛围之中，但都表现了一定的人性内涵。《黑土地》中的阿古古是一个可怜的远离家园的流浪汉的儿子。他对伯父的依恋在一定程度上就是对土地的依恋，而阿古古父亲的死则证明，任何一个试图抛弃土地的人，最终将失去土地，进而失去生命。正如阿古古的伯父所说："土地只属于热爱耕作的人，只有热爱土地的人才是土地的主人。"小说《倾斜的风景》中的阿古古也是一位无家可归的人。他地位卑微，自卑而鄙俗。他不敢爱，不敢恨，因为他是别人眼中的祸根。可是他依然愿意活着，"只要萨音梅肯让他留下来，他还是想在磨坊拼命活下来"。阿古古这种对生的执著，可以感染很多读者。

成长于祖国西北边疆锡伯族大家庭中的傅查·新昌，心灵里流溢着民族自豪感。然而，当他跨过伊犁河走向全新的、陌生的另一个世界的时候，却产生了一种莫可名状的焦灼和痛苦，进而有种失重的危机感。随着思考的深入，他将笔触延伸至本民族在新的历史条件下的生存和奋斗，将新时期新疆锡伯族人民所面对的传统与现代、历史与现实、情与理的裂变与矛盾揭示出来，如中篇小说《最后的萨满》就将这些矛盾聚于全家为阿吉梅的"病"请萨满这一"焦点"。阿吉梅因为被一个文质彬彬、只顾挣钱的汉族木匠李刚抛弃而患了"病"，她总是喃喃自语："你和我在乌鲁木齐相会你知道了没有啊"，"我要上乌鲁木齐"。于是家里人认为她疯了，把她锁在屋子里，等着找到那个有名气的丰鲁扎布萨满给她"治病"。故事就开始于一家人为阿吉梅找萨满。对于萨满能否为阿吉梅"治好病"，家里人大致可分为两派。一派以阿洪拜和伊吉梅为代表，阿洪拜从一开始就嚷着"他（萨满）会杀死她的"；一派以阿吉的妻子萨音梅为代表，她虔诚地认为只要萨满来为阿吉梅治病，阿吉梅就一定会好起来的。在此，传统与现代的矛盾出现了，萨满真的能治好阿吉梅的病吗？小说的主人公"我"就是在这样的矛盾中悟出了真理——就在父亲请来的萨满在屋里唱完神歌"德言库德言库孩子他娘你不要再折磨你的女儿啊，德言库德言库从你的遗像上看出你是善良的人……"的夜里，爹和阿吉梅都煤气中毒身亡了，阿吉梅终于没能看见第二天的太阳，而"我"就在埋葬父亲和妹妹的墓地上"感觉到我应该从噩梦中醒来了"。傅查·新昌正是通过这种对历史的叙述和对生活的反映，精心地观察、认识了自己作品主人公的灵魂，进而揭示了自己民族的灵魂，同时也反映出这种民族灵魂在不同历史时期的形态和作用。

从2000年开始，傅查·新昌的创作主题发生了改变，从长篇小说《明净的地方》到《时髦圈子》和《毛病》，他从表现民族精神和灵魂的主题转到了对人类生存的心灵苦难和困境的探寻,他的视野已经不再仅限于本民族的发展命运,而开始关注当代中国人的深层生存状态。他开始根据他的个人体验和感悟去营造一个完全属于他的小说世界:不稳定的人性,现代人的孤独、困惑、失落和空虚。

《明净的地方》是傅查·新昌的长篇小说。他作为税务系统中的宣传工作者,以作家的敏感感受着税务工作者的痛苦与快乐,并在《明净的地方》一书中以富于哲理的心理分析方法塑造了新的税收征管体制下税务工作者的群体形象。小说《明净的地方》情节并不复杂,对人物与事件的分析在很多章节是通过对人物内心世界的变化、适当的抒情和哲理表述实现的。然而,富有哲理的语言并未使作品产生道德说教感,使作品显得凝重,而是很好地推动了情节的戏剧化发展,深化了作品的意蕴,使得读者在欣赏作品时真切体会到人物由于情感和理智的矛盾所引起的内心世界的巨大震荡。

《毛病》是傅查·新昌出版的第二部长篇小说,这部小说与《明净的地方》相比,不管是情节内容还是结构都复杂得多。小说以巴库镇为"舞台",塑造了形形色色卑微而扭曲的小人物,例如妓女、舞女、无赖,等等,阴郁变形的画面覆盖了整部小说。这是傅查·新昌对当代人深层生存状态的一次大胆的尝试性探索。《毛病》是作者对过往生活的一种体悟,其创构和结局都像谜,两者互为一面现实人事的镜子,而其中深层的隐喻便由不同读者的感悟而决定。在小说主人公——神秘的阿古古身上,有一种奇特的良知、美德、媚俗和堕落。读者可以透过小说发现,在阿古古身上有一种不言自明的很多人的生存状态,即"在路上",一切都没有定局。虽然小说的人物和故事情节充满隐喻,但"新疆味儿"还是比较浓的。

《时髦圈子》是傅查·新昌的第三部长篇小说。小说中,他塑造了形形色色的文化人,有善良的,也有堕落的;有知识分子精英，也有精神侏儒，通过这些人物，他试图表现当下文化人的生存欲望、迷惘、失落、空洞和困惑。与《毛病》相比，《时髦圈子》更加注重写作技巧，语言典雅而充满哲理韵味，在结构上运用了"全新视觉"手法，几乎所有的人物同时出场，虚虚实实、真真假假最终融为一体，读者只有读完最后一句才知道作品的深层意义是什么。一个人独创的智力瘟疫能给多少人带来启示？活着就是历史，用不着在被岁月烧黑的记忆中寻找安慰。谁在经历着春天里的严冬：冷酷的城市，癫醉的老板，嗜血的妓女，在暗夜里敲不醒一扇庇身的门户，而惩罚是人类文明的另一种忧伤……

傅查·新昌在创作了三部长篇小说后，集中精力完成了一部"堪称史诗般全景式的"长篇小说《秦尼巴克》。小说以锡伯营的沉浮枯荣为中心线索，通过两大家族五代人的恩怨纠葛，揭示了边疆英雄背后的寡妇们不甘心传宗接代的庸碌命运，塑造了素花和安娜这两个母亲备受凌辱但受辱不惊的伟大形象，还穿插了野兽报复人类的神秘现象，寓社会政治于边疆移民的悲欢离合之中，将战争、灾难和普通人的苦难巧妙穿插，再现了边疆地区的世事沧桑。"傅查·新昌通过自己的创作揭示了一个民族生命机制的内在结构与运动轨迹，这里充满了性格矛盾的两极对抗，充满了美与丑、文明与野蛮、有序状态和无序状态的模糊集合与鲜明对峙。"[①] 这使他的作品表现出强烈的民族批判意识，从而赋予作品一种超越民族的普遍意义。

小说里的众多人物，虽然没有加缪笔下西西弗斯为荒诞献身的悲壮，也没有普罗米修斯为正义献身的无畏和崇高，但作为坚强执著的边疆人，他们表现出了勇毅、坦然和果敢以及实现人生

[①] 《路途有多远，我们不知道——傅查·新昌印象及作品散论》，《民族文学研究》1990年第6期。

理想的不可知性和复杂性,这些也都充满了荒诞的味道。小说中,傅查·新昌把理性放在恰当的位置上,然后通过人物形象向我们描述了他们不是天生脆弱、无能,难逃不幸,而是外来的困惑和灾难让他们变得麻木。尽管他们觉得自己命运不幸,并与其进行无休止的抗衡,但最终以可笑的失败而告终。这使我们看到世界不是绝对理性的,也并非完全非理性的。就《秦尼巴克》而言,傅查·新昌采用的写作技巧看上去是非常传统的,但他却能够将笔触深入现实或人性细节的内在过程,将极为抽象而复杂的社会现实描述出来。对此,《秦尼巴克》编辑王后法在石河子第十六届全国书市石河子分会场开幕之际,曾对记者说:和傅查·新昌的长篇小说《时髦圈子》准确捕捉到深藏人们内心的移民情绪一样,这一新作洞察了人类共同的生存焦虑。无论是诸多主人公形象的设定,还是畸形的情欲、残酷的政治斗争,以及多个惊心动魄的人性细节,都体现出隐藏在边疆人精神深处的移民情绪。

对于《秦尼巴克》的艺术价值,新疆师范大学教授、学者黄川这样评价:"这是一部描绘新疆近代史的大书,作者用人性细节来审视生存环境、民族习性和社会组织,给人一种心灵在场的阅读感受。"① 读这样的书,我们需要经历一个心理承受过程。傅查·新昌曾以《从虚空到长久》为题在新疆大学演讲中说:"对我的写作来说,应该选择一种什么样的命运呢?我只能给自己提出自我扩大的写作任务,渴望成为一个从来不重复写作技巧的作家,并且梦想成为一个天才,写一部天才的作品。如果没有这个梦想,如果我没有超人的智力资源可供自己支配,我就不会选择文学来无情地折磨自己,浪费自己有限的生命。"不重复写作技巧是傅查新昌的一种创新的追求。可以说,他的这种追求,

---

① 《秦尼巴克》封底,上海人民出版社、学林出版社,2006年。

已使他前后期的作品显示出不同的艺术风格。

（一）傅查·新昌小说创作前期，"锡伯族的西迁史居然像汹涌而来的诗篇"使他"无法回避，无法掩饰"。为此，他曾两次到遥远的东北三省访古寻根，进行实地考察，并在此基础上创作了多篇围绕着锡伯族西迁历史的小说。根据题材的需要，在这些小说中他主要采用了现实主义的表现方法，力图真实再现锡伯族那段可歌可泣的历史。《大迁徙》再现了200多年前锡伯族的西迁队伍在离开家园时的那种不舍。《跟着夕阳去》通过对安吉福不顾身心所遭受的苦难，顽强追寻哥哥安吉伯的西迁队伍，从一个侧面表现了锡伯人的坚忍和执著。《野外风景》再现了西迁路上的锡伯人在缺水、缺粮、环境恶劣的蒙古草原上，对生活的理解，对困难的坦然，对美好的向往，他们能够忧郁而深沉地品尝他们苦涩的历程。《呼图壁》真实描绘了西迁的锡伯族人民在遭受瘟疫袭击时所表现出的团结友爱精神和对遭遇噩运时的泰然。读这些小说，我们可以真实地感受到西迁行军的艰难和痛苦。

（二）随着小说创作技巧的不断纯熟，傅查·新昌认识到，仅是客观再现社会现实生活的写作技巧已经无法承载小说，特别是长篇小说的分量和意义。因此，他在创作中大胆借鉴了现代主义的表现手法，在叙述故事的同时，深入到主人公的内心世界。小说《老树林子》和《迷迷蒙蒙的田园梦》"以其深邃的题旨，精道细腻的人物心理探微和平静睿智的叙述背后所潜伏的悲观伤感情绪，反映了傅查对于生活新的思索和认识，也反映了他创作境界的再次突破以及创作手法的日益丰富与进步"（傅查·新昌印象及作品散论，安德海，当代文学研究）。在《黑土地》、《倾斜的风景》、《河边的尴尬》、《老树林子》等小说中，傅查·新昌基本上采用了传统的叙事手法，把叙述故事、描写景物和对话作为表情达意的主要手段。但从题材选择来看，他已经有意识地由展现本民族的历史和文化的题材，转向能够代表整个人类生存焦虑状态的题材，就像詹姆斯·乔伊斯那样更多地选择和描写人物的性心理和性行为，他近期的长篇小说《毛病》也有这个特点。

（三）傅查·新昌在创作中大胆借鉴西方意识流小说的手法，揭示人物的潜意识，以实现从深层把握民族心理和人类心理的目的，并在小说中有意识地把笔指向人类黑暗意识的深处，表现在传统与现代的转换中人性的本质。

在小说《迷迷蒙蒙的田园梦》里，为避免主观人格的介入，傅查·新昌没有直接在叙事过程中评论是非曲直，而是在意识的自由空间里，应用了自由联想、时序颠倒的手法，通过主人公巴颜芝的潜意识心理活动展示她的不幸命运。在小说《面临他杀的绝望》里，他则巧妙地运用了梦幻与象征等手法来揭示人物的最隐蔽的内心世界。小说《人的故事》打破了传统的叙事结构束缚，以"我"的意识发展为线索，通过呓语般的人物对话，跳跃的故事情节，现实与回忆的交错，表现了"我"由于"文化大革命"的残酷斗争所造成的爱情、婚姻方面的悲剧。在《微笑与眼泪》这篇小说中，人物的内心独白贯穿全篇。小说《解决》和《最后的萨满》刻意使用了"无标点"写作这样的写作技巧，比较恰当地表现了主人公在极度心理狂乱状态下的思想感情。

傅查·新昌的小说世界是一个充满了悲壮、神奇、诡秘的世界，他用自己的整个灵魂塑造着小说中的每一个形象，用自己精彩的笔创造着每一篇小说。他的这些小说围绕民族精神气质和当代人类的深层生存状态展开，将人文精神融于作品中。在与祖先和当代人的对话中，傅查·新昌寄予了对人性的关怀，对美好的歌颂和对丑恶的批判。

第四节　佟加·庆夫的小说

　　佟加·庆夫，1945年出生于今察布查尔锡伯自治县堆齐牛录村，1966年毕业于伊犁第一师范维吾尔语言专业。曾任新疆维吾尔自治区民族语言文字工作委员会研究员、科研室主任。20世纪80年代以来先后担任察布查尔锡伯语言学会秘书长、学会刊物《语言通讯》主编、自治县文学会会长，伊犁哈萨自治州锡伯族语言、历史、文学艺术研究学会副秘书长、新疆锡伯语言学会秘书长，新疆维吾尔自治区第六届、第七届政协委员兼民族宗教委员会委员等社会职务。现为新疆作家协会会员、民间文艺家协会会员、自治区信息化标准化技术委员会委员。他在基层行政部门从事翻译工作达20余年，能够熟练运用锡伯语、汉语、维吾尔语、哈萨克语、满语等民族语言进行写作、翻译和研究。

　　佟加·庆夫是一位富有才华的锡伯族知识分子，在很多方面都取得了令人瞩目的成果。至今他已编撰出版专著、合著12部，发表小说、散文、论文、评论等各类文章100余篇，创作电视片（剧）文学脚本4部27集，收集、整理、翻译锡伯族民间故事、民歌、音乐作品等多首（篇），参与或主持完成国家级、自治区级研究课题9项，主持研发计算机信息处理锡伯文、满文、维吾尔文、哈萨克文、柯尔克孜文及阿拉伯文应用软件5套。

　　佟加·庆夫从小就非常喜欢文学，并暗下决心将来一定要写出属于自己的作品。锡伯族"悠久的历史，丰富的语言与文化积淀，高尚的爱国主义和革命英雄主义的情操，自强自立的开拓精神，勇于学习和吸纳先进民族乃至人类一切文明的开放心理，和其他兄弟民族情同手足、血浓于水的真挚情感"①都深深感染了他，使得他产生一种强烈的震撼，心灵深处生长出一种自信、一种责任，呐喊出"我很渺小，但我的民族很伟大，倘若我能讴歌她的万分之一，此生足矣"的心声，产生一种"拿起笔来把这一切写出来的强烈欲望"。他痴迷于文学，进入不惑之年以后仍能孜孜以求于自己的理想，艰辛探索、甘心寂寞、笔耕不辍，把自己看过、想过、经历过、听说过的东西尽可能穷尽转化成一种机智和幽默写进文字里。他发现锡伯族过去的文学作品诗歌类居多，小说类很少，决心弥补这个缺憾。于是在我国新时期的文学园地里就有了佟加·庆夫辛勤耕耘的身影。

1984年，他的两篇短篇小说《龙脊地》和《生活的旋律》发表，继而在《伊犁日报》上发表的小说《请到这里来》荣获伊犁州党委宣传部举办的同题征文二等奖。1986年以来，他先后用锡伯文和汉文发表了《在那遥远的国土上》、《情牵重阳》、《鸡尾巴上的渔火》、《都市里的雾太阳》等近十部中篇小说，《锡伯井》、《锡伯渡》、《阿吉玛玛》、《钟魂》等数十篇短篇小说，还发表了不少散文、评论等文章。除此之外，他还徜徉于民间文学园地里，收集、整理、翻译锡伯族民间故事200余则，民歌200余首，编辑、翻译歌词《锡伯族民歌集》、《锡伯族戏曲专辑》等。同时，他还向电视创作领域拓展，先后为《察布查尔锡伯人》、《锡伯族的婚礼》、《走进锡伯族》（10集）、《西域锡伯人》（11集）等专题片撰稿，为锡伯族文化的保护和传播作出了贡献。

佟加·庆夫的文学作品大都以反映锡伯族重大历史事件和现实生活中的典型事件为创作素材，植根于锡伯族浓郁的文化氛围里，反映锡伯族生活中最感人的情和美。他的作品萌发着真情，

---

① 佟加·庆夫著：《西域锡伯人》，新疆大学出版社，1999年版。

散发着淡淡的幽香,语言生动,意取尖新,笔触优美,多见巧思,读来清新自然,不但锡伯韵味非常浓厚,而且形成自己别具一格的创作特点。

《钟魂》是佟加·庆夫短篇小说的代表作之一。小说情节很简单,"我"为了能和那些坚韧不拔的民族英雄之魂接触,而"带着骆驼的沉重和黄牛的笃诚"四处寻找那口记载着民族心酸和英雄之魂的钟。与作者这之前的小说相比,《钟魂》"不仅同样滚动着锡伯族那有滋有味有笑有泪的生活,而且明显加强了小说的历史感和可读性,增大了小说的思想容量。"[①] 小说将历史与现实有机结合,恰当运用了象征、夸张等艺术手法,将锡伯族人民在时代的风雨中开拓前进的历史轨迹展现在读者面前。

《马背上的琴声》无疑是佟加·庆夫的短篇小说中极具西部地域特色和锡伯族民族气息的成功之作。一匹烈马驮着一位血气方刚的锡伯族青年士兵,艰难而顽强地朝大山顶峰攀援。他仅靠一张硬弓,一支铁头长箭就制服了一只敏捷无比的黄羊。于是,青年笑了。因为他那把用黄羊细肠作弦的东布尔琴又能够响起悠扬的琴声,西迁的队伍里又可以恢复许多欢歌笑语。虽然这个锡伯族青年只是西迁队伍中非常平凡的一员,但他那顽强拼搏的精神、穷追不舍的勇气,始终是与锡伯族官兵西迁的壮举紧密相连的。这使得作品升华出一种崇高而悲壮的审美内涵。

中篇小说《在那遥远的国土上》是一部可以用"悲壮"来形容的作品。两个蓝翎侍卫阿明巴图和米安行走在茫茫戈壁,他们衣衫褴褛,身受重伤,内心无比悲痛,却依然如雄鹰般,即便会折断翅膀也要"飞到"目的地,搬回援兵,解救深陷重围的新疆军事重镇塔尔巴哈台。一路上他们无数次濒于死亡的困境,

---

① 越人:《钟魂,一个民族历史的困惑与抉择》,载《伊犁河》,1988年第1期。

却一次次在超凡的毅力支撑下逃脱,在他们身上,硬汉的那种重压之下绝不服输的精神体现得淋漓尽致。然而,阿明巴图还是倒在了执行任务的途中,留下米安一人走剩下的路。米安的身上流淌着锡伯人的血液,他坚强、勇敢、执著,在没有了同伴的情况下,凭借顽强的毅力,独自一人穿越茫茫戈壁和重重峻岭,经历了与饿狼的生死搏斗,最终成功地完成了任务,使塔城之围得到解救,为保卫祖国的疆土完整做出了不可磨灭的贡献。

在佟加·庆夫的小说世界中,不仅有显示锡伯族独特精神特质的优秀作品,还有紧跟时代步伐,表现新时期锡伯族人民生活世界和精神世界的写实类作品。《鸡尾巴上的渔火》通过新老两代人由矛盾到和解的过程,展现了锡伯族人民随着社会发展,改变传统观念与时俱进的一面。小说中,老一代人的代表是鸡尾巴鱼滩的开辟者噶尔达老人,新一代人的代表是青年华宝和吉梅。噶尔达老人勤劳、善良、执著而倔犟,他静静地守护在鸡尾巴鱼滩上,在鱼滩上寄托着爱恨情仇。十一届三中全会后,改革的春风吹遍祖国每个角落,也吹动了原本宁静的鱼滩。华宝等年轻人闯入老人的生活世界,他们充满热情,有干劲,有理想。然而,他们的理想是噶尔达老人不曾想过的,或者是想过但从未觉得能够实现的。于是,两代人的明争暗斗发生了。在经历了矛盾、绝望、困惑和犹豫之后,老人逐渐理解了华宝等年轻人,对这些年轻人的态度也由敌对变为信任和支持。

随着改革开放的逐步深入,"文学是人学"这个提法重新走进中国文学视野,佟加·庆夫也在小说展开了对"人"的问题的思考,进入文化反思的层面。《生活的旋律》里,穆可登额虽几欲挣脱几千年封建社会形成的顽固意识束缚,却最终因自己的软弱和家长意识的强压,放弃了美好的理想和远大的抱负,成了为家族而活着、疲于奔命的"大孝子"。亲情债、人情债、金钱债,一笔笔债务将穆可登额紧紧束缚。就在父亲去世,一个时代的末音渐行渐远之时，他也依然没有摆脱家族赋予的重任，继续在他的那条人生路上艰难跋涉。几千年的文化心理积淀，哪里是朝夕就能改变的呢？

对"人"来说，是生命重要，还是信仰重要？小说《狄雅哈》表现了作者对人的生命的珍视和深切关怀。狄雅哈是小说主人公大姐家的一条看家狗，在饥荒的年代与主人一家忍饥受饿，表现出无比的忠诚和友善。然而，为了治愈小儿子文常由饥饿引起的"怪病"，姐夫承受了巨大的心里矛盾，用颤抖的双手结束了狄雅哈那脆弱的生命，并打破了锡伯族不食狗肉的禁忌，用狄雅哈的肉将文常从鬼门关拉回。在人的生命与信仰之间进行两难抉择之时，姐夫选择了前者，"生活逼迫着他把最禁忌的东西变成为救人一命的良药——最好的滋补品"。小说巧妙地将对人的生命的关注同"大跃进"时期中国农民的生存状态结合起来，揭示了不合理的政策对人民生活的影响。

诚实、善良的人性是我们所颂扬的，佟加·庆夫的很多作品都表现出对人性中真善美的追求。《贼玩》中"他"是个陷入迷途的赌徒，"过去的世界只留给他一枚铜钱"。然而他却不思悔改，"思忖着怎样让它繁衍生息"。在梦中，一个"标致的女人"出现了，她引着他回想起曾经用汗水浇灌的土地和温暖的家。于是，他内心的"魔火"熄灭，并拿起了锄头开始追求新的生活。对此，作者曾在小说《一百只山羊》的题记中，借用弗兰克林的一段话表达了心声：诚实和勤勉，应该成为你永久的伴侣。

"一个民族有一个民族的文化，而民族的文化是在特定的历史空间和地理环境、语言环境以及社会、经济、家庭等环境中形成的系统"[①] 佟加·庆夫出生在新疆伊犁地区的一个锡伯族聚居

[①] 许志英、丁帆主编：《中国新时期小说主潮》，人民文学出版社，2003年版，第329页。

地——察布查尔锡伯族自治县,这里的山水养育了他,这里的文化给他提供了取之不尽的创作素材和灵感,在他的小说作品中随处可见充满西部地域特色和民族气息的文字。

1. 佟加·庆夫的小说语言具有浓郁的锡伯韵味。如《钟魂》中出现的"我爷爷的爷爷,又是爷爷的爷爷,都是功臣"、"高粱地里穿不透风"、"还有那种出来的西瓜,车轮一样哩";《"朱伦"念说家》中也出现了很多锡伯族的民间俗语,如"人家的阁楼虽好,还是不如自己家的破屋"、"人道城门高,你说猴腚红,扯淡"、"马不失蹄变成龙,人不犯错变成仙",等等。这些具有锡伯韵味的语言拉近了作者和读者的距离,使读者如临其境般感受到锡伯人的淳朴和幽默。

2. "锡伯族最讲究住房,无论贫富人家,其人生的最大需求首先要有像样的住房","这种观念一直延续到现在,似乎成为锡伯人的一种审美追求。"① 佟加·庆夫的小说中就有很多能够体现锡伯族建筑特色的环境描写,如《"朱伦"念说家》在写到众长者到安吉大婶家听"朱伦"念说这一段时,首先描写了安吉大婶家的庭院:四合大院,四间穿鞋戴帽的新房,前后院搭配有方,厢房、库房、畜棚、鸡窝、猪圈错落有致。西间屋炉火正红,北边火炕铺得很厚,充满了暖气。安吉大婶家的四合大院是典型的锡伯族住房。作者这一段环境描写不仅为小说情节发展营造了氛围,同时也可以使读者通过这段文字了解锡伯族的民俗风情,可谓一举两得。

3. 锡伯人文化素质较高,一代代紧抓教育毫不松懈。我们可以从佟加·庆夫的小说中感受到锡伯人对知识的热爱。"朱伦"是锡伯文线装书籍,在"朱伦"念说繁盛的时代,几乎每家每户都有"朱伦"。"朱伦"念说家们能说能唱,用他们独特

---

① 佟加·庆夫:《西域锡伯人》,新疆大学出版社,1999年版,第523页。

的艺术表演方式向听众传输知识，把听众引入玄妙的精神境界之中。小说《"朱伦"念说家》的主人公就是几位热爱"朱伦"念说的老者。改革开放给他们带来安乐的晚年，但是他们依然觉得少了点什么。"历史的转弯儿，总会牺牲一点东西"，在那个动荡不安的年月，偏偏是"朱伦"念说"牺牲"了。农民只会种地，不会读书么？锡伯族的农民就不是。他们热爱知识，喜欢"朱伦"念说，渴望文化的滋润。于是，几位老者开始寻找"朱伦"。工夫不负有心人，他们终于有了新的发现：那一场文化的浩劫最终没有把所有的"朱伦"埋葬，还有很多经典残存。于是老者们迎来了一个心目中的春天。可见，文学不仅仅属于知识分子，优秀的文学作品应该属于全人类。透过小说，我们不仅可以感受到那一场"文化大革命"给百姓生活带来的影响，也可以通过小说感受到锡伯人对知识的珍视和执着追求。

4. 新疆伊犁的察布查尔锡伯自治县是佟加·庆夫的故乡，他熟悉那里的一草一木，熟悉那里的民俗风情，他用自己的笔，记录了新疆锡伯人特有的民俗风情。婚俗是锡伯人极为重视的人生礼俗，锡伯族人的婚礼极为烦琐，每个程序都有许多具体内容和要求。佟加·庆夫就在小说《情牵重阳》中，不厌其烦地描写了巴图沁和银花的婚事。从求亲、许婚、定亲，然后择黄道吉日举行盛大的婚礼，双方家长严格遵守祖辈传下来的繁文缛节，真可谓煞费苦心。作者在描绘这场精心盛大的锡伯族婚礼同时，也不无感慨：古老的习俗就这样在现代生活节奏上跳荡，这种习俗有无价值，又将延续多久呢？

5. 佟加·庆夫热爱自己的故乡，更热爱那里的人，他用自己那根独特的画笔为我们展现了一幅生动的锡伯人画卷。锡伯人团结，但不排外，他们热情、直爽、好客、友善。在《库那洪大爷》中，库那洪大爷是一位外乡来的维吾尔族人，锡伯人非但没有排斥他，反而帮助他在小镇谋得生计，大爷也用自己的勤劳和智慧回报了锡伯人,并赢得了锡伯人的尊敬。小说《老魏》以发生在新疆伊犁的三区革命为背景,通过国民党士兵老魏颇具戏剧色彩的人生,表现了锡伯人深明大义、有人情味、爱交朋友的性格特征。《锡伯人性格》则以较短的篇幅表达了锡伯人对东北故乡的思念和对那些来自故乡亲人的真诚友善。小说主人公"老师"家来了几位要寻找锡伯文化精粹的研究生,为招待好这些来自东北的骨肉同胞,他居然不顾家庭生活的困顿拮据,倾囊款待。锡伯人的怀抱就像一团火,温暖着每一位朋友。

佟加·庆夫用他的真诚为我们构建了一个清新自然的小说世界。在那里有淳朴善良的锡伯人,有围绕他们展开的喜、怒、哀、乐。尽管他的小说叙述方式及艺术表现技巧不如一些作家花哨,但是我们能够在貌似平静的文字之下感受到他那真挚的情怀。

第五节　吴文龄、赵春生的小说

吴文龄,吴扎拉氏,1944年出生于察布查尔锡伯自治县依拉齐牛录,1957年小学毕业保送县锡伯中学学习,1963年高中毕业升入伊犁哈萨克自治州党校大专翻译班学习,1964年开始工作,做过秘书、农民、教师、编辑,曾任新疆人民出版社宣传科长,是新疆维吾尔自治区作家协会会员。

像大多数锡伯族人一样,吴文龄极具语言天赋。从1980年起,他开始从事汉文、锡伯文双语文学创作,出版了大型工具书《汉锡简明对照词典》(主编之一)、《锡伯语(满语)词典》(与人合作)、民间文学读物《锡伯族谚语》(汉、锡对照)、《锡伯族情歌》(汉、锡对照)、《锡伯族民间故事集》(锡伯文);创作出版了长篇小说《嗜血金佛》(汉文,1993年由新疆青少年出版社出版)、长篇小说《血胆名猎》(汉文,1994 年由新疆人民出版社出版)、小说集《西陲碣石》(汉文);与人合作完成了反映锡伯族西迁历史的 20 集电视连续剧《西迁》剧本;在全国和省级报刊杂志上发表民间故事 50 多篇,中短篇小说 10 篇(锡伯文),诗歌、散文 20 余篇(汉文、锡伯文),现已创作完成长篇小说《锡伯三部曲》(汉文)的第一部《西迁血师》和第二部《屯垦先驱》,第三部《戍边精英》即将脱稿,这部小说的问世对促进锡伯族文学发展无疑是一个不小的贡献。

20 世纪 80 年代,我国文学界各种思潮层出不穷,伤痕文学、反思文学、改革文学、寻根文学等思潮"你方唱罢我登场"。新疆的锡伯族小说家们也纷纷拿起手中的笔,控诉"文化大革命"给锡伯族人民所带来的伤痛。在此期间,吴文龄的创作却独树一帜。他没有追随哪一种思潮,也没有加入到对十年"文化大革命"的血泪控诉和反思的行列中,而是用心创作了反映锡伯族传统生活,极具民族情感色彩的短篇小说《雅尔哈》(1985 年)。小说主人公巴克特一家三代都是牛录有名的猎手。他的爷爷身壮如牛,一身是胆,曾独战凶恶的野猪;他的父亲也是好猎手,并赢得了牛录人的尊敬。随着巴克特的成长,他越来越感受到父辈们对他能够成为一名优秀猎手的殷切希望。怎样才能成为一名优秀的猎手呢?父辈们告诉他:要成为一个好猎手,一定要养一条好猎狗,好猎狗会成为猎人忠诚的朋友和危难时的救护者。于是,巴克特的生活就与猎狗雅尔哈结下不解之缘。果真如父辈们所说的,猎狗雅尔哈忠诚、机警、聪慧,总是能够在巴克特打猎时帮大忙。对此,作者还运用浓墨重彩描写了一场雅尔哈为保护主人和牛录财产安全与野猪进行的一场生死战。小说的环境和语言描写充满新疆地域风情,狩猎场面描写得有声有色,字里行间流露着狩猎民族后裔锡伯人对猎犬的深厚感情,小说极具锡伯族传统文化特色。

小说《幕特苏爷爷》用平静的语言，娓娓叙述了一场发生在祖国西北边陲小镇的"运动"。故事由一个悬念开始：幕特苏爷爷家的驴子是八个牛录中无双的，只可惜没有尾巴……。故事就围绕着幕特苏爷爷家驴子的尾巴展开。幕特苏爷爷是一位勤劳、耿直、热爱生活的老人，他不理解为什么农业学大寨就不让牲畜吃草，更不理解什么是资本主义、什么是社会主义，他对大队主任们所制定的"制度"提出了质疑。于是他遭到了当权者的批判和排挤，驴子的尾巴也在一次意外中被拉断。然而群众的眼睛是雪亮的，就在幕特苏爷爷遭遇危难的时候，乡亲们给了他很多帮助。终于，幕特苏爷爷在经历了几年磨难后苦尽甘来，不仅领回了自己的驴子，还承包了土地，盖了房子，过上了幸福生活。小说以"悲"开始，以"乐"结束。

长篇小说《嗜血金佛》是吴文龄的代表作，也是新中国成立以来锡伯族创作者出版的第一部汉文长篇小说。清代咸丰年间一个深夜，伊犁名刹靖远寺内供奉的乾隆帝御赐金佛不翼而飞。牛录章京尚阿春为了追回金佛跟踪追击，几经周折终于识破锡伯营总管的诡计。不料，螳螂捕蝉，黄雀在后，伊犁将军的一只黑手也伸向了金佛。面对伊犁将军的赫赫权威和总管大人的阴险狡诈、各路强暴的步步追杀，以尚阿春为首的正义之士，与他们展开了一场惊心动魄、你死我活的嗜血争夺……作品以御赐"金佛"为中心，以寻找丢失的"金佛"为线索，采用了复线式结构，明线、暗线和主线、副线交错展开，运用了倒叙、插叙、顺序的写作手法，故事情节环环相扣、层层深入、引人入胜。

经过多年的努力和奋斗，吴文龄在文学创作上取得了丰硕成果，成为名副其实的锡伯族作家。他先后被《世界优秀专家人才名典》、《民族之光》、《东方龙典》等10余种名典收录。

赵春生（1947—2005年）锡伯族，乳名阿哥拜，伊尔根·

觉罗氏，1947年出生于新疆伊犁察布查尔锡伯自治县的正白旗依拉齐牛录，1966年毕业于新疆伊犁农校，1973年后历任察布查尔自治县文工团创作员、县科委锡伯族语言学会干事、县广播电视局文艺编辑、县文化局文艺创作室主任、县文化艺术研究所专职作家，二级作曲家，新疆音乐家协会、新疆民间文艺家协会、新疆作家协会会员。2005年12月不幸病故。

赵春生出生在一个贫寒的锡伯族农民家庭，尽管从小渴望遨游知识的海洋，但因家庭贫困，几经周折才有幸入学读书。从1985年开始用锡、汉两种文字创作文艺作品，在《察布查尔报》、《伊犁日报》、《民族作家》、《中国西部文学》、《延河》等区内外报刊杂志上发表了30多篇小说和散文随笔。

赵春生的散文文风淳朴、自然，多植根于生活，抒发对人生的感慨。其散文代表作有回忆童年生活的《电影的诱惑》、《童年的梦》等，有叙写亲情的《感怀母爱》和《给父亲送饭》等，还有感怀于高大人格的《一位普通校长的命运》，表现锡伯人性格的《一个民间艺人》，展现锡伯族历史风俗的《关于城墙的记忆》和《遥望图尔根》和《生命的摇篮》等。

除散文创作外，赵春生还在搜集整理民间文学和民间歌舞、创作剧本和歌词等方面取得了不小的成就。由他搜集整理的锡伯族民间歌曲中，有20首被收入新疆人民出版社出版的《新疆民间歌曲集》一书。20世纪80年代，他搜集整理并发表了40多篇锡伯族民间故事。其间，他还创作了大量脍炙人口的歌曲，如代表作《唱给母亲的歌》、《沙枣树下》、《锡伯人》等。另外，由他创作的音乐舞蹈《蝴蝶舞》在全国文艺会演中脱颖而出；他还参与编著《锡伯族歌曲集》、《锡伯族戏曲专辑》等锡伯音乐专辑。

赵春生的文学创作以小说为主，有多篇小说在区内外文学杂志上发表，并由此奠定了他在锡伯族文坛上的地位。其中中篇小说代表作有《舅舅的故事》、《啊,我的绿书包》、《老房子》、《我的小镇》、《远行的绿卡车》等,短篇小说代表作有《狭路相逢》、《卖牛》、《莫里多和他的妻子》、《系在五彩绳端的爱》、《城墙》等。赵春生的很多小说作品仿佛不是在给我们讲一个好听的"故事",而是在叙述他的梦境。从一定程度上说,他的小说创作是颇具"现代性"的,因为我们可以在他的小说中找到很多颇具"现代主义"小说创作技巧的痕迹。

《舅舅的故事》是赵春生中篇小说的代表作。小说用回忆的方式,以发生在新疆伊犁的几次重大革命事件为线索,以征兵为导火索,展现了"我"的阿明舅舅曲折离奇的一生。阿明善良、孝顺,却从小就不受何妈喜欢。他11岁被送入寺庙当喇嘛,两年后又代替哥哥阿春去服兵役。从战争中死里逃生的他在十年后才回到家中,却因为娶了一位维吾尔族姑娘为妻而受到家人无尽的白眼和感情的折磨。随后家中大事小情不断,阿明为救弟弟夜闯监狱长公寓,随后又为救弟弟直闯警察局。然而,就在阿明以为一切苦难即将结束,他可以与自己的妻子和女儿团聚之时,新疆又发生了三区革命。革命招兵,弟弟阿庆被征兵入伍。然而即将举行婚礼的阿庆哪里舍得去打仗!于是为了全家人的利益,阿明再一次放弃了自己的幸福,毅然决定代替阿庆去参军。几个月后,何妈收到了前线的来信,阿明为了国家,也为了家人,永久地留在战场上。小说用简单的艺术手法,再现了那个年代的生活场景,塑造了一个重情重义、英勇、坚韧、善良、宁愿牺牲自己的幸福也不让家人受半点委屈的锡伯族青年阿明的形象,同时也从一个侧面反映出锡伯族传统的婚姻观念对人性的束缚。

在小说《啊,我的绿书包》中,赵春生打破了传统的现实主义写作手法,以现实和梦幻相叠印的方式,展现了"我"寻找绿书包的经历。绿书包里装的是什么?为何值得"我"不惜一切寻找?读到最后读者会发现,原来书包里装的是"我"的才华和智慧,是"我"最心爱的所有东西。"我"到处寻找,却失望而归。后来的"我"以为放弃了就会好过些,却深陷失落中不能自拔,周围的人对"我"也充满了不理解。就在"我"绝望之时,只有一位美丽的姑娘支持"我",并给"我"信心和勇气,使"我"重新热血沸腾,仿佛绿书包就在眼前。小说中的绿书包是个令人费解的意象,它到底象征着什么,可能每一位读者都会有自己的回答,因为读小说的过程本身就是一个再创造的过程。如果结合作者生平来分析这篇小说,我们暂且可以将小说中出现的绿书包理解为他的创作灵感和激情,从"我"寻找绿书包的过程,我们可以感受到作者对文艺创作的执著追求。

《我的小镇》是赵春生的小说中运用非传统的现实主义文学创作技巧进行创作的作品。小说由题记起:西陲有个无名小镇,它隐藏着我许许多多的秘密……整篇小说没有一个完整的故事情节,甚至连我们所熟悉的传统小说的典型人物也没有出现。小说那貌似支离破碎的情节好似一个孩童的奇特梦境,荒诞得无迹可求。飞机竟然在偏僻小镇的街道上起飞,还带起了街道旁的一辆自行车;夜里的小镇飞来了一架飞机,接走了国际射箭冠军郭梅珍;"我们"乘坐的一架飞机在起飞时居然挂在了树上,于是"我"不得不从几十米高的空中跳下;清明节,"我"遇到了一位已经去世多年的同学,还应他邀请到他们的世界游玩一圈;"我"拼命地追一辆黄绿色卡车,那车却在上坡处翻了,而且还往坡上滚;"我"因为做了母鸡下金蛋的梦而遭到弟弟的围追堵截;"我"准备乘坐的飞机失事了,有人找我交罚金,于是我不再想坐飞机,而是改乘马车回家。小说的故事结构松散,每一个小故事前还有一个小标题。小说到底要表达怎样的主题,又倾注了作者怎样的情感呢?这些都留给读者去评价吧。

短篇小说《卖牛》是名副其实的小小说,作者用短小的篇幅,揭露了改革开放初期在西北边陲小镇上发生的一起"投机事件"。巴老汉兴致勃勃地牵着自家的年轻公牛来到牲畜交易市场,想以卖牛换得的钱弥补庄稼歉收的损失。谁知由于他缺少经商经验,让别人以极低的价钱买走了小公牛,转眼间他又不得不以高出所卖价格两倍以上的的价钱买回了自己卖出的那头小公牛的两公斤肉。

《这样活着》是一篇极具象征意味的短篇小说。"我"和很多人被困在一间没有门窗的黑屋子里,这些人中间有一位本地有名的泼妇——佛兰芝。黑屋子中的每一个人都期盼着从某一个洞口逃出,不再与佛兰芝待在一起。奇迹出现了,屋顶居然出现了一个可供大家逃出的小天窗。就在大家争先恐后地往上窜时,佛兰芝从屋顶摔落,而马路上的人都麻木不仁,无人顾及她的死活,只有"我"向佛兰芝伸出了援助之手。她在"我"的手掌上活了过来,可是却变成了一个不时摇头的女婴。小说中黑屋子象征着什么?是如鲁迅先生笔下黑暗的社会现实吗?还是残酷的社会舆论?不然为什么佛兰芝会死?为什么人们会对佛兰芝的死麻木不仁?那"我"呢?"我"是黑屋子中唯一醒着的人吗?

读赵春生的小说,我们的感受是不能够用清新、淡雅、有趣等词简单概括的,他带给我们的更多是思索,是对思想的启发,对社会生活的感悟。他在自己构筑的小说世界里阐发着对社会、对人生的独特理解。

新时期初期,当人们还在讨论"伤痕文学",在探讨"如何正确反映新时期社会矛盾"等文学意识形态问题时,中国的小说界自觉地进行了一场"范式革命",出现了许多极具"现代主义"意味的作品。也许那个时候读者将更多关注的目光投向了宗璞、王蒙等内地作家,而很少有人注意到在中国新疆的一个边陲小镇还有一位作家的个别作品也是颇具"现代主义"文学意味的。下面,我们将结合赵春生的小说作品对此进行简单分析。

1.《老房子》打破了传统现实手法的时空顺序,以历史和现实相交错的结构来表现主题。小说以"我"奶奶、"我"母亲、"我"妻子以及"我"在老房子中的奇特经历为主要内容,亦真亦幻,揭示了锡伯族传统文化中的糟粕对人性的摧残。就在小说结尾处,作者借助主人公之口不无感慨地说:"老房子啊老房子,你像一座置人于死地的坟墓。我奶奶我母亲都不明不白地死在老房子里。她们发现了老房子的秘密,但没有一个人肯相信她们的话。"

2.《远行的绿卡车》、《这样活着》、《城墙》等作品蕴涵了荒诞的因子。《远行的绿卡车》通过"我"的奇特经历,表达了作者对社会问题的思考——人与人的关系变得越来越冷漠,人们的内心越来越多地充斥着仇恨、贪婪和阴谋……作者希望人们能学会善待他人。《这样活着》通过"我"逃离黑屋子的经历,传达了作者对澄明的人际关系的渴望。小说《城墙》中的"城墙",表面上看是"我"所生活的那个小镇的古老见证物,实际上作者是想通过对围绕城墙发生的故事的描写,引起读者对社会上出现的人与人之间的仇视、冷漠、妒忌和不信任进行反思。由此可见,赵春生的作品如很多西方的现代主义作品一样,想通过一种荒诞的形式直指人的内在精神世界,传达现代人的痛苦和焦虑。

3.《系在五彩绳端的爱》体现了意识流小说的重要特色,故事情节淡化,以人物的主观意识和心理语言反映现实。小说采用了第三人称间接内心独白的方式来刻画人物心理,"基本上是人物的内心活动,但作者不时出来指点和解释,造成内心独白和传统叙述法混杂的格局"[①] 小说中既有主人公的内心独白,也有叙述者介入其中的评论,两者之间没有明显的视角转换,从而读者可以自由进入人物内心,同主人公共同感受爱的甜蜜和等待的

---

① 袁可嘉:《欧美现代派文学概念》,上海文艺出版社,1993年版,第271页。

焦急。

4. 赵春生的小说代表作《我的小镇》运用了独特的结构方式，与米兰. 昆德拉所擅长的复调小说结构十分相似。复调小说的特点是从结构出发，与单线架构小说相对存在的小说结构上的诸线平衡并置。《我的小镇》分为八个部分，每一个部分都叙述了发生在小镇的离奇故事，而这八个离奇的故事又都出现了"飞机"这个意象，同时为揭示一个主题而存在。

综上可见，赵春生是一位颇具现代小说创作意识的新时期锡伯族小说家。也许在当下这个对现代主义小说创作技巧的言说甚嚣尘上的时代，赵春生的这些技巧稍显粗糙和生硬，但在20世纪90年代的中国西北边陲小镇，出现了如此有探索精神的小说家，实属难能可贵。

第六节　舒慕同、扎鲁阿等作家的小说

舒慕同，姓吴扎拉氏，1915年出生，新疆伊宁市人，是新疆维吾尔自治区作家协会会员。他幼年接受过私塾教育，1924年入惠远城汉文小学，1926—1929年留学苏联阿拉木图，1930—1934年在伊宁市中俄学校学习，1934年留学苏联塔什干，在中亚矿业学院求学，1937年回国。回国后，舒幕同做过俄文教员、俄文翻译，参加过三区革命，做过基层领导，曾任新疆维吾尔自治区公安厅副厅长，新疆维吾尔自治区民宗委副主任，曾被选为省人民政府委员，被授予过多种奖章。丰富的人生经历无疑是促使他从事文学创作的动力源泉。在"文化大革命"靠边站期间开始写小说。1983年离休后，舒幕同创作并出版一部长篇小说和三部中篇小说。

长篇小说《杭鲜保的故事》（锡伯文）反映了1944年在新

疆伊犁、塔城和阿勒泰三个专区爆发的反对国民党压迫的革命后，锡伯族人民与国民党反动派之间展开的激烈斗争。小说刻画的人物血肉丰满，故事情节生动活泼、引人入胜。

中篇小说《罕耶拉克的枪声》的主人公是锡伯族青年保善，他原本是在罕耶拉克山哨所服兵役的国民党士兵，当伊犁地区出现反对国民党的武装斗争后，哨所头目无端怀疑保善，并对他进行精神和肉体的双重摧残。保善终于忍无可忍，连同其他受苦的战士毅然起义，反戈一击，狙击歼灭了敌人，取得了自由和尊严。

《张格尔的护指》是舒慕同创作的较有代表性的中篇小说。作品描绘了1828年锡伯族官兵抗击英殖民主义者走狗张格尔进犯新疆的历史事件。锡伯族披甲舒兴阿和纳松阿英勇善战，打败并活捉了张格尔。张格尔对这两个锡伯族青年披甲的武艺很佩服，把自己的护指送给了他们，以作为他们战绩的证据和纪念。事后，两位青年披甲被胜利冲昏了头脑，就在他们开怀畅饮的时候，被别人抢了头功，幸亏有护指为证，他们才受到重视并获得朝廷的奖励。

《女大力士莲花的故事》是一部传记式的中篇小说。小说语言风趣，充满了乡村气息，情节生动，穿插了许多有趣的情节，成功塑造了一个勤劳质朴、有正义感、力气出众的莲花姑娘的形象。

扎鲁阿（1942—1998年），笔名迈拉逊，生于新疆察布查尔锡伯自治县依拉齐牛录。1962年毕业于伊犁第二师范学校，曾任《察布查尔报》记者、编辑、察布查尔自治县文化馆馆长、党支部书记、文化系统党总支组织委员，后调至新疆人民出版社锡伯文编辑室，任主任、副编审，自治区八届人大代表，新疆锡伯语言学会副会长；是新疆摄影家协会、新疆文化学会、新疆翻译家协会和新疆作家协会会员。

多年从事编辑、记者工作的扎鲁阿对生活有着自己独到的认识,于是他将这种认识聚于笔端。他在《察布查尔报》、《察布查尔文艺》、《伊犁河》、《锡伯文化》、《新疆文艺》等刊物上用锡伯文和汉文发表小说、散文、诗歌、报告文学、民间故事、论文等 150 多篇。扎鲁阿的小说创作以短篇为主,其中《灵性》和《升官以后》在《锡伯文化》上发表,《人面兽心》被收入锡伯文小说集《生活的沉思》,《好心的姑娘》和《心病》收入锡伯文小说集《猎人》;另外,他以笔名迈拉逊发表的《祝成为金光大道》、《妻子的争吵》、《得到启发》和《没有翅膀却要飞翔的姑娘》被收入锡伯文小说集《河湾》。

扎鲁阿的短篇小说体现了较为鲜明的时代特色,生动而真实地反映了锡伯人民对生活的热爱,对党的事业的忠诚,读后给人一种奋发向上的力量。这首先表现在人物塑造上,小说《祝成为金光大道》以短小的篇幅成功塑造了一位"舍小家,为大家",甘愿离开新婚的妻子到少数民族聚居区工作的锡伯族优秀青年形象。小说语言质朴,读来使人潸然泪下。小说《妻子的争吵》运用侧面烘托的手法,着力刻画了一位专注于文学创作而无暇顾及世俗礼节的锡伯族青年作家形象。《得到启发》的主人公默耳根芝是一位勤劳、善良的锡伯族妇女,她身为继母并没有因为大女儿不是自己所生就有所轻视,反而对大女儿付出了更多的关怀和爱,她的事迹感动了很多人……扎鲁阿在这些小说中塑造的都是正面人物形象,却没有高大全式的虚假,也不是乏味的概念人物,而是有血有肉的平凡而又善良的人物形象。

扎鲁阿小说的时代性还体现在对形形色色的阻碍社会发展的旧思想和旧习俗的鞭挞上,体现在对社会上出现的丑恶问题的揭露和批判上。锡伯族人好饮酒,婚宴上亲朋好友更是不醉不归,小说《心病》正是"病"从婚宴起。在订婚典礼上男女双方的父亲因为喝了太多的酒而丑态百出，女方父亲居然在典礼第二天因饮酒过度而魂归西天。作者用近乎残忍的"巧合"给读者以警醒，揭露在本民族中残存的陋俗给人民生活带来的负面影响。《无题小说》则通过三个彼此独立的小故事，辛辣讽刺了改革开放后社会上出现的道德麻痹、损人利己、诚信危机等问题。故事一中，默尔根芝在商场丢了钱包，在向其他人求助时，她非但没有得到同情和帮助，反而受到了旁观者的冷嘲热讽。故事二中，关教授在交电公司买的灯泡总是坏，原来是公司经理为饱私囊以次充好，损害了顾客利益。故事三则将人与人之间的诚信危机通过主人公小安的朋友向他借钱不还等事件揭示出来。

扎鲁阿的小说创作扎根于锡伯族人民的生活土壤之中，他始终关注着家乡的每一点变化，并力图透过艺术的典型化，将看似平凡的小事写得妙趣横生，意味深刻。

顾尔佳·忠浩（1938—2007年），锡伯族诗人，小说家。新疆察布查尔锡伯族自治县纳达齐牛录人，毕业于新疆语言学院维吾尔语言专业，曾在察布查尔锡伯族自治县东风小学、海努克乡学校、察布查尔县教师进修学校、克拉玛依技工学校任教。

自1986年起，顾尔佳·忠浩发表了100多首诗歌，并在小说创作领域大胆实践，用锡伯文发表不少较有影响的短篇小说。他的小说大多立足锡伯族人民的生活，表现锡伯族的情感，其中《婆媳之间》、《希望重新萌生》、《朋友的情怀》、《末子的变化》和《额奋保的誓言》等受到锡伯族读者的好评。

《婆媳之间》以普通人家最常见的婆媳矛盾为题材，成功将百姓日常生活的复杂一幕展现于读者。小说中激烈的争吵打破了黑夜的寂静，一面是婆婆抱怨媳妇不会操持家务，一面是媳妇怒斥婆婆整日唠叨让人心神不宁，而丈夫则成了双方的出气筒。其实，婆媳矛盾的原因很简单——家庭财务纷争。小说从一个侧面反映了改革开放后,百姓生活观念和价值观念的转变。

《希望重新萌生》将笔触深入到锡伯族知识青年的内心世界,展现了他们积极向上的精神风貌。主人公巴图尔是一位高考落榜的少数民族知识青年,由于落榜挫伤了志气,整日委靡不振。就在他堕落地消磨生命之时,一个身残志坚的少女走进了他的视线,少女为理想奋力拼搏、勇往直前的精神鼓舞了他,让他从绝望中振作,在生活的道路上开启了新的征程。

《朋友的情怀》是顾尔佳·忠浩创作的较有讽刺意味的短篇小说。原本在灾难中生死与共的好友,在新时期、新政策到来之时,却因为子女的工作调动问题闹了矛盾。在友情和原则发生矛盾时该怎样抉择?为此作者想出了一个可以两全的办法:只要双方的友情是纯洁、无私的,问题总会在"理解"的基础上得到圆满解决。小说从一个侧面反映了新时期送礼"走后门"的社会问题,在赞扬小说主人公坚持党性原则的同时,讽刺了那些败坏社会风气的领导干部。

锡伯族是非常重视教育的民族,一代代人紧抓教育毫不松懈。因此,有关教育的问题也成为顾尔佳·忠浩小说创作的重要题材。小说《末子的变化》中,由于尔登额是"我"最小的儿子,因此"我"时时处处对他怜惜宠爱。溺爱使得尔登额变得以自我为中心,好逸恶劳,贪玩不学习,好吃懒做,当"我"认识到他的这些变化时后悔不已。小说给社会上越来越多溺爱孩子的家长敲响了警钟。

顾尔佳·忠浩的小说多以锡伯族人民生活发生的变化为题材,如话家常般,不刻意雕琢结构,不炫耀创作技巧,这使他的小说在锡伯族人民中产生广泛影响。

富金才,姓富查氏,生于1943年,锡伯族优秀诗人、小说家。新疆察布查尔锡伯自治县堆齐牛录人。1962年毕业于伊犁第二师范学校,同年参加工作。多年从事新闻和文学编辑工作,曾任《察布查尔报》编辑,新疆作家协会会员。

富金才是一位多才多艺的作家,创作态度严肃认真。他的小说以短篇为主,其中《从伊宁飞来的回音》、《补充》、《哈吉拜"请客"》、《向吹牛者收税》和《第555人买电视机的故事》被收入锡伯文小说集《生活的沉思》(1989年,新疆人民出版社);《红绿交错的光环》、《吐伯山叔叔卖瓜的故事》被收入锡伯文小说集《夜明珠》(1992年,新疆人民出版社);《达春的今日》、《铭心的故事》被收入锡伯文小说集《河湾》(新疆人民出版社);另有7篇短篇小说发表于《察布查尔报》。

作为一位有思想的作家,富金才在除小说外的创作领域也取得了较好成绩。他的论文代表作《漫谈锡伯族语言文字存在的问题和趋势》在伊犁哈萨克自治州首届锡伯族历史、文学、语言学术研讨会上成为重点发言稿,并被收入该讨论会论文集,受到与会专家的好评;叙事长诗《哥妹泉》由新疆人民出版社出版,并被评为第三届"全国少数民族文学创作奖——骏马奖"的"特别奖"。

富金才的很多小说都是以改革开放后靠勤劳致富的锡伯族农民为主人公,歌颂党的富民政策。《赖达春的今日》用纪实的手法,记述了"我"在离开家乡十几年后回到家乡的所见所闻。十几年间"我"的家乡发生了巨大变化,乡亲们用勤劳的双手创造了新生活,我儿时的伙伴——曾经的"赖达春"(无赖),也变成了今天的"达春"。《铭心的故事》讲述了一位在旧社会受尽苦难的锡伯族老人,在党的政策指引下过上幸福生活的故事。

20世纪80年代,改革开放促使我国经济迅速发展,百姓生活日益改善,与此同时也出现了很多社会问题。富金才以作家特有的敏感和叙述方式,揭露了这些社会问题。短篇小说《从伊宁飞来的回音》以 寄给"我"（一个普通农民）的一封信为线索，反映了社会主义市场经济给人民生活带来的变化。《向吹牛者收税》这篇小说以诙谐幽默的漫画夸张方式，成功塑造了一位由于夸大宣传自己商品而受罚的农村小商贩形象，在引人发笑的同时，辛辣嘲讽了那些坑蒙百姓钱财的小商贩。

　　随着思想的解放，锡伯族的婚俗渐渐发生了变化，于是婚姻、家庭问题也成为富金才关注的对象。小说《补充》一经发表就受到当地读者的欢迎，因为很多读者都可以在小说中看到自己的影子。小说中"我"与丈夫由自由恋爱结婚，但由于传统夫妻观念的束缚，没能摆脱男尊女卑、男主外女主内等思想的影响，因而夫妻间经常出现矛盾。而"我"的学生与妻子的关系却十分融洽和谐，因为他们相互信任和支持。于是"我"如获至宝，决心向学生学习，建立新型的家庭关系。小说《红绿交错的光环》也讲了一对年轻夫妻由矛盾到和好的故事，读者可以通过故事认识到及时的沟通是保证家庭和睦的关键。

　　富金才是一位会讲故事的作家。他的小说以表现普通人的生活为主，并力求通过他们的喜怒哀乐表现纷繁复杂的社会人生。尽管他的小说数量不多，也没有获过大奖，但在锡伯族人民当中的影响却是不可忽视的。当然，他的小说还有很多不足之处，比如作品的数量不多，因此能够表现的社会人生就不够广阔；他的小说在艺术手法上有单色调和单线条的弱点，塑造的人物形象不够丰满，矛盾冲突也不够尖锐等。但我们相信，凭借多年积累的创作经验和深厚的民族工作根底，富金才一定会创作出更多更好的作品以飨读者。

第七节　佟林清、郭美玲等作家的小说

佟林清（1949—2010 年）新疆巩留县人，新疆维吾尔自治区作家协会会员，伊犁州科普创作协会副理事长，伊犁州作家协会常务理事，伊犁州电影、电视艺术家协会会员。

佟林清有着不平凡的成长经历。他曾下过乡，做过农民，当过教师，经过自己的不懈努力毕业于上海复旦大学中文系，曾在伊犁日报社做过十年编辑、记者，足迹几乎遍布伊犁的每一块土地。从政后，他先后任伊犁日报社政治处主任、党委宣传部宣传处副处长、讲师团团长、州政协办公厅副主任和州文联党组副书记。丰富的人生经历、坚持不懈地辛勤耕耘和扎实的写作基础，使佟林清成为锡伯族文坛有影响的作家。他在《伊犁日报》、《中国西部文学》、《伊犁河》等报刊杂志上发表《水上花生》等几十篇散文，《她走向世界歌坛》等20 余篇报告文学和《情，与我无缘》等30 余篇小说，撰写《屯垦戍边话锡伯》等8 部电视系列片文稿。

佟林清的早期文学创作以散文和报告文学见长，进入20 世纪90 年代致力于小说创作。1998 年他出版了一部以锡伯族农村风俗为主题的小说集《岁月没有栅栏》（由新疆人民出版社出版），其中有两部中篇小说，18 篇短篇小说。这些小说大多选取锡伯人生活中最常见的人、事、物为题材，通过生活中富有典型性的片断，塑造了很多富有个性的人物形象。佟林清善于捕捉时代新风尚，能够通过较为巧妙的艺术构思和幽默的笔触展现锡伯族人民的精神面貌、心理状态和思想情感，小说具有鲜明的民族特点和地域特色。

在佟林清的小说中，人物长廊多姿多彩。有老一辈的固守本

民族狩猎文化传统的安班爷爷、固执倔犟的成谦老汉、会编摇篮的巴纳老人和会念说"朱伦"的西林巴图老汉,有新一辈的勇于钻研新技术的纳斯巴图、狩猎高手傅明、能歌善舞的默尔根芝和勇做第一人的肖昌。佟林清的小说还塑造了很多个性鲜明的锡伯族女性形象。她们敢于冲破世俗偏见,用实力证明自己价值;她们勇于主宰自己命运,为自己的理想而奋斗。中篇小说《夏天过后是秋天》以曲折离奇的故事情节和细腻的人物心理刻画,塑造了一个置个人幸福和安危于脑后,勇于走出家乡,走向广阔天地学习先进技术的锡伯族年轻女性形象。短篇小说《草丛中飞出一只花蝴蝶》用先抑后扬、烘云托月的艺术手法,惟妙惟肖地刻画了一位勇于走出家乡,到广阔天地打拼的少女阿吉侬的形象。在短篇小说《射中靶心的一支箭》中,女主人公秀英自告奋勇参加射箭队,冲破了"女孩子自古不拉弓"的世俗偏见,并以百折不挠的精神刻苦训练,终于成为箭坛神射手。

佟林清长期生活在锡伯族人民中,善于从锡伯族普通百姓的生活中汲取语言方面的特色,这使得他的小说语言充满浓郁的锡伯族农村乡土味。首先,从他的小说题目看,像《花花菜里拣出的一根红辣椒》、《裹在发面饼里的一块生面团》、《火炕土坯缝里冒出的一缕青烟》、《系在马尾巴上的故事》等,就已经极具地方特色和民族特色了。这些题目不仅很好地概括了小说主题,更能引起读者,特别是其他民族读者的阅读兴趣。其次,他在小说中大胆使用了锡伯族的方言、俚语和民间谚语,几乎篇篇小说都有"惊人之语",使得小说语言充满了劳动人民的智慧和幽默。如《岁月没有栅栏》中幸格尔与纳斯巴图斗嘴时说:"哎,话不能倒着讲,'懒汉嫌脚边的鞋远',况且水不可能用网堵,火不能用油来扑灭,你应该知道其中的道理吧?"

他用朴实、生动的小说语言描写很多鲜为人知的锡伯族民俗风情和锡伯人的生活情趣,如锡伯人每年都要制作花花菜,每天清晨都要吃发面饼,每年在收获的季节都是人们骑马拉着石磙碾场等。同时,他还用生动的笔触介绍了锡伯族青年进入冬季时狩猎打野猪的场面、锡伯族隆重的婚礼场面、男女双方热情的斗歌场面和激烈的射箭比赛场面等,为读者描绘了一幅幅热情、纯真的风俗画。

佟林清的作品大多短小精悍,具有浓郁的民族特色和地域特色。他以中国西部的一个小镇为背景,用清新朴素的语言描绘了一个古老民族的生活情趣,塑造了许多充满血肉的人物形象。他用自己的小说告诉读者:岁月没有栅栏,生活充满阳光。

郭美玲,女,1958年出生于新疆霍城县,是新疆作家协会会员,新疆报告文学研究会会员。

郭美玲是在1985年走上文学创作道路的,在区内外报刊杂志上发表小说、散文、诗歌、杂文及报告文学等数百篇。新时期,她主要从事小说创作,现已发表50多篇短篇小说及微型小说,其中《卖葡萄的老人》、《傍晚的歌》、《这是什么原因》和《买鱼》被收入锡伯文小说集《生活的沉思》(新疆人民出版社),《打扮》、《意料之外》被收入锡伯文小说集《河湾》(新疆人民出版社);目前已出版一部文学作品集《乡情》。郭美玲的小说大多短小精练,能够切中时弊,具有较浓郁的生活气息和时代特色。

她的短篇小说构思用心,往往是从一个点、一个画面、一个对比、一声赞叹、一瞬间之中捕捉住一种智慧、一种美、一个耐人寻味的场景。在小说《有毒物品》中,吴所长通过一次与人事局长的巧妙对话,换回了原定分配到自己单位的大学生,这里深藏着一种人生的智慧。《卖葡萄的老人》用精练的语言塑造了一位高大的普通劳动者形象。《月圆时分》则从侧面描写入手,通过妻子、女儿和"他"简短而充满温情的对话,揭示了一个复杂的社会问题。

郭美玲短篇小说的构思巧妙之处还体现在：她能够在一言一事中完成对人物性格转变的描写，而不必铺叙，如《老汉卖肉》这篇小说中，卖肉的老汉在批发肉时被肉贩子"宰"了10公斤，对此他十分恼火，一路上想着"别人能损咱，咱也会损人"。但是当他听到自己的老顾客对他表述信任之言时，不由得"把那块已经割好的肉又添了一小块……"老人前后态度的变化仅通过这一个细微的动作就表现出来。

郭美玲早年从事过记者工作，对社会上出现的新问题有着独特的敏感性，因此读者往往能够通过她的短篇小说感受到时代的折光。小说《下不为例》通过短小的篇幅，揭露了社会上出现的行贿受贿现象。《政策与对策》用充满讽刺意味的语言，犀利地批判了社会上那些利用职务之便钻政策空子的人。《李华看病》用不到一千字的篇幅，通过李华三次看病得出三种测量血压的结果这一简单情节，将医疗行业的器械计量标准性问题提了出来。这些小说描述的事情虽小，却表现了那些不尽如人意的社会道德风尚的转变。

爱情是文学创作亘古不变的主题。郭美玲作为一位女性作家，用她特有的细腻和浪漫情怀，为读者讲述了许多爱情故事。小说《裙子》柔美、浪漫，《网络爱情故事》时尚、充满激情，《那一段情人往事》颓然、凄楚，《错过的爱情路漫漫》失落、孤寂，《青春的爱让我和他变成呆子》稚嫩、可爱……

作为新疆作家协会为数不多的锡伯族族女作家，郭美玲在文学创作道路上取得的成就是可圈可点的。尽管她的小说创作还有很多不足之处，但我们相信，只要作家能够在艺术创作的道路上坚持不懈、执著追求，不断突破已有创作水平，特别是能够在思想深度和语言方面下更多工夫，定能为读者提供更多更好的小说作品。

高青松，1944 年出生，新疆伊犁察布查尔县人，毕业于伊犁师范学校，1964 年起任教，"文化大革命"后调至察布查尔第一中学，获中学一级教师职称，1998 年退休。现为中国民族硬笔书法家协会会员，中国现代青年书画家协会会员，国家二级书法师，新疆作家协会会员。

高青松是一位勤于进取的人，工作之余专心于书法、诗词、小说、散文等文学艺术的创作和研究。他的书法作品苍劲豪迈中含圆润秀丽；散文《绿色的生命》、《小松树》、《白色的乌孙雁》等清新隽永，诗歌《伊犁河》、《石头赞》、《赛里木湖》等语言质朴，充满了对家乡的热爱之情；小说《龙脊地》、《生活的旋律》、《血魂》、《一条驴皮带》、《卖瓜女郎》、《那边有新世界》、《汉人街小曲》、《伊柏涂局长》、《吉梅》、《伊犁河渔歌》、《失落的新月》、《神奇的广告》和《夜明珠》等，构思巧妙，充满了生活情趣。

他的短篇小说《懊悔和伤心》被收入锡伯文小说集《小说选》中。作者以发生在年轻人身上的一段爱情故事为题材，劝诫那些恋爱中的男女青年在处理感情问题时一定要多沟通、多交流，更要互相信任和支持。因为只有这样爱情才能够长久，而不至于只有错过了才留恋当初的美好。被收入锡伯语小说集《夜明珠》中的短篇小说《命运》无疑从侧面展现了高青松对于某些社会问题的敏锐洞察力。改革开放，市场经济之风吹向祖国各地，就在各地经济迅速发展的同时，人们的思想意识也悄然发生着变化。社会上有一些人开始变得"金钱至上"，视金钱如生命，甚至开始以占有金钱的多少来评价一个人的价值。小说主人公格勒就是这样的人。他不仅自己"钻钱眼儿"，甚至还"教导"自己的弟弟读书无用，赚钱才是正事，只有钱才是万能的，这使得他们的母亲十分担忧……

小说《舒慕尔家的怨魂》被收入锡伯语小说集《夜明珠》当中。小说主人公舒芳是一位为了追求个人幸福,敢于冲破封建宗法束缚的女孩。不幸的是就在舒芳以为幸福迫近的时候,那个她寄予了深厚情意的男友却因怯懦放弃了与她私奔。刚烈的舒芳再无他路可走,只能以死相争。于是,一位十几岁的、如花的少女就这样香消玉殒。舒芳,这个舒慕尔家的怨魂,就这样萦绕在她的家族上空,迟迟不肯离去……

高青松的小说创作,大多篇幅短小,情节简单,少则只有几百字,至多千余字。在这些短小的篇幅里,他将生活长河中的一滴水、一朵浪花加以细致刻画,注入了丰富的意蕴,有一定的生活容量,能够以小见大,深深感染着读者。

关荣,新疆伊犁人,后随父母举家迁至博尔塔拉蒙古自治州的温泉县生活,1975 年毕业于伊犁卫校,被分配到温泉县卫生防疫站工作。工作之余,他倾心文学创作,先后有两部中篇小说和多篇短篇小说在区内外文学刊物上发表,现为新疆作家协会会员。

由于家庭出身的问题,关荣从小就经历了比别的孩子更多的磨难。从上小学、初中,到下乡接受贫下中农再教育,再到以优异成绩考入伊犁卫生学校,他饱受了生活的折磨和心灵的苦痛。然而,正是这样不同寻常的经历,才使得他的文学作品具有震撼力。

关荣的小说成名作《别了,噬人的梦》发表在《新疆民族文学》上,是他根据自己接受再教育的经历创作的。小说真实感人,可以说一定程度上表达了一代人的心声。小说描写了"文化大革命"期间,极"左"路线要割掉"资本主义尾巴",结果不仅使勤劳、忠厚的塞老汉用一生经历建设的美好家园毁于一旦,而且逼死了塞老汉那含辛茹苦、淳朴善良的老伴。关荣的这篇小说反映了那场浩劫给世代生活在伊犁河畔的锡伯族人民带来的创伤。

近年来，由于工作原因，关荣公开发表的作品较少。我们期待着他有更好的小说与读者见面。

何坚韧（1957—），察布查尔锡伯自治县乌珠牛录人，大学本科毕业以后，先后在察布查尔锡伯自治县金泉中学、察布查尔锡伯自治县第一中学、伊犁第二师范学校任教，现任伊犁哈萨克自治州教育局教研员。

1987年开始文学创作，先后创作不少小小说、诗歌和散文诗，并写了十几篇文学评论。小小说方面的代表作有：《补鞋匠》、《钥匙》、《老屋》、《陌生的脸》、《200元奖金》、《冬日春色》等，他的小小说往往构思新颖、情节新奇、结局耐人寻味；他的小小说还给人以朴实、亲切之感，像一幅幅清幽淡雅的素描画，透过一个个炙热欢快的音符旋律，使我们领略到边疆优美的田园风光，边疆人民质朴的高尚情操及睦邻坦诚的和谐氛围。散文诗的代表作有：《缅怀色布喜贤》、《察渠颂》等。

何坚韧的文学评论主要集中在对锡伯族现、当代作家作品和锡伯族文学发展的研究；另外，他对锡伯族文化的研究也取得了一定成绩。有代表性的文学评论有《锡伯族作家郭基南的长篇小说〈流芳〉简论》、《佟林清印象及其作品散论》、《金生新作述评》、《金生印象及其诗歌散论》、《论锡伯族文学的交替与崛起》、《汉文化对锡伯文化的影响初探》，等等。

第八节　高凤阁、陈铁军等内地作家的小说

高凤阁（1913—1986年）姓果尔齐氏，黑龙江省双城堡人。

他幼年丧父，是他的外祖父支持他读了6年的书。此后，他做过学徒，当过粮店伙计，19岁开始唱皮影戏。1948年，高凤阁光荣地加入中国共产党，后历任村长、公社剧团团长、双城县人民艺术剧院院长、双城县文化馆创作组组长，是中国作家协会会员、黑龙江作家协会理事。

也许从19岁唱皮影戏开始，高凤阁就与艺术结下了不解之缘。他的一生可以说是奉献给艺术的一生。他常年从事文学创作，发表了不少短篇小说、曲艺、诗歌等作品，尤其擅长民间文学歌谣的创作与说唱。20世纪50年代，他创作了很多带有朴素民歌风味的短诗，还写出了受到茅盾先生称赞的短篇小说《垫道》。该篇小说还曾被选入中学课本，被翻译成英、俄、日等多种文字。另外，他的短篇小说《小管天》、《一条麻袋》和《贫农的儿子》等，一经发表就收到了读者的好评。"文化大革命"期间，高凤阁的创作受到极大影响。"文化大革命"结束后，他激情奋发，创作了不少优秀的文艺作品，如锡伯族舞蹈《嫁女》和自传体长篇小说《烛光》等都令人关注。

陈铁军，1963年6月6日出生，锡伯族，祖籍辽宁，出生于北京，现居郑州。中国作家协会会员，郑州市作家协会副主席。曾从事各种各样的临时职业，当过工人、个体户、记者、编辑，现从事专业写作，曾代表河南省参加过全国青年作家创作会议和少数民族作家代表大会，还参加过鲁迅文学院第四届中青年作家（少数民族作家）研讨班的学习。陈铁军于1984年开始创作并发表小说，早期发表的作品有：中篇小说《遥远沙漠骑骆驼的人》（《丑小鸭》1984年第3期），《再现被害者灵魂》（《南方文学》1989年第1期），《那个冬天我很快乐》（《南方文学》1991年第3期）等。迄今，他已在《人民文学》、《丑小鸭》、《花城》、《莽原》、《当代人》、《飞天》、《啄木鸟》、《南方文学》、《民族文学》等各类文学刊物上发表中短篇小说60余篇，共计约200万字。出版有长篇小说《黑吃黑》，中短篇小说集《老杂拌儿》、《有种打死我》等。陈铁军的有些作品被《小说选刊》、《小说精选》、《作品与争鸣》、《中篇小说选刊》等刊物多次转载，并被收入各种选本，其中一些篇目被译介为英、法等文字。小说集《有种打死我》入选"21世纪文学之星丛书"，曾获第七届全国少数民族文学"骏马奖"，首届河南省文学奖等。另外陈铁军在《家庭》、《深圳青年》、《人生与伴侣》、《公安月刊》等杂志上发表纪实、散文与小小说，共计100多万字，这些作品多次被《读者》、《青年文摘》、《作家文摘》、《小小说选刊》等期刊转载。如今，陈铁军仍旧保持着高产的创作势头，在文学创作方面显露着他的才华与锋芒。

　　陈铁军是个非常喜欢讲故事的作家，他尤其擅长把一个貌似普通的故事点染得光怪陆离、悬念迭出。陈铁军看重故事，但他并不把故事作为小说取胜的唯一砝码，刺激读者的阅读神经也不是他小说创作的终极目的，他那看似调侃的幽默的语言表象下，往往包裹着发人深思、耐人寻味的哲理，他一方面借助奇特的故事框架来编织小说，一方面又力图穿越故事的表层，深入探究作品中人物的精神内核，以诱发读者对于人性的深度思考，比如《激情杀人》借助一个荒诞不经的故事，将一个强烈渴望出名、渴望引人注目的偏执狂者的变态人格演绎到极致，进行惟妙惟肖的刻画，意在揭示"人的欲望如同毒火，一旦任其肆意燃烧，必将造成毁灭性的后果"的道理；《捏你跟玩似的》通过一个作恶者难以摆脱的恐惧感，意在说明"有些东西是绝对不能冒犯的，这是必须遵守的原则。一个人若想在这世上过得好，最好不要无视这些原则……这些原则不是吃素的，尊重它的人它会善待你，反过来，蔑视它的人它则必定要裁了你"。《有种打死我》则通过一个先天没有痛觉的人遭受的非人待遇告诉读者"一切都不是白白施舍的,都需要用牺牲去换取"这样一个道理。由此可见,发掘生活与人性的本质及内在的联系,才是陈铁军始终关注和探求的焦点。

在小说创作中,陈铁军不去刻意交代故事发生的具体时间与年代,尤其是他的中篇小说集《老杂拌儿》,突出体现了这个特点。初读这部小说集,读者会产生一种"不知秦汉,无论魏晋"的困惑,而只有在反复咀嚼故事的过程中,才能发现闪烁于情节中的一些关于时代背景的蛛丝马迹。在这部集子里,陈铁军以祖辈说书的口吻和方式,通过一个个传奇性的故事,展现了郑州尘封已久的历史细节,渲染了浓重的怀旧与感伤色彩,而历史年代则被设置成一个巨大的背景和依托,隐藏在故事情节的有形框架之外,使诸多不同的人性及其变化凸显于情节之上,使读者深味人性那不可抗拒的惯性的威力,进而产生对人性与人生的深刻反思。

陈铁军善于刻画人物心理状态,尤其描写人物在遭遇变故之后的扭曲的心理,使读者产生一种不同寻常的阅读体验。比如在《激情杀人》中,变态的外科医生近乎偏执地嗜好手术与解剖的心理被描绘得淋漓尽致;《捏你跟玩似的》中的保长整日诚惶诚恐、战战兢兢、生不如死的负债心理也被刻画得入木三分。在对人物的心理描写上,陈铁军不去追求风行一时的意识流写法,而是深入浅出,运用纵横比较与生动形象的比喻手法,展现真实的心理流变轨迹,使读者在阅读中油然而生强烈的认同与共鸣。

在讲述故事与描摹心理时,可以看出陈铁军一直在为这两者之间的平衡而努力着,"他想在中国传统小说的倚重故事张力的外倾型审美追求和西方精细入微的内倾型心理写像中寻求一种平衡点,使二者的优势得以补充"(《有种打死我》("序"),而这也恰恰是陈铁军在小说创作方面显示出的艺术个性与特色。

陈铁军小说的语言比较有特点,叙述故事的语言通俗易懂、自然晓畅，刻画心理的语言则生动细腻，文采飞扬，极尽腾挪跌宕之能事。但过犹不及，有些文字尚有堆砌辞藻之嫌。

纵观陈铁军的小说创作，力求在自己的作品中开掘深意，我们可以看到作家在力求开掘深意这方面所作出的努力，但在对有些题材的处理或特定情景的把握上，有时会给人以牵强生硬之感。如果在质朴、自然、熨贴方面再深入打磨一下，陈铁军的创作会再上一层楼的。

雷志芬，女，1956年出生于内蒙古呼伦贝尔市莫力达瓦旗。1996年开始文学创作，并陆续在《骏马》、《鄂伦春》、《草原》、《中国作家》等文学杂志报刊上发表报告文学、散文、中短篇小说等文学作品，并获呼伦贝尔市政府文学艺术创作骏马奖。出版小说集《这里只有一片树叶》，收录了她迄今为止发表的14篇优秀小说。

在祖国东北大兴安岭东麓、嫩江右岸的高山阔野之间，坐落着内蒙古莫力达瓦达斡尔族自治旗，这里深厚的文化热土孕育了这位锡伯族女作家——雷志芬。她以一颗诚挚之心，怀着对文学的虔诚和对自己民族的深厚感情，构筑出当代少数民族文坛上的一道独特的风景。作为女性作家，她既有深沉的一面，又有温婉多情的一面。她以细腻的文笔表现出对于生命、对于亲情爱情友情等多方面的人生体验和独特感悟，充实和丰富了当代中国女性文学的百花园。

爱是在心里上方一块蓝色的天空，我们早已沉溺于这一片没有一丝破绽的蓝，可是为什么阴霾总会出现？《情人节的玫瑰》是一个关于爱的故事。在这个故事里，叶谨和侯爵在如痴如醉的恋爱状态过渡到婚姻状态后，曾一度陷入困惑、烦躁和失意的苦恼中，两个人甚至对这桩婚姻能不能走到底产生了怀疑。女主人公叶谨仿佛是一本很不容易读懂的书，她的丈夫侯爵虽是名牌大学历史系的毕业生,却也读不懂妻子。而婚姻本来就是一本最深奥的书,生活的逻辑就在某种意义下,最难解的问题变得简单,而解题的关键就是理解。小说结尾,夫妻二人凭借着各自对对方的理解,巧妙解决了矛盾,夫妻感情也在风雨的洗礼下得到了升华。

孤独是现代人身上的特质,更是那些独立、自尊、自强的女子的特质。因为与众不同,因为追求自我,因为不愿委曲求全,她们越发显得孤独。在小说《无奈的黄昏》中,莱影是个孤独的女子。她一直在走,在寻找的同时失去着,所经过的每个人都变成了一段回忆,所有流逝过去的,都变成了讥笑、讽刺她现在处境的画面。身边的女性朋友和同事纷纷嫁作人妇,只有她还在孤独地等待那个值得的人出现。此时,她像一只翅膀软弱的蝴蝶又遭受了风雨,背负着湿漉漉的希望向前走着。

小说应该是有力量的,这力量不仅来自重新被作者演绎的现实生活,更来自小说家的激情和才情,以及他们笔下人物的命运。那些人物被赋予一种阐释生活的能力,往往使读者产生一种生命在场的感觉,整颗心都随着人物命运的起伏而跳动。读雷志芬的小说就可以感到这种力量。雷志芬善于挖掘现代女性在社会中遇到的生存困境,通过对女性心理真实而细腻的描写,再现现代女性的坚强和美丽。

小说《斑驳的碎片》中,辛桃是一位在失败的婚姻中觉醒的女性。当金钱的魔力将原本很有造诣的知识分子丈夫,丧失了从前的善良和德行,变成了近乎疯狂的拜金主义者时,她毅然决然地选择了离开。当看过繁华和浮躁她才知道,原来简单的生活才是自己想要的。离婚以后的她,成了一个不受任何私章限定,全靠个人力量生存的独立女性。

小说《这里只有一片绿叶》中的辛怡则是一位有过失败婚姻经历的女强人。她事业心强,很有生活情趣,为人爽直达观,善于与人相处，虽独自生活，却也有滋有味。然而，罗蒙的出现打破了她原本平静的生活。男性气概十足的罗蒙对她温婉的呵护就像一丝静电掠过她的芳心，使她差一点就逾越了同学之间的友谊而变成罗蒙家庭的第三者。然而，理智最终占了上风。她不想让罗蒙成为一个损毁了生命的尊严和有辱家庭荣誉的人，更不愿让受伤的自己再去伤害别人，她选择只愿拥有罗蒙那棵大树上一片友情的树叶。

丁晓晓是小说《孤岛》中的女主人公。她出身于书香门第，写得一手好文章。她美丽、坚强、独立、富有内涵。然而，深爱着她的丈夫在一次意外中身亡，于是她不得不用一个人的肩膀扛起了抚养儿子的责任。人生的千变万化，让这个原本柔弱的女人，变得坚强。然而工作单位中复杂的人际关系问题，却成了她难以逃离，也难以解决的网。她越是挣扎，被束缚得越紧。最终，她选择了逃离。

作为女人最大的不幸就是没有爱情，然而令人痛心的是，现代社会有多少女人没有寻得，或已经失去或在苦苦守候。雷志芬用女性特有的细腻和温柔的笔触，书写着她对于爱情的理解和对于幸福的诠释。读她的小说，我们的眼睛总会在刹那间湿润。

华杉，本名赵文增，原沈阳市教育学院中文系副主任，曾在1996年第六期的《小说潮》上发表一部中篇小说《群英西去》，小说真实而生动地描绘了锡伯族西迁的历史画面。

公元1764年，清政府令驻在盛京等地的1000多名锡伯披甲携家属西迁新疆伊犁戍边屯垦，《群英西去》便是以这一史实为创作背景，以锡伯族猎手后代莫力根与满族官宦家小姐佘图肯的爱情纠葛，以及莫力根、佘图肯、常福为代表的正义力量与以何德、阿木、巴登等为代表的丑恶势力之间的斗争为线索，紧紧抓住西迁路上的"愁"和"艰"，展现了锡伯人的"智"与

"勇",表达了他们的"志"与"爱",成功刻画了莫力根、佘图肯等具有鲜明个性的人物形象,歌颂了锡伯族西迁的壮举和爱国主义精神。

小说尊重历史事实,文中所描述的西迁路线与史实完全相符,但作者没有拘泥于历史,而是以跳进的手法,选取了出发地、法库门、布雨湖和库伦等几个有代表性的地点为背景,真实地再现了典型环境中的典型人物。特别是小说的结尾处,作者没有写到西迁队伍成功到达伊犁,而是把读者的心绪留在了西迁途中。

在尊重历史事实的前提下,作者在小说中成功将爱情和斗争两条线索交织,展示了丰富多彩的内容,如家庙接旨、拜别家庙、莫力根抱马痛哭、族人在布雨湖边豪饮纵歌等情节,生动表现了锡伯人离家之"愁";人畜病倒、阿木克扣饷银、库伦遇匪徒等情节,充分展现了西迁路之"艰";而莫力根救凤子、巧藏佘图肯、活捉罗刹等场景则展现了锡伯人的"智"与"勇";而锡伯人的"志"与"爱"则集中表现在莫力根与佘图肯身上。

莫力根忠诚于国家和民族,对亲友忠厚真挚、对爱情坚贞执著、对恶势力不屈不挠。为了服从皇帝的圣旨,他忍痛告别了家人和爱人,把自己的不舍和思念隐藏在心底。西迁途中,他不惧高官,解救凤子、隐藏佘图肯;他心系百姓,将自己的钱财分给有困难的同胞;他不畏强暴,勇擒罗刹,智救凤子……然而,他也不是一个十全十美的英雄。他曾为思念亲人和爱人抱马痛哭过,也曾与同胞们狂饮醉舞,抒发怒气,也正是这样,他才成为一个有血有肉、心怀坦荡的锡伯族汉子。佘图肯是个性格豪爽、聪明、果敢的锡伯族女性。为了追求自己的爱人,她敢于冲破"门当户对"的门第观念,女扮男装追随西迁的队伍,并巧用计谋留在了莫力根身边,时刻协助着莫力根。她对所爱的人的热烈追求和对幸福、自由的强烈向往,成为锡伯族女性的典型代表。

《群英西去》无论是在结构布局、情节设计，还是在人物塑造方面都是比较成功的，小说字里行间流露着一种质朴的美。

何久成，出生于 1951 年，黑龙江省林甸县人，籍贯辽宁沈阳。1969 年参加中国人民解放军，1975 年毕业于中国人民解放军后勤工程学院，现任中国人民解放军第 203 医院行政副院长，中校、工程师。

何久成是名副其实的部队才子，业余爱好文学、书法和摄影。1988 年起在《鹤城晚报》、《齐齐哈尔日报》、《青年文学家》等报刊杂志上发表散文、小说等作品 60 余篇，其中《嗜好》是他的小说成名作和代表作。

佟佩仪，1947 年生于辽宁抚顺，1967 年入抚顺石油机械厂做工人、宣传科干事，于 1976 年调至廊坊市石油部管道局任技校教师等。出于对文学的热爱，他于 1982 年考入南开大学中文系就读，进修了美学和古典小说理论方面的专业知识。从 1981 年起，何久成开始从事业余文学创作，曾发表中篇小说《塞满山货的网兜》（《小城文学》1982 年第 2 期）、《传说，人生的轨迹在天上》（《小城文学》1982 年第 4 期）；短篇小说《弥望的眼下是土地》（1983 年北京文津出版社《开江之前》征文集）、《雷雨天》（《廊坊文学》1983 年第 2 期）等，另外还在《中国石油报》、《廊坊日报》、《廊坊文艺报》、《信息报》等报刊上发表作品 10 几篇，现为中国作家协会河北分会廊坊地区会员。

黄鸣野，出生于 1920 年，辽宁省本溪县人。1940 年 7 月考入燕京大学西语系主修英语，由于时局动荡，1942 年转入辅仁大学西语系，1943 年到成都燕京大学西语系进修。在与母校共同经历了很多磨难后，他于 1947 年毕业。出于对文学的热爱，黄鸣野在1949年考入清华大学外文研究所学习英国文学，专攻莎士比亚。此后，他的工作与文学研究相伴。几年间，他翻译了大量专业书籍，发表了多篇具有独创性的学术论文，并用"原风"、"浅阳"等笔名在一些报刊杂志上发表10几篇短篇小说和散文，总计约30万字。

屈笑宇，女，黑龙江人。1992年毕业于黑龙江商学院商贸经济专业，业余时间攻读哈尔滨文学院汉语言文学本科专业，2003年她又取得黑龙江大学新闻学专业文学学士学位。从这看似简单的求学经历，我们可以看出屈笑宇是一位有着拼搏进取精神的锡伯女青年。

少年时期的屈笑宇表现出较高的文学创作天赋，18岁时被吸收为黑龙江省科普作家协会会员，成为该协会最年轻的会员；20岁时，她发表了《述职》、《招标》等小说，她因此被收录到中国当代《文学新人》中。十几年来，她从商业经济工作到杂志记者、编辑，共发表小说、论文、调查报告、报告文学等百余篇。

第五章　新时期的锡伯文学（二）

第一节　诗歌创作概观

进入新时期，锡伯族诗人在继承本民族文学传统的同时，借鉴并运用了中外现代诗歌的艺术手法，在表现手法上、取材上，诗歌的精神内涵上都呈现出与以往诗歌不同的特质。锡伯族诗歌在这一时期呈现出明显的现代性和多元性。

新时期最活跃的中老年锡伯族诗人有郭基南、哈拜、尔吉春、佘吐肯、何叶尔·兴谦、顾尔加·忠浩、阿吉·肖昌、富金才、富伦泰、高青松等。同时，一些年轻的诗人成长起来，有安鸿毅、郭晓亮、阿苏、西榆、顾伟、苏农、佟志红、安德海等人。

郭基南等老一辈诗人大多都能用母语和汉语进行双语写作。他们的作品有大致三个方面的共同特征：作品主题主要歌颂党、歌颂祖国，同时表现锡伯族人民的生活和家园所发生的日新月异的变化；抒发以爱国主义和英雄主义为内核的西迁精神和不屈不挠的民族精神，这是他们相同的诗歌情怀；描写锡伯族西迁至新疆伊犁之后新建家园、戍边屯垦、保卫祖国的豪情壮举是他们共同的诗歌取向。郭基南在这一时期出版了哲理诗集《沙砾集》，《彩色的花环》于1985年获全国少数民族优秀作品二等奖，诗作《春咏》、《晨风习习》、《千里拜访草屋》等也是其优秀作品。富金才创作了《哥妹泉》、《思念》、《察布查尔的早晨》、《创造更好的明天》、《察布查尔的春天》、《纪念日夜晚梦不断》、《会飞的心》、《东布尔的音调》、《兄的心微疼》等,其中叙事长诗《哥妹泉》被评为第三届全国少数民族文学特别奖。顾尔加·忠浩在这一时期创作了100多首诗歌,其中《我的骄傲——为纪念1989年四·一八西迁节而作》、《孔繁森颂》、《赞颂改革》、《心声》等都是其代表作品。高青松的长诗《素花》被收入《艺术珍藏大典》,诗作《七月的风》、《给远方的太阳》荣获诗歌大赛二等奖。阿吉·肖昌的诗集《舞者之思》也是一部优秀作品。

新时期成长起来的一批年轻诗人,"他们以新的审美方式观察生活、观察世界,以新的创作手法抒写锡伯族的过去与现在、欢乐与痛苦、文明与落后,表现锡伯族特有的生活方式和文化心理"。① 这些年轻诗人的诗作散发着强烈的时代气息,他们的作品也大致呈现出三个方面的共同特征:谱写西迁的悲壮与苍凉;描写家园风光;表现出强烈的现代性。他们的诗歌丰富了自己民族的诗歌艺术,传承和发扬了自己的民族文化。这一时期有郭晓亮的《家园》(组诗),《在那些地方》(组诗)、《矮小的村庄》、《三套马车的故乡》等,安鸿毅的《京都诗情》(组诗)、《童年的梦》,短诗《草莓》、《生活断想》、《卡提布拉克的秋天》等,其中代表作《卡提布拉克的秋天》被收入唐祈主编的《中国新诗名篇鉴赏辞典》,阿苏的《作为锡伯人》、《坡上》等,西榆的诗集《美是我》、长诗《我是谁》和《爱新色里》等,都是新时期的诗歌佳作。

锡伯族诗歌在新时期表现出创新与超越的诗歌气质。老诗人继续踊跃地创作,年轻诗人开始崛起,诗歌开始显示出强烈的现

---

① 夏冠洲,阿扎提·苏里坦,艾光辉主编《新疆当代多民族文学史诗歌卷》,新疆人民出版社,2006年5月第一版,第359页。

代性与多元性。锡伯族诗人与其他各民族诗人共同繁荣着新时期的诗坛。

第二节 郭基南的诗

粉碎"四人帮"后,郭基南欢笑着迎来第二次"解放",笑迎文艺春天的到来。1977年1月,诗人在北京创作了长诗《周总理活在天山儿女的心里》,1月3日他在中国社会科学院民族研究所举行的"周总理逝世周年纪念会"上深情地朗诵了这首诗。这是他穿过漫漫长夜后创作的第一首诗。

进入20世纪80年代以后,他的诗歌创作热情如汩汩山泉,不断喷涌。十年间他共创作组诗10组(其中的抒情短诗《彩色的花环》于1985年获全国少数民族优秀作品二等奖),创作短诗41首(其中多首被译为维吾尔语、哈萨克语、蒙古文和柯尔克孜文,有多首被译成日文、意大利文和德文介绍到国外),还有叙事诗1首,散文诗4首。这些充满爱国主义的诗篇,受到读者的普遍好评。

1983年郭基南出版第一部锡伯文诗集《心之歌》。1989年4月,郭基南的第一本汉文诗集《乌孙山下的歌》由新疆人民出版社出版,其中收录了郭基南从事文艺创作40年来所创作的50余首诗。这部诗集共分为四辑,分别是《乌孙山下的野火》、《察布查尔的心曲》、《伊犁河谷的春天》和《在新时期的天幕上》。第四辑中所收录的29首诗为诗人1976—1983年之间的部分诗作,其中的佳作有:《春咏》、《心之歌》、《晨风习习》、《千里拜谒古草屋》等,如他于1981年发表的抒情诗《春咏》这样吟唱春天:

春天,

披着霓裳,
带着深情,
温柔地走来了。

我敞开
炽热的胸怀,
多情的双臂,
紧紧地将它拥抱!

这不是我痴情呆傻,
也不是我过于钟情,
而是因为春天是
人间最美好的象征!

我爱春天,我恋春天,
但我不做庸俗的游客,
像飘在天上的浮云,
虚度人生阶梯上的年华。

2002年,诗人郭基南、郭晓亮父子俩的诗歌合集《情感的火花》(汉锡合璧)由新疆人民出版社出版,这本诗集是一首唱给岁月的歌,里面收录的作品是诗人1981年之后所创作的84首新诗、19首格律诗和8首散文诗。郭基南在《情感的火花》卷头诗《岁月》中说:

面对匆匆流逝的岁月
面对咱日益兴旺的盛世
我别无他念,只将
自己的肺腑之言,化成
一首首痴情的歌

唱出来啦，唱出来啦……诗集中郭基南创作的诗分抒情诗、格律诗、拾遗诗和散文诗4部分。其中一些内容还特意用锡伯文翻印在诗集的最前面。《彩色的花环》、《祖国母亲，我深深地爱着您》、《丝路新花一束》、《南国采风》、《四季赋》、《草原沟巡礼》、《草原三题》、《东北五首》、《新千禧年子夜畅想》是其中的优秀代表作。

善于从现实生活中撷取题材进行诗歌创作，具有强烈的现实感和时代感，是郭基南诗作的显著特色。郭基南在新时期诗歌创作100多首，形成了自己独特的艺术风格。概括起来，不妨说是：清丽、蕴藉、刚健、质朴，构成这种艺术特色有诸多的因素：

首先，郭基南对汉文和锡伯文很熟练，有相当的造诣，可以运用自如。其作品在不同时间、地点，采用不同的文字来写作，但不管用哪种文字创作，都是自己创作、自己翻译，充分发挥了汉文、锡伯文的优势、特长。在文学创作中从"文艺为人生"开始，进而坚持文艺为人民服务、为工农兵服务，这就决定了他的诗歌的现实性和战斗性，做到了革命内容与民族形式的完美结合。

其次，在文学创作时，他既遵循诗歌创作的一般原则，又有所发展突破；既写韵律诗，又写自由诗。从他此时期创作的诗歌可以看出来，中国古代诗歌、五四以来的新诗以及欧美诗歌对他都有一定影响。他在青年时代写的诗歌也有不押韵的，这说明为了更好地表情达意，有时他不考虑押韵；此时期创作的诗歌大多很注意声韵原则，但又不拘泥于此，不是以内容服从韵脚，而是韵脚为内容服务，或者押宽韵或者不押韵。用词造句却是十分讲究。

再次，在具体描写上，他不仅十分讲究用词造句，而且善于写景，善于借景抒情，善于在景物中赋予深刻的蕴涵。他既能写出景物的特点、个性,又能产生新鲜强烈的美感。有些诗写来情自景出,景助情生、情景合一,达到水乳交融的境地。此外,还善于截取生活的横断面,善于借助联想去扩展和深化意境。

最后,他根据题材、诗意、诗情,善于巧妙运用"赋、比、兴"手法,再加上他锡伯族特有的心理素质和语言特色,形成了他诗歌特有的风韵、格调。郭基南的诗歌,在锡伯族当代文学史上仍然占有显著而突出的地位。

第三节 富金才、顾尔佳·忠浩和关舒德等诗人的诗

富金才(1941—),新疆察布查尔锡伯自治县堆齐牛录人。1962年毕业于伊犁第二师范学校。毕业后一边从事新闻编辑工作,一边文学创作。他的叙事长诗《哥妹泉》由新疆人民出版社出版,并被评为第三届全国少数民族文学特别奖。1991年,伊犁哈萨克自治州文联授予富金才"对社会主义文学艺术有突出贡献"奖。

富金才的诗歌题材广泛,感情深沉而真挚。其中儿童题材的诗歌《草鞋》是一首以儿童为视角,感情细腻,浪漫的童谣诗:

"牵着妈妈/撒起娇来/带领爸爸/想看电影/高大昆仑/映史之荣/里面草鞋/让我感动/好像野花/掩埋山寨……神奇草鞋/消除陈旧/奇异草鞋/把握今天"

这首诗采用象征手法,用近乎白话的语言及生动、趣味的比喻,配上韵味十足的旋律,使得全诗简单中显出诗意的深刻,通俗中散发着孩子的浪漫,是一首美妙的童谣诗。

富金才擅长写以反映并歌颂亲情为题材和情感基调的诗。如《哥妹泉》、《母子心》、《兄的心微痛》、《母亲带血的眼睛》、

《忧伤、觉醒、希望》等,都是歌颂亲情的好诗。其中《哥妹泉》是富金才这类诗中的代表作,也是一首优秀的锡伯族叙事长诗。用母语写成,由贺灵翻译成汉文。长诗讲述了一对贫苦的青年坚贞不渝的爱情故事。他们与狠毒奸佞的官吏作斗争,但最终未能战胜险恶的封建势力,最后为纯真的爱情献出了宝贵的生命。这首诗的结尾很容易让人想起梁山伯与祝英台的故事,"……两个爱神的魂灵已经安定/当乡亲们来上坟祭供时/只见一条清泉涌出墓旁/两墓相隔只有一丈/泉源正好在两墓正中/泉边长出了绿草妍花/花草上百蝶在款款飞动……"

诗集《忧伤、觉醒、希望》全面描写了诗人姐姐一家的亲情。全诗感情真挚,饱含深情。据诗人自己介绍说,这首诗是因为侄子犯罪被关押,诗人去姐姐家目睹了姐姐、姐夫还有侄子的奶奶的悲伤和醒悟。诗人模仿民间诗歌《海兰格格》的体裁格式创作了此诗。《兄的心微痛》是一首描写夫妻感情的好诗,"……烈日下哥哥满脸汗水/俊美格格的步伐咯噔/快点送饭的心情急匆匆/远处格格的影光迷人/让心快活的哥哥脸红润润/酥软的发面饼香味怡人/勤劳的夫妻心心相印/主妇轻巧走时脚底生风/在麦田挥舞镰刀五彩纷飞/回头看的哥见了隆起的肚皮心微痛",这首诗很容易让人想起陕北民歌,形式活泼,用词贴切生动,节奏简单明快,极富韵味,通俗中透着诗情画意,仿佛一副水彩画,红润润的脸,微微隆起的肚子,主妇彩色的衣服和镰刀一起舞动,一切都充满画意,使原本辛苦的劳动显得生趣盎然。

富金才擅长写民歌体的诗,这样的诗最大的特点就是简单活泼,诗情外露,但也有人认为民歌体的诗过于通俗,缺少含蓄。除了亲情题材的诗外,富金才还擅长写歌颂祖国、歌颂党、歌颂越来越好的生活,歌颂自己的民族和家园的诗。如《思念》、《察布查尔的早晨》、《创造更好的明天》、《察布查尔的春天》、《纪念日夜晚梦不断》、《会飞的心》、《东布尔的音调》等。其中

《纪念日夜晚梦不断》一诗写出了锡伯族西迁的悲壮和苍凉，写了亲人的离别，写了对原籍——幕克登的思念，写了对现在的家园——察布查尔的热爱。全诗用梦境的形式，隐喻了锡伯人所经历的西迁的悲壮和情感上的煎熬。感情复杂、激动，难以言明。《思念》一诗也是富金才的佳作，全诗表达了对周总理的思念和爱戴之情，感情真挚。

富金才的诗歌最大的特点就是诗情朴素、简单、通俗，甚至近乎白话，诗意单纯，容易上口，容易传诵。

顾尔加·忠浩（1938—2007年），1959年毕业于新疆语言学院维语系，后一直在小学、中学、察布查尔县师范学校及克拉玛依技工学校任教。在教学之余，一直从事诗歌创作。创作出百余首激情澎湃的好诗，并在多家报纸刊物上得以发表。

顾忠浩的诗题材都比较大，写西迁、写党、写英雄，如《我的骄傲——为纪念1989年四·一八西迁节而作》、《爱党的心永不变》、《孔繁森颂》等。

锡伯族诗人有一个共同的诗歌取向就是描写西迁、歌颂新中国、歌颂党、歌颂新中国成立后家乡生活的变化。诗人顾忠浩是其中典型的一员。《我的骄傲》一诗是顾忠浩的代表作品。全诗共分三部分：第一部分写西迁之路的艰辛和先辈们的坚强和刚毅；第二部分写西迁的先辈们到达伊犁河谷之后开始戍边屯垦重建家园的艰难和乐趣；第三部分抒发了作者对先辈的赞美之情，自己作为锡伯人的骄傲之情，同时表达了对中国共产党的歌颂之情及对社会主义的理解和热爱之情。顾忠浩的西迁之作不是单纯的抒发感慨，而是有史有据，史实充分，甚至可以把这首诗当作史料来分析来收藏，因为描写了大量翔实的历史事件，使得全诗读起来感情真实，可信。诗中写到了收复塔尔巴哈台，活捉张格尔，保卫惠远之战，三区革命，抗美援朝，建造察不查尔大渠等，整首诗就是一部完整的锡伯族西迁史以及西迁之后的革命史和创业史。如果说诗歌的前两章重在描写史实，那么诗歌的第三部分重在抒发情感，有回首，有展望，有歌颂，有美好的祝愿："二百二十五年/像瀑布一样奔泻而来/路途还很遥远/像不屈的栋梁一样充满信心"，在诗的结尾，诗人点出了什么是自己的骄傲——"为使母亲有晨光一样光彩的前程/无私的显出生命就是我的骄傲"，前面用大量的史实反映出锡伯族人对维护边疆统一，维护祖国统一所作出的巨大贡献，诗的结尾又感情饱满地表明为使祖国更美好，献出生命就是"我的骄傲"，使得全诗首尾相映，感情自然，诗情澎湃而热烈。

除了西迁题材的诗，顾忠浩最擅长的还有歌颂祖国歌颂党的诗。这方面的代表作有《赞颂改革》、《心声》、《爱党的心永不变》等。这类诗都写得很大气、很热情，富有鼓动作用。

最后提一下顾忠浩写的温情诗。这类诗感情细腻，柔和，诗情温暖。如《感谢妻子》、《怀念朋友》、《妈妈》、《秋天》、《青草》等。这类诗显出了诗人在驾驭庞大题材的同时还能较好地驾驭柔和细腻的诗情。

关舒德（1941—2007年），原名关志云，曾用名关志英。1941年生于新疆察布查尔锡伯县孙扎齐牛录。在察布查尔县读完高中后一直在家乡工作，2007年因病去世。生前用锡伯文发表100多首诗歌，大都是歌颂党、歌颂新生活、歌颂家乡、歌颂春天的诗作，如《曙光》、《春天》等，还有一些是反映锡伯族民俗风情的诗，如《骑射颂歌》等。关舒德的诗简单明快，满含激情，如"黑云消散/苍天明朗……绿草向荣/晨露银光"（《曙光》）。

佟兆飞（1927—1986年），曾用名丰敬阿。出生于新疆察布查尔锡伯自治县乌珠牛录。1951年毕业于新疆大学俄语翻译专业。毕业之后做过中俄文字翻译工作。后一直致力于中国的电力事业。1984年任伊犁电力公司第一任总经理。1986年因病逝世，享年58岁。

佟兆飞一直是诗歌的狂热爱好者，但从未想过发表，因为据他自己说一是因为他写的多为古体诗，二是因为他认为自己写的都不是适应时政宣传之作。

1982年，佟兆飞在生病住院期间写下了大量诗赋，后在诗人兼朋友郭基南的一再要求下，1985年6月由新疆人民出版社出版的锡伯文《诗集》收其9首诗《水上歌声》、《致契友》、《雨后》等。直到2006年，由其子佟浩整理，新疆人民出版社出版发行了佟兆飞先生在住院期间创作的部分诗赋，并定名为《无声的游赋》。

《无声的游赋》选了佟兆飞在乌鲁木齐住院期间创作的65首诗，同时选入了伊犁州教育局何坚韧对《无声的游赋》的评论文章《奉献者之歌》及佟兆飞的次子佟浩对父亲的深情回忆文章《忆父亲》。

这本诗集所选的诗作有写景诗、赠友诗、自勉诗、歌颂诗、赏析诗等。诗人说："在住院期间，也是身闲脑不闲、眼不闲，常手不释卷，读书看报，外加思考问题，总觉得时间不够用。间或出外散步或结伴同游，一年四季，看着人们风华正茂，青山绿水，风花雪月，鸟鱼虫草，自不免触景生情，有感于怀，写些打油诗，借以述怀、抒情和消遣，有所寄托，也借此陶冶情操。"从这段文字可以看出诗人的性格，也可以帮助我们更直接地了解这本诗集。整本诗集散发自然气息，随意，简单。"作者总是以优美乐观的主体心灵去框架客观外界的所见所闻，不论是表现含辛茹苦的创业生涯，还是展示住院就医期间的所感所想；不论是讴歌亲人解放军和新时代的创业者，还是用彩笔描摹如诗如画的自然景观，作者的艺术触角一旦触及了生活美景亮点，就会绽放艺术的花树。"如《乌拉泊咏景》一诗,"层峦叠嶂白头山/回环掩映清流川/千重云雾席一卷/万道霞彩虹半圈",像这样的诗在诗集中随处可见,诗人的中国古典诗词的功底深厚,同时精通汉、维吾尔、哈萨克、俄罗斯等语言。

虽然创作诗歌只是佟兆飞的业余爱好,但《无声的游赋》显出了佟兆飞的诗歌功底和才气。如果不是英年早逝,相信佟兆飞会创作出更多更好的诗歌。

第四节 尔吉春、何兴谦、富伦泰等诗人的诗

尔吉春(1930—),生于新疆察布查尔锡伯自治县扎库奇牛录。1953年毕业于西北人民革命大学。毕业后在新疆人民出版社锡伯文编辑室承担编辑及主任的工作,后来又在伊犁日报社担任锡伯文编辑室主任,并任伊犁哈萨克自治州锡伯族历史、语言文字、文学艺术研究会理事长兼语言文字研究会会长。尔吉春在工作之余热心诗歌创作,著有诗集《家乡颂》。尔吉春的诗歌取材广泛,抒情直接,热烈,诗情充满民族自豪感。诗作中处处洋溢着对祖国、对家乡、对新生活的赞美和热爱之情,如《察布查尔大渠》、《实现四个现代化》、《党——亲爱的母亲》、《察布查尔的蓝图》、《升起的太阳》、《我看了锡伯语的电影》等。尔吉春诗歌最显著的特点是语言活泼、通俗,近似民歌体"给我一本绘图/我兴奋地看到了大变化/锡伯民族的汗水没有白流/开放了永远不会枯竭的花"(《察布查尔的蓝图》)。尔吉春用童真似的情怀歌颂着赞美着自己的家乡,这是最朴素、最热烈、最直接的一种情怀。他永远像一个孩子恋自己的母亲一样,恋着自己的家乡,恋着家乡的一草一木、一山一水。

何叶尔·兴谦（1924—），出生于新疆察布查尔锡伯自治县依拉齐牛录。他是当地家喻户晓的民间文学家、画家，是新疆维吾尔自治区作家协会会员。1949年中专毕业，在家乡的第一中学任教。因教书认真，成绩显著，做了金泉公社中心校的校长。"文化大革命"时期受到迫害，劳动改造。正是在这个时期，兴谦开始写诗和绘画，先后写了《生活史鉴》、《忆素花三吟》等反映锡伯族新中国成立前后的历史文化、婚姻生活的长篇叙事诗；同时还绘制了油画作品《瞭望伊犁》，无论是诗歌还是绘画作品都饱含着对民族对家乡的热爱和赞美之情。平反之后，兴谦的创作热情更是有增无减，创作激情一泻千里。他深入研究锡伯族的西迁历史和所蕴涵的文化背景，并自费踏上先辈们曾经走过的西迁路进行实地考察和探索。重走西迁路，让兴谦感慨万千，他决定用诗画结合的方式来表达自己对锡伯民族先辈们的崇仰之情，对故乡的热爱之情，对锡伯民族团结互助和艰苦耐劳的赞美之情。兴谦历时50余载绘制了40幅反映锡伯族西迁240年历史的系列组画《锡伯族西迁史组画》。组画分为三部分：第一部分表现西迁的离别场面；第二部分表现锡伯族西迁的人们到达伊犁河谷之后安家立业戍边屯垦的艰辛历程；第三部分表现锡伯族民族风情。每幅画都配有锡伯文和汉文的文字解说，每幅画兴谦都写了一首诗来解释画的历史背景和作者的感情。每一幅画都是一首诗，都有一个故事。兴谦的作品做到了诗与画完美的结合。

他爱自己的民族，他希望有生之年能用自己手中的笔来记载并保存自己的民族文化。他被家乡的人和众多的媒体亲切地称为"西迁文化老人"。他像保护濒危动物一样保护着"西迁文化"。

富伦泰（1934—），新疆察布查尔锡伯自治县乌珠牛录人。1953年毕业于西北人民革命大学，后转入咸阳机械制造专业，1956年毕业。1985年开始文学创作和语言文字工作。1987年主编《察布查尔文艺》，1989年与人合著《锡伯族创作歌曲集》第一、第二集。同年，富伦泰的7首诗被收入新疆人民出版社出版的锡伯文《诗歌集》里。后又有多首诗歌在《锡伯文化》各期上发表。曾任察布查尔锡伯自治县语言文字工作委员会主任、编辑，新疆民间文学研究会理事。

富伦泰的诗歌哲理性强，大多数诗歌都是通过某种意象来抒发诗人的某种情怀，如《路》、《泉》、《高山》、《白天》等诗，都充满了哲理色彩，如《路》这样写道："谁都走路/谁都想过富足的生活/有人的地方/一定就有大路小路"，这句诗很容易让人想起鲁迅先生的那段关于"路"的名言——"其实地上本没有路/走的人多了，也变成了路。"富伦泰诗歌另一个显著特点是歌颂新社会、新生活，鼓励人民紧跟时代的脚步，激情澎湃地生活。

富伦泰的经典之作是《假如有高贵的生命》。从这首诗可以看出富伦泰受俄罗斯文学影响的痕迹，其中广为人传诵的诗句是："是暴风/是凶雷/是思念/是梦/都被怒放的花之爱慕/抚摸的箫声萦怀/不管在天涯/在海角/追踪你的情怀/至今荡漾/只要活着……"全诗语言奔放，感情炙热，充满了浪漫色彩，是一首激情感怀的好诗。

金生（1942—），出生于新疆察布查尔锡伯自治县乌珠牛录。1959年考上伊犁哈萨克自治州党校第一期翻译班。后在伊犁州财贸学校工作。金生在繁忙的工作之余，一直坚持诗歌创作。金生用诗歌形式来展示锡伯族悠久的历史以及新时期的美好生活。诗人精通汉、维吾尔、哈萨克等语言文字，广读中外名著，这使得金生的诗歌内涵丰富。优秀作品有《西迁·木梨·牛录》、《锡伯·卡伦》、《海兰格格》、《大营盘情歌》等。金生的诗大多采用民歌形式，句式对仗，音律和谐，节奏明快，通俗易懂，具有鲜明的民族特色和个性气质。有人说金生的诗谱上曲就是一首精美的民歌。

第五节　哈焕章、佘吐肯等诗人的诗

哈拜（1928—），原名哈焕章，哈拜是其笔名，出生在新疆塔城1950年，毕业于新疆学院外语系俄语专业。在新源县工作十年，当过公社党委书记。20世纪70年代初，调入北京民族出版社担任哈萨克文编译室主任、党支部书记，1981年，调入中国社会科学院少数民族文学研究所，先后任西北室主任和《民族文学研究》主编。哈拜是锡伯族优秀诗人、著名翻译家，是中国第一个系统翻译介绍哈萨克斯坦杰出诗人阿拜的资深翻译家，是中国研究阿拜的权威专家。他的诗作不多，但每首诗都生动活泼，散发着浓郁的草原气息。塔城是一个多民族聚集的地方，有汉、锡伯、哈萨克、俄罗斯等民族。哈拜回忆说自己幼时的玩伴大多是哈萨克族孩子。小伙伴们为了叫着顺口，把哈焕章改成了哈拜，哈拜欣然接受，后来发表诗歌、翻译文字时一直使用哈拜这个名字。哈拜念中学时上的是塔城中学。塔城中学有汉文班、俄文班、维文班、哈文班。哈拜上的是汉文班。那时班里不开设外语课，而是让学生们学习哈萨克语。哈拜本来就有哈萨克语言基础，学起哈萨克语轻松自如。哈拜回忆说最初引发自己诗歌情结的是学校的一次诗歌朗诵比赛，一位哈萨克同学朗诵了一首阿拜的诗。优美的旋律，醉人的诗句，令哈拜产生了创作诗歌的欲望，并在内心深处牢牢记住了哈萨克族伟大的诗人阿拜。哈拜在伊犁工作期间，经常深入伊犁地区的广大山村牧区，翻山越岭，与哈萨克族群众有了具体的频繁的接触。后来，哈拜用诗歌的形式见证并记载了自己与哈萨克族人的这段友情岁月，代表作品有

《小毡房，你好》：
　　小毡房，你好！
　　你的阿吾勒，你的牧场，
　　你那些天真的孩子，
　　你喜欢的猎鹰、走马，
　　还有小犊、幼驹、驼羔……
　　所有这一切，
　　可都像你祝愿的那样美好？
　　小毡房啊！
　　请别嫌我唠叨。
　　按照草原的习惯，
　　我的问候还不算周到。
　　何况我离开你已经十年，
　　十年啊，是多少个黄昏，
　　是多少次拂晓！
　　我曾是你严苛的管家，
　　耿直的信使。
　　在你的壁毯上，
　　还留着我辛勤的汗渍；
　　栅墙的缝隙里，
　　夹着我未写完的诗稿。
　　你对我的信任和青睐，
　　曾使我感到幸运和自豪。
　　我不能像小河对岸的青蒿，
　　向你淡淡地颔首致意；
　　不能像临晨的清风，
　　悄悄拂过你天窗的末梢。
　　我要按照哈萨克古老的风尚，

和久别的父老兄弟，
心贴心——拥抱。
我要随着转场的人群，
登临昔日攀援的，
陡峭的盘山牧道。
我要望着含笑的牧人，
肥壮的牛羊，
完成千百幅生活的素描。
我要回顾你的风雪里程，
细数你留下的脚印，
重新评价你高洁的情操。
我要痛饮你多年珍藏的陈酒，
在溢着泡沫的沙巴旁，
醺醺地醉倒。
我要用精制的托尔苏克，
盛满特意酿造的马奶，
把草原的浓香，
带给首都的同胞。
我要在明年的重阳佳节，
依着八达岭的城堞，
遥望祖国的大西北，
听秋风送来一阵阵欢笑！

这首诗韵味十足，充满了对哈萨克族人民的思念与祝福。节奏明快，感情真挚，表达了自己与草原兄弟民族的深情厚谊。

多年的翻译工作，使哈拜与哈萨克族仿佛合二为一。他在诗作中总是情不自禁抒发自己对哈萨克族人民的热爱。他的诗作几乎都是反映哈萨克族人民草原生活的。除了上面提到的《小毡房，你好》一诗之外，还有《重来转场路》、《牧人的性格》、

《草原本色》、《姑娘追》、《叼羊手》、《赛马》等。其中《重来转场路》写的雄壮有力："看见新的一代／在险峻的牧道上／正跨越惊人的高度"，其实他不仅仅在描写牧人，而是在描写整个哈萨克民族——正在跨越惊人的高度。

在民族文学研究所工作期间，哈拜一边创作诗歌一边着手翻译阿拜的著作，先后翻译出版《阿拜诗选》、《阿拜故事诗》、《阿拜箴言集》、《阿拜诗文全集》、《阿拜研究文集》、《阿拜之路》、《阿拜和他的诗》、《哈萨克阿肯》等译著。哈拜两度应邀访问哈萨克斯坦，1989年获"阿拜县荣誉公民"称号。按照哈萨克民族的最高礼节，哈拜两次接受阿拜县和斜米州赠送的骏马和披锦袍礼。哈拜曾获1993年度、1994年度阿拜文学奖。哈拜是我国唯一被收入《阿拜百科辞典》的学者。哈萨克斯坦阿拜基金会主席哈菲孜·玛塔耶夫在题为《把阿拜的话译成汉语的人》一文中指出："中国的哈焕章先生，把阿拜文化遗产译成汉文，他是以实际成果对阿拜学做出无比贡献的唯一的特殊公民；在伟大的中国，对哈萨克斯坦最了解的哈焕章先生，是值得整个哈萨克斯坦特别重视的人。"

哈拜的诗作见证了与哈萨克民族的深厚情谊，散发着草原芬芳。哈拜对伟大思想家阿拜的研究译介使哈拜成为一个受人瞩目的杰出的翻译家，成为中国和哈萨克斯坦国友谊长青的见证人之一。

佘吐肯（1943—），笔名鄂乐春，1943年8月生于新疆伊犁察布查尔县堆依齐牛录，1963年7月毕业于新疆大学政教系。曾任伊犁师范学院马列部副主任，政教系副主任、副教授。现为新疆作家协会会员，中国少数民族文学学会会员，中国民研会新疆分会会员。在有关刊物上发表诗歌、散文几十篇。其中诗歌代表作《世世代代铭记毛主席的恩情》曾谱成歌曲，在国内广为流传，并于1982年获自治区文学创作二等奖，被收录在《新疆三十年文学创作选·诗歌》和《中国少数民族诗人作品选》。

佘吐肯长期从事教育工作，退休后，为了锡伯语言的传承，承担了伊犁师范学院人文学院锡伯语言文学班现代锡伯语的教学工作，并编写了教材《锡伯语语法通论》。在教学之余，还进行文学创作、文学翻译、文学评论。主要诗作有《世世代代铭记毛主席的恩情》、《察布查尔畅想曲》、《最幸福的时刻》、《我是锡伯人民的歌手》、《泉边有棵沙枣树》、《只听你说一句话》等。译作有长诗《西迁之歌》、《喀什噶尔戍边歌》、《送瘟神》、《金桥颂》，翻译整理波兰华沙大学教授卡鲁宗斯基流传到欧洲的锡伯族民间故事与民歌，其中民间故事35篇，民歌2首。译作《西迁之歌》于1981年分别荣获自治区和全国少数民族文学创作一等奖。主要文学评论有：《锡伯族文学概况》（1985年8月在全国少数民族文学研究会上宣读）、《锡伯族诗人管兴才与"西迁之歌"》（《民族文学研究》1986年第6期）、《锡伯族情歌初探》（《民族文学研究》1986年第6期）等。

佘吐肯的诗歌充满了爱党、爱国、爱民族、爱家乡的情怀。在诗歌《世世代代铭记毛主席的恩情》中，作者满怀深情地歌颂党、歌颂毛主席："谁给咱砸断锁链，谁把咱救出火坑，通往幸福的阳关道谁给咱指明，天上的太阳，心中的明灯，毛主席呀共产党，锡伯人民的救星。"这种朴素的真情贯穿整篇诗歌，一颗爱党爱国的赤子之心跃然纸上。在《我是锡伯族人民的歌手》一诗中，用轻快、自豪的笔调写道："我是锡伯族人民的歌手，深情的苇笛伴我纵情歌唱……我唱过去的悲伤，今日的欢畅，我唱富饶的伊犁，美丽的家乡。"爱民族、爱家乡，将这种爱凝结成歌声来释放。在《最幸福的时刻》中，通过新旧社会锡伯人民生活的对比，表达了对党和国家的感激之情。在描写旧社会锡伯人民的生活时，作者怀着悲愤的心情写道："旧社会的锡伯人民像路边的草，在厄真的皮鞭下受煎熬。察布查尔渠水呜咽悲切流血泪，多少奴隶的生命被吞掉！"到了共产党领导下的新社会，作者怀着喜悦的心情写道："啊！如今的察布查尔金凤凰飞起来了，奔驰在社会主义的金光大道。大庆精神结出了累累硕果，大寨红花盛开得分外妖娆！"今昔对比，怎不心生感叹赞美这最幸福的时刻。为庆祝察布查尔锡伯自治县成立50周年而创作的长诗《察布查尔畅想曲》，句式舒缓整齐，句句押韵，气势恢弘，热情歌颂了锡伯族历史上为保卫祖国，造福子孙而做出巨大贡献的图伯特、额尔古伦、喀尔莽阿等英雄人物，用富于表现力的语言和真挚的情感打动了读者。

吴明政（1944—），笔名锡伟男，出生于新疆察布查尔锡伯自治县。1966年毕业于伊犁党校翻译班维吾尔语专业。1968年入伍当兵，后一直在部队工作。业余时间从事诗歌创作，在区内外报刊杂志上发表文学作品，其中代表作有《我是一支神剑》、《察渠里飞出来的几朵浪花》（组诗）、《姑娘追》等。吴明政的诗充满浓郁的爱国主义色彩，深情歌颂锡伯族西迁壮举是吴明政诗歌的主旋律。如"我像一支神剑/从发祥繁衍的白山黑水间/弯弓搭箭射将出去/飞过茫茫的戈壁沙漠/穿过凛凛的塞外风雪/越过皑皑的冰峰雪岭/跨过滚滚的雪水山洪/直插广袤神奇的大西北/天山脚下，伊犁河畔"（《我是一支神剑》）。全诗激情飞扬，充满了英雄豪情。

郭元儿（1948—），是大诗人郭基南的儿子。生于新疆伊犁察布查尔锡伯自治县。新疆作家协会会员，新疆人民出版社锡伯文编辑部主任。策划并参与编写了《汉锡大辞典》，并且一直担任新疆人民出版社综合性丛书《锡伯文化》的主编。多年来用汉文、锡伯文两种文字写作诗歌、小说、散文等。郭元儿和父亲郭基南有着共同的诗歌情感倾向——歌颂党、歌颂美好新生活，如代表作《标志路程的石碑——纪念中国共产党成立六十周年》、《真理之红花——赞扬烈士张志新》。

第六节 西榆、郭晓亮的诗

西榆是一个诗风浪漫、诗歌呈现多元化气质的诗人。他的代表诗集《美是我》中的诗浪漫而奔放，粗犷而满含热情，为锡伯族诗人的写作开阔了视野，提供了不一样的写作风格和样式。最新的长诗《我是谁》及组诗《爱新色里》显示出了诗人越来越多元化的诗风。

西榆（1958—），锡伯族，诗人、学者，本名贺元秀，笔名西榆，出生于察布察尔县正白旗依拉齐牛录。依拉齐牛录曾经是察布察尔县的政治、文化中心。西榆自幼聪明好学，在他很小的时候就熟读唐诗宋词、鲁迅的著作和俄苏名著，这为他日后的写作打下了良好的基础。1978年，西榆以优异成绩考入新疆师范大学中文系，1982年获得文学学士学位。毕业之后，做了伊犁第二师范多年的副校长，并于2003年调入伊犁师范学院人文学院担任院长。在这期间，西榆一直没有放弃诗歌创作，同时也发表一些诗评。2003年7月结集出版了诗集《美是我》。这是一部了解"塞外江南"伊犁风土民情的优秀诗集。在非物质文化遗产越来越被看重的时候，伊犁师范学院人文学院于2005年成功开设了锡伯语言文学专业本科班，这是全国唯一的一个锡伯语言文学专业本科班，西榆主讲锡伯文学史、锡伯文学比较研究课程。

西榆从小就接触到外国文学，尤其是俄苏文学，熟读普希金和列夫·托尔斯泰的大部分作品，上大学时又喜好外国文学，外国文学的功底扎实，西榆在讲授锡伯文学史的同时还在汉语言文学专业本科班讲授外国文学史和比较文学等课程。

西榆认为诗是"美的颤动"。美的事物总是转瞬即逝，美的颤动用诗的语言和形式表达出来才有可能使瞬间成为永恒。因此，西榆把自己的代表诗集定名为《美是我》，西榆认为美是诗，美是灵动的一切，美是一种情怀。

西榆认为诗是"真实的想象"。对于诗人而言，越是真实的东西，越显得不那么真实。存在主义者认为，真实就是虚空的另一种形式。如果要让真实显得美，也许要借助某种想象，诗是想象的翅膀。

西榆认为诗是"情思的爆发"。"情思"是诗的灵魂。爆发的情思用诗歌的形式呈现出来，真实而灵动，丰富而感人。

西榆认为诗是"一条流不尽的意象河"。庞德曾把"意象"称为是"一刹那间思想和感情的复合体"。而这一瞬间的思想和感情的依托物就是具体的客观事物。一个个具体的客观事物因为诗人思想和情感的投射而形成了一条条流不尽的意象河。

"真善美"是西榆诗歌美学的主要内容，也是西榆诗歌的显著特点。西榆认为：诗人应当具有发现自然世界和人世间真善美的眼睛，诗人就是要表现真善美。

西榆是锡伯族诗人中少有的较为自觉提出诗歌主张并总结自己诗歌创作经验的诗人。

《美是我》是西榆的第一部诗集，由新疆人民出版社于2003年7月出版。诗集共收录西榆诗作36首，同时还收录了西榆的部分诗评。西榆把诗集分了五辑。分别是"爱如红叶"、"西部明月"、"锡伯风铃"、"诗如雪莲"、"诗评如流水"。五辑分别侧重不同的题材，同时也显示出西榆不同的诗风。

第一辑"爱如红叶"的13首诗是西榆早期的作品，学院派味浓一些；诗风宁静而优美，自然与人相互映衬、融合，构成了

一种独特的审美意境,如《爱,是一个金黄的苹果》:

啊 金黄的苹果
你可曾看见
面对你含笑的神态
他那凝聚的目光喷射出火热的语言
"我的爱随你成熟而成熟
她带着金光与香甜"

普希金曾写过一首《迟开的花朵》来象征爱情,"迟开的花朵"象征叫人心碎的爱情,"金黄的苹果"象征金光香甜的爱情。其中《秋叶》一诗最能代表西榆早期的诗风:

伊犁的鲜嫩
飞向四月的青杨
伊犁的爱情
流向月下的青杨

垂下串串夜明珠
出神的小花帽
盯着绿色流动的月光
是她
甜津津的笑窝
水汪汪的眼睛

全诗显得恬静而安详,如泉水在静静地流淌,有一种清凉淡雅的悠扬。自然与诗情较完美的融合,使"自然"显得情思荡漾。锡伯诗人好像更愿意亲近自然,描写自然。这与锡伯族的西迁历史紧密相关。1764 年,4000 多名锡伯族官兵及其家属从沈阳等地出发,远赴新疆伊犁驻守边疆。他们祭奠祖先,挥泪告别故土,与农历 4 月 18 日开始了历时一年零三个月的西迁。诗人沈苇称这个西迁是"人类历史上一首壮丽的史诗,是一次伟大的长征"。

西迁的历史,使得锡伯族人更近地接触了自然,亲近了自然。路途很艰辛,天空很高很蓝,月亮很高很远,有了这段西迁的生命历程,"自然"在锡伯族人的眼里不再艰险,而沉淀为一种柔和的温暖。"在路上"的记忆一旦遥远,"在路上"的生命积淀就厚重起来,回忆不再是一种沉重的忧伤,即使忧伤,也是像普希金说的成了一种"深刻而又明亮的忧伤"。

第二辑"西部明月"写了伊犁河以及伊犁河畔的优美景色。诗人周涛说:"即使全世界的诗人都来写伊犁河,相信我吧,我也绝不会胆怯,因为伊犁河是我的河。"伊犁河是新疆诗人诗情的源泉,是一条写不尽的母亲河。西榆在这一辑里倾注了自己对伊犁的全部热情和爱。他写了伊犁河的老榆,伊犁河的夏日,伊犁河的浮冰,写了伊犁河边的昭苏草原、果子沟等。西榆用具体的一个个意象表达了对伊犁河的深情。有太多的诗人写过伊犁河,不同的诗人赋予伊犁河不同的风情,周涛写出了伊犁河的豪迈,阿吉·肖昌写出了伊犁河的葱郁沧桑,西榆写出了伊犁河的轻快明亮:伊犁河老榆是"笑盈盈的菩萨",伊犁河夏日里的"鹌鹑和蝴蝶还是那样的悠闲",伊犁河的浮冰是"少女脸面飞动的红霞"……

西榆在这一辑的诗风有了某种变化,由细腻柔和开始变得粗犷豪放。而这种变化到第三辑"锡伯风铃"时比较明显。《昭苏,绿色的诗》组诗六首可以看出这种变化的痕迹:

野草莓
你是绿波的心
雪白的羊群啊
你全涂抹了口红
你真厉害
连我七尺男儿都不放过

这是组诗中的第二首，西榆用了"绿波"、"雪白"、"口红"等鲜亮的色彩，显示了西榆诗风的柔和细腻，而组诗中的第三首"雪线"明显有了七尺男儿的豪气：

雪线
日头脚下就是你
但她永远照不红你雪白的脸
我是看不惯南山的单调啊
否则我何必让他青白分明

最能代表"西部明月"这一辑诗风的是《庙儿沟》这首诗。这首诗体现了西榆的诗歌功底和藏在柔情蜜意之下的英雄豪气和轻快明亮，这也是西榆区别于其他一些西部诗人的特质所在：

庙儿沟
庙儿沟没有庙
瘦弱的两棵树
是我的目光
你的房屋
是灰色的乌龟
身上还翘着细长的尾巴
吃了你的水果糖
满嘴都是红绿色
噢，庙儿沟
车走了你没走

因为西部诗人很容易就有一种苍凉感，面对茫茫戈壁，面对天苍苍野茫茫的草原，面对杳无人迹的沙漠，很少有人能绕开这种令人眩晕的沧桑。但在西榆的诗里我们更多地看到了一种豪情，一种活泼，一种明亮。比如同样写庙儿沟，诗人郁笛就写出了一种面对历史时自己的渺小与微不足道：

我知道，我普通如一滴水

一片云,一块石头
或者
一株微不足道的树

比如同样写伊犁河,诗人阿吉·肖昌写道:

河岸的针眼里
穿着牛那么大风
河道上翻滚的冰山
拒绝岁月堆积的苦难

西部就是一个叫人琢磨的地方,有时需要一种沉重的沧桑,有时也需要一种轻快明亮。

第三辑"锡伯风铃"主要写了锡伯族的风土人情。这一辑只有5首诗,但把锡伯风情写得有声有色,有滋有味,尤其是第一首《醉了,锡伯的太阳》。这首诗的出现标志着西榆诗歌创作的创新和成熟。

著名诗人亚楠说"拙"是西榆近期诗风的特征。"拙"代表了诗集第三辑的诗风。前面说过西榆的诗风在第二辑中有一个变化,由细腻开始向粗犷转化,而"拙"是粗犷豪放之风的一种境界。亚楠说"拙朴作为一种美学品格,其内在的意蕴要比刻意雕饰的华美辞章深刻得多,动人得多,有韵味得多。……从某种意义上讲,西榆近期的诗作正是在这个'拙'字上匠心独运,狠下工夫的"。

新边塞诗派的代表诗人周涛认为:《醉了,锡伯的太阳》这首诗"拙得可爱"。西榆在这首诗里写了经历西迁之后的锡伯男人的英雄气概,用一种拙朴的口吻写下了锡伯男人的拙朴可爱,西迁已经沉淀成一种力量,一种豪气,一种无畏的胸怀:

……
告别故乡的愁苦呦
告别亲人的悲伤

蒙古大草原的野狼呦
茫茫沙漠的饥渴
……
当我站在伊犁河畔时
我已变为铁打的男子汉
我的颧骨
是乌孙山的岩石
我的肩膀
是老牛的脊背
我的身躯
是参天的老榆
……

亚楠说西榆在追求拙朴诗风时并未放弃对作品地域特色和民族特色的追求，写伊犁风光，写锡伯风情。只是在追求大拙和豪放时有时忽略了在诗歌意境上的深究。此时西榆的诗风就像他自己的诗里写的：说我轻浮也罢，说我多情也罢，面对暖融融的太阳，面对驱逐寒冷的春光，我要开，开得痛痛快快，开得轰轰烈烈。[①]

第四辑"诗如雪莲"里的诗更抽象一些，换句话说，更具哲理色彩一些。其中《秋天的公园》是西榆哲理诗的代表作，全诗干净利落，掷地有声，令人回味：
你不在乎异样的目光
为了你的毕加索
你比我勇敢
潮湿的小径
是我丢失的眉毛

---

① 《伊犁杏花》。

……

低头漫步

只有你勇敢的冷落

第五辑"诗评如流水"收录了西榆的一些诗评,"诗评如诗"是西榆诗评的显著风格。

最新的长诗《我是谁》和组诗《爱新色里》显示出西榆越来越娴熟的驾驭诗歌的能力以及越来越多元化的创作风格:"索尔·贝娄反问道/我是谁/我是谁/荷马满面春风/你是乔伊斯的奥德修/我是谁/苏格拉底眨巴着眼/你和美一样/都是困难/我是谁/孔子慢条斯理/你是仁义/我是谁/但丁一往情深/你是贝阿特丽采/……"[1]。组诗《爱新色里》更是显示了诗人深厚的文学功底及博学的气质,"你是女娲/精心造就了我/你是嫦娥/让我学会展翅翱翔/你是瑶姬/自我消失了/你是织女/寂寞之后是大团圆/你是孟姜女/眼泪的力量/使我更加坚强/你是祝英台/即使到了天堂/我也要拥有你/你是细君公主/即使在乌孙的金帐/"愿为黄鹄兮还故乡"/你是西施/即使玉皇牵着你的手/我也要像一头猛狮/紧紧地拥抱你"。[2]

西榆诗风明快,简洁,并呈现出越来越多元的文化气质。他坚持以真善美的内容和优美明快的情感入诗,同时显示出博学及多元的文化气质,在锡伯族诗人中独树一帜。有评论者指出,诗人西榆在扬弃中能有所领悟,纷繁中能够独守宁静,不随波逐流,保持自己的个性与风格,这是非常难能可贵的品质。

郭晓亮(1956—)生于新疆察布查尔锡伯自治县。年轻时当过兵,复员以后,一直在乌鲁木齐南梁新华书店工作。20世纪

---

[1] 《我是谁》。
[2] 组诗《爱新色里》第一首。

80年代开始诗歌创作。郭晓亮读中学时就热爱文学,热爱写诗。郭晓亮的诗读起来厚重而且内涵丰富。

注重意象是郭晓亮诗歌的特点,表达对家乡的热爱之情是郭晓亮诗歌不变的主题和情怀。主要作品有《家园》(组诗),《在那些地方》(组诗)等。他的作品充满了田园气息、乡土气息,大部分作品都在赞美家园,赞美家乡的草原、村庄、伊犁河等,"美丽的伊犁河从你的毡房前流过/从你的梦中流过/你的梦是碧绿碧绿的/碧绿碧绿的芨芨草丛中/牛犊在跳在跑/你铜质的铃铛摇呀摇/摇得满坡的油菜花谢了/摇得满坡的草莓熟了/……"①

郭晓亮诗歌一个显著的特点就是大量运用意象来抒发情怀。这与诗人海子极为相似。麦地、村庄、黑夜,都进入诗里。通过这些意象,表达了对家乡复杂深沉的爱和依恋。

喜欢描写家园描写故乡其实是因为精神世界里有一种流浪意识。锡伯族的西迁史使得很多锡伯族人内心深处都有一种背井离乡的流浪感。越是流浪远方越是对家园充满渴望,笔下对家园的描写就越是温暖亲切。

《向北的村子》是郭晓亮《家园》组诗之一:"……/没有永久的寻觅/田园依旧鲜亮/走进向北的村子/我们听见土地亲切的话语。"土地亲切,田园鲜亮,我们置身其中,仿佛从未离开,和村庄有关的一切都显得那么亲切,都在以一种安静祥和的姿态抚慰着诗人的灵魂。另一首《家园》组诗之一《八月如水》也是不可多得的描写乡土气息的佳作,"八月如水/和着秋天的旋律弯弯流淌","而我们也像鱼一样/泊于明净的风中"。这种诗歌气质很容易让我们想起另一位锡伯族诗人阿苏。阿苏认为歌颂家园守望家园热爱家园其实是一种享受,"苏幕尔氏的人们/酷似自

---

① 《草莓熟了》。

然的野生植物/他们离诗歌很远/离泥土很近"。① "守望家园/其实这是一种享受/在堆依齐牛录/我醉心于收割玉米/并且养活诗歌"。② 这两位诗人还有一个相似之处就是写西迁题材的诗歌时都喜欢把西迁的路写的激动而美丽,即使忧郁,也是一种幸福和动情的忧郁,"在路上/忧郁的牛车/装满甘草/翻过了西边的太阳/自民谣的动情处/牛录的亲人们/把金子泥土送上家园的屋脊"③。"在路上/我们的愿望是金色的庄稼/我们和牧童的歌声一起归来/随着燕子的鸣叫/斜飞家园"④。有人把西迁的路写得深邃痛苦,有人写得单纯并带着青草气息。不同的气质,各有韵味。

安详、温暖、宁静是郭晓亮家园诗的一个特征,另一个特征是忧郁深沉。代表作品是《矮小的村庄》、《三套马车的故乡》等作品。我们在这类作品中能感到"麦地的痛苦"、"家园的沉重",尤其是《三套马车的故乡》:"三套马车的故乡/晾在一条空绳子上/三匹马拉出来的人家/跟着鞭子在乡道上跑/从戊申年到己酉年/大寒过了孙扎齐牛录/三尺厚的雪/落在玉米地/看不见红脸的亲戚/来串门//腊月三十/天凉凉地凉凉地/三套马车的人家/跟着鞭子/在空空的乡道上跑。"全诗简短但寓意深刻,诗人在这首诗里运用意象隐喻生活困境。把对家乡复杂的感情用简单的意象暗示出来,深沉,形象,让人久久回味。另一首《白房子》这样写道:"陷进紫色山谷的白房子晃动/惧怕响声的眼光/贴着墙皮溜走/……/在这游移不定的时辰/历史就是那伤感的水面/那令人怀旧的尘埃。"

---

① 《苏穆尔氏的人们》。
② 《作为锡伯人》。
③ 阿苏《在路上》。
④ 郭晓亮:《在路上》。

评论家吴孝成先生认为郭晓亮的诗歌里有着强烈的寻根意识。确实如此,如《崖影》"一片雪花就能亮出你的一生吗/一声狐鸣就能笛出你的宿愿吗/星星之后月亮之后崖上之夜悄然退去/蔓延为无边的黑森林悄然退去/一位歌手自那时行吟而来/长长短短的步履踏乱苍茫时刻/让鸟儿穿梭而飞让森林纵横而立/让爱你的女人含泪而来垂泪而去/唯有那夜幽静如初/唯有你遥遥崖影飘然如初/而那月弯弯那马啸啸/诱惑愁愁的愁思滑过空谷滑过绷紧之心弦/一任天籁之音梦乡之乐滔滔而泄/汪洋孤独之旅再生之旅/让莽莽大野摇曳点点篝火为颂歌/啊,红火焰飘动黑火焰飘动/那夜就是很温柔的了/温柔得像一只山羊/慢慢反刍你崖上岁月"。一位歌手行吟而来,长长短短的步履,长长短短的岁月。这是整个锡伯民族的缩影和形象的写照,也是诗人自己的寻根之旅。郭晓亮的这种寻根诗写得温柔浪漫深刻有内涵,显示了诗人的文学功底和驾驭诗歌游刃有余的能力。

郭晓亮的诗歌精神和诗人海子靠得很近。像海子的诗歌一样,郭晓亮的诗歌有时显得单纯温暖,像个孩子,有时显得忧郁深沉,像个哲人。他自己也承认自己对海子有一种特别的情怀,他专门写诗献给海子就像当年的海子专门写诗献给梵高一样,"……/钟声已经走远/为你趟水而过的少女也无力回到麦地/很寂静的下午/越来越密集的镰声逼近你/你衣衫单薄地穿过微凉的天气/只身去了草原"[1]。这首诗被认为是众多写给海子的诗歌中不可多得的珍贵之作。

评论家吴孝成先生说郭晓亮的诗歌"由外在的有限物象进入到人的内在的无限精神世界,带着某种抽象的思辨意味。郭晓亮的诗歌创作丰富了锡伯族当代诗歌创作的艺术表现技巧,具有开拓意义"。

---

[1] 郭晓亮:《钟声已经走远——给海子》。

第七节　安鸿毅、阿苏的诗

安鸿毅是一位先锋诗人，他的诗歌视野并不局限于自己的民族，其诗作实际已经超越了民族视野，表达出了中国先锋诗人共同的情怀。在创作诗歌的同时安鸿毅还潜心研究中国水墨艺术，并在欧洲荷兰举办水墨艺术联展。

安鸿毅（1962—　）锡伯族著名诗人，新疆维吾尔自治区作家协会会员。1962年出生于新疆伊犁察布查尔锡伯自治县。1981年毕业于察布查尔锡伯自治县师范学校，在《察布查尔报》担任记者，后在新疆人民出版社工作。1992年毕业于南京大学中文系。后下海经商。现定居北京。

安鸿毅自20世纪80年代开始发表诗作。初期的诗质朴简单，充满了浓厚的生活气息，如组诗《京都诗情》、《童年的梦》，短诗《草莓》、《生活断想》等，这些诗清新自然，诗人用简单的语言形象地表现了自己对生活对梦想对童年的情思。安鸿毅的代表作《卡提布拉克的秋天》被收入唐祈主编的《中国新诗名篇鉴赏辞典》。这首诗就是一幅美妙的水墨山水画。安鸿毅把自己对中国水墨艺术的研究放入了他的诗作里，使得他的很多诗作显得浓淡相宜，黑白互映，如《卡提布拉克的秋天》："深黑的毡房/灰黑的羊群/黛黑的树荫……褐黑的肥马/黑色的山峦/黑色的冬窝子/黑色的少女的眼睛……"黑色的恰到好处地运用显出了卡提布拉克秋天的柔美和温暖；诗人同时又活泼灵巧地写了一些明亮的白色：雪山是白色的/雪山下的桦树是白色的/桦树下的喀什河是白色的……黑色和白色的相互映衬显出了卡提布拉克的宁静柔美，诗人借此传达了他对家乡对草原的热爱和赞美之情。他的另一首诗《喀什河恋歌》被选入《一九八六年诗选》，这首诗同样用简单的语言俏皮的想象表达了诗人对家乡的热爱：层层叠叠的次生林/层层叠叠的云朵/挤在一起/挤出一滴喷香的草莓果/层层叠叠的雾气/层层叠叠的雪山/密密地挤在一起/挤出一滴清凉的喀什河……

安鸿毅早期的很多诗作清新自然，想象丰富，感情质朴，热烈地表达了诗人对家乡的热爱之情。1991年南京大学中文系毕业之后，安鸿毅的诗作渐渐超越自己的民族视野，开始具有先锋气质，突破了自己以前的思维，开始写一些反映现实反映内心世界并具有哲学色彩的诗作。在社会的转型期，时代气质瞬息万变，人生感悟价值标准以及对自身所处的位置的判断都被赋予了新的内涵。安鸿毅和其他一些少数民族诗人开始了与以往不同的写作风格，呈现出不同的文化姿态。在《中国当代少数民族汉语诗歌研究》一书中，阿库乌雾老师分析说在社会转型期影响少数民族诗人写作风格和文化姿态的因素主要有以下三个方面：第一，大时代思潮和文化变革精神，即现实世界文化语境和国家话语的交叉影响；第二，面对本民族文化的深度震荡和家园失落，作为先觉者必须自觉思考文化变革的历史责任的影响；第三，个人生命与生俱来，即他们不可选择地生长的那一片片神奇的诗的土壤给他们带来的独特的生命悟性与灵魂纠葛的影响。这些因素导致了安鸿毅以及其他一些少数民族先锋诗人们突围出了自己的民族视野，在诗中表达面对变化的世界的生命体悟。如组诗《现实世界》，其中一首这样写道："我只生活在一个美丽的早晨/我只生活在一个美丽的早晨/我只生活在一个美丽的早晨。"三个重复的句子，显出了生活的美好，同时显出了生命的短暂。诗虽短，但蕴涵浓厚的生命感悟。另一首诗《我就这样》："我就这样/静悄悄地生活在自己的四周/我就这样/静悄悄地把我的四周拥在怀里/我就这样/静悄悄地想到往事/我的河流/在那里/悄悄流淌……"静悄悄流淌的不止是河流，还有往事，还有岁月。这首诗在恬静中透露出对生命对逝去的岁月对往事飘摇的深刻感悟。但在这一类诗作中也有艰涩难懂的作品，生涩的用词显出了诗人杂乱的情绪。如组诗《现实世界》其中一首："噩梦一场/噩梦一场/噩梦一场/大地说/锁链说/佛说"。组诗《现实世界》中还有一些类似这样的作品，让人读来苦涩，沉重。

安鸿毅近年一直在研究佛学，诗作中越来越多地含有禅意。如诗歌《坠地苦晚》："坠地苦晚，又撄尘劳/木替花草，驹隙一瞬/俯仰之间，岁沐太清/回思往事，恍如流荧/欣戚无端，枯木不朽。"全诗简短精练，蕴涵禅意，如"欣戚无端，枯木不朽"，同时在浓浓禅意里感叹岁月流逝，像"回思往事，恍如流荧"这样的句子，形象而且含义深刻，是不可多得的佳句。

在安鸿毅后期的众多诗作中，一些赠友人题材的作品温暖清新，充满了诗情画意。如《给瑞士友人OTTO的母亲》："OTTO的母亲是活在三十年代的人/三十年代的眼神/三十年代的声音……/三十年代的美/她回归到那个年代生活/她的希望是那个年代/在她的暮年，她的希望很美：与世隔绝/与世隔绝/回归到遗忘中去/她现在是少女，很美"。这首诗仿佛一幅精美的画，仿佛一个精致的电影镜头，一个20世纪30年代的精致女人，有着美的眼神，美的声音，她仿佛一直活在过去，活在属于她的那个特定年代，如少女般美丽。

安鸿毅在从事诗歌创作的同时，还潜心研究水墨艺术。2005年11月参加了在瑞士苏黎士以课本为题的国画邀请展。2006年夏在瑞士日内瓦亚洲艺术中心参加中国现代水墨艺术展。2007年元月7日至3月7日在荷兰举办水墨艺术联展。

安鸿毅把绘画艺术和诗歌艺术很好地结合起来，巧妙地做到了诗中有画，画中藏诗，诗画相宜。

阿苏是锡伯族诗人。他的诗沉郁宁静，浪漫洒脱。诗人西榆称他为"牛录的守望者",因为他的诗作多是描写家乡——察布查尔县堆依齐录。阿苏说"守望家乡,其实是一种享受"。阿苏的诗作写到了民族记忆的深处。

阿苏(1962—),本名苏仲明,笔名阿苏,锡伯族诗人。新疆作家协会会员。新疆察布查尔锡伯自治县堆依齐录人。阿苏出身于正红旗下的苏穆尔氏家族,从察布查尔锡伯自治县师范毕业后成为一名乡村教师。上学期间就尝试写作。凭借对文学的热忱,阿苏在教书之余坚持写作,在多家报纸杂志上发表诗歌,并于1985年调入察布查尔县广播电视局担任编辑,现任察布查尔报编辑。

阿苏童年时只会说母语——锡伯语。上学之后开始学说汉语,并且慢慢学习用汉语思维、汉语写作。读阿苏的诗,感觉不到阿苏是少数民族,因为他把汉语运用得灵活自如,精练、精当,灵气,有内蕴,直抵人心。

阿苏自称自己是"野兽派"诗人。他说自己是"一头疯狂的困兽"。诗人西榆说从阿苏的诗歌创作情况来看,其实他是典型的"牛录派"诗人。牛录就是家乡的意思;而描写家乡是阿苏诗歌不变的情怀,也是阿苏诗歌的一个主要题材。阿苏的大部分诗歌都在描写苏穆尔氏,描写堆依齐牛录。其代表作《作为锡伯人》这样写道:

......
注定我常年厮守在堆依齐牛录
与泥土以及淳朴的民歌相依为命
而村庄和村庄以外的田园
于我的眼前亲切如初
......
守望家园
其实这是一种享受

在堆依齐牛录
我醉心于收割玉米
并且养活诗歌

对乡土无限的热爱,是一些诗人不变的情怀,并用尽生命去抒写这种情怀。阿苏是牛录忠实的守望者,他的众多诗歌都蕴涵着这种情怀,如诗《堆依齐录》:

在一个堆依齐录的地方
雨水很少
苏穆尔氏的人们
和一些石头
随意地生长在那儿
……

阿苏的诗作《苏穆尔氏的人们》更是写出了阿苏对家乡对族人的热爱,同时表达了自己对牛录生活的满足:

这些在正红旗下的
苏穆尔氏的人
常年累月
在远远近近的地方
奔波
或安居乐业

翻遍家谱
苏穆尔氏家族基本上没有名门
也没有萨满
这些苏穆尔氏的人
几乎全是布衣
写诗的阿苏
便是其中之一

苏穆尔氏的人们
酷似自然的野生植物
他们离诗歌很远
离泥土很近

这些在牛录怀里长大的
苏穆尔氏的人啊
一生一世
把自己热衷于劳动的手
交给了家园和庄稼

阿苏的牛录诗充满了无欲，充满了祥和。这是阿苏诗歌的一个与众不同的气质。读阿苏的诗，仿佛置身田园置身庄稼地，置身自然里，如诗歌《走进四月》：

走进四月的深处/农事于身边/渐渐如草木生长/一个有声有色的季节/很新鲜地/站在/乡土上/四月里/一片水声/自远处的高坡响起/因而使田野的面容/生动之极/抬起头/我们和家园/在阳光茂盛的地方/相依而居。

在阳光茂盛的地方，和牛录相依而居，无欲而宁静，这是阿苏的牛录诗最显著的特征。阿苏的牛录情怀使得阿苏在锡伯族诗人里显得与众不同。诗人西榆说："要了解新疆锡伯灵魂深处的牛录意识，就得看阿苏的牛录诗。"

阿苏诗歌涉及的另外一个主要题材就是描写锡伯族的西迁。锡伯族诗人对锡伯族的西迁历史无可回避。1764年，清政府抽调来的东北锡伯族八旗兵1000多人，还有随军家属约3000多人，历时1年零3个月，最后到达伊犁地区，开始驻守边防。西迁来的锡伯族在伊犁地区开始定居，并逐渐繁衍发展成现代的新疆锡伯族。他们大部分居住在伊犁河流域的察布查尔锡伯自治县。在这风沙弥漫的大西北，勤劳的锡伯族人民凿山筑渠，修筑了长达100多公里的察布查尔大渠。人们依渠生活,改造着自然,也改变着自己的生活。

锡伯族诗人对锡伯族的这段西迁历史无可回避。清代锡伯族著名诗人锡笔臣的《离乡曲》和20世纪著名诗人管兴才的《西迁之歌》都是锡伯族西迁诗中的代表作。

阿苏为纪念锡伯族西迁228周年,写了《逝去的牛车》一诗。这是阿苏西迁诗中的代表作:

最后的牛车走在落日的边缘
辙印深刻
辚辚之声如祖先的泪光
直抵我的内心

漫长的岁月背后牛车飘摇
孤独且犹豫
我穿过时间的河流
以诗歌的方式　同牛车接近
看见故乡的草木间
久坐的人们乘坐其上
苍凉之极

多年以后　疯狂的牛车
一万次地驰进河谷的中心
使牛车和牛车之外的村庄
更加纯粹

凉风吹走落日
我看见亲人围在吉祥的牛车之侧
扶轭痛哭

牛车逝去的早晨
我的泪水已经干涸

阿苏借助"牛车"这个意象，意味深长地写出了西迁的苍凉和悲壮。"牛车"这个意象就像梵高画布上的向日葵一样，充满了喜悦，也蕴涵着某种悲伤。阿苏的西迁诗中多处提到牛车。如《堆齐牛录》诗中写道：于一驾牛车独行的黄昏/干草的芬芳弥漫开来。《在路上》一诗也是阿苏西迁诗中以"牛车"为意象的经典之作，诗中写到：在路上 忧郁的牛车/装满干草 翻过了/西边的太阳。

诗人马克评价阿苏的西迁诗时说："在我们熟悉的汉字背后，轻声的倾诉之中掩藏了沉郁和悲怆，散淡的感觉里蠕动着庄重的历史内容，笨拙中的灵活，轻盈中的分量，在昨天里生长着的今天，在坚守里萌发出的希翼……这原原本本只属于一个锡伯的后代，在阿苏的诗里，这种诗意与历史的结合，为我们提供了一次双重阅读的可能。"[1]

沉郁而苍凉是阿苏西迁诗的最显著的特征。阿苏的一首诗取名就叫《苍凉》，诗中写道：

秋天在河谷以西横躺着/一地苍凉/玉米垛站在田野上/仿佛一把把尖锐的乳房/散发出暧昧的气味/天气已经转凉/瓜尔加氏的墓园里/又添了一座坟头/一个人民/高高地坐在正红旗的老墙上/守望着什么/凉风中，远山在芨芨草尖摇晃。

阿苏这样的诗，让我们很容易联想到叶赛宁。但阿苏的沉郁绝不像叶赛宁那样近乎绝望。阿苏其实是在赞颂他的祖先。240年前，锡伯族部分军民从东北沈阳西迁到新疆伊犁，从东到西，从出生到死亡，从早晨的露珠到夜的空旷，见证着苦难，也见证

---

[1] 马克编著：《年轻的地平线》。

着坚强。这驾从东而西的牛车"载着岁月疲惫的沙尘/牛车上的部落/迤逦而行/悲壮的无与伦比/这浩浩荡荡的大西迁/犹如一株临水的芦苇/被一场大风吹到深不可测的苍凉之地"①。这是一场无所依而又有所寻的西迁历程。这个旅程充满了艰辛和忧伤。这种忧伤是荣格的集体无意识遗传,也是阿苏的个体意识的呈现。阿苏没有亲眼见证240年前的那次西行,但他"以诗歌的方式/同牛车接近/看见故乡的草木间/久远的人们乘坐其上/苍凉之极"②。

西迁的历史带给锡伯族苍凉的回忆也带来厚重的岁月感,这让锡伯族人很懂得珍惜现在的生活。阿苏说从春到秋,人们以石头的方式,厮守着故土。阿苏认为厮守故土,是一种享受,也是一种追求。

第八节 阿吉·肖昌、高青松的诗

阿吉·肖昌(1956—)生于新疆察布查尔锡伯自治县。他的诗歌创作从20世纪80年代开始。在创作诗歌的同时他把一些诗以歌的方式演唱出来,尤其是对西迁题材的诗歌的演唱得到锡伯族人民的喜爱。锡伯族人觉得他把自己民族的西迁情怀淋漓尽致地歌唱出来了,唱到了他们的内心深处灵魂深处民族记忆的深处。

阿吉·肖昌能歌善舞的才能使他成为察布查尔锡伯自治县歌舞团的总导演,并且成为国家二级编导,新疆音乐协会、舞蹈家协会会员、作家协会会员、伊犁州书法家协会理事,自治区第八

---

① 《西迁部落》。
② 《逝去的牛车》。

届政协委员，先后多次到中央戏剧学院、上海音乐学院深造。他的有关歌曲以及舞蹈《蝴蝶舞》、《古代锡伯猎人》、《望断天涯路》等获国家和地方奖。

诗人兼评论家亚楠最早收集了阿吉·肖昌早年的诗作并于1996年登录在"大地书系"《西部回声》诗集里。这本诗集收录了阿吉·肖昌的长诗和短诗共14首。其中《乌孙山的残雪》一诗是阿吉·肖昌早期的代表作品。这首诗情绪复杂，感情沉重，哀伤中透着坚韧，苍凉悲壮中孕育着力量——民族的力量。锡伯族西迁的悲壮与沧桑的历史使得锡伯族诗人总是有一种沉重的历史感，生命意识里总是透着某种悲壮某种沧桑。这种民族情结被诗人们借助于一些意象表现出来。有人说阿吉·肖昌写这首诗具有强烈的寻根意识，有一定道理。乌孙山成了一种象征，一种寄托，仿佛一种庄严的情绪。"走过漫长岁月的乌孙山/离阳光很近了"，这是全诗的第一句。锡伯族走过漫长的西迁岁月，走到了乌孙山的脚下"但飓风始终在那里/与生灵挑战"，背井离乡，重新建造家园，要面对各种磨难，经受各种挑战，但始终坚强地一如乌孙山那样屹立在阳光之下，在"贫瘠的原野上，痴迷着去追赶太阳"。全诗表达了西迁的悲壮，也体现了西迁之举坚韧不屈的情怀。另一首《伊犁河遥远的回声》充满了西迁的英雄气概和悲壮色彩"一个西迁的部落/为疆土的完整而执戈"——充满豪情"西迁保国的文明史/无一字非鲜血所书"——充满悲壮。《喜利妈妈》一诗散发哀伤，隐藏对根的思念，"古树的绿叶/随风飘去/难道这是根的过错/但我无法疑虑/这根须里流动的血液/在我生命的茎枝上/暗暗流进……"根的血液流进枝叶，枝叶伸出得再远，也会记住自己的根。

2004年1月，时代文艺出版社出版阿吉·肖昌的诗集《舞者之思》。诗人把自己的诗作按内容分成了五类：灵魂面对灵魂；望断天涯路；舞者之思；黑夜的乐趣；家乡草原。

诗集的第一辑取名"灵魂面对灵魂"。敏感执著的人习惯拷问自己的内心自己的灵魂。阿吉·肖昌的这一辑诗是在拷问自己灵魂深处的寂寞和祖先西迁的悲苦哀伤,"我的孤独尾随我所有的经历/在世纪的边缘漂流",西迁的锡伯族后代们总有一种被放逐的哀伤,认为这场西迁"是一种不可追溯的光阴/或许这是人间躲也躲不开的梦/或许这是梦也梦不到的梦"。诗人说"我把我的灵魂/交给了命运这悲欢离合的故乡/尔后/用我任性的诗篇/圣意地筑起一座城堡/我用我马背上拾取的音符/还有我融进了苦涩的血液/化为灵魂的明眸/去寻找最深渊的深渊/去寻找最暗处的暗处"《灵魂面对灵魂》,苦涩的血液化为明眸,是一种无奈,也有一种无奈之后聚集的力量。西迁之旅,洗净铅华,内心深处像佛一样宁静,安详,一切都是幸福"除了死亡/一切都是幸福/即使是丢弃一个奢侈的王位/幸福的后面/幸福还在招手"。

第二辑取名"望断天涯路"。这一辑类似游记。记录了一些地方的所见所闻,抒发了一些游览情怀。其中《千年一瞬》一诗透着悲伤,也透着英雄豪迈,"一个人走进节日/和发呆的历史对峙/我永远的节日/我永远的悲伤"。

第三辑取名"舞者之思"。这一辑有歌、有舞有音乐,还有诗人作诗时的感受和欣赏艺术时的思考和情怀。其中《龙之吟》一诗是这一辑的代表作品,"一群岁月在水中款款流淌/你冲洗了尘埃和痛苦/你冲洗了历史的伤痕/在草原上/在田野中/我歌唱亚其娜之歌/以一粒干渴的种子/召唤你的灵魂",阿吉·肖昌善于歌唱,善于写诗,善于舞蹈,他用歌、舞、诗的方式,表达自己丰富的内心和更丰富的灵魂。

第四辑取名"黑夜的乐趣"。深夜适合沉思,适合静想,适合做梦,适合释放孤独。阿吉·肖昌常常提到孤独,也许艺术家总是比常人更易感到孤独。这一辑诗歌显出安详和宁静,即使忧郁，即使孤独，也"憩息在黑夜的祝福里"①。其中《无月之夜》一诗写的轻快恬静"愉快的人/沉睡在愉快的井底/失落的月亮/井底的石头/不再敲击的天空/无月之夜/多么宁静/犹如婴儿/躺在母亲的怀里"。

第五辑取名"家乡草原"。阿吉·肖昌和夫人文兰女士因为多才多艺，精通锡伯文化，于2000年应邀前往锡伯族的故乡沈阳，去拯救那里即将消失的锡伯文化。离开家乡，离开家乡的亲戚朋友，离开从小生长的地方，阿吉·肖昌常常思念自己的家乡伊犁。这一辑诗有诗人的旧作，也有新作。一字一句，都在回忆，都在留恋，都在遐想。风、琴声、沙枣林、婚礼、乌孙山、那拉提、伊犁河……一切都那么美，苍翠葱绿，让人着迷。家乡伊犁，伊犁的草原，成了诗人心中珍藏的一个梦，一杯美酒，甜蜜，芬芳，让远离家乡的诗人魂牵梦绕。

2007年夏天，诗人出版了一本《锡伯族艺术服装——嘎善里飞出的彩蝶》。精美的服饰配上精美的文字，让人读起来赏心悦目。阿吉·肖昌说："我的艺术生命基本上在一种濒临消亡、变异、奄奄一息的民族文化抢救中进行跋涉"。诗人拙木豪格在评价阿吉·肖昌时说："他属于传统的那一类，像一个勇士，裹挟着蛮荒时代的气息，用寒光逼人的冷兵器与诗歌共舞，以流血的方式捍卫他迷恋的崇高、宽容、圣洁甚至悲怆的精神家园"。

高青松（1944—），生于新疆察布查尔县，毕业于伊犁第二师范学校。后一直在中学执教，并获"中学一级教师"称号。1984年开始从事律师职业，援助过很多需要援助的人，足迹走过大疆南北。高青松业余时间创作并发表多首诗歌。长诗《素花》收入《艺术珍藏大典》，诗作《七月的风》、《给远方的太

---

① 《虔诚的路》。

阳》荣获诗歌大赛二等奖。他潜心研究书法，书法作品在国际国内大赛上多次获奖。现为新疆作家协会会员，中国民族硬笔书法家协会会员，中国现代青年书画家协会会员。

《素花》一诗是高青松的代表作。诗人在《素花》的前言里介绍了素花的事迹。19世纪后半期，清朝的贪官污吏横行霸道，苛税猛如虎，民不聊生，怨声载道，清朝的统治摇摇欲坠。英殖民主义者趁机怂恿张格尔以传教士之名入侵喀什、库车等地，煽动叛乱，伊犁的反动教主也相继叛乱，建立割据势力。苏尔坦就是其中势力强大的一个，他南渡伊犁河，掠夺锡伯人的粮食、牲畜，堵塞锡伯人赖以生存的察布查尔大渠，使农田庄家荒废，甚至强迫锡伯人改装，企图毁掉锡伯族。在民族存亡的危急时刻，锡伯女子素花挺身而出，牺牲自己的爱情和家庭，毅然嫁给苏尔坦，用自己的聪明才智稳定了伊犁动荡的局势，挽救了锡伯人民。可以说素花是锡伯人的骄傲和自豪，是锡伯人心中的巾帼英雄。诗人又在《素花》的后语中提到这么一个英雄女子，歌颂的诗文却很少，现存的只有20世纪40年代何耶尔·柏林用汉文写的《素花之歌》以及70年代的诗人何耶尔·兴谦用锡伯文写的《忆素花之歌》，诗人意识到这是一种遗憾，于是在读了上面两部诗作之后，诗人决定续写素花，让更多的人知道素花，了解素花，记住这位民族女英雄。于是写下这首既叙事又抒情的长诗《素花》。

《素花》分为九章。前四章叙述当时的社会和混乱时局，后五章抒写了素花在民族危难时刻挺身而出，用自己的智慧和勇气说服所谓的苏尔坦汗国与锡伯族结盟。这一结盟暂时稳住了伊犁地区的安宁，挽救了锡伯人民。全诗有叙事、有议论、有抒情，叙事生动，议论得体，抒情真挚。看得出诗人在用饱含深情抒写这位民族英雄。诗人并未见过素花，因此想象的空间更大更广。诗人时而跳出来以一个后来者进行叙事和议论，如"大清王朝的末期/牛毛般的赋税徭役/蜘蛛似的贪官污吏"等句子,时而以素花的视角展开抒情,如描写素花决定嫁给苏尔坦的那个前夜"黑夜连着黑夜/在星星闪烁的边寨/没有感觉的梦/凄怆的眼睛"等诗句。最打动人的是全诗的最后一章,苏尔坦投靠了沙俄,作为妻子,素花也不得不跟着去了,诗人悲伤地写道:"素花她也走了/从故乡走到异乡/从他乡走到俄帮/她带着无限的恨/回望嘎善的天与地/乌孙山的崇山峻岭更高了/伊犁河的涛涛流水更长了/她的心/她的泪/永久的渗在嘎善的土壤里。"全诗充满激情与悲伤之情,诗句简单但饱含深情。

高青松不仅写诗,还擅长书法,精通律师事务,是个多才多艺的锡伯族诗人。

第九节　顾伟、佟志红等诗人的诗

顾伟(1967—),锡伯族,1967年生于新疆油城独山子。1988年中央民族学院毕业后服务于独山子的石化工业,曾参加过独山子乙烯工程建设、中石油苏丹喀土穆炼油厂工程建设等项目。在工作之余,顾伟写下众多颇具边疆特色和个人特色的诗篇,其诗作先后发表于《诗刊》、《绿风》、《诗歌月刊》、《地火》、《民族文学》等刊物,已加入新疆作家协会、中国石油作家协会。相继出版诗集《游走边缘》(2003年)、《斑马线》(2006年)。

石油城独山子,这个在地图上都很难找到的小城,是顾伟魂牵梦萦的地方。作为生于斯长于斯的诗人,理所当然要歌唱这片土地:玛依塔克(本地民族的称呼),天山北坡/泛绿的春潮/原野因你不再沉静/戈壁因你不再驻足/我与前辈们固守的家园。(组诗:《家园独山子》);以及这片土地上的草木人物:聚焦于矿区简易公路/身着统一竖道棉衣的石油队伍/脚蹬飞鸽、永久/神情饱满地集体奔向/被称为神圣的工作岗位;[①] 在塔群林立的炼油厂内想起一段往事/那是本世纪初也是灰蒙萧瑟的季节/遍地刮着尘土的迷蒙/人们毅然背起两口锅去点燃/点燃新疆拓油史的残页[②];还有他们劳碌的场面:这次井喷的后果/却使我历经黑夜的堵漏/我觉得任何形式的开采都不轻松/不然怎么熬制了五个凌晨两点钟/浑身溅落油渍,宛若浮雕[③]。

  顾伟诗中固然不乏对地理背景中的准噶尔的描写,它的荒凉,它的史前性,如同时间对空间的吞噬,它是"北疆延伸的寂寞"。然而作为一个新疆土生土长的诗人,他并不是一个地域色彩浓厚的诗人,他没有像其他地方作家那样,处处依仗某种地域的"优势",从而将自己变成了地域的"奴隶"。他的诗中有更多游离于地域之外的,从而足以提升诗人创作层次和彰显个性特色的作品。

  顾伟认同小人物的卑微无名,认同命运的模糊性和不确定性。在他的诗中,没有展现200多年前民族迁徙的史诗场景,他将历史的时刻浓缩为一个片断、一个瞬间:"锡伯族 一簇箭镞怦然迅疾/从东北故土射出/在伊犁河畔 洞穿无援的心灵史"。箭镞的迅疾正如"世界比想象得还要突然",因为箭镞就是风中四散的命运。在这种迅疾中,种族的业绩已成为传说,个人命运与一种虚无感同时登场。顾伟诗中的小人物——外公、病人、小学生、老司机、无名诗人、环卫工人等,他们身份的缺失感更为严重,他们都是一些丧失了家园的弃儿,虚无的面容如同弥漫在四周的虚无的空气:小学生乾丰住处的北边/是无际的准噶尔盆地/

---

① 《远离的印象》。
② 《两口釜式蒸馏锅》。
③ 《凌晨两点钟的时候》。

草籽不甘四月的寂寞/几周内便容光焕新/小学生乾丰/迈步踏入准噶尔/放飞闲置的沙燕风筝/越飞越高越远的影子/一点点地带走/本属于童年的无虑①；我无数遍地深入各种梦境/去北风凛冽的西部油城/驱使我这些想法与气流暗合/同时结成冰凌/被一位缺条腿的环卫工人/费劲地刨除②。

诗人喜欢做梦，梦境在顾伟的很多诗中都有出现，构成了诗人作品中重要主题。他反复写到休耕、冬眠、瞌睡、白日梦、刹那间的迷失……睡眠"就像波浪和堤岸/保持了慰藉或依赖"。"黑夜中 还是在黑夜中/梦境般的思绪/与秒针的节拍暗合。""流星恰巧路经此处/收容了我近乎成熟的梦境。"甚至正午也是一个梦，一个白日梦："受困的病菌和正午/一起昏沉欲睡在病榻上/梦境 瓦蓝而清凉"。当顾伟借助时间的、病理的、星象学乃至神秘主义的方式来阐释梦时，越发强化了生存的暧昧和身份的缺失感。梦有它的造型、色彩、深度。诗人之梦是一座迷宫，或者是一座现实意义上的八卦城："冬苹果熟透之时 一群金发女郎/如期到来 白色大地 黑色土壤/她们漫步 穿行于八卦迷宫/对于光芒 她们如此熟门熟路。"正如诗人对女性（金发女郎）的膜拜，梦境也几乎被放在信仰的高度。

如奈瓦尔说："梦是一种第二生命。"诗人顾伟正是通过梦和梦一般的玄想，来对身外的世界、过去未来、前世今生、生命意义进行思考的，在思考中作者找到真实的自我，在思考中作者也实现了对自我的超越和周围环境的逃逸，从而使诗人的诗歌创作上升到一个可供潜心思考解读的境界。

顾伟诗歌有两个最显著的特征，首先就是玄想和哲思，玄想和哲思几乎体现于顾伟大部分的诗歌创作中，这和诗人爱做

---

① 《小学生乾丰》。
② 《桔黄外套的环卫工人》。

"梦"有关,正如诗人沈苇在《斑马线》序中所写:顾伟的诗充满了失神的瞬间和细小的碎片,如同秘密泄露的片段,如同心的微微跳动,转瞬即逝,连冥思苦想的诗稿也无法将它们挽留。他们变成了细微的尘埃,试图与诗歌一起过滤生活,"更多的浮尘/自由进出我的五官"。这使顾伟的诗拥有萨满式的诡异、玄想的思维特征,这是他从种族那里继承下来的一笔小小的个人遗产,也是辨别其诗歌特点的一个要素。在梦与醒,幻觉与真实之间,"场面瞬息万变/对此依然胸中有数"。尽管这样的自信有点武断,却是诗人最后退居的据点和堡垒。对此诗人是有所体察的:"据说欧洲成千上万人亡命酷暑/此时我也有从内而外的悚/又要开始胡思乱想了/除此之外街道已空无一人。"① 当感到今天的日头很特别,诗人开始联想,随即又意识到自己的"胡思乱想"。

其次,顾伟的诗中惯用以小见大的手法,来表达内心对世界的感受:"心中的雪花无言/它宽容如绵延的山丘","无言的雪花"和"绵延的山丘",就是"小"和"大"的对立与呼应。诗中有许多将世界细小化的例子,如:准噶尔盆地——烤馕坑,鹰——一滴墨水,车辆——奔忙的玩具,留守者——一群标点符号……这样的表达比虚张声势和大而无当要好,因为它是一种诚实。这使顾伟的诗是内倾的、克制的,而不是敞开的、嚣张的,他从细小处去获取力量之源。

"鱼,游来游去/游进坚冰深处觅食/错误,仅此一回/足够浸透一生/另外几扇大门/有惊人的容量/你我,却又不得而知。"② 在这里诗人由看到的冻鱼,引发玄想,想到鱼为觅食而进入坚冰,使这瞬间成为永恒,进而又更深入广渺地联想到人生的不可预知。

顾伟的诗还有一个特征就是幽默。诗人在玄想,以小见大的

---

① 《印象》。
② 《冻鱼》。

同时,并没有让我们感觉到完全的抽象而不可触摸,诗人有时也似乎有意幽上一默,缓和一下严肃、沉重的气氛:"端着盛满饭菜的碗碟/离开工地食堂/和菜香同步进入/新一轮舞蹈/那段百米距离/要变幻不同的姿势/才能顺利抵达宿舍/日复一日/工友们练就一身/过硬的杂耍柔功/一种平稳/保持了滴水不漏①";还有《老吐外传》中诗人用平白如话的叙述性诗句给我们讲了一个人"循规蹈矩车开得也循规蹈矩,习惯行驶在边陲巷道给人讲笑话"的老吐的故事:"老吐进城时各条线路都涨潮了/老吐萌生走捷径的念头/结果和交警相遇在双实线",而后和交警进行了一番争执,被罚了款,"老吐嘟囔着要回小镇/乘客们却已不再寂寞了",给我们展示老吐机灵、幽默,而最后又显得非常无奈的形象,引得读者不由会心一笑,因为我们身边确实不乏老吐这样的普通人,却被诗人在几行小诗里面表现得活灵活现。

佟志红(1968—),笔名东人。6岁学说汉语,12岁开始在《中学生之友》上发表文章。1989年毕业于西北民族学院汉语言文学专业,曾受教于著名诗人唐祈先生。毕业后任《伊犁晚报》的记者、编辑。佟志红从小就喜欢诗歌,业余时间创作并发表了大量诗歌,有组诗入选上海文艺出版社出版的《西部交响曲》;同时发表一些诗歌理论文章。现为新疆维吾尔自治区作家协会会员,新疆报告文学协会理事,天山网"西域文化"频道主编。

国际文化出版公司出版的诗集《西部回声》收录了佟志红的8首早年的诗歌。"我追逐草莓/一如追逐慢慢消逝的爱情",这是《草莓》一诗的开头,这样的诗情显示出了诗人敏感细腻的内心和热烈而多情的性格。其中诗歌《路》是一首简洁且有哲理色彩的诗,"这是一条延伸了几千年的路/开始和结尾都有让

---

① 《小趣》。

你心痛的东西","路"可以被看作锡伯族西迁之路,同时也是一个人的人生之路,拼搏之路。一路上走来,我们总会遗失一些令我们心痛的东西,但我们还在继续走着,走在路上,这就是我们的人生。《爱是四季》是诗人哲理诗的佳作,"生活只是一种形式/用锅碗瓢盆油盐酱醋装饰/而一些用心维系的才是实质/却留不下一丝痕迹"。有些诗显露了诗人性格中的悲观成分,比如《承诺》一诗,"承诺一如鸟儿纷纷飘落的白色羽毛/轻轻坠落在一片雪原上/无声无息……时间慢慢淹没大地/淹没很多鸟兽虫鱼/也淹没了承诺/淹没了故事中的你我他"。也许正是这种潜在的悲剧意识,使得佟志红的诗读起来掷地有声。

苏农是诗人阿苏的侄子,毕业于伊犁师范学院锡伯语言文学专业,曾经是一位编写锡伯语语文课本的编辑,目前在日本京都大学。评论家马克说正是因为这种充满责任感的工作,苏农的诗读起来"缓慢而沉着,仿佛要用情深意切的水淹没读它的每一个人"。《渔猎》一诗显示出苏农简单大气的诗风和温柔豪迈的性格,"……/鱼儿挂在火红的树上/迎着阳光和风/经夜如此","二月之风拂动了/活宝滩上你开始刨冰撒网/而后想牛录是父亲也是母亲/你洞悉水的快乐/你的双手/再一次伸向翠绿的双桨"。马克说得好,苏农的诗带着一种自然随意的喃喃自语般的语态,"这种语态使得他一下子深入诗的内核,把一个民族灵魂的底色亮给我们看"。

锡伯族诗人有一个共同的诗歌内核就是表现锡伯族西迁的悲壮和伟大。苏农的《迁》是这当中不可多得的一首好诗,诗的结尾这样写道:"我赶着车/白天如响箭般射来/而弓弦仍嗡嗡不已",显出一种坚强,一种悲壮,一种气势,一种绵长的情怀,显出一种延续至今的力量。苏农诗歌的特点就在于温柔处真温柔,豪迈处真豪迈。

第六章　新时期的锡伯文学（三）

第一节　散文创作概观

进入改革开放的新时期，锡伯族的散文创作进入了新的发展阶段，无论是创作队伍的规模，还是作品的质量与数量都达到了前所未有的高度。

老作家郭基南就是新时期一位重要的散文家。他的散文创作和他的诗歌、小说一样，在锡伯族新时期文学中具有重要地位；尤其是20世纪80年代以来，郭基南创作各类散文作品多篇，其中《洒泪念师情》一文以无尽的哀思沉痛悼念他的恩师茅盾先生，这篇散文曾在自治区获奖。郭基南还先后出版散文集多部：1984年，出版了第一本锡伯文散文集《准噶尔新图》；1986年，出版了第一本汉文系列散文集《箭乡的子孙》，系"祖国大家庭丛书"之一，详尽、生动地介绍了锡伯族的历史发展和风土人情，锡伯文版于1989年出版；1990年，出版了他的第二本锡伯文散文集《摘星人》。《摘星人》收入他的散文作品共27篇，作家以满腔热情讴歌了雄伟壮丽的祖国山河和改革开放的辉煌成就，赞颂了社会主义现代化建设中无私奉献的众多英雄人物，从头至尾贯穿着爱国主义与民族团结的红线，为此，该书于1992年获得全国少数民族文学优秀散文、报告文学奖。郭基南的散文感情真挚热烈，文笔清新细腻，具有典雅的书卷气。

中年作家赵春生的散文《童年的梦》、《遥望图尔根》、《生命的摇篮》、《一个民间艺人》，郭美玲的散文《情书的魅力》、《假如我是我爱人》、《不可群鹰逐一兔》，傅查·新昌的散文集《玉米使者》、《我就这么活着》等都是优秀的散文作品，它们或语言朴质隽永，富有历史质感，或短小精悍，幽默犀利，或注重民族性格的深层挖掘，追求语言的诗化，一起构建了新时期锡伯族散文创作的主阵地。

青年女作家富秀兰（1964—），察布查尔锡伯自治县孙扎齐牛录人，在伊犁哈萨克自治州防疫站工作。她于1986年开始发表文学作品，先后在《中国青年报》、《人民军队报》、《伊犁日报》、《年轻人》等报刊杂志上发表散文、诗歌100多篇（首），并多次在国内征文比赛中获奖。近期出版的个人诗文集《错爱》已出版发行，且产生了较大影响。该作品集共分为三辑分别为：《渴望燃烧》、《旋转的四季》、《拒绝融化的冰》。其中的散文佳作有《缤纷的人生》、《旋转的四季》、《快乐人生》、《再见，黑色》、《绚烂归于平淡》、《雾之悟》、《戎马生涯》、《关于坎坷》、《家乡的光荣》、《一颗拒绝融化的冰》、《超然》、《人生就是积累》、《我的爸爸》等。在其散文作品中，作家时而张开想象的翅膀，时而组合出一支支多重委婉的旋律，融入了许多关于自己的故事，表达了关于自己的人生感受。"我是痛苦的，但也是幸福的！"这便是这位女作家体悟到的人生真谛。

另外，郭元尔、佟林清、何坚韧、佟佩仪等作家也都有散文佳作问世。随着信息时代的迅猛发展，一批批锡伯族散文新秀正脱颖而出，逐渐成长并成熟起来，从而使锡伯族散文创作有了更加多元的发展方向，使锡伯族散文创作园地出现了勃勃生机。

总之，从散文创作开始至今，锡伯族的散文创作走过了一条由自发创作到自觉创作、由贫乏稚嫩到丰富成熟的发展之路，锡伯族散文作家呕心沥血的艺术探索，必将为中华民族文学宝库留下一笔不可多得的文学财富。

第二节 郭基南的散文

在新时期锡伯族散文领域,老作家郭基南同样是一位重要作家。他的散文创作也和诗歌、小说一样,在锡伯族当代文学中具有重要地位。早在20世纪40年代,他就开始了散文创作,发表过一些歌颂抗日爱国志士、揭露日本侵略暴行的杂文。60年代初发表的长篇散文《准噶尔新图》引起了文学界的重视。

20世纪80年代以来,郭基南创作各类散文作品,包括杂文与报告文学。作家先后出版散文集多部:1984年,出版了第一本锡伯文散文集《准噶尔新图》;1986年,与他人合作出版了第一本汉文系列散文集《箭乡的子孙》;1990年,由他和吴克尧合作撰写的"民族丛书"之一《锡伯族》出版了;同年,还出版了他的第二本锡伯文散文集《摘星人》。郭基南的散文大多以讴歌伟大祖国的变化和回忆自己的成长历程为主要内容,无论是在题材内容上、情感色调上,还是在艺术手段上,较以前散文显得更为丰富、灵活。写人、咏物、怀旧、记游,他都有所涉及。

从题材上看,他这一时期的散文大体可分为两类:一类是记述锡伯族的历史文化、民俗风情和家乡察布查尔县的发展变化,如散文集《箭乡的子孙》是通过一位锡伯通——艾喜春老爷爷讲故事的叙述方式展开的,向人们展示了鲜为人知的关于锡伯人富于传奇色彩的历史,表现了他们忠于祖国、勤劳善良、智慧勇武的民族性格和独特的民族文化。作品娓娓地介绍了锡伯族从白山黑水西迁到祖国西陲守疆卫国、创建家园的悲壮历程。整部作品洋溢着民族自豪感和爱国主义精神,兼具知识性和文学性,是一部颇具特色的文化散文集。《漫话察布查尔风光美》看似一篇导游文字，但作者怀着对家乡的挚爱，把乌孙山中的自然美景及这片神奇土地上曾经上演过的威武雄壮的历史话剧以及这里繁衍生息的哈萨克族、锡伯族人民创造的文化习俗融会起来描写，读来感觉亲切自然，比一般游记有更厚实的内涵。

另一类是忆旧怀人的散文。作家丰富的人生阅历，长期的感情积淀，使这类散文有着更悠远深长的历史意味。如他的散文代表作《摘星人》写的是锡伯族水电专家佟兆飞的非凡人生。作者和作品主人公原是儿时伙伴。在繁星满天的夏夜，幼年的佟兆飞就梦想着摘下天上的星星，让伊犁草原村村寨寨都亮起明灯。长大后，他如愿考取了电力学校，把毕生精力都献给了水电事业。在时代的曲折和坎坷的命运中他始终矢志不移，百折不挠。改革开放后，在伊犁水电局负责人的位置上，他终于把梦想变成了现实，辽阔的草原、边远的山村都用上了电灯……1985年他去世时，不同民族的人们纷纷赶来为这个毕生追求光明的人送别。作者为了怀念这位朋友，特写下了这篇动情的追忆文字。

《桂花飘香——常忆柯仲平》，记述了作者和老诗人柯仲平的两次交往，以一个少数民族作家的眼光写出这位长髯飘胸、热情奔放、关注西部少数民族文学发展的老一辈诗人的襟怀与风度。《拳拳恩师情，铭刻在心上》、《忆启蒙者们》两篇散文，则是回忆了作者在1939年被招收到茅盾主办的"新疆文化干部培训班"学习，从此走上文学道路的一段经历，让我们看到了抗日战争初期新疆蓬勃开展的文化运动的真实历史，看到了茅盾、赵丹等一大批作家、艺术家，在新疆传播革命文化火种的活跃身影；尤其是身兼"新疆文化协会委员长"的"文干班"班长的茅盾先生，他那远见卓识、博学多才、诲人不倦的尊师形象给读者留下了深刻的印象。郭基南这类回忆文艺前辈的散文，由于写的是亲身经历，又有独特的视角，因而写得真切可信，引文清晰而翔实，其历史文献价值也弥足珍贵。

郭基南是能用锡伯文和汉文同时创作的双语作家。从其以汉文发表的散文看，他具有相当深厚的中国古典文学的修养，很好地掌握了汉语的音义、词义。总体而言，郭基南的散文文笔朴实、清新、细腻、晓畅，感情真挚，用词规范，句式简短，具有典雅的书卷气。当然，缺乏灵动变化也使得他的散文有不足之处。

第三节　傅查·新昌的散文

在新时期锡伯族散文领域，傅查·新昌是一位十分重要的作家。他的散文创作也和他的诗歌、小说一样，在锡伯族当代文学中具有举足轻重的地位。其散文集有《我就这么活着》、《地皮酒》（与周军成和黄毅三人合集），其中他的系列散文《玉米使者》于1996年获全国第二届路遥青年文学奖。他的散文深层挖掘和表现民族性格和民族心理，尤其表现了锡伯族的精神气质。

傅查·新昌父亲强大的人格力量对其散文创作影响很大，他的母亲省吃俭用供他读书，这成为他日后不竭的创作动力。教师、警察、记者等从业经历为其散文创作提供了大量的素材，使其更加接近生活、接近人民，可以说他在散文中表现出的感受代表了人民的真实心态和切身体会。曾经在新疆文化界中掀起的"玉米使者热"就是最好的证明。

傅查·新昌的散文大多表达了他对故乡巴库镇的思念和展现"玉米使者"这一特殊身份的象征性意义。新时期以来他创作的散文，无论在题材内容上、情感表达上，还是在艺术成就上，都较以前显得更为深入、复杂。写人、记事、怀旧等题材，他都有所涉及。

傅查·新昌的散文和他的小说一样有他特有的反映现实生活

的视角,集中反映了生活在新疆巴库镇这块土地上的锡伯族人民世世代代酸甜苦辣的生活经历,其散文集《我就这么活着》出版于1999年。在这本散文集中,作者反复地强调自己"玉米使者"的身份,如"作为玉米使者,我要用我粗糙的手抚摸你的城市(《玉米不说话》)"、"我是玉米的使者,我记得玉米们高举着我的名字(《玉米使者》)"等随处可见,即便同一篇文章中也反复地出现"玉米使者"这一特定的身份。细读之下,我们不难发现,作者赋予了"玉米使者"深刻的含义,他认为自己是"来自麦田的歌手",反复强调说"我"的巴库镇,"我"是巴库镇的"玉米使者","我带着一座小镇的思想,款款走进你的欢乐的城市。……你们可知道,我来自尘土飞扬的农村。"由此看出,玉米象征着巴库镇朴实的农民,而"我"则是他们的代言人,"玉米使者"象征着平凡而伟大、辉煌但不骄、心胸宽广、踏踏实实工作、勤勤恳恳生活的农民的典型形象。在其散文中,时常出现的是巴库镇"我"的父老乡亲,与"我"的巴库镇相对应的则是反复地出现"你的城市",在作者看来,"我的故乡是我心灵痛苦的治疗者"[①],而"你的城市"正是"玉米们"经历坎坷与沧桑的根源所在。从"我的故乡"和"你的城市"这一固定的称呼来看,作者在城市里始终是客,他喜欢巴库镇生活的直接、单纯、冷静、简练、淳朴和严峻,用作者自己的话说即是"孔子就是孔子,路灯就是路灯"。[②] 然而这一切都无法在城市中实现,于是多年后作者更加怀念巴库镇、怀念做"玉米使者"的日子。在他2002年出版的《地皮酒》(与周军成和黄毅三人合集)将《我就这么活着》中"玉米使者"的象征意义进一步固定下来,内容更加充实,意义更加深化。从内容上来看,

---

① 《请你聆听我的歌》——出版社辛月。
② 同上。

傅查·新昌的散文大体可分五类。

第一类侧重于表现对新疆巴库镇的思念和自己是"玉米使者"特定身份，如《城市与狗》中"在感怀城市礼遇恩泽的日子里，我时常怀念我曾经生活过的巴库镇"；《请你聆听我的歌》中"我是那片土地孕育的玉米，是广大的玉米的精英"，等等。

第二类是抒情性较强的散文，文中绝大多数使用"我"和"你"的人物称呼，"我"和"你"有着固定的身份，看似一对恋人的关系，但其具有更深层含义。这一类散文较第一类抒情性更强，如果说第一类中多用叙事性的方式描述巴库镇中作者向往的生活，那么在第二类散文中作者则更多地采用抒情式面对面地进行情感的交流和抒发。如"我选择一种古怪的方式爱你，用孤独的躯体爱你"[1]；"在我最初的印象中，你的微笑曾是我唯一可看的风景"[2]；"这场雨以疯狂的情态，加深了我对你无限的思念"[3]，等等。相应的这一类散文中的语言更接近于诗歌语言，更加优美，富于节奏感，读来音律感极强，很容易感染和打动读者。

第三类则集中描写自己离开巴库镇后困顿的生活状态，在《穷人的宣言》中，"每当我莽撞地走在朴实无华的小镇街上，心头就涌起一种强烈的愿望：有朝一日飞黄腾达时，我要买下这个尴尬的小镇"。展示了作者想要衣锦还乡的梦想，然而现实却一次次粉碎了他的梦想：《搭错车》中因为贫困而造成潦倒和落魄，《我依然一无所有》中借款买房，随之而来的却是欠款人不停地催债，喜得新房的喜悦因为这尴尬而荡然无存。值得注意的是，作者于这一类散文中表现的内容较前两类更为宽泛，有生活

---

[1] 《鸟掠过林间空地》。
[2] 《美丽的忧伤》。
[3] 《雨季的联想》。

落魄的失意①,也有因为患难而见出真情的收获②;有自己遭遇挫折的痛苦③,也感受到了当爸爸后的幸福(《当爸爸的感觉》)。在这一类散文中作者间或使用了对话体的形式,《生命里的温柔部分》更是直接使用了书信体的方式,表达了自己对爱妻深深的情意和感激。

第四类更侧重于描写他人,间接表达了作者自己的感受与想法。《心灵的激情》展示了傅查·新昌对写作的热爱;《四川一好人》则通过展现谢老师人格的伟大而表达出对其浓浓的敬意;《划破格局》肯定了陈铂得天独厚的创作天赋。当然作者对有些写作还不够成熟的作家也表现出了关怀性的担忧,如《为路而忧》这一类散文最突出的特点就是每篇散文都集中描写一个作家及其作品,因此其语言更多地带有评论的性质。

第五类则侧重于表现作者对自己作品的评价及其对人生深刻的思考,如《耐心与智慧——短篇小说选集〈父亲之死〉自序》、《不可躲的窥视——中篇小说选集〈人的故事〉自序》、《我就这么活着——长篇小说〈毛病〉自序》,或是收录一些作者的讲话和演讲稿,如《直奔主题——傅查·新昌对青年诗人、〈新疆日报〉记者黄毅的谈话》、《从空虚到长久——在新疆大学的演讲稿》等。从此类散文中我们可以更直接、更客观地了解傅查·新昌对待人生、对待文学创作的态度,可以更真实地展现其思想和心绪,是我们研究傅查·新昌及其作品最可靠的依据。

---

① 《搭错车》。
② 《风雨人生路》。
③ 《受挫的心》。

第四节 赵春生、郭美玲的散文

赵春生（1947—2005年），赵春生的一生都投身于文艺创作之中，他的作品把个人的生活体验、本民族的历史际遇与中国社会的发展紧密地结合在一起。他坚持用汉、锡两种语言创作，发表和出版了小说、散文、诗歌、电影剧本、歌曲等各种体裁的文学作品。他的作品题材丰富、形式多样、生动感人，充满了时代精神和民族特色，深得读者的喜爱，代表作品有：《电影的诱惑》、《童年的梦》、《一个民间艺人》、《遥望图尔根》和《生命的摇篮》等。

赵春生的散文植根于生养他的土地——伊犁察布查尔锡伯族自治县，他以内省的姿态，对锡伯族这一特殊的民族进行了文化与生命的探寻，他的散文语言朴质，新鲜活泼，处处跳动着生活的旋律，蕴涵着史学的美感。赵春生的散文可以分为以下三类：

第一类：展现锡伯族的历史文化，力图从伊犁这一独特的地理环境中寻找锡伯族的文化心理，如《关于城墙的记忆》、《遥望图尔根》、《生命的摇篮》。在这类散文中，他并不刻意去追求诗意，而是旁征博引，涉古论今，追求深立意和高格调，思想之火花随处可见。正如他在《遥望图尔根》一开始提到的："我从小就听说在西北有个古老的牛录叫图尔根，与他同样古老的还有萨玛尔、齐齐罕、策济等。或许老人们不厌其烦讲述的神秘而古老的传说深深吸引了我，以至我暗暗下定决心：长大后非到图尔根牛录去走访不可。……随着知识的积累，尤其涉足民族史、地方史的研究那些古老的名字又在我脑海中开始浮现，甚至常常在梦中与它们进行讨论。冥冥之中我似乎又见到了那些熟悉的面孔、熟悉的村镇。……每当我站在霍尔果斯口岸的中哈边界大桥东侧往西眺望时便联想到百余年戍边屯垦的鄂温克族和锡伯族同胞……"随后，他通过实地考察，结合历史文献，解说图尔根牛录的历史沿革以及土地归属等历史遗留问题。在评析这些问题时，他不是板着面孔论说，而是寓理于情，娓娓道出："历史就是这样残酷无情，谁也无法挽回。……这血与泪的历史教训警告我们：任何时候、任何地点都要警惕发生暴乱，而暴乱的根源正是政府的无能、官吏的腐败……遥望着图尔根，我就想起动荡岁月的不幸。"作者以润物无声的抒情笔调进行理论升华，产生了极强的艺术感染力。

第二类：介绍锡伯族的民俗风情，表现察布查尔独有的风貌，抒发对锡伯族人民的挚爱，如《生命的摇篮》、《一个民间艺人》等。赵春生的生活圈子并不宽，他一生都没有离开察布查尔锡伯族自治县，所以他对察布查尔的风土人情非常熟悉，他的视野虽然不够广阔，他笔下展现的也只是察布查尔的一鳞一爪，但他观察仔细，加上对锡伯族历史的深入把握，使作家的散文饱含着浓郁的民族个性，散发着伊犁河畔的泥土香味。在《生命的摇篮》一文中，作者饱含深情地写道："锡伯人在生儿育女的过程中，都把婴儿紧紧包裹在吊起来的摇篮里，年轻的母亲们一边荡起摇篮，一边唱着《摇篮曲》，使孩子在有节奏的摇荡中甜蜜地进入梦乡。这种以摇篮养育孩子的方式不知经历了多少年、多少代，早已成为一种习俗沿袭至今。"其中不仅有对锡伯族民俗的介绍，字里行间流露出的还有对锡伯族人民深切的爱，读之令人感动。

第三类：对过去生活的温馨回忆。作家的人生经验，最直接也最重要的来源，就是作家自己生命历程中的亲身经历。对于作家来说，最可能影响甚至直接进入艺术创作的往往是那些曾经在身心方面引起过强烈震撼的经历。在赵春生的许多散文中，我们都会发现，童年和少年的生活经历给他的创作带来了深远影响，并成为他散文创作的一个重要题材,这其中有对童年生活的回忆:"我三岁时父亲把我过继给了伯父,我就像落入了无底的深渊,离开母亲温暖的怀抱。世界在我心目中也变得冷酷无情。"①被送人这样一个惨痛的经历给作家幼小的心灵带去的伤害是巨大的,以至于一个年仅三岁的孩子就能清晰地记住这件事,好在父母很快纠正了自己的错误,还给作家一个快乐的童年和一份伟大的母爱,因此,过去的生活虽然是艰辛的,但留给作家的回忆却是甜美的,不仅有亲人的牵挂,还有老师亲人般的关怀和陌生的地质勘察队员们珍贵的礼物……这些都储存在作家的记忆里,成为他散文创作取之不尽的素材。

在当代锡伯族作家群中,赵春生以其朴实无华的风格在锡伯文学史上占有重要地位。

郭美玲(1958—),女,出生于新疆霍城县。新疆作家协会会员,新疆报告文学研究会会员。曾在区内外报刊杂志上发表小说、散文、诗歌、杂文及报告文学数百篇。她的优秀散文有《情书的魅力》、《从"伊娜"广告谈起》、《说说罚款态度》、《"多加管教"的背后》、《假如我是我爱人》、《提倡"家庭主夫"》、《不可群鹰逐一兔》、《漂亮女性婚姻为何多磨难》,等等。其散文短小精悍,从生活琐事谈起,于平淡中见深刻,于严肃中见幽默,表现出作家对平凡人生的一种琐细的关怀,具有浓郁的生活气息和哲理意味。

郭美玲的散文,偏重于即兴抒写零碎的感想、片断的见闻和点滴的体会,仿佛生活的速写。例如她的《从"伊娜"广告谈起》,作家以伊娜化妆品广告的成功为例,指出语言艺术对广告宣传的重要性,"广告宣传是一门学问。要使受众为之动心,产生理想的宣传效应,不能趋时媚俗,人云亦云,一定要独树一

---

① 《感谢母爱》。

帜，既要讲实情，说真话，又要含蓄幽默，引人入胜"。

敏锐地感应社会现实，用轻松活泼的语言，批判当权者的错误意识，揭露社会生活中的丑恶现象，使读者看到问题的实质，令人深思，这也是郭美玲散文的一个特色。在《说说罚款态度》一文中，作家用诙谐的笔调提出了当前一些执法部门利用所谓的"态度款"，以权谋私的丑恶现象。"'态度'表示人对某个问题的认识程度，如违反交通规则，饭馆、摊位违反有关规定，在被罚款时往往有一项'态度费'。心悦诚服态度好罚得轻点，态度蛮横自以为是罚得狠些。……问题是一些执法人员，将'态度'挂在嘴上，动不动将此'王牌'拿出吓人，这本身也是有'态度'问题。"从中我们可以看出作家洞察敏锐，文思活泼，既有对某些执法机关个别人员的犀利批评，也有对生活的睿智观察。

郭美玲的散文，题材广泛，一人一事，一山一水，一草一木，一景一物，作家信手拈来，这些题材未必有多么长远的社会价值，但作家却能够从这些不引人注目的琐屑事物中挖掘发人深省的道理，以朴素的情感打动读者，陶冶人们的情操，培养人们高尚的生活情趣，将现实战斗性和审美愉悦性较好地结合在一起，因而郭美玲的散文虽然短小，却往往蕴涵着较为深厚的意味。

在表现形式上，郭美玲的散文夹叙夹议地讲一些道理，作家从女性体察生活特有的视角出发，以个性化的自我感受，向读者做聊天谈心式的倾诉。如《漂亮女性婚姻为何多磨难》写婚姻生活中漂亮女性反而经历坎坷的原因，作家将她所认为的因素一一列出，希望能给漂亮的女性以启示，使她们少走弯路，也让他人对漂亮女性多一些理解。

当然，郭美玲的散文还存在着一些不足，如在针砭时弊时，不少散文仅流于表层，未能深入地探究其社会根源。此外，就整体而言，郭美玲的散文样式较为单一，没有做多样化的尝试，这也是较为遗憾的，相信经过虚心努力，她一定会写出更高质量的散文。

第七章 戏剧文学、翻译文学

第一节 戏剧文学

在锡伯族的文艺大花园中，戏剧文学也是一朵亮丽的奇葩。锡伯族戏剧通过演员表演故事来反映社会生活中的各种冲突，是以语言、动作、舞蹈、音乐等形式达到叙事目的的舞台表演艺术。锡伯族戏剧因其贴近人民生活的特点，受到锡伯人民的喜爱。锡伯族的戏剧文学按其表现形式可分为话剧、秧歌剧（汗都舞春）、歌剧、舞剧。

中国现代话剧发端于20世纪初留学日本学生组织的春柳社，经过几代戏剧艺术家的努力，话剧已深深扎根于中国文化的土壤之中，成为我国戏剧不可或缺的一个组成部分。锡伯族的话剧可追溯至1920年左右的"文明戏"，锡伯营"尚学会"曾集体创作剧本《巴奴虎山》，但锡伯族的话剧真正成为"舞台综合艺术"是在20世纪30年代末至40年代初，它最初是从汉族戏剧中移植过来的。话剧，锡伯人最初叫"新剧"。话剧在锡伯族中刚刚兴起时，演出的话剧结构和剧情简单且没有事先编好的剧本为依托。最初排演的话剧，只是几个人一起商讨剧情，物色演员，在很短的时间里就能编出一幕话剧。那时的话剧都是集体口头创作，没有用文字记录下来，这是锡伯族戏剧文学的一大损失。

1939年秋，赵丹、徐韬、王为一等著名戏剧家所办的迪化（今乌鲁木齐）"实验剧团"，一面培养戏剧人才，一面又和新疆学院、女子高中等院校的学生联合演出了《战斗》、《前夜》等抗战多幕大型话剧，使新疆人真正感受到了话剧的艺术魅力。"实验剧团"的创立，为新疆话剧艺术的发展创造了条件。在这一时期，出现了锡伯族青年学生郭基南、久善等青年作家。在王为一等同志的指导下，郭基南根据抗战文艺刊物上发表的文学作品，用汉文编写了两个抗战独幕话剧剧本：《在原野上》（又名《满天星》）（发表在"文干班"毕业专刊上）和《太行山下》（发表在汉文会主办的《文艺月刊》上）。这两个剧本愤怒地揭露了日本侵略者惨无人道的兽行，歌颂了抗日英雄浴血奋战、保卫国土的英雄事迹，使身居抗日后方的新疆各族人民从中了解到抗日前线的斗争情况，从而鼓舞了他们的抗日热情。《在原野上》（又名《满天星》）发表并公演后，社会反响强烈，前后公演40多场次，在赵丹组织的抗战话剧比赛中荣获一等奖。《在原野上》（又名《满天星》）和《太行山下》是锡伯族话剧史上第一次发表和公演的作品。前者被译成维吾尔、锡伯两种文字，后者被译成锡伯文；在喀什、伊犁等地演出后起到了宣传抗日救国运动的作用。1941年，郭基南用汉文创作第一部话剧《钥匙》。

　　20世纪40年代，郭基南学习结业后，校方原拟留校工作，但因他的名字已被列入黑名单，盛世才还下过"半年内不得任用"的手谕，他被迫返回察布查尔家乡当小学教员。在此期间，他一边教学，一边和学校的师生们一起排演抗日话剧，先后执导并参演了独幕话剧《在原野上》（又名《满天星》）、《太行山下》、《插翅虎》（独幕剧）、《老三参军》、《战斗》等话剧。这些话剧的上演，使察布查尔地区首次出现了有剧本、演员、舞台装置、布景、道具、灯光相配合的"综合艺术"——现代话剧。这些话剧由于真实表现了抗战生活，再加上演员们生动的表演和舞台道具的配合，让群众有了耳目一新的感觉。从此，话剧开始在锡伯族人民群众中扎根。伊犁三区革命时期，郭基南又创作了反映锡伯族屯垦戍边的历史题材及批判旧家庭伦理观念的多幕话剧《察布查尔》和《继母》。《察布查尔》表现的是1764年从东北迁徙到伊犁河畔的锡伯军民，经过30多年的发展人口猛增，出现了供给不足的现象，加之清政府又停发锡伯族的口粮，驻守在伊犁河南岸的锡伯军民面临生死存亡的紧急关头。在此危难之际，新上任的锡伯营总管图伯特力排众议，上书伊犁将军，用九族作担保，亲率400名锡伯军民，自1802年至1808年经过七年的艰苦奋斗，开挖察布查尔大渠，在亘古荒原上开垦了近8万亩良田。从此阡陌相连，村落相望，锡伯军民打下了保卫边疆、建设边疆的坚定基础。剧本通过这一典型历史事件，讴歌了锡伯人民忠于祖国，戍边屯垦，艰苦创业，勤劳勇敢的光荣传统和历史功勋。与郭基南一起在文干班学习结业的还有作家久善。20世纪40年代，九善创作了以反封建、求民主为主题的多幕话剧《为民主》。在后来的比赛中，郭基南的《察布查尔》和久善的《为民主》均被评为优秀节目，在伊宁市、察布察尔等地公演后，受到了各族观众的好评。

新中国成立后，为了进一步丰富锡伯族的话剧艺术，锡伯族的文艺工作者在进行话剧创作的同时，开始着手翻译并演出汉族话剧作品：《古城的怒吼》（郭南基译）、《不拿枪的敌人》、《在战斗里成长》、由新歌剧改编的话剧《大榆林》和《刘胡兰》等话剧，还翻译演出了俄国著名作家果戈里的《钦差大臣》。这些翻译过来的话剧，极大地丰富了锡伯人民的文艺生活，增进了锡伯族人民对汉文化和俄苏文化的了解。另外，通过文艺比赛、文艺会演及其他演出活动，察布查尔县文工队、各牛录俱乐部和锡伯中学业余文工队先后创作演出了《转变》、《觉醒》等话剧。话剧虽然在锡伯族戏剧中存在的时间并不长，却涌现出了一批深受锡伯族人民喜爱的话剧演员,在20世纪40年代锡伯族话剧舞台上活跃的老一辈演员有九善、保春、曾龄、荷叶儿、常里善、伊克津保、忠尽太、郭永昌、肖夫、郭苓兰、佟兴福、菜金华等。新中国成立后出现的新演员有富春、郭文泉、额尔登保、瑞兰、美兰、黑英、吴锦昌、少香、铁山等。他们在不同的时代,用自己精湛的表演艺术征服了观众,给观众带来了视听觉的艺术享受,为锡伯族话剧艺术的发展作出了巨大贡献。

锡伯族的另一种戏剧艺术形式是秧歌剧,秧歌剧又称汗都春或曲子戏或"小曲子",锡伯民间俗称秧歌儿木旦,它是从汉族的戏曲中移植过来的。1764年,锡伯族官兵西迁至新疆伊犁时,将东北的曲子剧"大秧歌"带至伊犁。一种文艺形式在某一地域长期存在以后,为了适应当地人民的语言习惯和审美情趣就会与当地的语言文化和风俗习惯相融合,广泛吸收其他民族的文艺精华,在潜移默化中形成一种独具本民族特色的文艺形式。锡伯族的秧歌剧就是如此,从东北带来的曲子剧"二人转"在长期的发展演变过程中,在清代乱弹弦索调中曲子戏、眉户、越调的基础上,在化妆、道具、演技上都增加了本民族的色彩,逐渐演变成为锡伯族的现代"秧歌剧"。"秧歌剧"是锡伯族民间颇为流行的深受群众喜爱的一种戏剧形式。

锡伯族的秧歌剧主要由平调和越调两部分组成,它们在曲牌、唱腔和表演形式上都有明显区别,形成各自不同的风格。平调的表演形式分坐唱和走唱,坐唱是有念有唱,一个剧目讲一个故事,一曲至终,不着戏装,坐着演唱。走唱则粉墨登场,一男一女载歌载舞,根据唱词和情节配以舞台动作来表情达意,融说唱、舞蹈为一体,后来有所发展,出现了生、旦、末、丑等行当,戏剧形式趋向完整。平调音乐有曲牌和唱腔。曲牌有八个,主要用于过场或特殊场面,如《公采风》、《对席》、《三伯尔》、《四合子》、《五少夫》、《六情娘》、《七壮子》《八破》等七八种；唱腔有《喜新年》、《赤壁》、《倒卷帘》、《种白菜》、《五更思》《玩花灯》、《冻冰》、《送情人》、《十二里情》、《太阳归宫》、《八洞神仙》、《照花台》、《碾米曲》、《下山东》、《下四川》、《下十二里情》、《一见多情》、《西厢记》、《闹元宵》、《钉缸》（一、二、三、四）、《卖香烟》等30多种。越调是因为每个剧目的唱腔须从"越调"起止，故而命名。越调有生、旦、净、末、丑等行当，每本完整，舞台剧需要的人物、布景、服装、化妆、道具等一应俱全。越调曲牌有《八破儿》、《纱帽翅》、《满天星》、《将军令》等；唱腔有《开场越调》（一、二）、《收场越调》、《五更》、《紧诉》、《银纽丝》、《金钱掉尔》、《滑调》、《东调》、《西京》、《软西京》、《三段西京》、《带把儿岗调》、《岗调》、《剪剪花儿》、《采花调》、《琵琶调》、《哭长城》、《三段桥儿》、《落江月》、《背宫》、《梳妆台》、《勾调》、《小放牛》（一、二、三、四、五、六）、《瞎子观灯》、《越调钉缸》等几十种。在不同的剧目里根据不同剧情需要，曲牌和唱腔可以按照一定规律互相连缀并转换使用，因而越调音乐通俗、明快、婉转动听，感染力强，富有立体感。

锡伯族的秧歌剧演出的剧目大多是从汉族的传统剧目中移植过来的，如平调曲目有《冻冰》、《钉缸》、《玩花灯》、《下四川》、《西厢记》、《喜新年》、《十二离情》、《一见多情》、《编席》、《花亭相会》、《闹元宵》、《绣荷包》、《种白菜》、《照花台》、《尼姑下山》、《一朵红》、《倒卷帘》、《兄弟三人》、《碾米》、《十里屯》等。越调演出的传统剧目一般从汉族的眉户剧里移植过来的，如《张良卖布》、《李彦贵卖水》、《闹书馆》、《西京》、《柜中缘》、《新桥》、《小放牛》、《琵琶调》、《哭长城》、《银纽丝儿》、《走雪山》、《东调》、《采花调》、《五更》、《剪剪花》、《岗调》等。越调曲目《小放牛》有不同的篇章，其中一篇以自嘲的口吻叙述放牛娃贫穷的生活经历与人间的冷酷无情。歌中唱道："养了个一对牛哎咳长的个趴拉角，套上犁地去哎咳倒把个犁打破，穿了个破皮袄哎咳虱子么虮子多，搭在墙头上哎咳倒叫个猪扯破，世界上哎穷人多，哪一个都像我……"另有一篇表现的是村姑和牧童在村外路口相遇后，通过一问一答的形式表达各自的心声。另一篇平调代表性曲目是《冻冰》，叙述小妹妹盼着外出的阿哥快快转回的情景。歌中唱道："正月里的个冻冰啊二月里的消哎咳，一呀对子鸭子哎水面上漂，水呀水面上漂哎咳小呀哥哥，小呀么小哥哥呀哎咳走呀回程哎咳转哪回家……"越调曲目具有代表性的是《张良卖布》，叙述了不务正业的张良将卖布的银两全作为赌注而输光后，又编谎言欺骗妻子，妻子一气之下上吊自尽，多亏邻居大娘相救生还，张良这才痛改前非，发誓戒赌习做好人的故事。《李彦贵卖水》也是具有代表性的越调曲目，叙述宋朝时期李绶和黄璋本是有婚约的亲家，因李绶被奸臣诬陷后家境很快败落，黄璋为此而懊悔退亲。但黄女桂英仍然信守婚约，借李家彦贵卖水，命丫鬟约彦贵到花园以赠金环的故事。这些剧目起初用汉语演唱，后来翻译成锡伯语演唱，在传唱的过程中进行了创新和发展，具有了锡伯族本民族的特色。锡伯族的秧歌剧使用四胡、三弦、扬琴、碰铃、夹板、二胡等民族乐器伴奏，后来又增加小提琴、曼陀林等西洋乐器和斐特克讷等民族乐器。

  锡伯族的秧歌剧经历了曲折的发展历程。1911—1932年，在封建军阀杨增新和金树仁统治时期，锡伯族的秧歌剧险遭厄运。当时，锡伯族的进步青年在俄苏革命思想的影响和辛亥革命的影响下纷纷组织成立了"尚学会"、"兴学会"。他们积极提倡新学，宣传进步思想，教育和唤醒民众进行反帝、反封建的斗争。在他们的影响和带动下，民间艺人们组织了民间业余秧歌队，在表演《玩花灯》、《钉缸》、《西厢记》等传统平调剧目的同时，还把当时进步青年编写的《觉醒歌》、《劝学歌》、《戒烟歌》等歌曲纳入秧歌剧中传唱，宣传"民族觉醒，振兴中华"。但是，在当时阶级矛盾日益尖锐的情况下，锡伯族内部的封建统治者使用各种手段强迫解散了各牛录的民间业余秧歌会，最后在"尚学会"、"兴学会"等进步力量的保护下仅剩一牛录、三牛录和四牛录的民间业余秧歌会，1933年4月，盛世才开始了在新疆的统治。起初，他伪装进步，提出反帝、亲苏、联共等进步主张，党中央派陈潭秋、毛泽民、林基路等同志来新疆协助盛世才制定进步的政策和政治纲领。在此期间，著名艺术家茅盾、赵丹、王为一等也先后来到新疆，用各种文艺形式宣传抗日救国。在此历史背景下，锡伯族的秧歌剧重新活跃起来。三牛录民间艺人寿谦将传入新疆的越调戏《张良卖布》、《李彦贵卖水》、《宋江杀猪》、《杀狗劝妻》等戏学成带回了家乡。这些越调戏剧在锡伯族群众中引起强烈反响，越调也很快取代平调在锡伯族剧坛上风靡起来。寿谦成为锡伯族的戏剧史上承前启后受人尊敬的秧歌剧大师。当时，一批戏坛新秀像正勤太、平才（海棠花）、正路、安林、额登额、郭文魁等，也在老一辈艺术家宁古齐牛录塔其苏、富连、依拉齐牛录伊车苏、锡特格尔等人的培养下逐渐成熟起来，成为锡伯族戏剧的中坚力量，受到锡伯人民的喜爱。在这一时期，有一个重大突破是秧歌队开始吸收女演员，打破了"只有男人可以演戏，女子不能演"的旧习，从中走出了秀珍、秀英姐妹，打开了女演坤角的新局面。更重要的是，这个时期的锡伯族的业余秧歌剧团（一、二牛录业余秧歌剧团，四牛录业余秧歌剧团和五牛录男女联合业余秧歌剧团）积极响应当时抗日救国的号召，演出了经过改编的《小八路》、《锄奸》、《老三参军》等抗战剧目，激发了锡伯人民的抗战爱国热情。正当锡伯族秧歌剧蓬勃发展之时，盛世才撕下伪装，投靠国民党，叛变了革命，杀害共产党和进步青年，将新疆置于一片恐怖之中。锡伯族的秧歌剧也随之复遭厄运。后来，伊犁三区革命爆发，推翻了国民党的反动统治,建立了革命政权,新疆各民族的文化生活才得以复苏。伊犁锡索总协会为促进锡伯族文艺的发展,在察布查尔县组织举办文艺比赛。一批优秀演员和优秀作品涌现出来,丰富了锡伯族的戏剧艺术,出现了常明、兴里善、大金哲儿、小金哲儿等优秀演员。经历了这些起伏,终于迎来了新疆的解放,锡伯族的戏剧也迎来了真正的春天。新中国成立之后,艺术家们翻译并自编自演了《兄妹开荒》、《皆大欢喜》、《由鬼变成人》、《买卖婚姻》、《碾米》、《小姑贤》、《农家之乐》、《夫妻识字》、《赵小兰》、《绣锦匾》、《赤心爱社》等新秧歌剧,又译演了《白毛女》、《血泪仇》、《穷人恨》、《刘胡兰》、《赤叶河》、《大榆林》等新歌剧。从锡伯族知识分子、农民中涌现出像丰吉善、铁善、郭瑞、殷登保、德林、安全英、美哲儿、淑馨、郭文英、图奇顺、赵白兰、美玲等一批新秀,活跃在察布查尔剧坛上。这些秧歌剧和新歌剧丰富了锡伯人民的文化生活,提高了锡伯人民的思想觉悟,对顺利进行民主改革,建设社会主义起到了举足轻重的作用。

党的十一届三中全会以后,新时期锡伯族戏剧文学在恢复和发展秧歌剧的同时,歌剧和舞剧创作取得一定成绩。此时期,锡伯族剧作家贺文君的创作比较活跃。贺文君,贺耶尔氏察布查尔锡伯自治县依拉齐牛录人,出生于1943年12月。他的戏剧创作开始于20世纪60年代,其处女作为六场秧歌剧《陈占武忆苦思甜报告》。新时期,他先后创作《过年》、《变化》、《老师》、《盖新房》、《昨天的故事》等秧歌剧,其中《变化》曾获1987年察布查尔锡伯自治县中小学文艺会演二等奖;《昨天的故事》获察布查尔锡伯自治县西迁节文艺会演二等奖。在2009年6月30日举办的察布查尔锡伯自治县秧歌剧大赛中,推出了《改变陋习奔小康》(荣获一等奖)、《计划生育好》、《为了下一代》等优秀秧歌剧。1984—1985年间,辽宁省沈阳市歌舞团创作并编排了歌颂锡伯族西迁壮举的大型舞剧《西迁》;1987年,该剧在沈阳市公演后获得好评。锡伯族诗人、国家级二级编导阿吉.肖昌创作并编排了四幕历史舞剧《西迁之歌》,该剧演出后引起强烈反响。东北的锡伯族作曲家关伯衡创作的歌剧《黎明烽火》和察布查尔锡伯自治县扎库齐牛录民间艺人西拉布自编自演的歌舞剧《告别家乡保边疆》也受到了好评。锡伯族的戏剧创作只要与时俱进,推陈出新,一定会走出一条新路。

第二节 翻译文学

锡伯族向来被人们称为"天才翻译民族",这与锡伯族长期同汉、蒙古、满、维吾尔、哈萨克、达斡尔、俄罗斯等民族杂居共处不无关系。列宁说过:"只要各个民族住在一个国家里,在经济上、法律上、文化上便有千丝万缕的联系。"各民族之间在相互交流中,彼此掌握了各自的语言文字,尤其是许多锡伯族人同时掌握了锡、汉、维吾尔、哈萨克、俄罗斯等多种语言,这就为各民族之间的交往架起了一座桥梁,同时也为翻译文学的产生奠定了基础。

锡伯族的翻译文学,包括翻译媒体积淀下来的文学作品和语言转换方式的再创作活动,主要包括三种表现形式:一是将其他语种的文学作品用母语译介进来;二是将母语的文学作品用其他语言译介出去;三是转换思维方式,用其他语言进行创作。第一种形式是最为常见的翻译文学形式,锡伯族有大量的文学作品都是以这种形式出现的。译者在翻译作品的过程中,加入了自己的主观情感和本民族的文化积淀,使作品以一种新的面貌展现在读者面前,这一过程实质上是译者对原著进行再创作的过程。第二种形式的作品在锡伯族的文学创作中也很常见,这与锡伯族作家精通多种语言是分不开的，通过将锡伯文的作品译介出去，也使得其他民族有机会了解锡伯族的文化生活，从而促进和其他民族之间的文化交流。锡伯族著名作家郭基南先生就是这方面的优秀代表，他几十年如一日笔耕不辍，用母语创作出了大量的小说、诗歌、散文，同时还将其中的一部分译成汉文和其他民族的文字传播出去，对锡伯文化与其他民族文化的交流作出了贡献。第三种形式是锡伯族当代作家的创作形式，由于深受汉文化的影响，锡伯族的当代作家大都具有较高的汉语素养，纷纷用汉语进行创作。还有一部分作家由于通晓多种民族文字，还可以用其他少数民族的语言进行创作。这些创作丰富了锡伯族的语言文学，同时也使本民族的语言文化走出狭隘的境界。

锡伯族的翻译文学可以追溯到北魏时期，当时锡伯族的祖先鲜卑人就用鲜卑语和汉语创作并翻译了许多作品。到了金代，锡伯部族已南迁至嫩江流域，过着农耕和渔猎并存的生活，后来先后被女真和蒙古所统治。在此期间，作为统治与被统治民族，其间的语言文化交流就不可避免，翻译就显得尤为重要，也使得锡伯军民基本通晓蒙古语。不少锡伯人在蒙古统治者与对外交往中充当译员，这说明当时蒙古族与锡伯族之间，语言翻译已成为普遍的文化现象。清朝康熙年间，科尔沁蒙古将锡伯族悉数"进献"给清政府，锡伯军民摆脱蒙古的统治而被编入满洲八旗，开始被置于满族统治之下。在与满族的交往中接受了满族文化，尤其是满语满文成为锡伯族的主要交流工具。1764年部分锡伯族从东北迁至新疆伊犁，为满语满文的保存和发展提供了良好的条件。在东北的满族逐渐失去自己语言文字的情况下，新疆的锡伯军民则把满语满文保存下来，并在满文的基础上创建了自己的文字——锡伯文。

北魏时期的鲜卑翻译文学绽放光彩，当时的鲜卑人使用两种语言，为文学创作和翻译文学奠定了基础。尤其是鲜卑族歌手斛律金演唱的鲜卑语民歌《敕勒歌》译成汉文保存了下来，成为北魏诗歌中的精品。到了金代，鲜卑族后裔、"文坛盟主"元好问，用汉文编成了金代野史《壬辰杂编》和金诗总集《中州集》。他编辑的《中州集》"以诗存史，保存了金代众多名不见经传的少数民族诗人的作品和生平资料，而且写下了《论诗》三十首，开创了汉语诗学中以绝句形式系统地品评作家作品的先河，并在品评中体现出一家论诗的宗旨"。他一生用汉语创作诗歌1700余首，为金代文学作出了巨大贡献。

清代康熙三十一年（1692年），科尔沁蒙将锡伯全数进献给满洲，编入满洲上三旗以后，锡伯族逐步改用满文，直至20世纪40年代。1764年，一部分锡伯族军民西迁到新疆伊犁时，他们将民间广泛流行的从汉文翻译过来满文刻本和手抄本也带到伊犁，成为他们代代相传的精神产品。在新疆锡伯族民间流传的满文刻本和手抄本主要有《四书》、《四书字解》、《大学》、《中庸》、《论语》、《孔子家语》、《易经》、《孟子》、《书经》、《孝经》、《女孝经》、《忠孝经》、《三字经》、《千字文》、《劝善文》、《劝世要言》、《醒世要言》、《幼训》、《圣谕广训》、《三国演义》、《七侠五义》、《封神演义》、《水浒传》、《济公传》、《西游记》、《东周列国》等。这个时期，锡伯族的翻译文学主要表现为全面继承了满族翻译文学。在满族翻译文学的影响下，新疆锡伯族的译介者也纷纷投入对中国古典文学作品的翻译中去，使锡伯族的翻译文学有了前所未有的发展。主要译著有《三国演义》、《东周列国志》、《西汉演义》、《东汉演义》、《开平演义》、《西厢记》、《西游记》、《水浒传》、《南宋传》、《施公传》、《彭公传》等作品。值得一提的是，在清代出现了三位用满文进行文学创作的作家，他们是锡笔臣、顿吉纳、文克津，他们分别创作了《离乡曲》、《顿吉纳的诗》、《辉番卡伦来信》。这三部作品在清代的锡伯族文学中占有重要地位，尤其是《辉番卡来伦来信》，以其优美的文笔和真挚的情感给读者以美的享受，在锡伯族人民中广泛传播。辛亥革命以后，尤其是20世纪30—40年代，锡伯族的翻译文学进入了一个黄金时期。根据汉文翻译过来的作品有《三国演义》、《隋朝演义》、《隋唐演义》、《魏朝演义》、《北唐演义》、《瓦岗寨演义》、《慈禧太后演义》、《岳飞传》、《包公传》、《清史演义》、《三侠五义》、《杨家将》、《呼家将》、《义女传》、《穆桂英传》、《三唐五代传》、《宋朝狄龙狄虎传》、《秦香莲传》、《英烈传》、《两女英雄传》、《元朝传》、《狄青传》、《孟丽君传》、《明朝李闯王传》、《罗通征北传》、《韩国传》、《明代英雄传》、《唐朝传记》、《唐朝萧宗汉传》、《元朝孟丽君传奇》、《五女兴唐记》、《宋朝征南记》、《薛刚反唐记》、《薛丁山征东记》、《大宋东征记》、《聊斋志异》、《屈原》、《施公案》、《楚歌》、《双龙会》、《大清高公案》、《卦书》、《礼经》、《孔明卦》、《土地经》、《清史》、《说唐》、《清宫秘史》、《佘赛花》、《卖油郎与花魁女》、《石头记》、《红楼梦》、《水浒梁山传》。这时期在翻译汉文文学作品的同时，译介者的视野由国内转向到了国外，翻译了俄苏文学的许多作品，这种现象的出现是有一定历史背景的。从20世纪初开始，先后几批锡伯族青年到俄苏留学，在那里系统地接受了俄罗斯文化。这些人由于深受俄罗斯民族的文学艺术、先进的文化教育模式、生活方式、国际贸易知识、饮食文化等方面的影响，回国后传播俄苏的文学艺术，将他们在俄苏广泛搜集的文学艺术方面的资料译介成本民族文字。他们翻译了一批俄苏经典文学作品如列夫·托尔斯泰的长篇小说《复活》、19世纪俄国批判现实主义的奠基人之一果戈理的长篇小说《死魂灵》和著名的讽刺喜剧《钦差大臣》，屠格涅夫中篇小说《木木》，普希金的诗体小说《叶甫盖尼·奥涅金》、长篇小说《杜布洛夫斯基》、叙事长诗《高加索俘虏》、童话诗《渔夫与金鱼的故事》和《普希金诗选》，高尔基的长篇小说

《母亲》等；同时还通过俄文转译了其他语言的文学作品如英国现实主义小说的奠基人丹尼尔·笛福的代表作《鲁滨逊漂流记》，19世纪德国格林兄弟的《灰姑娘》、《白雪公主》等。《俄文小说选》是关清廉于20世纪40年代译介过来的，收入普希金的六篇俄文小说；《喷泉》也是关清廉于1945年从俄文诗歌《喷泉》译介过来的。俄苏的民歌和创作歌曲对锡伯族文学也产生了深远影响。如《再见吧妈妈》、《纺织姑娘》、《山楂树》、《高加索囚犯》、《三套马车》、《青年近卫军进行曲》、《贝加尔湖》、《红梅花开》等数十首歌曲不仅为民间代代传唱，而且锡伯族的文艺工作者将其加工、移植、再创作成为群众喜闻乐唱的曲调，成为锡伯族音乐的有机组成部分。这些译著和翻译的歌曲，使锡伯族人开拓了视野，提高了本民族的文化素质。到了20世纪三、四十年代，由于抗战的影响，一批汉语的话剧作品被译介进来，丰富了锡伯族的文艺形式，成为锡伯族文学的重要组成部分。同时，这些优秀的话剧作品对宣传抗战和鼓舞人民的抗战热情起到了积极作用。

新中国成立以后，锡伯族的翻译文学在原有基础上又发出新的光彩，过去的翻译成果，得到全面而系统的挖掘和整理，由汉文和外文翻译成锡伯文的文学作品数量大量增加。20世纪50—60年代初和在民间流传的文学类图书几乎全是由汉文翻译过来的，主要有：40年代创作的马烽、西戎的小说《吕梁英雄传》，孔厥、袁铮的小说《新儿女英雄传》，现代著名作家赵树理的成名作《小二黑结婚》和代表作《李有才板话》，现代作家周立波的长篇小说《暴风骤雨》，张恨水的《孟姜女》，果向英的《不平常的日子》，现代诗人李季的长诗《王贵和李香香》，现代作家张天翼《罗文应的故事》，方志敏的《可爱的中国》，高玉宝的《高玉宝》，李冰的《刘胡兰》，以及《鲁迅小说选》等。到新时期以后，又翻译出版了李存葆的《高山下的花环》，贾平凹的《鸡窝洼人家》等中国当代文学作品；整理翻译出版满汉合璧的《西厢记》、《诗经》、《西游记》、《三国演义》、《聊斋志异选译》（上、中、下）、《唐宋词一百首》、《唐诗一百首》、《古文观止》、《劝学篇》、《说岳全传》、《慈禧太后演义》（上）、《十五贯》、《阿凡提的故事》、《寓言故事》、《萨满歌》、《雷锋的故事》等；翻译出版伊津太等人翻译的《格林童话集》、《安徒生童话集》、《外国寓言故事》、《伊索寓言》、《外国儿童文学作品欣赏》、《卫国英雄的故事》等外国文学作品。此时期值得一提的是曾翻译过《藏族民间故事》、《毛主席诗词》、《代价》、《西太后演义》等文学作品的穆德克先生，在其晚年，呕心沥血翻译出了我国四大古典文学名著之一的《红楼梦》（四卷），填补了我国翻译文学的此项空白，这也是锡伯族翻译文学达到更高水平的一个重要标志。在新时期，锡伯族的翻译工作者在将其他语言的作品翻译成锡伯文的同时，也将锡伯文的作品译介成其他语言传播出去。比如关宝学主编的《锡伯族民歌集》、《锡伯族民间故事集》、《锡伯族谚语集》，郭基南的长篇小说《流芳》、《英雄壮行》，《萨满神歌》等一批优秀作品被翻译成汉文出版。还有锡伯族作家用母语创作的一批作品也译成维吾尔文、哈萨克文、柯尔克孜文和外文，在国内传播的同时也传播到了国外，产生了较大影响。

在锡伯族的翻译文学中，一些作家和翻译工作者作出了巨大贡献。他们在用母语和汉语进行文学创作的同时还积极翻译其他民族语言的文学作品，像锡伯族著名作家郭基南先生，一生笔耕不辍，创作了大量锡伯文和汉文的文学作品，同时还将汉文作品翻译成锡伯文，如李存葆的《高山下的花环》、贾平凹的《鸡窝洼人家》等。另外还有涂荫柏、关清廉、萨拉春、穆精阿、柏雪木、希补产、正津巴吐、舒慕同、肖夫、图奇春、杨震远、善吉、奇车山、永志坚、何文勤、永善太、佟玉泉、忠录、寿林、伊忠清、伊克津太、佘土肯等人都为锡伯族的翻译文学作出了突出贡献。

锡伯族的翻译文学,就其翻译的体裁来看,有小说、戏剧、诗歌、散文等,就其翻译的作品源地来看,大多数作品是国内汉文作品,还有从俄文和维吾尔文翻译过来的。这些翻译作品成为锡伯族文学的重要组成部分,体现出以下几方面的价值:

一、对研究锡伯族翻译文学具有重要价值

翻译文学在锡伯族文学中占有重要地位,锡伯族现有的文学作品有很大一部分都是从其他文字翻译过来的。研究这些作品,从古至今,可以循着历史的发展顺序研究锡伯族的翻译文学的发展历程。锡伯族翻译的古代文学作品主要是中国先秦文学作品和历史演义小说。到了现代,主要翻译中国历史演义小说和俄苏文学经典作品;同时,锡伯族的文学工作者还将汉文的秧歌剧和话剧译介进来,使这一文艺形式在锡伯族的文学艺术中从无到有,深受广大群众的喜爱。新中国成立后,锡伯族的翻译文学踏上了新的发展历程,随着读者阅读层面的不断提高,翻译所涉及的领域更加广泛,作品数量也大幅度增加。译介者在将汉文作品翻译成锡伯文译介进来的同时,还将锡伯文的作品翻译成其他民族文字译介出去,为锡伯族的翻译文学做出了巨大贡献。

二、为研究锡伯族民间念说艺术提供了文献依据

念说是深受锡伯族民众喜爱的一种民间艺术形式,它有一定的音律和节奏,读起来朗朗上口。在过去没有更多娱乐消遣的条件下,民间念说成为人们闲暇时最喜闻乐道的一种文艺消遣方式。这一活动的进行,对激发锡伯族群众的学习热情和提高文化素养起到了重要作用。念说的文本主要是从汉语译介进来的古典文学作品,如《三国演义》、《水浒传》、《西游记》、《聊斋志

异》、《魏朝演义》、《罗通征北传》、《北唐演义》、《三唐五代传》、《三侠五义》等。后来，中国现当代文学作品也开始向这一领域发展，如《林海雪原》、《敌后武工队》、《苦菜花》、《高山下的花环》、《鸡窝洼人家》等。这些译介进来的作品丰富了锡伯族的念说活动，对研究这一民间艺术有重要价值。

三、对研究清代历史尤其是新疆锡伯族的历史具有参考价值

在锡伯族的翻译文学中，翻译的作品涉及面很广，其中一部分就涉及清代的历史。如民国三十一年（1942年）希普山翻译的《清史》，20世纪40年代翻译的《清宫秘史》、《慈禧太后演义》都是这方面的译著。通过这些译著，可以了解清代政治、经济、文化等各个方面，对研究清代的历史有一定的参考价值。

四、对研究锡伯族戏剧艺术有重要价值

锡伯族的戏曲艺术由来已久，1764年一部分锡伯官兵由东北西迁至新疆伊犁时，将东北的地方戏"二人转"带到了伊犁，在积极吸收平调和越调的基础上，加入了锡伯族的民族特色，逐渐演变成为锡伯族的"秧歌剧"这一深受人民群众喜爱的戏曲艺术形式。到了20世纪三、四十年代，由于文艺工作者将汉文的话剧翻译成锡伯文并编排上演，引起强烈反响，从此，话剧就成为锡伯族戏剧的一个重要组成部分。翻译成锡伯文的汉文戏剧最初是一些传统曲目，如《梁山伯与祝英台》、《十五贯》、《秦香莲》、《火焰驹》、《钉缸》、《小放牛》、《玩花灯》等。后来在抗战时期，又译入如《小八路》、《锄奸》、《老三参军》等一系列以抗战题材的戏剧作品。这些译入的戏剧作品，使锡伯族的戏剧艺术更加绚丽多彩。

五、对满汉、锡汉双语初学者有所帮助

由于锡伯语和满语在词汇、语法等方面基本一致，因此，学会了其中的一种语言就可以知晓另一种。在锡伯族的作品中有很多是满汉合璧或锡汉合璧的，如译自汉文的《西厢记》、《唐宋词一百首》、《唐诗一百首》、《古文观止》等。这样的翻译作品，有助于读者的双语学习，在阅读的过程中，可以互为补充，齐头并进。

六、对于研究清代伊犁锡伯族吸收和翻译俄苏文学情况有参考价值

在前文已经说过，译自俄苏的文学作品在锡伯族的翻译文学中也占有一定比重。翻译俄苏文学作品，在汉族作家中也极为常见，巴金在20世纪三、四十年代的翻译活动中，除了偶尔翻译过一些英语作品外，几乎一直致力于通过英语转译俄罗斯文学作品，从中我们可以看出中国作家以及中国读者对俄苏文学的追求。20世纪前半期，几批锡伯族青年相继留学于俄苏。他们回国以后在翻译俄苏文学作品和吸收其文化方面起到了重要作用。被翻译成锡伯文的俄苏文学作品在锡伯族读者中流传，深深影响了锡伯族人民的文化观念和审美观念，极大地开阔了视野。

锡伯族的翻译文学走过了漫长的历程，取得了显著成绩，丰富了锡伯文学内容和锡伯族人民的文化生活，促进了锡伯族和其他民族之间的文化交流，为整个民族文化素质的提高作出了贡献。

汉文参考文献

1. 《中国民间文学概论》黄涛编著，中国人民大学出版社 2004 年 6 月
2. 《中国锡伯族之星》郭美玲主编，天马出版社 2005 年 11 月
3. 《中国锡伯族双语研究》佟佳·庆夫主编，新疆科学技术出版社 2004 年 8 月
4. 《历史 民族 文化》贺灵、佟克力著，新疆人民出版社 2006 年 4 月
5. 《锡伯族历史探究》吴元丰、赵志强著，辽宁民族出版社 2008 年 5 月
6. 《新疆当代多民族文学史》夏冠洲、艾光辉、阿扎提·苏里坦主编，新疆人民出版社 2006 年 5 月
7. 《锡伯族史》贺灵、佟克力著，新疆人民出版社 1993 年 5 月
8. 《中国各民族文学关系研究》郎樱、扎拉嘎主编，贵州人民出版社 2005 年 9 月
9. 《中国西部现代文学史》丁帆主编，人民文学出版社 2004 年 10 月
10. 《中国当代少数民族文学史论》李鸿然著，云南教育出版社 2004 年 11 月
11. 《中国西部文学论》肖云儒著，青海人民出版社 1989 年 5 月

12.《中国古代民族诗学初探》王佑夫著,民族出版社 2002年1月

13.《中国少数民族古籍总目提要·锡伯族卷》贺忠德主编,中国大百科全书出版社 2007年10月

14.《锡伯族百科全书》贺灵主编,新疆人民出版社 1995年8月

15.《锡伯族研究文集》第一辑 永志坚主编,新疆人民出版社 1998年8月

16.《锡伯族研究文集》第二辑 永志坚主编,新疆人民出版社 2005年12月

17.《多元文化语境中的西北多民族文学》韦建国、吴孝成等著,中国社会科学出版社 2007年1月

18.《新时期文学的叙事转型与文学思潮》程文超主编,中山大学出版社 2005年1月

19.《中国当代文艺思潮》陆贵山主编,中国人民大学出版社 2002年6月

20.《伊犁哈萨克自治州首次锡伯族历史、语言文字、文学艺术学术讨论会文集（1-3）》

21.《中国文学史》第1卷至第4卷 袁行霈主编,高等教育出版社 1999年

22.《魏晋南北朝文学史参考资料》中华书局 1979年版

23.《通古斯满语族神话研究》黄任远著,黑龙江人民出版社 2000年

24.《新疆民族民间文学研究》王堡、雷茂奎主编,新疆人民出版社 1986年

25.《民族文学研究》1985年 1986年第6期,1987年第3、4期,1988年第1、4期,1989年第3期,1990年第1期,1991年第2期,1992年第1、3期,1994年第1、2、4期,1995年第

1、2、4 期，1997 年第 1、2、4 期，1998 年第 1、2、3、4 期，2008 年第 1 期

26.《民间文学概论》毕桪主编，民族出版社 2004 年

27.《西部回声》亚楠主编，国际文化出版公司 1996 年 5 月

28.《新疆报告文学》毛玉山，中国文联出版社 2006 年 12 月

29.《山地故事》赵春生著，中国文联出版社 2006 年 12 月

30.《地皮酒》周军成、黄毅、傅查·新昌著，新疆人民出版社 2002 年 5 月

31.《甜蜜的家园》傅查·新昌著，新疆人民出版社 1993 年 12 月

32.《秦尼巴克》傅查·新昌著，上海人民出版社和学林出版社 2006 年 6 月

33.《我就这么活着》傅查·新昌著，中国文联出版社 1999 年 8 月

34.《失衡的游戏》傅查·新昌、黄向辉著，学林出版社 2005 年 9 月

35.《新编锡伯族民间故事集》王刚、金永辉著，新疆科学技术出版社 2008 年 4 月

36.《锡伯族民歌集》关宝学主编，辽宁民族出版社 2000 年 9 月

37.《锡伯族民间故事集》关宝学主编，辽宁民族出版社 2002 年 8 月

38.《情感的火花》郭基南、郭晓亮著，新疆人民出版社 2002 年 12 月

39.《英雄壮行》郭基南著，新疆人民出版社 2005 年 12 月

40.《错爱》富秀兰著，国际华文出版社 2001 年 8 月

41.《锡伯族情歌》（锡汉对照）吴文龄搜集整理并翻译，

新疆人民出版社 1985 年 11 月

42.《无声的游赋》佟兆飞 著，新疆人民出版社 2006 年 1 月

43.《锡伯族谚语》（锡汉对照）吴文龄搜集整理并翻译，新疆人民出版社 1984 年 9 月

44.《美是我》西榆 著，新疆人民出版社 2003 年 7 月

45.《乡情》郭美玲 著，天马出版社 2004 年 12 月

46.《这里只有一片树叶》雷志芬 著，内蒙古文化出版社 2008 年 4 月

47.《游走边缘》顾伟 著，青海人民出版社 2003 年 10 月

48.《斑马线》顾伟 著，中国文联出版社 2006 年 10 月

49.《有种打死我》陈铁军 著，华夏出版社 2000 年 8 月

50.《老杂拌儿》陈铁军 著，河南文艺出版社 2000 年 2 月

51.《锡伯族民俗文化》新疆维吾尔自治区对外文化交流协会编，新疆美术摄影出版社和新疆电子音像出版社 2008 年 3 月

52.《锡伯族图录》方军、关捷 主编，民族出版社 1994 年 11 月

53.《大连锡伯族》大连市锡伯族学会编，2004 年 3 月

54.《盛京移驻伊犁锡伯镶黄红旗官兵三代丁册》新疆少数民族古籍办和北京市民委古籍办编译，新疆人民出版社 2003 年 6 月

55.《锡伯营职官年表》（锡汉对照）吴元丰、赵志强编著，新疆人民出版社 1994 年 3 月

56.《锡伯族研究》克力、博雅、奇车山 编著，新疆人民出版社 1990 年 10 月

57.《中国民族史概要》王钟翰著，山西教育出版社 2006 年 12 月

58.《父亲之死》傅查·新昌著,新疆人民出版社 1998 年 3 月

59.《明净的地方》傅查·新昌著,中国税务出版社 2002 年 6 月

60.《锡伯族谚语集》关宝学 主编,辽宁民族出版社 2004 年 5 月

61.《锡伯族风情》佟加·庆夫、佟林清,新疆人民出版社 2004 年 6 月

62.《毛病》傅查·新昌 著,花城出版社 2003 年

63.《时髦圈子》傅查·新昌 著,花城出版社 2004 年

64.《锡伯族古籍资料辑注》贺灵、佟克力 辑注,新疆人民出版社 2004 年 11 月

65.《舞者之思》阿吉·肖昌 著,时代文艺出版社 2004 年 1 月

66.《年轻的地平线》马克 编,新疆青少年出版社 1993 年 1 月

67.《中国少数民族诗歌史》祝注先 主编,中央民族大学出版社 1994 年 11 月

68.《唐代文学史》乔象钟、陈铁民 主编,人民文学出版社 1995 年 12 月

69.《民族文学》2004 年第 2 期,2005 年第 4 期 2007 年第 11 期

70.《萨满神歌》永志坚 编译,纳拉二喜 传写,天津古籍出版社 1991 年

71.《中国新时期小说主潮》许志英、丁帆主编,人民文学出版社 2003 年

72.《西域锡伯人》佟加·庆夫著,新疆大学出版社 1992 年 12 月

73.《锡伯族艺术服饰》阿吉·肖昌、陈继秋著,辽宁教育出版社 2007 年 1 月

74.《察布查尔锡伯自治县文史资料》(第一辑),察布查尔锡伯自治县政协文史资料委员会 编 2002 年 5 月

75.《岁月的栅栏》佟林清,新疆人民出版社 1998 年

76.《魏书》魏收 中华书局 1974 年版

77.《沈阳锡伯族志》沈阳市民委民族志编纂办公室 编,辽宁民族出版社 1988 年

78.《哈尔滨锡伯族》哈尔滨市锡伯族联谊会 编,哈尔滨工业大学出版社 1994 年

79.《抚顺锡伯族志》抚顺市民族事务委员会和抚顺市锡伯族联谊会 编,2003 年 9 月

80.《耕耘录》郭建中 中国人民政治协商会议察布查尔锡伯自治县委员会文史资料委员会编,2007 年 10 月

81.《锡伯族简史简志合编》中国科学院民族研究所与新疆少数民族社会历史调查组编,1963 年

82.《察布查尔锡伯自治县概况》察布查尔锡伯自治县概况编写组 新疆人民出版社,1986 年

83.《新疆锡伯族艺术人名录》中国人民政治协商会议察布查尔锡伯自治县委员会文史资料委员会编,2009 年 12 月

84. 伊犁文史资料锡伯族专辑第 26 辑中国人民政治协商会议伊犁哈萨克自治州委员会文史资料委员会编,2009 年 9 月

85.《锡伯族非物质文化遗产代表作》佟加·庆夫 文健,新疆人民出版社 2010 年 1 月

锡伯文参考文献

1.《小说选》(2)杨震远编,新疆人民出版社 1988 年 10 月

2. 《夜明珠》（中短篇小说集）扎克坦等著 新疆人民出版社 1992年12月

3. 《河湾》（小说集）伯克等 著，新疆人民出版社 1992年9月

4. 《猎人》（小说集）郭基南等 著，新疆人民出版社 1990年7月

5. 《生活的沉思》（小说集）新疆人民出版社 编印，1989年11月

6. 《诗集》关树德、郭基南等 著，新疆人民出版社 1985年6月

7. 《诗歌选集》郭基南等 著，新疆人民出版社 1989年9月

8. 《摘星人》郭基南 著，新疆人民出版社 1990年1月

9. 《流芳》郭基南 著，新疆人民出版社 1993年2月

10. 《锡伯文化》（1）新疆人民出版社编辑出版，1987年10月

11. 《锡伯文化》（2）新疆人民出版社编辑出版，1988年5月

12. 《锡伯文化》（4）新疆人民出版社编辑出版，1989年4月

13. 《锡伯文化》（5）新疆人民出版社编辑出版，1989年9月

14. 《锡伯文化》（6）新疆人民出版社编辑出版，1990年3月

15. 《锡伯文化》（8）新疆人民出版社编辑出版，1990年8月

16. 《锡伯文化》（9）新疆人民出版社编辑出版，1991年3月

17. 《锡伯文化》（10）新疆人民出版社编辑出版，1991年

10 月

  18.《锡伯文化》（11）新疆人民出版社编辑出版，1992 年 3 月

  19.《锡伯文化》（12）新疆人民出版社编辑出版，1992 年 7 月

  20.《锡伯文化》（13）新疆人民出版社编辑出版，1992 年 11 月

  21.《锡伯文化》（14）新疆人民出版社锡文编辑室 编，新疆人民出版社 1992 年 11 月

  22.《锡伯文化》（15）新疆人民出版社锡文编辑室 编，新疆人民出版社 1993 年 3 月

  23.《锡伯文化》（16）新疆人民出版社锡文编辑室 编，新疆人民出版社 1993 年 5 月

  24.《锡伯文化》（17）新疆人民出版社锡文编辑室 编，新疆人民出版社 1993 年 12 月

  25.《锡伯文化》（18）新疆人民出版社编辑出版，1994 年 2 月

  26.《锡伯文化》（19）新疆人民出版社编辑出版，1994 年 6 月

  27.《锡伯文化》（20）新疆人民出版社编辑出版，1994 年 11 月

  28.《锡伯文化》（21）新疆人民出版社编辑出版，1995 年 2 月

  29.《锡伯文化》（23）新疆人民出版社编辑出版，1995 年 8 月

  30.《锡伯文化》（26）新疆人民出版社编辑出版，1996 年 11 月

  31.《锡伯文化》（27）新疆人民出版社编辑出版，1996 年

12 月

32.《锡伯文化》(28) 新疆人民出版社编辑出版，1997 年 3 月

33.《锡伯文化》(29) 新疆人民出版社编辑出版，1997 年 5 月

34.《锡伯文化》(30) 新疆人民出版社编辑出版，1997 年 7 月

35.《锡伯文化》(32) 新疆人民出版社编辑出版，1998 年

36.《锡伯文化》(33) 新疆人民出版社编辑出版，1998 年 12 月

37《锡伯文化》(34) 新疆人民出版社编辑出版，2000 年 9 月

38.《锡伯文化》(35) 新疆人民出版社编辑出版，2001 年 10 月

39.《锡伯文化》(37) 新疆人民出版社编辑出版，2002 年 12 月

40.《锡伯文化》(38) 新疆人民出版社编辑出版，2004 年 12 月

41.《锡伯文化》(39) 新疆人民出版社编辑出版，2007 年 3 月

42.《家乡颂》(诗集) 尔吉春 著 新疆人民出版社，1991 年 11 月

43.《锡伯族民间故事》(第一集) 新疆人民出版社编辑出版，1958 年

44.《锡伯族民间故事》(1) 善吉搜集整理 新疆人民出版社编辑出版，1984 年 8 月

45.《锡伯族民间故事》(2) 新疆人民出版社编辑出版，1984 年 12 月

46.《锡伯族民间故事》（3）新疆人民出版社编辑出版，1985 年 6 月

47.《锡伯族民间故事》（4）新疆人民出版社编辑出版，1987 年 10 月

48.《锡伯族民间故事》（5）新疆人民出版社编辑出版，1987 年 12 月

49.《锡伯族民间故事》（6）新疆人民出版社编辑出版，1989 年 8 月

50.《锡伯族民间故事》（7）新疆人民出版社编辑出版，1989 年 11 月

51.《锡伯族民间故事》（8）新疆人民出版社编辑出版，1990 年 3 月

52.《锡伯族民间故事》（9）新疆人民出版社编辑出版，1990 年 12 月

53.《锡伯族民间故事》（10）新疆人民出版社编辑出版，1991 年 11 月

54.《锡伯族民间故事》（11）新疆人民出版社编辑出版，1992 年

55.《除夕》九山 著，新疆人民出版社编辑出版，1958 年

56.《华连孙和美根芝》令福 著 新疆人民出版社编辑出版，1959 年 11 月

57.《来自辉番卡伦的信》新疆人民出版社编辑出版，1982 年 8 月

58.《迁徙之歌》关兴才 整理，新疆人民出版社编辑出版，1982 年 8 月

59.《心之歌》郭基南 著，新疆人民出版社编辑出版，1982 年 8 月

60.《三国之歌》忠录、善吉 整理，新疆人民出版社编辑出

版 1993 年

61.《准葛尔新图》（散文集）郭基南 著，灵兰译，新疆人民出版社编辑出版，1984 年 11 月

62.《喀什噶尔之歌》苏德善搜集整理，新疆人民出版社编辑出版，1984 年 12

63.《哥妹泉》富金才 著，新疆人民出版社编辑出版，1985 年 11 月。

64.《锡伯族情歌》（锡、汉文对照）吴文龄搜集整理并翻译，新疆人民出版社 1985 年 11 月。

65.《拉希罕图之歌》浩然搜集整理 新疆人民出版社 1987 年 1 月。

66.《锡伯骑兵连纪实》吴连升 著，新疆人民出版社 1987 年 12 月。

67.《小说选》（1）杨震远 编，新疆人民出版社 1987 年 12 月

68.《笑话选》吴春儿 编，新疆人民出版社 1987 年 12 月

69.《锡伯族民歌》关善山、吴春儿 搜集整理，新疆人民出版社 1988 年 10 月。

70.《西游记》（全套三卷）吴承恩 著，新疆人民出版社 1989 年 9 月。

71.《慈禧太后演义》蔡东藩 著 柯信太 译，新疆人民出版社 1989 年 3 月

72.《汗亚依拉克之战》舒幕同 著，新疆人民出版社 1989 年 9 月

73.《箭乡的子孙》郭基南 著，新疆人民出版社 1989 年 4 月

74.《寓言故事》安双城 编译，新疆人民出版社 1989 年 4 月

75.《阿凡提的故事》顾永寿 译，新疆人民出版社 1989 年 3 月

76.《莲花的故事》舒幕同 著，新疆人民出版社 1990 年

77.《孤女沉怨》格吐肯 著，新疆人民出版社 1990 年 1 月

78.《文集》新疆人民出版社编辑出版，1990 年 8 月

79.《眼泪与露水》格吐肯著 新疆人民出版社 1990 年 11 月

80.《萨满歌》扎鲁阿、贺文君 整理，新疆人民出版社 1990 年，

81.《锡伯汗都春》塔琴太 整理，新疆人民出版社 1989 年 10 月

82.《察布查尔报》1976 年 12 月至 2006 年 12 月出版的每一期的文艺副刊

83.《三国演义》（全套 4 卷）罗贯中 著，新疆人民出版社 1985 年 2 月

84.《红楼梦》（1－4 卷）（清）曹雪芹、高鹗 著，穆旭东 译，新疆人民出版社 1993 年

85.《锡伯族民间散存清代满文古典文献》佟玉泉、佟克力，新疆人民出版社 2008 年 7 月

86.《伊索寓言》伊索 著，郭元儿 译 新疆人民出版社 1984 年 11 月

87.《鸡窝洼的人家》贾平凹 著 郭基南 译，新疆人民出版社 1987 年

88.《锡伯族民间歌曲集》察布查尔县文化馆 编，新疆人民出版社出版 1984 年 4 月

后　记

　　2005 年 12 月，本课题《锡伯文学简史》被确定为自治区哲学社会科学 2005 年度一般项目（批准号：05FZW047），经过四年的辛勤努力，终于收到结项书。锡伯文学是中华民族文学的组成部分，作为国内第一部锡伯族文学简史，它的出版填补了该领域研究的空白。

　　在本书编写过程中，课题组的全体成员和人文学院的相关教师及我的学生孙诗尧、秦平参加了整理材料、有关章节的编写工作，具体撰稿情况如下：

上编　民间文学

　　第二章，贺元秀、王　鹏；第二章第一节，贺元秀、王鹏，第二、第三节，贺元秀　雷　云；第三章，贺元秀、孙诗尧；第四章，第一、第二节，贺元秀，第三节，贺元秀、李彩云；第五章，贺元秀。

中编　古代书面文学

　　第一章，李彩云；第二章，第一节至第五节，滕桂华，第六节，李彩云；第三章，第一节，滕桂华，第二节，贺元秀，第三节，贺元秀，第四节，贺元秀，第五节，范学新，第六节，王鹏。

下编　20 世纪文学

　　第一章，夏　雨；第二章，第一节至第四节，曹晓丽；第二章，第五节，朱仰东；第三章，曹晓丽；第四章，第一、第三至七节，崔　悦，第二节，曹晓丽，第八节，崔　悦、雷　云、吴晓棠；第五章，第一、第三至九节，夏　雨、秦　平，第二节，曹晓丽；第六章，第一节，雷　云，第二节，曹晓丽，第三节，李彩云、任　刚，第四节，时曙晖；第七章，贺元秀。

除了以上同志积极完成编写任务，还有不少同行或朋友给予关心支持，尤其是苏德善先生不顾年迈体弱翻译了一部分文学作品，提供了一些资料，在此一并表示衷心的感谢。

作为主编，我对书稿进行了全面修改；然而，由于资料有限，经验不足，加之我和编写人员均肩负繁重的教学和科研任务，书中难免遗漏或错讹，恳请有关专家和读者不吝赐教，并给予批评指正。

贺元秀

2010 年 8 月 18 日